毛 姆 文 集
W. Somerset Maugham

毛姆剧作全集 卷四
The Collected Plays of W. Somerset Maugham Volume IV

〔英〕毛姆 著 杨懿晶 马丹 曾毅 管舒宁 译

上海译文出版社

目　录

来　信
THE LETTER
三幕剧

杨懿晶　译

人物表

罗伯特·克罗斯比

霍华德·乔伊斯

杰弗里·哈蒙德（杰夫·哈蒙德）

约翰·威瑟斯

翁齐森

钟希

莱斯莉

乔伊斯太太

帕克太太

一名锡克教警佐，一个中国女人，几名中国男仆和马来仆人

　　剧情发生在马来西亚半岛的一个种植园内，也有一部分发生在新加坡。

第一幕

场景：克罗斯比家别墅的客厅里。整个后景由一条经台阶通向花园的门廊组成。房间布置得挺舒适，但陈设相当简洁：几把带靠垫的藤椅，几张桌子上放着些碗，碗壁上饰有花朵图案和马来银片。墙上挂着几幅水彩画，有几处点缀着几把马来纹饰短剑和短刀；还有马来貘的角和几只老虎头。地上铺着藤毯。立式小钢琴上摆着一份打开的乐谱。房间里只亮着一盏桌旁的落地灯，桌上放着莱斯莉的梭结花边。屋外门廊的中央也悬着一盏灯。

幕布升起，传来一声枪响和哈蒙德的惊呼。他跌跌撞撞地走向门廊。莱斯莉又开了一枪。

哈蒙德：哦，老天啊！

[他瘫倒在地。莱斯莉跟了过来，还在开枪，接着，她站到他跟前，又朝俯卧在地的人连续开了两三枪。她机械地扣动扳机，每次手枪都发出很轻的"嗒"的一声。六颗子弹都射光了。她看着手枪，任它从手里滑落。之后她把视线转向地上的躯体。她的眼睛越瞪越大，好像它们要从她的脑袋里冲出来①，她的脸上慢慢透出恐惧的神情。她看着地上的尸体，打了个冷战，然后退进房间里，视线始终没有从这幅可怖的景象上移开。花园里传来一阵兴奋的、含混不清的闲聊声，莱斯莉被这阵声响吓了一跳。男仆领班和另一个男仆走上台。他们说话的时候，另外两三个男仆也出现在台上。有几个中国男仆穿着白色的裤

子和汗衫，其他的马来男仆都穿着纱笼。男仆领班是个四十来岁的中国人，一个胖胖的小个子。

男仆领班：太太！太太！出什莫（么）事啦？我听到枪响了。[他看到了尸体] 噢！[和他一起上来的男仆激动地说起了中文]

莱斯莉：他死了吗？

男仆领班：太太！太太！是谁杀了他啊？[他俯身查看尸体] 是哈蒙德先生。

莱斯莉：他死了吗？

　　　　[男仆领班跪下去，碰了碰那个男人的脸。其他人围站在旁，窃窃私语。

男仆领班：是的，我想他是死了。

莱斯莉：哦，天哪！

男仆领班：[站起身] 太太，你为什么那么做啊？

莱斯莉：你知道助理地方检察官住在哪儿吗？

男仆领班：威瑟斯先生吗，太太？是的，我知道。他住得离这儿可远呢。

莱斯莉：去把他找来。

男仆领班：我们最好还是等到天亮吧，太太。

莱斯莉：没什么好怕的。哈桑会开车送你过去。哈桑在吗？

男仆领班：在的，太太。[他指了指其中一个马来人]

莱斯莉：把威瑟斯先生叫醒，让他立刻上这儿来。就说出了点事故，哈蒙德先生死了。

男仆领班：是，太太。

莱斯莉：现在就去。

　　　　[男仆领班转向司机哈桑，用马来语叫他去把车开出来。哈

---

① 原文 out of one's head 也有发疯的意思。

桑沿着门廊台阶走了下去。

男仆领班：我想我们最好把尸体挪进去，太太，放到空房间的床上。

莱斯莉：〔痛苦地、不成声地喊叫〕不。

男仆领班：谁都不能把他留在这里，太太。

莱斯莉：别碰他。威瑟斯先生来了之后，会告诉你们该干什么的。

男仆领班：好的，太太。或者我可以让阿辛留在这儿。

莱斯莉：随你吧……我需要有人去通知克罗斯比先生。

男仆领班：邮局都关门了，太太，到明天早上才能打电话。

莱斯莉：现在什么时候了？

男仆领班：可能十二点了。

莱斯莉：你去村子里的时候，一定要把邮局的人叫醒，让他一定
　　想办法联系上新加坡那边。或者去警察局试试。也许他们能联
　　系上。

男仆领班：好的，太太。我会去的。

莱斯莉：给那个人两三块钱。不管怎么样，他们必须立刻联络到他。

男仆领班：要是我联系上先生了，我该跟他说什么呢，太太？

莱斯莉：我会把口信写给你的。

男仆领班：好的，太太。您写吧。

　　　　〔她坐到桌前，拿了张纸，开始写字。

莱斯莉：哦，我的手！我拿不住笔了。〔她用拳头砸了一下桌子，像
　　是在生自己的气，然后又拿起笔。她写了几句话，随后拿着纸
　　站起来〕这是口信。那是电话号码。先生今晚在乔伊斯先生家。

男仆领班：我知道。那个律师。

莱斯莉：让他们一定要不停地拨号，直到有人接听。要是他们愿意，
　　可以用马来话传讯。读读看，看你能不能看懂。

男仆领班：是的，太太。我能看懂。

莱斯莉：〔读纸条〕马上过来。出了件可怕的意外。哈蒙德死了。

男仆领班：没问题，太太。

　　[汽车发动的声音。

莱斯莉：车备好了。现在快去吧。

男仆领班：好的，太太。[他沿着门廊走了出去]

　　[莱斯莉站了一会儿，低头看着地板。一两个马来女人轻轻地走上台阶。她们看着尸体，兴奋地低声讨论着。莱斯莉注意到了她们。

莱斯莉：你们要干什么？走开。都走开。[她们悄悄地退走了，只有一个中国男仆阿辛留了下来。莱斯莉盯着尸体看了好一会儿，然后她走进一侧的房间，那是她的卧室，传来锁门的声音。阿辛走到房间里，从桌上的盒子里拿了一支烟，点燃；他坐到扶手椅上，跷起脚，呼出一口烟]

<h3 align="center">幕布落下</h3>

　　[静场一分钟，表示过去了三个小时。

　　[同一个场景。幕布升起后，约翰·威瑟斯走上台，进入房间。尸体已经被移走了。男仆领班走了进来。

男仆领班：我好像听到路上有汽车过来了。

　　[威瑟斯走到门廊上，听外面的动静。

威瑟斯：我没听到，[不耐烦地] 我不明白他为什么这么久才来。[传来微弱的汽车鸣笛声] 是的，真的来了！那是辆车。感谢上帝。

　　[约翰·威瑟斯是个年轻男人，穿着一件利落的白色帆布西装。他的遮阳帽放在桌上。他走到莱斯莉的卧室门前，敲了敲。

威瑟斯：克罗斯比太太。[没有回应。他又敲了下] 克罗斯比太太。

莱斯莉：是谁？

威瑟斯：路上有车来了。肯定是你丈夫。

　　[没有回应。他听了一会儿门里的动静，不耐烦地走到门廊那头。传来汽车开近的声音。车停下了。

　　是你吗？克罗斯比？

克罗斯比：是的。

威瑟斯：感谢上帝。我还以为你永远不会来了呢。

　　[克罗斯比沿着门廊台阶走上来。他是一个健壮的四十岁男人，一张大脸被太阳晒得黝黑；他穿着一条卡其短裤，一件衬衣，没打领带，外面罩着卡其外衣，还戴着一顶宽檐帽。

克罗斯比：莱斯莉在哪儿？

威瑟斯：在她的房间里。她把自己关在里面。你不来，她是不会见我的。

克罗斯比：出什么事了？[他走到莱斯莉的卧室门前，轻轻地敲了敲] 莱斯莉，莱斯莉！

　　[片刻停顿。乔伊斯出现在台阶上。他是一个消瘦、朴素的男人，大约四十五岁，胡子刮得很干净。他穿着帆布套装，戴着一顶遮阳帽。他朝威瑟斯伸出手。

乔伊斯：我叫乔伊斯。你是 a.d.o① 吗？

威瑟斯：是的。我是威瑟斯。

乔伊斯：克罗斯比整晚都跟我们在一起。我觉得最好跟他一起过来。

克罗斯比：莱斯莉！是我！开门！

威瑟斯：[对乔伊斯] 哦，你是律师吗？

乔伊斯：是的。乔伊斯和辛普森事务所。

威瑟斯：这样啊。

　　[莱斯莉打开门锁，慢慢地推开门。她出来后又把门关上，

————————————

① 助理地方检察官的缩写。

在门前站住。

克罗斯比：[张开双臂，像要拥她入怀] 莱斯莉。

莱斯莉：[做出防备的姿态] 哦，别碰我。

克罗斯比：发生了什么事？发生了什么？

莱斯莉：他们打电话的时候没告诉你吗？

克罗斯比：他们说哈蒙德被杀了。

莱斯莉：[看向门廊] 他还在那儿吗？

威瑟斯：不在了。我把尸体挪走了。

　　　　[她的眼神憔悴，看了看那三个男人，然后把头往后一扬。

莱斯莉：他想强奸我。我朝他开了枪。

克罗斯比：莱斯莉！

威瑟斯：老天！

莱斯莉：哦，罗伯特，我真高兴你回来了。

克罗斯比：亲爱的！亲爱的！

　　　　[她扑进他怀里，他用力抱紧她。她终于崩溃了，抑制不住
　地抽泣起来。

莱斯莉：抱紧我。别放开。我太害怕了。哦，罗伯特，罗伯特。

克罗斯比：会没事的。没什么好怕的。振作点。

莱斯莉：你回来了，对吗？哦，罗伯特，我该怎么办？我太难过了。

克罗斯比：宝贝！

莱斯莉：抱紧我。

威瑟斯：你觉得你能把事情的具体经过告诉我们吗？

莱斯莉：现在吗？

克罗斯比：过来坐下，甜心。你累坏了。

　　　　[他把她领到一把椅子旁边，她精疲力尽地瘫坐下去。

威瑟斯：我很抱歉，这听起来太过不近人情，可我的职责就是……

莱斯莉：哦，我知道，当然了。我会尽力把一切都告诉你。我会试

着振作起来。[对克罗斯比] 把你的手帕给我。[她从他的口袋
里拿出一条手帕，擦了擦眼睛]

克罗斯比：别逼自己，亲爱的。慢慢来。

莱斯莉：[强挤出一个笑容] 有你在真好。

克罗斯比：幸运的是霍华德也来了。

莱斯莉：哦，乔伊斯先生，你太好了！[她伸出手去] 想想看，大半
夜的一路跑到这儿来！

乔伊斯：哦，那没什么。

莱斯莉：多萝西怎么样？

乔伊斯：哦，她很好，谢谢你。

莱斯莉：我感觉虚弱得要命。

克罗斯比：你想来点威士忌吗？

莱斯莉：[闭上双眼] 桌上有酒。

[克罗斯比去给她调了杯加苏打水的威士忌。她闭着眼睛躺
在一张卧榻上，脸色是病态的苍白。]

乔伊斯：[低声问威瑟斯] 你到这儿多久了？

威瑟斯：哦，一个小时左右。我睡得很熟。我的男仆把我叫醒，说
克罗斯比家的男仆领班来了，立刻就要见我。

乔伊斯：是这样。

威瑟斯：我当然马上就爬起来了。他站在门廊上。他跟我说哈蒙德
被枪打中了，要我立即过来。

乔伊斯：他跟你说了是她开枪打的吗？

威瑟斯：是的。我到这儿的时候，克罗斯比太太把自己锁在房间里，
坚持要等她丈夫回来才出来。

乔伊斯：哈蒙德死了吗？

威瑟斯：噢，是啊，他被打成筛子了。

乔伊斯：[低声惊呼] 噢！

威瑟斯：[把枪从口袋里拿出来] 是这把左轮手枪打的。六颗子弹都射光了。

　　　　　[莱斯莉缓缓睁开眼，看着两个男人交谈。乔伊斯把左轮手枪拿在手里细看。

乔伊斯：[冲拿着威士忌穿过房间的克罗斯比发问] 这是你的吗，鲍勃？

克罗斯比：是的。[他走到莱斯莉旁边撑着她，让她小口啜饮]

乔伊斯：你询问过那些男仆了吗？

威瑟斯：问过了。他们什么都不知道。他们都在自己的住处睡觉。他们都是被枪声吵醒的，过来的时候就看到哈蒙德倒在地上。

乔伊斯：具体的位置在哪里？

威瑟斯：[指向那处] 那儿。在门廊的那盏灯下面。

莱斯莉：谢谢你。我马上就会缓过来的。很抱歉我这么惹人烦。

乔伊斯：你觉得现在能谈谈吗？

莱斯莉：我想可以了。

克罗斯比：你没必要这么急吧。她现在的状态还不适合做长时间的陈述。

乔伊斯：早晚都要谈的。

莱斯莉：没事的，罗伯特，真的。我现在感觉很好。

乔伊斯：我想我们最好尽快厘清事实。

威瑟斯：慢慢来，克罗斯比太太。毕竟这里都是自己人。

莱斯莉：你想要我做什么？你有什么问题，我都会尽力回答的。

乔伊斯：由你自己来告诉我们整件事情的经过会更好些。你觉得你能做到吗？

莱斯莉：我会试试看的。[她从卧榻上起身]

克罗斯比：你想要什么？

莱斯莉：我想坐起来。[她又坐下，犹豫了一会儿]

[克罗斯比和威瑟斯站着。乔伊斯坐在她对面。

[所有人的视线都集中在她脸上。

[对威瑟斯说] 罗伯特今晚在新加坡,你知道的。

威瑟斯:是的,你的男仆告诉我了。

莱斯莉:我本来要跟他一起去的,可我感觉不大舒服,所以就想留在这里。我不介意一个人待着。[朝克罗斯比挤出一个笑容] 一个种植园主的太太总得习惯那样,你知道的。

克罗斯比:说得没错。

莱斯莉:我晚餐吃得很晚,然后我开始钩花边。[她指了指那边的靠枕,上面搁着一段钩了一半的花边,还插着细小的针]

克罗斯比:我太太真的很擅长这项手艺活儿。

威瑟斯:是的,我知道。我听人说起过。

莱斯莉:我不知道干了多久。我很投入,嗯,然后就忘记了时间。突然我听到外面有脚步声,有人从门廊的台阶走上来,说:"晚安。我能进来吗?"我吓了一跳,因为我没听到有车开过来。

威瑟斯:哈蒙德把车停在大路上四分之一英里远的地方。就停在树下。我们开车回来的时候,你的司机注意到了。

乔伊斯:我不知道哈蒙德为什么要把车停在那里。

威瑟斯:他可能不想让人听到他的车过来了。

乔伊斯:接着说,克罗斯比太太。

莱斯莉:一开始我看不清那人是谁。我干活的时候会戴眼镜,当时门廊上光线很暗,我不可能看得清。"是谁?"我问。"杰夫·哈蒙德。""哦,当然是你,请进来喝杯东西。"我说。我摘掉了眼镜,起身跟他握手。

乔伊斯:看到他,你惊讶吗?

莱斯莉:很惊讶。他好久没来过了,是吗,罗伯特?

克罗斯比:至少有三个月了,我想是的。

莱斯莉：我跟他说罗伯特不在家。他去新加坡出差了。

威瑟斯：他怎么说？

莱斯莉：他说，"哦，我很遗憾。我今晚觉得很孤单，所以想过来看看你们怎么样了。"我问他怎么来的，因为我没听到车子的声音，他说他把车停在路边了，因为他觉得我们可能已经上床睡觉了，他不想吵醒我们。

乔伊斯：是这样啊。

莱斯莉：罗伯特不在，房间里没有威士忌，可我想男仆们应该都睡了，就没有叫他们。我就自己去拿了。哈蒙德给自己调了杯酒，还点了烟斗。

乔伊斯：他头脑清醒吗？

莱斯莉：我根本没想过。我觉得他来之前喝过酒了，但当时我没想到那点。

乔伊斯：发生了什么？

莱斯莉：哦，其实没什么。我又戴上眼镜开始干活。我们随便聊了几句。他问我，罗伯特有没有听说，两三天前路上出现了一只老虎。它咬死了几只羊，村民们都很担忧。他说他打算周末去把它干掉。

克罗斯比：啊，是的，我知道那件事。你记得我昨天午餐的时候跟你提过吗？

莱斯莉：是吗？我想你是说了。

威瑟斯：往下说吧，克罗斯比太太。

莱斯莉：噢，我们就是随便聊了几句。突然他说了点很蠢的话。

乔伊斯：什么？

莱斯莉：不值得再说一遍的话。他恭维了我几句。

乔伊斯：我想你最好还是完整地重复一遍。

莱斯莉：他说："我不知道你怎么能容忍这副丑眼镜的，它让你的美貌大打折扣。你的眼睛真的非常漂亮，你知道吗，把它们遮起来真是太糟了。"

乔伊斯：他过去对你说过类似的话吗？

莱斯莉：没有，从来没有。我有点被吓到了，可我觉得最好还是不要反应过度。"我没想过要假装成一个大美人。"我说。"可你就是。"他说。还要再说一遍这些话，这太蠢了。

乔伊斯：没关系。请让我们知道他确切的说法。

莱斯莉：好吧，他说："你想把自己打扮得平平无奇，这太糟了，不过，感谢老天，你没成功。"[她不以为然地看了两个陌生人一眼] 我耸了耸肩。我觉得他那样跟我说话，真是太不恰当了。

克罗斯比：对此我毫不怀疑。

乔伊斯：你说什么了吗？

莱斯莉：是的，我说："要是你直截了当地问我，我肯定会告诉你，我压根儿不在乎你是怎么看我的。"我想让他闭嘴，可他只是笑了笑。"我还是会跟你说同样的话，"他说，"我觉得你是我这么多年来见过的最美的尤物。""你嘴真甜，"我说，"但那只会让我觉得你脑子有问题。"他又大笑起来。刚才他一直坐在那里，这时他站起来，拉了一把椅子到我坐着钩花边的桌子旁边。"你可不能否认你有这世上最美的一双手。"他说。听到这句话，我真的生气了。事实上，我的手可不怎么样，我宁肯别人不要提到它们。要是一个女人想听别人奉承她最糟糕的特征，那她就真是蠢到不可救药了。

克罗斯比：莱斯莉，亲爱的。[他拉起她的一只手吻了吻]

莱斯莉：噢，罗伯特，你这个傻瓜。

乔伊斯：那么，哈蒙德说那些话的时候，一直都抱臂坐在那儿吗？

莱斯莉：哦，不是的。他想要拉我的手。可我随手打了他一下。我并不特别生气，只是觉得他很蠢。我对他说："别傻了。坐回原来的地方去，好好说话，要不我就打发你回家了。"

威瑟斯：但是，克罗斯比太太，我想知道你为什么没有当场就把他赶出去。

莱斯莉：我不想把事情闹大。你知道的，有些男人就是觉得有必要逮到机会就跟女人调情。我觉得他们以为女人都在期待他们的奉承话，就我所知，确实有不少女人是那么想的。可我不是那种人，对不对，罗伯特？

克罗斯比：完全不是。

莱斯莉：要是一有男人对她说一两句好听的，她就要把事情搞大，那么这个女人只会把自己弄得像个傻瓜。她不需要有太多经验，就知道那些话真的不算什么。我一刻都没把哈蒙德的话当真。

乔伊斯：那你是从什么时候开始怀疑的？

莱斯莉：在那之后。是他接下来说的话。你知道吗，他没有动。他直愣愣地盯着我的脸，还说："你不知道我疯狂地爱上你了吗？"

克罗斯比：这个无赖。

莱斯莉："我不知道。"我回答。噢，那句话对我根本没有意义，我一秒钟也没有动摇，一直很冷静。"我一秒钟都不会相信的，"我说，"就算是真的，我也不想听你那样说。"

乔伊斯：你感到意外吗？

莱斯莉：我当然意外了。要说为什么，我们都认识他七年了，罗伯特。

克罗斯比：没错，他是战后到这儿来的。

莱斯莉：他从来没注意过我。我想他甚至不知道我眼睛的颜色。要是你问我，我会说我的存在对他无关紧要。

克罗斯比：[对乔伊斯] 你要记得我们都不常看到他。

莱斯莉：他刚来的时候还生着病，是我让罗伯特去接他过来的。他就一个人孤零零地待在那个小屋里。

乔伊斯：他的小屋在哪儿？

克罗斯比：从这里过去大概六七英里。

莱斯莉：想到他一个人躺在那里，没人照看，我就受不了，所以我们把他接了过来，照料他，直到他康复。之后我们也见过他几次，但我们的交集不多，也从来不很亲近。

克罗斯比：过去两三年里，我们几乎没怎么见过面。说实话，在莱斯莉为病中的他做了那些事之后，我觉得他实在有点不够意思。

莱斯莉：他有时会过来打网球，我们偶尔也会在其他人家里碰到他。但我大概有一个月没见过他了。

乔伊斯：这样啊。

莱斯莉：他又给自己调了杯苏打水掺威士忌。我开始怀疑他来之前是不是就喝过酒了。不管怎么说，我觉得他喝得够多了。"我要是你，就不会再喝了。"我说。我的语气很友好。我完全不觉得害怕，也没有类似害怕的感觉。我从没想过自己会对付不了他。他压根儿没听我说话，一饮而尽，把杯子放下。"你觉得我这么跟你说话是因为醉了吗？"他的语气生硬可笑。"那是最明显的解释了，对不对？"我说。要把这些都告诉你们，这太可怕了。我太羞愧了。这真叫人难堪。

乔伊斯：我知道这很难。但为了你自己，我恳请你还是把整件事都说出来。

威瑟斯：不如让克罗斯比太太先缓一缓，我想那还是可以的。

莱斯莉：不，要是我必须说出来，就让我现在说吧。缓一缓有什么用呢？我的头都要爆炸了。

克罗斯比：别逼她太紧了，霍华德。

莱斯莉：他已经尽可能善待我了。

乔伊斯：我希望我做到了。"那是最明显的解释了。"你刚才说到这句。

莱斯莉："哦，那是谎话，"他说，"我对你一见钟情，从那以后就一直爱着你。我已经尽可能克制自己了，现在我一定要说出来。我爱你。我爱你。我爱你。"他就那样重复个不停。

克罗斯比：[咬牙切齿地] 那头蠢猪。

莱斯莉：[从座位上站起来] 我站起来，把靠枕和花边都放到一旁。我把手伸给他。"晚安。"我说。他没有动弹，只是站在那里看着我，他的眼神看起来很古怪。"我不会走的。"他说。这时我开始生气了。我觉得这一切拖得太久了。我自认是个脾气很好的女人，可我真要发火的时候，才不在乎自己说了什么。"可是，你这个可怜的傻瓜，"我冲他大吼，"你难道不知道我只爱罗伯特吗？就算我不爱罗伯特，你也根本不在我眼里。""关我什么事？"他说，"罗伯特又不在这儿。"

克罗斯比：狗杂种！下流的狗杂种！哦，老天……

乔伊斯：安静点，鲍勃。

莱斯莉：那是最后一根稻草。我失控了。就算那样，我也没觉得害怕。我从没想过，他竟然——他竟然……我就是气坏了。我觉得他是头下流的蠢猪，竟然因为罗伯特不在这里，就敢那样跟我说话。"要是你不马上离开，"我说，"我就叫男仆过来把你丢出去。"他露出一副下流的表情。"他们听不见的。"我快步从他身边走过。我想到外面的门廊上去，那样我就能去叫男仆了。我知道那样他们就能听见。可他抓住我的手臂，把我拉过去。"放开我。"我尖叫道。我气疯了。"还不够，"他说，"还不够。现在我抓住你了。"我张开嘴，用尽全力大喊："男仆！男仆！"可他用手按住了我的嘴……哦，那太可怕了。我说不下去了。这对我要求太高了。太可耻了，可耻。

克罗斯比：噢，莱斯莉，亲爱的。要是我从没离开你就好了。

莱斯莉：噢，太可怕了。[她心碎地哭泣着]

乔伊斯：我恳请你控制一下自己。到刚才为止，你一直做得很好。我知道这很难，可你一定要把全部经过都告诉我们。

莱斯莉：当时我分不清他在做什么。他用力抱住我。他开始吻我。我使劲挣扎。他的嘴唇那么烫，我把脸转开。"不，不，不！"我尖叫道，"放开我。我不愿意！"我哭了起来。我试着挣开他。他看着像个疯子。

克罗斯比：我再也听不下去了。

乔伊斯：安静点，鲍勃。

莱斯莉：我不知道发生了什么。我太混乱，太害怕了。他好像在说话，一直在说他爱我，想要我。噢，多么不幸啊！他把我抓得那么紧，我动都动不了。我从来不知道他这么强壮。我感觉自己弱小得像只老鼠。那种无能为力的感觉太可怕了。我想把一切都告诉你们，可我一直晕乎乎的。我感到自己越来越虚弱，我想我昏过去了。他灼热的呼吸喷在我脸上，让我觉得恶心又绝望。

威瑟斯：畜生。

莱斯莉：他吻了我。他吻了我的脖子。噢，太可怕了！他把我抓得那么紧，我感觉没法呼吸了。然后他把我拎了起来，让我站直。我试着踢他。他只是把我抓得更紧。后来我感到他在扶着我。他什么也没说。我没特意看他，但我留意到他的脸白得像张纸，他的眼底像有火苗在闷烧。他变得没有人样了，像个野蛮人；我的心跳得那么厉害，好像撞在我的肋骨上……别看我。你们谁都别看我。那会儿我有个模糊的印象，他是要把我拖到卧室去。哦！

威瑟斯：要不是他已经死了，我就要亲手掐死他。

莱斯莉：一切发生得太快了。他踉跄着倒下了。我不明白怎么会那样。我不知道他是在哪里绊了一跤，还是单纯地滑了一下。我和他一起倒了下去。这给我脱身的机会。他的手不知怎么地松开了，我赶紧从他身边逃开。这完全是本能的反应；就是一瞬间的事情；我不知道自己在做什么。我跳起身来，跑着绕过沙发。他起身的动作有点慢。

威瑟斯：他有条坏腿。

克罗斯比：没错。他的膝盖骨在战场上被打碎了。

莱斯莉：然后他突然朝我冲过来。桌子上有把手枪，我一把抓了过来。我都没意识到自己开枪了。我听到一声巨响。我看到他的身体歪倒了。他大叫了一声，说了句什么。我不知道他说了什么。我吓坏了，脑袋一片空白。他冲出房间，倒在门廊上，我跟了出去。我什么都不记得了。我听见一声又一声枪响。我不要求你们相信我，可我甚至没意识到自己在开枪。我看到哈蒙德倒下了。突然我听到一记滑稽的咔哒声，我才意识到我把子弹都打光了，手枪已经空了。就在那时，我才明白过来自己都做了些什么。我突然看到了哈蒙德，看到他瘫软在那里的样子。

克罗斯比：[拥她入怀] 我可怜的宝贝。

莱斯莉：哦，罗伯特，我都干了什么啊？

克罗斯比：你做了所有女人在那种情况下都会做的事，只不过她们十之八九都没有你的勇气。

乔伊斯：这把手枪是刚好放在那儿的吗？

克罗斯比：通常我不会让莱斯莉晚上一个人在家，但要是我必须离开，如果她身边有把枪，我会觉得安心点。我走之前检查过，子弹都装上了，感谢老天我那么做了。

莱斯莉：就这些了，威瑟斯先生。你一定要原谅我，刚才你来的时候，我没见你。可我想等我丈夫来。

威瑟斯：当然啦。要我说，你表现得非常好了。我很抱歉，我们非得要你经受这样的折磨，把整件事再说一遍。但我认为乔伊斯先生说得对。要是我们能立即掌握所有事实，事情会更好办。

莱斯莉：是的，我明白。

威瑟斯：很显然那个人喝醉了，他是咎由自取。

莱斯莉：要是能让他活过来，我愿意付出一切。想到是我杀了他，这太可怕了。

克罗斯比：他死得太容易了。老天在上，要是我想折磨什么人的话……

莱斯莉：哦，不要，罗伯特，不要。他已经死了。

乔伊斯：我能看看尸体吗？

威瑟斯：可以，我带你去停尸的地方。

莱斯莉：[微微发抖] 你不需要我一起去吗？

乔伊斯：不，当然不用。你和鲍勃待在这里。我们只去一会儿。

[乔伊斯和威瑟斯走了出去。

莱斯莉：我太累了。我累得要虚脱了。

克罗斯比：我知道，亲爱的。我愿意尽一切可能来帮你，可我看不出我能做什么。

莱斯莉：你可以爱我。

克罗斯比：我一直全心全意地爱着你。

莱斯莉：是的，可现在呢。

克罗斯比：要是我还能再多爱你一点，我会那样做的。

莱斯莉：你不怪我吗？

克罗斯比：怪你？我觉得你做得棒极了。老天，你是个勇敢的小妇人。

莱斯莉：[温柔地] 这件事会给你很多压力的，亲爱的。

克罗斯比：不用考虑我。我不介意。只要为你自己考虑就好。

莱斯莉：他们会怎么对付我呢？

克罗斯比：对付？我不喜欢听到有人说要对付你什么的。为什么要对付你？整个殖民地的人，不论男女，都会为认识你而骄傲的。

莱斯莉：想到每个人都会谈论我，真叫我烦心。

克罗斯比：我明白，亲爱的。

莱斯莉：不管他们说什么，你永远都不会相信那些对我不利的话，对吗？

克罗斯比：当然不会。他们会说什么呢？

莱斯莉：我怎么知道？人都是残忍的。他们也许会说，要不是我放任他，他是不能这样对我的。

克罗斯比：只要是见过你的人，他们想都不会那样想的。

莱斯莉：你是不是非常爱我，罗伯特？

克罗斯比：我都没法用言语形容。

莱斯莉：我们一起生活了这么些年，一直开开心心的，对吗？

克罗斯比：当然了，是的！我们都结婚十年了，感觉还不到一天。你知道我们甚至从来没吵过架吗？

莱斯莉：[微笑着] 谁会跟你这么善良又好脾气的人吵架呀？

克罗斯比：你知道吗，莱斯莉，说这些话让我觉得又蠢又尴尬。我不是那些天生就会花言巧语的人。但我希望你明白，我有多感激你为我做的一切。

莱斯莉：噢，亲爱的，你在说什么呀？

克罗斯比：你瞧，我一点儿都不聪明。我就是一个蠢笨的家伙。我都不配给你擦鞋，真的。我都不知道你一开始为什么会考虑我。你是一个男人能够找到的最好的妻子。

莱斯莉：噢，你在说什么蠢话呀！

克罗斯比：不，不，是真的。你不能因为我说的少就以为我想的也少。我想不到自己怎么能配得上这一切好运。

莱斯莉：亲爱的！听到你这么说真是太好了。[他把她搂进怀里，不停地吻她。乔伊斯和威瑟斯回来了。莱斯莉游魂般地离开她丈夫的怀抱，转向那两个人] 你们想吃点什么吗？你们肯定饿坏了吧。

威瑟斯：噢，不用麻烦了，克罗斯比太太。

莱斯莉：一点儿都不麻烦。我想男仆们还没休息。就算他们睡了，
　　　　我也能给你用暖锅做点吃的，很容易。

乔伊斯：我自己的话，我真的一点儿也不饿。

莱斯莉：罗伯特？

克罗斯比：不用了，亲爱的。

乔伊斯：实际上，我想是时候出发去新加坡了。

莱斯莉：[几不可察地吓了一跳] 现在？

乔伊斯：等我们赶到那儿，天也该亮了。等你洗过澡，吃过早饭，
　　　　差不多就八点了。我们就去拜访总检察官，搞清楚他什么时候
　　　　能见我们。你觉得我们是不是最好那样做，威瑟斯？

威瑟斯：是的，我觉得是那样。

乔伊斯：你当然会跟我们一起去吧？

威瑟斯：我想最好是那样，你觉得呢？

莱斯莉：我会被逮捕吗？

乔伊斯：[瞥了一眼威瑟斯] 我想你现在已经被逮捕了。

威瑟斯：就是走走过场，克罗斯比太太。乔伊斯先生的意思是，你
　　　　应该到总检察官那里去自首……当然啦，这些都不是我的职责
　　　　范围。我不太清楚自己到底该怎么做。

莱斯莉：可怜的威瑟斯先生，我很抱歉给你添了这么多麻烦。

威瑟斯：噢，别担心我了。最糟糕的情况也就是我要为自己做的错
　　　　事挨骂而已。

莱斯莉：[挤出一丝笑意] 你还熬了整整一晚，没能好好休息。

乔伊斯：好了，等你准备好我们就动身吧，亲爱的。

莱斯莉：我会被关起来吗？

乔伊斯：那要看总检察官的决定。但愿他听过你经历的事情后，我
　　　　们能让他同意保释。这得看你要面临的是什么指控。

克罗斯比：他是个好伙计。我确信他会尽全力的。

乔伊斯：他必须尽到他的职责。

克罗斯比：你这话是什么意思？

乔伊斯：我恐怕他很可能只会提出一项指控，那样的话我担心保释申请不会奏效。

莱斯莉：什么指控？

乔伊斯：谋杀。

　　　　[一阵沉默。这个词吓了莱斯莉一跳，但她仅仅捏紧了一只手。不过她还是花了很大力气才把声音控制得平缓自然。

莱斯莉：我要进去换件罩衫。很快的。我还要去拿顶帽子。

乔伊斯：好的，很好。你最好进去搭把手，鲍勃。她会需要人帮她打扮一下。

莱斯莉：噢，不了，不用了。我能自己弄好。一件罩衫也花不了多少力气，老朋友。

乔伊斯：是吗？我可想不起来了。我想你最好还是一起去，老伙计。

莱斯莉：我可没打算自杀。

乔伊斯：我没那么想。我根本没想过。我要跟威瑟斯说几句话。

莱斯莉：走吧，罗伯特。

　　　　[他们走进她的卧室，门没关。乔伊斯走过去关上门。

威瑟斯：老天！真是一位了不起的女性。

乔伊斯：[愉快地] 你指哪方面？

威瑟斯：我这辈子都没见过谁能那么镇定。她的自制力真是棒极了。她肯定是个坚强的人。

乔伊斯：她比我想象的有勇气多了。

威瑟斯：你认识她好多年了吧？

乔伊斯：从她嫁给克罗斯比开始。他是我在殖民地认识最久的人。但我跟她一直不太熟。她很少到新加坡来。我总感觉她很内向，我以为是害羞的缘故。不过我太太倒是经常来，说了她不少好话。她说一旦你真的了解她，就会发现她是个很好的人。

威瑟斯：她当然是个很好的人。

乔伊斯：[带着一丝不易察觉的嘲讽] 无疑还很漂亮。

威瑟斯：她刚才讲述那件可怕的事的样子让我印象很深。

乔伊斯：我希望她能把几个细节讲得更清楚点。最后那部分尤其含糊。

威瑟斯：我的好伙计，你想听到什么呢？你能看出来，她能坚持下来就够不容易的了。她能把事情说得这么连贯，已经很了不起了。要我说，那男人真是个畜生！

乔伊斯：说起来，你认识哈蒙德吗？

威瑟斯：不怎么熟悉。我到这儿才三个月，你知道的。

乔伊斯：这是你第一次当助理地方检察官吗？

威瑟斯：是的。

乔伊斯：哈蒙德酒瘾很重吗？

威瑟斯：据我所知不是。他有不少喝酒的机会，但我从没见他真的喝醉过。

乔伊斯：我当然听说过他，但我从没见过他本人。他在女士中间相当受欢迎，是吗？

威瑟斯：他是个相当英俊的家伙。你知道那种人，风度翩翩，一副什么都不在乎的样子，花起钱来又很潇洒。

乔伊斯：是啊，她们就是喜欢那种人。

威瑟斯：我一向认为，他是整个殖民地最受欢迎的男人。他在战争中伤了腿，以前还是网球锦标赛冠军，我还听人说他是槟城和新加坡最会跳舞的人。

乔伊斯：你喜欢他吗？

威瑟斯：你没法不喜欢他那样的人。要我说，他是那种全世界都喜欢的人。

乔伊斯：你能想到他会干出这样一件事来吗?

威瑟斯：我哪知道? 谁能想到一个喝醉的人会干出什么事来?

乔伊斯：我的看法是，喝醉酒的混账清醒时也是个混账。

威瑟斯：那么，你会怎么做?

乔伊斯：很明显我们要调查一下他。

    [莱斯莉走了进来，身后跟着她丈夫。她手里拿着一顶帽子。

莱斯莉：我没去太久，是吗?

乔伊斯：我该把你当成榜样介绍给我的多萝西。

莱斯莉：她的速度可能比你还快一倍。我穿衣打扮的时间总是不到
    罗伯特的四分之一。

克罗斯比：我先去发动汽车。

威瑟斯：还有地方给我坐吗? 还是我该搭另一辆车?

莱斯莉：哦，地方有的是。

    [克罗斯比和威瑟斯走了出去。莱斯莉跟着往外走。

乔伊斯：我还想问你一个问题。

莱斯莉：好的，是什么?

乔伊斯：就在刚才，我检查了一下哈蒙德的尸体，在我看来，有几
    枪是在他已经倒地的情况下开的。我的看法是你站在他上方，
    开了一枪又一枪。

莱斯莉：[疲倦地把手搭在前额上] 我暂时不想谈论这件事了。

乔伊斯：你为什么那么做?

莱斯莉：我不记得我那么做了。

乔伊斯：你肯定会被问到这个问题的。

莱斯莉：我恐怕你认为我比表面看来更冷血。我失控了。过了一段
    时间，一切记忆都模糊不清了。我真的很抱歉。

乔伊斯：那就别为这事担心了。我敢说这是极其自然的。我很抱歉
    这么讨人嫌。

莱斯莉：我们可以走了吗?

乔伊斯：走吧。

　　[他们走了出去。

　　[男仆领班进来拉上了通往门廊的百叶帘。他关上灯，轻手轻脚地出去了。房间暗了下来。

第一幕终

第二幕

场景：新加坡监狱的访客室。空荡荡的房间里，其中一面白墙上挂着一张马来半岛的大地图，另一面墙上挂着国王乔治五世的镶框照片。窗户装了铁栅栏。房间里只有一张抛光油松木桌和六把椅子。左右两侧都有门。窗外是某种热带植物繁茂的绿叶和蓝色的天空。

幕布拉开，罗伯特·克罗斯比站在窗边。他看起来相当沮丧。他穿着平时在种植园到处走动时习惯穿的短裤和卡其衬衫，手里拿着他皱巴巴的旧帽子。他深深地叹了口气。左边的门开了，乔伊斯走进来。翁齐森跟在他后面，手里拿着一个文件夹。翁齐森是个香港人，矮小精悍，穿戴得很整齐，白色的帆布工作套装，漆皮鞋，时髦的丝袜。他戴着一只金腕表和一副无框夹鼻眼镜，胸前的口袋里插着一支包金钢笔。

克罗斯比：霍华德。

乔伊斯：我听说你在这儿。

克罗斯比：我在等着见莱斯莉。

乔伊斯：我也是来见她的。

克罗斯比：你想要我回避吗？

乔伊斯：不用，当然不用。他们来叫你的时候你就去见她，之后再让她到这儿来。

克罗斯比：我希望他们能让我在这里见她。看到她在牢房里，那个女狱警还老待在旁边，那太可怕了。

乔伊斯：我以为你今天早上去过办公室了。

克罗斯比：我没法抽身。再怎么说，种植园里的事还得运作下去，
要是我不去管，一切都要毁于一旦了。我一找到时间就来新加
坡了。噢，我真恨那该死的种植园！

乔伊斯：说实话，我觉得过去几周里你能有些必须要做的工作，倒
不是件坏事。

克罗斯比：我不这样觉得。有时我觉得自己要疯了。

乔伊斯：你必须振作起来，老伙计。你可不能垮了。

克罗斯比：噢，我还撑得住。

乔伊斯：你看着像是一周没洗过澡了。

克罗斯比：噢，我还是洗过的。我知道我的衣服看起来挺脏的，但
它适合在种植园里到处走动。我就这副样子来了。我没心情换
衣服。

乔伊斯：你这副样子怪可笑的。你太太的承受能力比你强多了。她
可是面不改色。

克罗斯比：她比我强十倍。我知道。我一点都不介意告诉你，我累
坏了。没有了莱斯莉，我就像一只迷途羔羊。自从我们结婚以
后，这是我们第一次分开超过一天。没有她我太孤单了。[他注
意到了翁齐森]那是谁?

乔伊斯：哦，那是我值得信赖的办事员，翁齐森。[翁齐森微微鞠了
一躬，露齿一笑]

克罗斯比：他来这里干什么?

乔伊斯：我带他一起来的，以免我需要他。翁齐森在当律师这方面
跟我不相上下。他在香港大学拿的学位，一旦他把我这行当的
弯弯绕绕搞清楚，他就要跟我对着干了。

翁齐森：嗨，你好。

乔伊斯：你还是到外面等着好，翁。有需要我会叫你的。

翁齐森：好的，先生。我会待在能听见的地方。

乔伊斯：那就太好了。

　　　　[翁齐森走了出去。

克罗斯比：噢，霍华德，就算是我最恨的敌人，我也不想他经受过去几周里我遭受的可怕的折磨。

乔伊斯：你看着像是没怎么睡过觉啊，老伙计。

克罗斯比：确实没有。我大概三天没合过眼了。

乔伊斯：好了，感谢上帝，明天一切就都结束了。顺便说一句，庭审的时候你会稍微打理一下自己的，对吧？

克罗斯比：啊，是的，当然。今晚我住你家。

乔伊斯：哦，是吗？我很荣幸。庭审结束后，你们两个要一起过来。多萝西决意要庆祝一下。

克罗斯比：他们居然要把莱斯莉关在那间肮脏的牢房里，真是骇人听闻。

乔伊斯：我想他们也是迫不得已。

克罗斯比：他们为什么不让她保释？

乔伊斯：我恐怕那是一项很严重的指控。

克罗斯比：噢，这些官僚作风。换了任何一个体面的女人，都会像她一样做的。莱斯莉是这世界上最好的姑娘。她连苍蝇都不会伤害的。你问我凭什么这么说？拜托，伙计，我都跟她结婚十年了。你觉得我还不了解她吗？老天，要是我能抓到那个人，我会拧断他的脖子，我会毫不犹豫地干掉他。你也会的。

乔伊斯：我的好伙计，每个人都站在你这边。

克罗斯比：感谢老天，没人为哈蒙德说好话。

乔伊斯：我敢打赌，每个陪审团成员走上陪审席之前，都已经打定主意要投她无罪了。

克罗斯比：那整件事就成了一场闹剧。她一开始就不该被逮捕，在她经历了那些事情之后，还要让她经受庭审的折磨。我在新加坡碰到的每个人，不论男女，都跟我说莱斯莉的行为是完全正当的。

乔伊斯：法律就是法律。她承认杀了那个人。那太可怕了，对你们两个的遭遇，我真的觉得很遗憾。

克罗斯比：我一点儿都不在乎。

乔伊斯：但事实就是有人被谋杀了，在一个文明的社会里，庭审是必须的。

克罗斯比：清除害虫也是谋杀吗？她要是看到一条疯狗，也会开枪打死它的。

乔伊斯：作为你的法律顾问，我必须对你指出，这件事里有一点让我稍感不安。要是你太太只对哈蒙德开了一枪，那整件事就不会有什么波折了。不幸的是，她开了六枪。

克罗斯比：她的解释已经很清楚了。在那种情况下，谁都会这么做的。

乔伊斯：我想，是啊，当然啦，我觉得这个解释非常合情合理。

克罗斯比：那你还在纠结什么呢？

乔伊斯：随意忽视事实是没有好处的。站在其他人的角度看问题总是有好处的。我要说实话，如果是我在以女王的权利进行审讯，我肯定会对这一点穷追不舍的。

克罗斯比：为什么呢？

乔伊斯：它给人的印象更多是失控的愤怒，而不是痛苦。在你太太描述的那种情况下，人们会想象一个女人惊慌失措，而不太会气得发狂。

克罗斯比：噢，这不是有点牵强吗？

乔伊斯：我想是的。我只是说，这一点值得商榷。

克罗斯比：我一直以为最要紧是哈蒙德的为人，老天在上，这点我们已经了解得够多了。

乔伊斯：我们知道他跟一个中国女人生活在一起，如果你是那个意思。

克罗斯比：是啊，难道这还不够吗？

乔伊斯：我想是够了。他的朋友们都感到震惊。

克罗斯比：她都在他的平房里住了八个月了。

乔伊斯：人们对这件事的反应居然那么大，这可真有意思。舆论都为这事在反对他。

克罗斯比：这么跟你说吧，要是我知道这件事，我一开始就不会让他到我家来。

乔伊斯：我好奇的是他怎么能做到这么低调的。

克罗斯比：她愿意做证吗？

乔伊斯：我不能传唤她。我会提供他们同居的证据，公众会接受这个事实，我想陪审团会以此判定哈蒙德是一个声名狼藉的人。

　　　　[一名锡克教警佐进了房间。他的个子很高，留着胡子，肤色黝黑，穿着蓝色的制服。

锡克教警佐：[对克罗斯比] 你可以过来了，先生。

克罗斯比：终于。

乔伊斯：你不用等太久了。再过二十四小时，她就是个自由的女人了。你为什么不带她去哪里旅行一趟呢？就算我们肯定能争取到无罪释放，但类似这样的庭审也是一桩劳心费神的事，你们两个都需要好好休息一阵。

克罗斯比：我可能比莱斯莉更需要休假。她简直坚不可摧。你知道吗，我去探望她的时候，不是我在鼓励她打起精神来，反倒是她在鼓励我。老天啊！她是个坚强的小妇人，霍华德。

乔伊斯：我同意。她的自制力令人惊叹。

克罗斯比：我不会占用她很长时间的。我知道你很忙。

乔伊斯：多谢。

　　[克罗斯比和锡克教警佐一起出去了] 我的办事员在外面吗，警官？

　　[他话音未落，翁齐森就侧身走了进来。

　　把你带来的文件拿给我看看，好吗？

翁齐森：没问题，先生。

　　[他从文件夹里拿出一沓纸，递给乔伊斯。乔伊斯接过来，到桌边坐下。

乔伊斯：可以了，翁。要是我需要你，我会喊你的。

翁齐森：我能私下跟你说几句话吗，先生？

　　[翁齐森的发音格外清晰准确。英语对他是一门外语，他学得非常好。但他发"r"这个音有困难，他总是说得像"l"，这让他小心翼翼的发言不时显得有点可笑。

乔伊斯：[笑了一下] 没问题，翁。

翁齐森：我想跟你谈的这件事，先生，是个机密，需要谨慎处理。

乔伊斯：克罗斯比太太再过五分钟就要来了。我们是不是该另找一个更合适的场合来做这番推心置腹的谈话？

翁齐森：我要跟你说的这件事，先生，就是跟罗伯特和克罗斯比太太一案有关的。

乔伊斯：哦？

翁齐森：是真的，先生。

乔伊斯：我对你的聪明才智一向很赏识。我肯定你不会告诉我任何身为克罗斯比太太的律师不该知道的事情。

翁齐森：先生，你完全可以信任我的判断力。我是香港大学的毕业生，我的英文写作还赢得了总督奖。

乔伊斯：那就说吧。

翁齐森：我了解到一种情况，先生，这会让案子的情势变得完全不同。

乔伊斯：什么情况？

翁齐森：我得知，先生，有这样一封信，是被告写给这起悲剧不幸的受害人的。

乔伊斯：我一点儿也不惊讶。我想过去七年里，克罗斯比太太少不了要给哈蒙德先生写些信的。

翁齐森：那很有可能，先生。克罗斯比太太肯定经常跟死者联系，比方说，邀请他来用餐，或是提议一场网球比赛。一开始我也是这么想的。但是，这封信是在已故的哈蒙德先生去世那天写的。

　　　　[一阵停顿。乔伊斯眼里闪过一丝玩味的笑意，继续探询地看着翁齐森。

乔伊斯：谁告诉你的？

翁齐森：把这件事告诉我的人，是我的一个朋友，先生。

乔伊斯：对你的判断力我一向是不吝赞美的，翁齐森。

翁齐森：你肯定记得，先生，克罗斯比太太声称，直到事情发生的那晚，她跟死者已经几周没有联系过了。

乔伊斯：是的，我记得。

翁齐森：这封信提醒我，她的供述并非每一点都是准确的。

乔伊斯：[伸手过去，像是要去拿那封信] 你拿到信了吗？

翁齐森：没有，先生。

乔伊斯：哦！我还以为你知道信里写了什么呢。

翁齐森：我的朋友好心给了我一份复印件。你想要仔细读读吗，先生？

乔伊斯：好的。

　　　　[翁齐森从内袋里掏出一个鼓鼓的钱包。里面塞满了纸张、

新加坡币和香烟卡片。

乔伊斯：啊，看样子你还收集香烟卡片。

翁齐森：是的，先生。我敢说我的藏品既独特又多样。

[他从这一片混乱里抽出半页笔记纸，把它放到乔伊斯面前。

乔伊斯：[慢慢地读着，似乎不敢相信自己的眼睛]"罗伯特今晚不在家。我一定要见你。我十一点等你来。我太绝望了，要是你不来，我不能保证会发生什么事……别开车过来。莱斯莉……"这到底是什么意思？

翁齐森：这得由你来判断，先生。

乔伊斯：你凭什么认定这封信是克罗斯比太太写的？

翁齐森：我非常确信我的消息来源的可靠性，先生。

乔伊斯：我不像你那么肯定。

翁齐森：这件事很容易验证。克罗斯比太太马上就能告诉你，到底是不是她写的这封信。

[乔伊斯起身在房间里走了一两个来回。然后他停了下来，面向翁齐森。

乔伊斯：简直不能想象克罗斯比太太写了这样一封信。

翁齐森：要是你这么想，先生，这件事，当然啦，就该结束了。我朋友之所以告诉我有这封信，只是觉得我在你的办公室做事，你可能想在跟检察官谈话以前，知道这封信的存在。

乔伊斯：原件在谁手里？

翁齐森：你应该记得，先生，哈蒙德先生死后，有人发现他跟一个中国女人有染。这封信就在她手上。

[他们沉默地对视了一会儿。

乔伊斯：我要感谢你，翁。我会好好考虑这件事的。

翁齐森：很好，先生。你想要我跟我朋友就此沟通一下吗？

乔伊斯：要是你跟他保持联系的话，我想会很有帮助的。

翁齐森：好的，先生。

　　[他离开了房间。乔伊斯又看了一遍信，眉头紧皱，他听到一记声响，意识到莱斯莉来了。他把信的复印件放在桌上的其他文件中间。莱斯莉和女狱警一道进来了。这是一个壮实的中年英国女人，穿着一条白裙子。莱斯莉打扮得很朴素，穿着整齐，她的头发按习惯的式样打理过。她看上去冷静自持。

乔伊斯：早上好，克罗斯比太太。

　　[莱斯莉优雅地走了过来。她平静地把手伸给他，像是在自家的客厅里接待他一样。

莱斯莉：你好吗？我没想到你来得这么早。

乔伊斯：你今天怎么样？

莱斯莉：我感觉很好，谢谢你。这地方很适合静养。帕克太太像母亲一样照料我。

乔伊斯：你好吗，帕克太太。

帕克太太：很好，谢谢你，先生。我必须要说，克罗斯比太太，你是世界上最不会给人添麻烦的人了。想到你要离开我可真有点难过，是真的。

莱斯莉：[优雅地笑了] 你一直对我很好，帕克太太。

帕克太太：哦，我就是陪陪你。不习惯的人会觉得这地方很孤独。要是你问我的意见，他们根本就不该把你丢到这样的地方来。

乔伊斯：好了，帕克太太，我敢说你不介意让我们单独待一会儿吧。克罗斯比太太和我有正事要谈。

帕克太太：当然了，先生。

　　[她走了出去。

莱斯莉：有时候她真要把我逼疯了，她太能说了，可怜的人。很少有人能意识到，有些人自己待着就挺足够了，这不奇怪吗？

乔伊斯：最近你肯定跟自己待得挺久吧。

莱斯莉：我读了好多书，我还一直在钩花边。

乔伊斯：我想我没必要问你睡得怎么样吧。

莱斯莉：睡得好极了。时间真的过得很快。

乔伊斯：显然是这样。你看起来比几周前状态好多了，也强壮一些了。

莱斯莉：比可怜的罗伯特要强。他都垮了，可怜的人。为了他的缘故，我很感激明天这一切就都结束了。我想他就快要撑不住了。

乔伊斯：他看起来比你更担心你的处境。

莱斯莉：你不坐下吗？

乔伊斯：谢谢。

　　　　[他们坐下。乔伊斯坐在桌边，他的文件放在面前。]

莱斯莉：我可不怎么期待庭审，你知道的。

乔伊斯：让我惊讶的是你每次跟我谈起那件事的经过，你的说法都是一模一样的。从来没有一点出入。

莱斯莉：[轻轻地打趣他]对此你的法律思维是怎么看的呢？

乔伊斯：噢，我觉得你要不就是记忆超凡，要不就是毫无隐瞒地说出了真相。

莱斯莉：我恐怕我的记性不怎么好。

乔伊斯：我想你跟哈蒙德在这件可怕的事情发生前几周都没有联系过吧。

莱斯莉：[友好地浅笑了一下]哦，是的。我很肯定。我们上次见面还是在麦克法伦家的网球聚会上。我都没跟他说上几句话。他们有两个场地，你知道的，我们刚好没分在一组。

乔伊斯：你也没给他写过信吗？

莱斯莉：哦，没有。

乔伊斯：你敢肯定？

莱斯莉：哦，当然啦。除了邀请他来吃饭或者打网球，我根本没必要给他写信。这两件事也已经好几个月没有过了。

乔伊斯：你跟他一度关系相当近啊。你怎么会不再跟他来往了呢？

莱斯莉：[微微耸了耸肩] 人总有厌倦的时候。我们两个没有太多共同点。当然啦，在他生病的时候，罗伯特和我竭尽所能地照料他，但过去一两年他过得都挺不错。他可是相当受欢迎的。他自己就有好多约会，我们似乎没必要再去邀请他了。

乔伊斯：你敢肯定吗？

　　[听到这句话，莱斯莉犹豫了一会儿，继而低下了头。

莱斯莉：哦，当然啦，我听说过那个中国女人的事儿。我还见过她呢。

乔伊斯：哦！你从没提起过啊。

莱斯莉：那不是一件叫人愉快的事。不值得谈论。而且我想你很快就会自己发现的。考虑到当时的情况，我不想当第一个对你提起他私生活的人，那样不太好。

乔伊斯：她是什么样的人？

　　[莱斯莉微微吃了一惊，她的神情突然冷淡下来。

莱斯莉：噢，太可怕了。身材粗壮，浓妆艳抹。身上挂满了金链子、金手镯和金钗。年纪也不小了。她比我还大呢。

乔伊斯：你是在得知她的存在以后才停止跟哈蒙德往来的？

莱斯莉：是的。

乔伊斯：但跟你丈夫什么也没说。

莱斯莉：我不觉得值得对罗伯特提起这种事。

　　[乔伊斯看了她一会儿。刚才谈到那个中国女人引发的情绪波动已经消失了，她又变得冷静自持。

乔伊斯：我想我该让你知道，我手上有一封你给杰夫·哈蒙德的亲笔信。

莱斯莉：过去我经常给他写些便条，邀他来聚聚，或者别的什么事情，有时候我知道他要去新加坡，也会请他带点东西。

乔伊斯：这封信上写着让他到你家来，因为罗伯特去新加坡了。

莱斯莉：[微笑着] 那是不可能的。我从没写过那样的信。

乔伊斯：你最好自己读一读。

　　　[他把信从面前的文件堆里拿出来递给她。她稍微看了看，又递了回去。

莱斯莉：这不是我的笔迹。

乔伊斯：我知道。据说这是一份完整的副本。

　　　[她又把信接过去，这次看了内容。她读信的时候，身上发生了可怕的变化。她苍白的脸色变得极其糟糕，让人不忍直视。她全身的肉好像一下子掉光了，只剩皮肤紧绷在骨头上。她瞪着乔伊斯，好像眼珠都要从眼眶里掉出来似的。

莱斯莉：[轻声地] 这是什么意思？

乔伊斯：这要由你来说。

莱斯莉：不是我写的。我发誓不是我写的。

乔伊斯：小心你说的话。如果原件是你的笔迹，否认也是没用的。

莱斯莉：那就是伪造的。

乔伊斯：那很难证实。要证明它是原件会容易一些。

　　　[她打了个冷战。她拿出一条手帕擦了擦手心。她又看了看那封信。

莱斯莉：信上没有日期。如果是我写的，我又根本想不起来，那可能是好几年前的东西。如果你给我点时间，我会试着想想当时的情况。

乔伊斯：我注意到信上没有日期了。如果这封信落到检方手里，他们会去盘问你的男仆。他们很快就能查出来，哈蒙德死的那天有没有人去送信给他。

[她用力捏紧了双手，在椅子上摇摇欲坠，像是要昏倒了。

莱斯莉：我对你发誓，我没写过那封信。

乔伊斯：那样的话我们需要进一步调查这件事。如果拿着这封信的人觉得有必要把它交给检方，你就能做好应对的准备。

[一阵长长的停顿。乔伊斯等着莱斯莉回应，可她只是盯着前方。

如果你没什么要对我说的，我想我该回办公室去了。

莱斯莉：[还是没看他] 要是有人看到这封信，他会怎么想呢？

乔伊斯：他会认为你蓄意撒谎。

莱斯莉：什么时候？

乔伊斯：在你声称过去几周都没有跟哈蒙德联系过的时候。

莱斯莉：这整件事对我的打击太大了。那个可怕的夜晚发生的事简直是噩梦。要是我忘了一个细节，那也没什么奇怪的。

乔伊斯：你精确地复述了你跟哈蒙德面谈的每一个细节。要是你忘了这样一个重要的前提，他死的那天晚上是应你的要求到你家来的，那就很让人费解了。

莱斯莉：我没忘。

乔伊斯：那你为什么没提起过呢？

莱斯莉：我不敢。要是我承认是我叫他来的，就不会有人相信我说的话了。我知道这样做很蠢。我昏了头，而一旦我说了跟哈蒙德没有联系，我就得坚持这个说法。

乔伊斯：他们会要求你解释为什么叫哈蒙德晚上过来，而且罗伯特还不在家。

莱斯莉：[破了声] 我想为罗伯特准备一个生日惊喜。我知道他想要一把新的枪，而我在这方面又一无所知。我想跟杰夫谈谈这件事，想着他能帮我去订一把。

乔伊斯：这封信的措辞可能不太支持你的说法。你要不要再看一遍。

莱斯莉：[迅速往后退] 不，我不想看。

乔伊斯：那我就必须读给你听了。"罗伯特今晚不在家。我一定要见你。我十一点等你来。我太绝望了，要是你不来，我不能保证会发生什么事。别开车过来。——莱斯莉。"你觉得这像是一个女人给一个不太熟的人写的信吗？就为了找他咨询买枪的事？

莱斯莉：要我说这封信确实写得有点夸张。我就是这么表达自己的，真的。我愿意承认这样写是挺蠢的。

乔伊斯：我肯定是对你有很深的误解。我一直以为你是一个自控能力很强的女人。

莱斯莉：话说回来，杰夫·哈蒙德也不完全是个不熟的人。他生病的时候，我像母亲一样照料过他。

乔伊斯：顺便问一句，你叫他杰夫吗？

莱斯莉：所有人都那么叫。他那样的人，不会让人想要叫他哈蒙德先生。

乔伊斯：你为什么那么晚叫他来？

莱斯莉：[慢慢恢复了冷静] 十一点很晚吗？他总是到处参加晚宴。我以为他会在回家路上顺道过来。

乔伊斯：你为什么叫他不要开车？

莱斯莉：[耸了耸肩] 你知道那些中国仆人会怎么嚼舌根。要是他们听到他来了，肯定不会相信他是为了这么单纯的目的来的。

　　[乔伊斯站起身，在房间里走了一两个来回。然后他撑着自己的椅背，异常严肃地开了口。

乔伊斯：克罗斯比太太，我要非常、非常严肃地跟你谈谈。这个案子的案情看起来相当清楚。在我看来，只有一个地方需要解释。就我目前的判断，哈蒙德倒地之后，你至少朝他开了四枪。一个吓坏了的、脆弱的女人，天性柔弱，有着良好的教养，居然会陷入这样完全失控的狂怒。人们很难接受这个事实。不过，当然了，这也是说得通的。尽管大家都很喜欢杰夫·哈蒙德，对他的风评也很好，我也已经准备好证明他是有可能做出你指控他的那种事的，那样一来，你的行为就有了正当性。他死后发现的这个事实，也就是他一直在跟一个中国女人同居的事，让我们有了足够充分的证据。这会消除人们有可能对他产生的同情。我们会尽全力放大这件事造成的污点在所有体面人心里的影响。刚才我还跟你丈夫说，我很肯定你会被无罪开释，我可不是为了让他高兴才这么说的。我相信不用休庭事情就能结束了。

　　[他们看着彼此的眼睛。莱斯莉安静得出奇。她就像一只被毒蛇紧盯着而吓坏了的鸟儿。

　　但这封信会让案情变得完全不一样。我是你的法律顾问。我要在法庭上代表你。你告诉我事情经过的时候，我完全相信了你的说辞，之后我为你做的辩护也完全基于这一点。我可能相信你的陈述，我也可能不相信。律师的职责就是说服陪审团，他们看到的证据并不能够证实被告是有罪的，而他个人对于客户有罪与否的看法是完全无关紧要的。

莱斯莉：我不懂你是什么意思。

乔伊斯：我想你不会否认，哈蒙德是听了你的话才到你家去的，而且你邀请他的时候情绪非常激动？我可不可以这样说？

　　[莱斯莉没有立即回答。她好像在思考。

莱斯莉：他们可以证明那封信是由我家里的一个男仆送到他家的。他是骑自行车过去的。

乔伊斯：你不能想当然地以为其他人都没有你聪明。这封信会让他们产生之前没人有过的怀疑。我不想告诉你我自己看到这封信时的想法。我只想听你告诉我那些能让你免于死刑的事情。

　　[莱斯莉突然崩溃了。她昏倒在地，乔伊斯都来不及去扶

她。他在房间里找水，却什么也没找到。他看了一眼门的方向，还是决定不叫人来帮忙。他不想有人来打扰。他跪在她身旁，等着她醒过来，最后她终于睁开了眼睛。

乔伊斯：躺着别动。你一会儿就会感觉好些的。

莱斯莉：别让其他人进来。

乔伊斯：不，不会的。

莱斯莉：乔伊斯先生，你不会让他们吊死我的。

　　　　[她歇斯底里地哭了起来。他试着低声安抚她。

乔伊斯：嘘！嘘！别把动静闹大。嘘！嘘！没事的。别哭了，别哭啦！看在老天的分上，振作起来。

莱斯莉：让我缓缓。

　　　　[能看得出来她在努力控制自己，她很快就恢复了冷静。

乔伊斯：[带着几乎不情愿的赞赏] 你很有勇气。这点没人能否认。

莱斯莉：现在帮我起来。我居然昏倒了，这太蠢了。

　　　　[他把手伸给她，帮她站起来。他扶着她走到椅子边上，她瘫坐下去，一副累坏了的样子。

乔伊斯：现在你感觉好点了吗？

莱斯莉：[闭着眼睛] 暂时先别跟我说话。

乔伊斯：当然可以。

莱斯莉：[终于轻轻地叹了口气] 我恐怕把事情搞得一团糟了。

乔伊斯：我很抱歉。

莱斯莉：为罗伯特感到抱歉吧，别为了我。你从一开始就不相信我。

乔伊斯：这并不重要。

　　　　[她瞟了他一眼，又低下头。

莱斯莉：有可能拿到那封信吗？

乔伊斯：[皱了皱眉掩饰他的尴尬] 我想要是拿着信的人不准备出售的话，是不会有人来向我提起它的。

莱斯莉：信在谁的手里？

乔伊斯：那个住在哈蒙德家里的中国女人。

　　　　[莱斯莉本能地握紧了双手，随即又控制住了自己。

莱斯莉：她想要很多钱吗？

乔伊斯：我猜想她对它的价值有相当精明的揣测。我怀疑得花一大
　　　　笔钱才能拿到那封信。

莱斯莉：[哑声说] 你要看着我被吊死吗？

乔伊斯：[有些恼火地] 你以为去找这样一个不受欢迎的证据是那么
　　　　简单的事吗？

莱斯莉：你说那个女人想卖掉它。

乔伊斯：可我不知道我是不是想买。

莱斯莉：为什么不呢？

乔伊斯：我想你不知道自己在要求我做什么。老天在上，我可不想
　　　　说教，可我一向自认是个诚实的人。你要我做的事跟收买证人
　　　　没两样。

莱斯莉：[提高了嗓音] 你的意思是你可以救我，却不愿意去做！我
　　　　对你做错了什么？你不能这么残忍。

乔伊斯：我很抱歉这听起来很残忍。我想尽力帮你，克罗斯比太太。
　　　　一个律师不但要对他的客户负责，也要恪守他的职业准则。

莱斯莉：[惊慌沮丧地] 那样的话，我会怎么样？

乔伊斯：[非常沉重地] 公义自有其判断。

　　　　[莱斯莉的脸色变得非常苍白。她打了个冷战。当她开口的
　　　　时候，她的声音又低又轻。

莱斯莉：我把自己都交给你了。当然，我没有权利要求你为我做任
　　　　何不正当的事。我更多的是为了罗伯特而不是我自己在求你。
　　　　可要是你知道全部真相，我相信你会觉得我值得你的怜悯。

乔伊斯：可怜的鲍勃，这会要了他的命。他完全没有准备。

莱斯莉：就算我被吊死了，杰夫·哈蒙德也不会再活过来。

    [乔伊斯盘算着眼下的情势，房间里一时无人说话。]

乔伊斯：[几乎是在自言自语] 有时我以为是我们口中的自尊不让我们做这样或那样的事，我们是在欺骗自己，而我们真实的动机是虚荣。我问我自己，这封信到底该怎么解释？我不敢问你。如果就此推定你不是因为被激怒才杀了哈蒙德，那对你是不公平的。[动情地] 我这么喜欢鲍勃，真是奇怪。你知道，我认识他很久了。他的人生也可能就此被毁了。

莱斯莉：我知道我无权要求你为我做任何事，可罗伯特是那么善良单纯的好人。他这辈子都不会伤害任何人的。你不能让他免受这样的痛苦和耻辱？

乔伊斯：你就是他的全世界，不是吗？

莱斯莉：我想是的。我很感激他这么爱我。

乔伊斯：[下定决心] 我会尽力帮你。[她轻轻地呼了一口气，放松下来] 但别以为我不知道自己做的是错的。我知道。我心里有数。

莱斯莉：拯救一个受苦的女人不是件错事。你不会伤害其他人的。

乔伊斯：你不明白。这是一种本能。别说这个了……你清楚鲍勃的经济情况吗？

莱斯莉：他有不少锡矿的股份，在两三个橡胶园里也有收益。我想他能筹到钱。

乔伊斯：他必须知道这是为了什么。

莱斯莉：有必要给他看那封信吗？

乔伊斯：你不想要他看吗？

莱斯莉：不。

乔伊斯：我会尽力不让他看到，直到庭审以后。他会是一个重要的证人。我认为有必要让他坚信你是清白的。他现在就是这么想的。

莱斯莉：庭审过后呢？

乔伊斯：我会尽可能帮你的。

莱斯莉：不是为了我——为他。要是他失去了对我的信任，他就失去了一切。

乔伊斯：一个男人和一个女人生活了十年，却对她一无所知，这可真够怪的。太可怕了。

莱斯莉：他知道他爱我。其他的都不重要。

乔伊斯：[走到门边，打开门] 帕克太太，我要走了。

　　　　　[帕克太太又进来了。

帕克太太：亲爱的，你的脸色怎么这么差，克罗斯比太太。乔伊斯先生没让你不高兴吧？有没有？你看着像个鬼魂。

莱斯莉：[优雅地笑着，几乎本能地立即恢复了她的社交礼仪] 没有，他待人一直很好。我想我是开始感到一点压力了。[她把手伸给乔伊斯] 再见。感谢你为我这么费心。我没法表达我的感激之情。

乔伊斯：明天庭审之前我都不能见你了。

莱斯莉：我有挺多活儿要干呢。我在给帕克太太钩一条花边领口，我想在走之前把它做好。

帕克太太：那太好了，我恐怕永远不会舍得戴的。她做的花边太美了，你会很意外的。

乔伊斯：我见过她的手艺。

莱斯莉：我恐怕那是我唯一的特长。

乔伊斯：再见，帕克太太。

帕克太太：再见，先生。

　　　　　[她过去站到莱斯莉身边。

　　　　　[乔伊斯收起他的文件。有人敲门。

乔伊斯：进来。

　　　　[门开了，翁齐森走了进来。

翁齐森：我想提醒你，先生，你跟里德先生有约，里德和帕洛克，
　　　　十二点半。

乔伊斯：[看了一眼手表] 他得等一会儿了。

翁齐森：好的，先生。[他走到门口，正要出去，突然停下脚步，好
　　　　像想起了什么] 你还有什么要交代我转告我朋友的吗，先生？

乔伊斯：什么朋友？

翁齐森：有关克罗斯比太太的那封信，先生，写给已故的，哈蒙德。

乔伊斯：[小心翼翼地] 噢，我都给忘了。我跟克罗斯比太太谈过
　　　　了，她否认自己写过这样的东西。这封信显然是伪造的。

　　　　[他把信的副本从面前的文件里拿出来递给翁齐森。中国人
　　　　忽略了他的动作。

翁齐森：那样的话，先生，我想不会有人反对我朋友把信送给公诉
　　　　人了。

乔伊斯：不反对。可我看不出那对你朋友有什么好处。

翁齐森：我朋友认为那是他的责任，先生，为了正义。

乔伊斯：[阴沉地] 我支持那些想要履行自己职责的人，一向如
　　　　此，翁。

翁齐森：我很清楚，先生，但根据我对克罗斯比这个案子的研究，
　　　　我的意见是出现这样一封信，是不利于我们的客户的。

乔伊斯：我对你在法律方面的造诣一向评价很高，翁齐森。

翁齐森：要是我的话，先生，我会说服我朋友，让拿着那封信的中
　　　　国女人把东西交到我们手里，那会省掉很多麻烦。

乔伊斯：我猜你朋友是个生意人。你觉得怎么样才能让他同意把信
　　　　交出来？

翁齐森：信不在他手上。

乔伊斯：噢，那么说他还有一个朋友吗？

翁齐森：信在那个中国女人手里。他只是她的一个亲戚。她是一个愚昧的女人；直到我朋友告诉她那封信的价值，她才回过神来。

乔伊斯：他说它值多少钱？

翁齐森：一万美元，先生。

乔伊斯：老天爷！你觉得克罗斯比太太上哪儿能弄到一万美元？我都跟你说了那封信是伪造的。

翁齐森：克罗斯比先生在勿洞橡胶园有百分之八的股份，在克兰顿河橡胶园有百分之六的股份。我有个朋友愿意借钱给他，只要他用产业做担保。

乔伊斯：你的朋友圈子很广，翁。

翁齐森：是的，先生。

乔伊斯：哦，你不如告诉他们见鬼去吧。我不会建议克罗斯比先生给出高于五千的价钱，就为了一封很容易就能解释清楚的信。

翁齐森：那个中国女人不想卖掉那封信，先生。我朋友花了很长时间才说服她。要是不能给她刚才提到的那个数，那是不会有用的。

乔伊斯：一万美元可不是一笔小钱。

翁齐森：克罗斯比先生肯定愿意付钱，总好过看着他太太被吊死，先生。

乔伊斯：你朋友为什么一定要那个数？

翁齐森：我不想隐瞒你，先生。我朋友做了一番调查，先生，看样子一万美元是克罗斯比先生能弄到的最大数额了。

乔伊斯：啊，我就是那样想的。好吧，我会跟克罗斯比先生谈谈的。

翁齐森：克罗斯比先生还在这儿，先生。

乔伊斯：噢！他在干什么？

翁齐森：我们的时间不多了，先生，在我看来，这件事刻不容缓。

乔伊斯：既然如此就快点说吧，翁。

翁齐森：我觉得你会想跟克罗斯比先生谈谈的，所以我擅自让他等
　　　一会儿。要是你方便现在就跟他谈，先生，我可以在吃中饭的
　　　时候把你们的决定告诉我朋友。

乔伊斯：那个中国女人现在在哪儿？

翁齐森：她在我朋友家里，先生。

乔伊斯：能让她到我的办公室来吗？

翁齐森：我想你去找她会更好，先生。今晚我可以带你过去，她会
　　　把信给你。她是一个愚昧的女人，她是看不懂支票的。

乔伊斯：我没想过要给她支票。我会带现金过去。

翁齐森：要是不带够一万美元就没有意义了，先生。

乔伊斯：我很清楚。

翁齐森：我要跟克罗斯比先生说你想见他吗，先生？

乔伊斯：翁齐森。

翁齐森：我在，先生。

乔伊斯：你还知道什么别的事吗？

翁齐森：没有了，先生。我一直认为一个可靠的职员应该对他的雇
　　　主毫无隐瞒。我能问问你为什么这样问吗，先生？

乔伊斯：去叫克罗斯比先生吧。

翁齐森：没问题，先生。

　　　[他走出去，过了一会儿门开了，克罗斯比又进来了。

乔伊斯：你没走可真是太好了，老伙计。

克罗斯比：你的雇员说你很想要我等着。

乔伊斯：[尽可能做出随意的样子] 发生了一件相当不妙的事情，鲍
　　　勃。你太太似乎在哈蒙德被杀那晚写过一封信叫他到家里来。

克罗斯比：但那是不可能的。她一直说跟哈蒙德没有联系了。就我
　　　所知，她好几个月没见过他了。

乔伊斯：事实就是真的有那封信。在跟哈蒙德同居的那个女人手里。

克罗斯比：她为什么给他写信？

乔伊斯：你太太想要给你准备生日礼物，她想让哈蒙德去帮她弄来。当时你的生日就快到了，是吗？

克罗斯比：是的。实际上就在两周前的今天。

乔伊斯：她经受了那次悲剧的打击之后情绪过于激动，忘了自己给他写过信，考虑到她曾经否认过跟哈蒙德有联系，她害怕承认自己犯了错。

克罗斯比：为什么？

乔伊斯：我亲爱的朋友。这当然是很不幸的，但我要说这并非不可能。

克罗斯比：那不像莱斯莉。我从没见过她害怕任何事。

乔伊斯：这次的情况不同一般。

克罗斯比：这很要紧吗？要是有人问起，她可以解释啊。

乔伊斯：要是这封信落到检方手里，情况就不太妙了。你太太撒了谎，她会被要求回答一些很难回答的问题。

克罗斯比：莱斯莉从来不会故意撒谎的。

乔伊斯：[稍稍不耐烦地] 我亲爱的鲍勃，你必须试着去理解。难道你看不出来，如果哈蒙德不是自己闯进来的，不是一个不速之客，而是受邀到你家去的，这会让事情变得很不一样吗？陪审团很可能为此犹豫的。

克罗斯比：我可能是很蠢，可我真的不明白。你们这些律师，你们好像就喜欢把简单的事情弄复杂。再怎么说，霍华德，你不只是我的律师，你也是我认识最久的朋友。

乔伊斯：我明白。所以我要让你意识到这件事情的严重性，而你是看不到的。我认为我们必须拿到那封信。我希望你授权给我，让我去买那封信。

克罗斯比：只要你觉得是对的事，我都会做的。

乔伊斯：我不认为这是对的，但我认为这是控制事态的关键。陪审团都是些傻瓜。我认为只要让他们处理那些他们能够理解的证据就够了。

克罗斯比：好吧，我不会假装我听懂了，不过我完全愿意按你说的去做。你去吧，做你觉得恰当的事情。我会付钱的。

乔伊斯：好的。现在别再多想了。

克罗斯比：那很容易，我很确信莱斯莉不会做出什么见不得人的事。

乔伊斯：我们到俱乐部去吧。我很需要喝杯苏打水掺威士忌。

第二幕终

第三幕

第一场

场景：新加坡中国人聚居区的一个小房间。墙刷成了白色，但是污渍斑斑的，其中一面墙上挂了一幅廉价的中国仿制油画，沾满了污迹，还褪色了。另外一面墙上钉着一张没有装裱过的、画报上撕下来的裸体女人照片。房间里唯一的家具是一只檀香木盒子和一张中国矮榻，床上还放着一只喷漆颈枕。后面有一扇关着的窗，右边有一扇门。现在是晚上，房间里只亮了一盏电灯，圆形灯泡外面没有灯罩。

幕布拉起时，钟希躺在矮床上，旁边放着鸦片烟筒、点烟的灯，一个托盘上放着小罐鸦片和几根长针。他在看一张中文报纸。他是一个胖乎乎的中国人，穿着白裤子和一件衬衣，脚上穿着中式拖鞋。一个跟他一样打扮的男仆坐在檀香木柜上吹一支中国长笛。他吹的是一支古怪的中国曲子。钟希把针插进鸦片里，在灯火上加热了一会儿，把它放进烟筒里，吸了一口，惬意地呼出一大团烟雾。门口传来一阵声响。钟希用中文说了几句话，男仆走过去开门。男仆跟门口的人说了些什么，又转过身来跟钟希讲了几句。钟希回答了他，从矮床上爬起来，把那堆吸鸦片的东西放到一边。门开得大了点，翁齐森走了进来。

翁齐森：这边来，先生，请进。

[乔伊斯走了进来，戴着他的遮阳帽。

乔伊斯：那些台阶差点让我摔断脖子。

翁齐森：这就是我的朋友，先生。

乔伊斯：他会说英文吗？

钟希：是的，我英文说得很好。你好吗，先生。希望你过得很不错。
请进来。

乔伊斯：晚上好。要我说，这里的空气可真糟糕。我们不能把窗打
开吗？

钟希：晚上的空气很可怕，先生。会让人发烧的。

乔伊斯：我们可以冒这个险。

翁齐森：很好，先生。我来开窗。[他走过去开了窗]

乔伊斯：[脱下遮阳帽放好] 我看到你在抽烟。

钟希：是啊，我的胃很不舒服。抽个两三管能让我好受一点。

乔伊斯：我们还是谈正事吧。

翁齐森：好的，先生。生意归生意，我们都这么说。

乔伊斯：你朋友叫什么名字，翁？

钟希：大家都叫我钟希。你看到过那个店名吧？钟希。日用百货商？

乔伊斯：我想你知道我来的目的？

钟希：是的，先生。我很高兴在我家见到你。我给你一张名片吧。
好吗？

乔伊斯：我想我用不着。

钟希：我能卖给你很好的中国茶叶。都是苏州茶。顶级的。我能给
你比店里低得多的价钱。

乔伊斯：我不想要什么茶。

钟希：我还有广东丝绸。质量很好。没有比中国产的质量更好的了。
能做很好的西装。我便宜卖给你。

乔伊斯：我不想要什么丝绸。

○53

钟希：没问题。你拿上我的名片。钟希，日用百货商，维多利亚街
　　264号。也许你改天就想要点什么了。

乔伊斯：那封信在你手上吗？

钟希：中国女人拿着呢。

乔伊斯：她在哪儿？

钟希：她很快就来。

乔伊斯：她怎么就不在这儿呢？

钟希：她整晚都在这里。她很快就来。她一直在等你来。明白吗？

翁齐森：我想你最好叫她过来。

钟希：好的，我这就叫她过来。[他用中文跟男仆说了几句，男仆含
　　糊地答应了一声，走了出去。

　　　[对乔伊斯] 你请坐。好吗？

乔伊斯：我更想站着。

钟希：[递给他一个装烟的绿罐子] 你抽烟。很好的烟。跟三炮台一
　　样好。

乔伊斯：我不想抽烟。

钟希：[对乔伊斯] 你想买点中国茶吧，很便宜的。质量一流。

乔伊斯：见鬼去吧。

钟希：好吧。我没存货了。也许你喜欢广东丝绸。不要！你看看宝
　　石吗？我有一等一的好货。我只卖一千块给你。送你太太很好。

乔伊斯：见鬼去吧。

钟希：好吧。我就抽烟了。

　　　[门开了，男仆又端了一只托盘进来，上面放了几碗茶。他端
　　到乔伊斯面前，后者摇了摇头，背过身去。其他人都拿了一碗。

乔伊斯：该死的，那个女人怎么还不来？

翁齐森：我想她到了，先生。

　　　[门口传来一阵响动。]

乔伊斯：我很想见见她。

翁齐森：我朋友说去世的可怜的哈蒙德先生完全被她捏在手心里，先生。

钟希：她不说英文。她说马来文和中文。

[这时男仆去开门了。那个中国女人走了进来。她穿着一件丝绸纱笼，衬衣外面还罩了一件平纹布长外套，手臂上套着沉重的金镯子。她的脖子上戴着一条金项链，光亮的黑发上夹了好几个金发卡。她的脸颊和嘴唇都涂了胭脂，扑了很厚的粉，眼睛上方的弯眉毛画得又细又黑。她进了门，慢慢地走到矮榻边坐下来，两条腿晃荡着。翁齐森用中文跟她说了几句，她简短地回答了。她看都不看屋里的那个白人。

乔伊斯：信在她手上吗？

翁齐森：是的，先生。

乔伊斯：信在哪儿呢？

翁齐森：她是一个很无知的女人，先生。我想她希望先看到钱，再把信交出来。

乔伊斯：很好。

[中国女人从罐子里拿了一支烟，点了火。她表现得像是对屋子里的交易一无所知的样子。乔伊斯数了一万美元，把钱递给翁齐森。翁齐森又数了一遍，钟希看着他数。他们都很严肃，一副公事公办的样子，那几个中国人却显得很不上心。

翁齐森：总数没错，先生。

[中国女人把信从短上衣里拿出来，递给翁齐森。翁齐森看了一眼。

这是原件，先生。

[他把信递给乔伊斯，后者沉默地读了一遍。

乔伊斯：看起来不怎么值这些钱。

翁齐森：我肯定你不会后悔的，先生。考虑到眼下的情况，你该说它相当便宜了。

乔伊斯：[讽刺地] 我知道你很尊重我，是不会让我用比市场价更高的价钱去买一篇文章的。

翁齐森：请问今天你还需要我去做点别的吗？先生？

乔伊斯：我想没有了。

翁齐森：那样的话，先生，如果你不介意，我就待在这里跟我朋友聊天了。

乔伊斯：[嘲讽地] 我想你们是要分赃吧。

翁齐森：我很抱歉，先生，我的求学生涯里没见过这个词。

乔伊斯：不如你去字典里查查。

翁齐森：好的，先生。我会马上去查的。

乔伊斯：我一直在想你会分到多少，翁齐森。

翁齐森：如主所言，工人得工价是应当的①，先生。

乔伊斯：我都不知道你是基督徒，翁。

翁齐森：我不是，先生，就我的信仰来说。

乔伊斯：那样的话他显然不是你的主。

翁齐森：我只是在引用英语谚语，先生。实际上，我是赫伯特·斯宾塞②的信徒。尼采、萧伯纳和赫伯特·乔治·威尔斯③对我的影响很深。

乔伊斯：难怪我是远远不及你的。

　　[他走出去，幕布很快落下。

---

① 出自《圣经·新约·路加福音》第十章第七节。

② 赫伯特·斯宾塞 (Herbert Spencer, 1820—1903)，英国哲学家、社会学家、教育家。

③ H.G. 威尔斯 (H. G. Wells, 1866—1946)，英国著名小说家，新闻记者、政治家、社会学家和历史学家。他创作的科幻小说对该领域影响深远。

第二场

场景：和第一幕一样的场景。克罗斯比家的客厅。

时间大约是下午五点，光线十分柔和。

幕布升起时舞台上是空的，但立即传来停车的声音，乔伊斯太太和威瑟斯走上平台的台阶，到了房间里。紧跟着他们进来的是男仆领班和另外一个中国仆人，一个人拿着一只箱子，另一个人拿着一只大篮子。乔伊斯太太四十来岁，身材丰满，气色很好，长得很漂亮。

乔伊斯太太：天哪，这地方看着真是冷清。你一眨眼就能看出来，这地方没有女人在管事儿。

威瑟斯：我必须得说，看着是有些阴沉。

乔伊斯太太：我就知道。我直觉就是这样。所以我才想在莱斯莉之前先过来。想着我们可以在她来之前稍微做点什么。

　　　　[她走到钢琴边，打开琴盖，把一张乐谱放到琴架上。

威瑟斯：放点花会好一些吧。

乔伊斯太太：我不知道这些可怜的男仆会不会想到去摘点来。[对拿着篮子的男仆领班] 冰块准备好了吗，男仆？

男仆领班：是的，太太。

乔伊斯太太：好了，把它放到不会融化的地方去。有花吗？

男仆领班：我去看看。

乔伊斯太太：[对另一个男仆] 噢，那是我的包。把它放到空房间里去吧。

　　　　[两个仆人出去了。

威瑟斯：想想看，我忍不住要去想，克罗斯比太太怎么能坚持回到这里来的。

乔伊斯太太：老朋友，克罗斯比一家可没有半打房子可供选择。如果你只有一栋房子，我想你也会住下去的，不管这里发生过什么。

威瑟斯：不管怎么样，我可能会希望过一阵再回来。

乔伊斯太太：我也想要她这样做。我都给他们安排好了，庭审过后就到我们家来。我想要他们来跟我一起住，直到他们能去度假。

威瑟斯：我认为那是最理想的安排了。

乔伊斯太太：可他们不愿意。鲍勃说他不能离开橡胶园，莱斯莉又说她离不开鲍勃。于是我就说，霍华德和我会过来。我觉得要是有人跟他们一起住上一两天，能让他们好过些。

威瑟斯：[微笑着] 而且我想你打定主意要庆祝一番吧。

乔伊斯太太：[欢快地] 你没尝过我的百万美元鸡尾酒吧？整个马来联邦的庆祝场合可都少不了它。莱斯莉被逮捕的时候我就默默发誓，除非她无罪开释，否则我就再也不调了。我一直在等这天，谁也不能剥夺我的乐趣。

威瑟斯：所以要冰块，我说的对吗？

乔伊斯太太：所以要冰块，聪明的人。其他人一到我就开始调酒。

威瑟斯：你自己动手吗？

乔伊斯太太：我自己动手。我不介意这么说，我从没听过有人能调出比我更好的鸡尾酒。

威瑟斯：[咧嘴一笑] 我们都觉得自己调的鸡尾酒比其他人的好。

乔伊斯太太：[欢快的] 是啊，不过很不幸，你们都错了，而我恰好是对的。

威瑟斯：天意难测。

　　　　[两个男仆拿着装花的盆子进来。他们把花到处放好，于是房间看起来就跟第一幕完全一样。

乔伊斯太太：哦，太棒了。这下像个住人的地方了。

威瑟斯：他们很快就会到了。

乔伊斯太太：我们来得可快了。我敢说有好多人都想跟莱斯莉说几句话。我想他们要在这里待上一阵了。

　　　　[男仆都出去了。

威瑟斯：我待到他们回来吧，行吗?

乔伊斯太太：你当然要待着啦。

威瑟斯：我觉得总检察官做事相当得体。

乔伊斯太太：我知道他会那样处理的。我认识他太太。她说她觉得莱斯莉一开始就不该被审判。不过，当然啦，男人就是那么可笑。

威瑟斯：我永远不会忘记陪审团进来宣布"无罪释放"的时候，房间里响起的欢呼声。

乔伊斯太太：太叫人激动了，不是吗? 而莱斯莉是那么冷静，好像发生的一切都跟她没关系似的。

威瑟斯：我忘不了她说证词的样子。老天啊，她可真了不起。

乔伊斯太太：那样子太美了。我都忍不住哭了。她那么谦逊，那么克制。霍华德一向认为我容易兴奋、行事冲动，那天他还跟我说，他从没见过哪个女人像莱斯莉这么能控制自己。这可是真心的赞美，因为据我所知，他也不是那么喜欢她的。

威瑟斯：为什么不呢?

乔伊斯：哦，你知道男人的德性。对死党的太太，他们一向是不那么在意的。

　　　　[男仆领班拿着一个靠枕进来了，上面还盖着一块布。

威瑟斯：噢，这是什么?

男仆领班：太太的梭结花边。

乔伊斯太太：[走过去把布拿开] 噢，是你拿来的?

男仆领班：我想太太可能想要。

[他把靠枕放到桌子上，和第一幕相同的地方。

乔伊斯太太：我想她会的。你想得很周到，男仆。[男仆出去的时候
  对威瑟斯说] 你知道吗，有时候你真想杀了这些中国男仆，接
  着他们突然又做出那么善良周到的举动，你就彻底原谅他们了。

威瑟斯：[看着花边] 老天，这可真漂亮，不是吗？你知道，就像是
  她会做出来的东西。

乔伊斯太太：威瑟斯先生，我要问你点非常可怕的事情。那天晚上
  你来的时候，杰夫·哈蒙德的尸体躺在哪个地方？

威瑟斯：在外面的平台上，就在那盏灯下面。老天，我跑上台阶的
  时候吓了一大跳，差点被他绊倒。

乔伊斯太太：你想过吗？莱斯莉每次进屋的时候都要经过那块尸体
  躺过的地方？这太残忍了。

威瑟斯：也许她不会想起来的。

乔伊斯太太：不幸的是，她不是我那种行事冲动的傻瓜。可我——
  噢，老天啊，我再也睡不着了。

  [一辆汽车开来的声音。

威瑟斯：他们来了。他们没耽搁太久。

乔伊斯太太：[走到平台上] 是他们，他们肯定在我们之后十分钟内
  就动身了。[叫了起来] 莱斯莉！莱斯莉！

  [莱斯莉走了进来，身后跟着克罗斯比和乔伊斯。克罗斯比
  穿着一套整洁的帆布工作服。莱斯莉穿了一条丝绸裹裙，戴着
  一顶帽子。

莱斯莉：你们没到很久吧？

乔伊斯太太：[挽起她的手臂] 欢迎。欢迎回家。

莱斯莉：[抽出手臂] 亲爱的。[环顾四周] 看起来多漂亮，多舒适
  啊。我都看不出来我离开过。

乔伊斯太太：你累了吧？你想去躺一会儿吗？

莱斯莉：累？怎么会呢，过去六个星期我什么都没干，光在休息了。

乔伊斯太太：噢，鲍勃，看到她回来你不高兴吗？

乔伊斯：好了，多萝西，别挤对他了。要是你想挤对什么人，冲我来吧。

乔伊斯太太：我可不要挤对你，你这个残忍的家伙。你都干了什么呀？

莱斯莉：[把自己的手伸给他，露出一个迷人的微笑] 他什么都做了。我都不知道怎么才能谢他。你不知道在这段等待的枯燥时间里，他对我意味着什么。

乔伊斯太太：我不介意承认，我认为你的辩护很棒，霍华德。

乔伊斯：谢谢你的美言。

乔伊斯太太：可我觉得要是你能再有点激情就更好了。

威瑟斯：我不同意，乔伊斯太太。辩护就是要冷静精确，公事公办，才能起到效果。

乔伊斯：我们去喝你一直在说的鸡尾酒吧，多萝西。

乔伊斯太太：过来帮帮我，威瑟斯先生。我调鸡尾酒的时候需要很多帮手。

莱斯莉：[脱下帽子] 我知道你的百万美元鸡尾酒是多精细的活儿，多萝西。

乔伊斯太太：[正要和威瑟斯一起走出去] 别那么急躁。我可急不来。我得好好准备。

莱斯莉：我去把自己收拾干净。

克罗斯比：用不着。你看着就像刚从硬纸盒里出来的那么干净。

莱斯莉：我不会去很久的。

克罗斯比：我很想跟你说句话。

乔伊斯：我回避一下吧。

克罗斯比：不，我需要你，老伙计。我需要你的法律意见。

乔伊斯：噢，是吗？尽管说吧。

克罗斯比：好吧，是这样，我希望莱斯莉尽快离开这里。

乔伊斯：我认为去度个假对你们俩都好。

莱斯莉：你能抽身吗，罗伯特？就算是两三个礼拜我也会很开心的。

克罗斯比：两三个礼拜有什么用？我们必须永远离开。

莱斯莉：那怎么可能呢？

乔伊斯：你可不能就这样甩手不干。你很难再找到这么好的工作了。

克罗斯比：这你可说错了。我手头有个好得多的差事。我们两个都没法再待在这儿了。那是不可能的。我们在这个房子里经受了太多。我们怎么能忘掉……

莱斯莉：〔打了个冷战〕不，别说了，鲍勃，别说了。

克罗斯比：〔对乔伊斯〕你看到了。老天在上，莱斯莉是个特别坚强的人，但人的忍耐总有个限度。你知道这样的生活有多孤独。只要我去了外地，想到她一个人坐在这个房间里，我就没有片刻安宁。不用再讨论了。

莱斯莉：噢，别为我考虑，鲍勃。你一手建起了这个橡胶园，你刚来的时候这里什么都没有。千万别，这是你的孩子啊。是你特别看重的东西。

克罗斯比：我恨它。我恨这里的每一棵树。我一定要走，你也是。你不想留下吧？

莱斯莉：这一切已经够糟的了。我不想再生枝节。

克罗斯比：我知道，唯一能让我们重获安宁的办法就是去一个能让我们忘掉一切的地方。

乔伊斯：但你能找到别的工作吗？

克罗斯比：没错，我正要说这件事呢。我突然得到一个机会。这就是我为什么想马上跟你谈谈。是在苏门答腊岛。我们可以马上离开，周围只有荷兰人。我们可以开始一段新生活，交新朋友。

唯一的问题就是你会特别孤独，亲爱的。

莱斯莉：噢，我不会介意的。我习惯了一个人。[突然激动起来] 我很愿意去，罗伯特。我不想待在这里。

克罗斯比：那就说定了。我这就着手去办，我们马上就能安排好。

乔伊斯：报酬呢？跟这儿一样好吗？

克罗斯比：我希望能更高一些。不管怎么说，我是在给自己打工，而不是给伦敦某个腐败的公司。

乔伊斯：[吓了一跳] 你这话是什么意思？你不是要买一个橡胶园吧？

克罗斯比：是的，我要买一个。我何必要一直为其他人拼命干活呢？这是万里挑一的机会。园子的主人是一个马六甲的中国人，他手头有些紧，只要后天能拿到钱，他就愿意只要三万美元。

乔伊斯：可你要怎么弄到这三万美元啊？

克罗斯比：噢，我到东方来之后存了大概一万元，查理米德斯愿意借给我剩下的，用抵押。[莱斯莉和乔伊斯惊愕地对视了一眼]

乔伊斯：这可是孤注一掷啊。

莱斯莉：我不想你为了我这样冒险，罗伯特。你不用担心我，真的。我在这里也能过得很好。

克罗斯比：别瞎说了，亲爱的。一分钟前你还在说你要不顾一切地离开呢。

莱斯莉：我说话没过脑子。我敢肯定逃跑是个错误。理智的做法是坚持下去。这里的每个人都对我们这么好，没道理认为他们以后就会改变态度了。我肯定我们的朋友都会想方设法让我们好过一些的。

克罗斯比：好啦，亲爱的，你没必要为这些小风险惊慌失措。只有担了风险的人才能赚大钱。

乔伊斯：这些中国人的橡胶园状况一向不好。你知道那些中国人有多不上心。

克罗斯比： 这次情况完全不一样。这个中国人很上进，他还有一个欧洲人做经理。这可不是冲动行事，是经过仔细考量的决定，我算了一下，十年里我就能赚到足够的钱退休了。然后我们就到英格兰去定居，像贵族老爷一样过活。

莱斯莉： 说实话，罗伯特，我情愿待在这里。我对这地方有感情，只要有足够的时间忘掉发生的一切……

克罗斯比： 你怎么能忘掉呢？

乔伊斯： 不管怎么说，这件事你一定要充分考虑再做决定。你自然是想要去苏门答腊亲眼看看的吧。

克罗斯比： 就那样了。我必须立刻决定。对方只给我三十六小时。

乔伊斯： 可是，老伙计，你不能连看都不看就花三万美元买一座橡胶园啊。你们这些种植园主都不怎么有生意头脑，但事情总得有个限度啊。

克罗斯比： 别把我夸大成一个傻瓜。我看过那地方了，真要卖的话，那地方能值五万美元。文件我都准备好了，就在我办公室里。我这就去拿来，你亲自看看。我还有几张房子的照片要给莱斯莉看。

莱斯莉： 我不想看。

克罗斯比： 好啦，别担心，亲爱的。你就是神经紧张。这恰好说明你有多需要离开这里。亲爱的，在这件事上你必须让我来做主。我也想离开。我再也待不下去了。

莱斯莉： [痛苦地] 噢，你怎么这么顽固呢？

克罗斯比： 好啦，好啦，亲爱的，别无理取闹啦。让我去把文件拿来。我很快就回来。

　　[他走了出去。一阵沉默。莱斯莉惊恐地看着乔伊斯；他做了一个表示无奈的动作。

乔伊斯：我为那封信付了一万美元。

莱斯莉：你要做什么？

乔伊斯：[悲痛地] 我还能做什么呢？

莱斯莉：噢，现在别告诉他。给我一点时间。我要撑不住了。我再也受不了了。

乔伊斯：你听到他说的话了。他立刻就要钱去买那个种植园。他付不出来的。他没有钱了。

莱斯莉：给我点时间。

乔伊斯：我是没法给你那么一大笔钱的。

莱斯莉：不是，我没指望要你的钱。也许我能弄到。

乔伊斯：去哪儿弄？你知道那是不可能的。那是我给孩子们准备的教育基金。我很乐意提前预支这笔钱，我也不介意等上几个星期⋯⋯

莱斯莉：[打断他] 要是你能给我一个月的时间，我就能想办法做点什么了。我可以让罗伯特有点心理准备，一点点给他解释。我会找到机会的。

乔伊斯：要是他买了这个种植园，这笔钱就没了。不，不行，不行。我不能让他那么做。我不想对你那么残忍，可我不能失去我的钱。

莱斯莉：那封信在哪儿？

乔伊斯：在我口袋里。

莱斯莉：噢，我该怎么办？

乔伊斯：我对你非常抱歉。

莱斯莉：噢，别为我感到抱歉。我一点也不重要。是为了罗伯特。他会心碎的。

乔伊斯：要是有其他办法就好了。我想不到还能怎么办。

莱斯莉：我想你是对的。只有一条路了。告诉他。告诉他，了结这件事。我心力交瘁了。

[克罗斯比拿着一沓文件和两张大幅照片走进来。

克罗斯比：当然啦，要不是为了莱斯莉的事，上周我就会跑到苏门答腊去了。我想让你先看看我拿到的报告。

乔伊斯：看看这里，鲍勃，你没意识到你要为这桩交易付很多手续费吗？

克罗斯比：我知道你们这些律师都是强盗。我敢说这会让我手头吃紧，但我敢说你不介意等到我把事情安顿好。你清楚你可以信赖我，要是你想，我可以付你利息。

乔伊斯：我猜你根本不知道这笔钱有多少。当然啦，我们不想催你，可我们不能没有确定的收入来源。你跟我们签约的时候我警告过你的，你不会剩下多少钱去做冒险的投机。

克罗斯比：你吓坏我了。这些花费都是哪儿来的？

乔伊斯：我不会为私人咨询收你钱的。不管我做什么，都是出于纯粹的友谊，但我恐怕有些赔本买卖是你必须要做的。

克罗斯比：当然啦。你不想多收我钱，这可真是太好了。否则我可没法接受。那些赔本买卖要花多少钱？

乔伊斯：你还记得昨天我跟你说过，有一封莱斯莉的信，我认为我们要弄到手的。

克罗斯比：没错。我真的以为那不是件大事，不过，当然啦，我让你全权处理了。我是觉得你在小题大做。

乔伊斯：你让我做我觉得合适的决定，我把信从拿着它的人手里买了下来。我为它付了一大笔钱。

克罗斯比：真麻烦啊。不过，要是你觉得有必要，我是不会抱怨的。花了多少钱？

乔伊斯：我恐怕我不得不花了一万美元。

克罗斯比：[震惊地] 一万美元！怎么可能，那可是一大笔钱。我以为你要说几百美元。你肯定是疯了。

乔伊斯：你不用怀疑，要是我能砍价，我是不会付这么多钱的。

克罗斯比：可那是我全部的积蓄了。这让我身无分文了。

乔伊斯：倒也不至于，但你必须清楚，你没有买橡胶园的钱了。

克罗斯比：可你为什么不让他们把信带来，告诉他们爱干什么就干什么呢？

乔伊斯：我没有这个胆量。

克罗斯比：你的意思是一定要把信的事压下来吗？

乔伊斯：要是你想让你太太无罪释放。

克罗斯比：可是……可是……我不明白。你是要告诉我，他们有可能判她有罪吗。他们不可能为了她干掉一个害人精就吊死她的。

乔伊斯：当然不会，他们不会吊死她的。但是他们可能会判她过失杀人。我敢说她会被判两到三年。

克罗斯比：三年。我的莱斯莉。我的小莱斯莉。这会杀了她的……可那封信写了什么啊？

乔伊斯：我昨天告诉过你了。

莱斯莉：我太蠢了。我……

克罗斯比：[打断她] 我想起来了。你写信给哈蒙德，让他到家里来。

莱斯莉：是的。

克罗斯比：你想要他给你弄点东西，是吗？

莱斯莉：是的，我想给你买个生日礼物。

克罗斯比：你为什么要找他帮忙呢？

莱斯莉：我想送你一把枪。他这方面懂得很多，而你知道我有多无知。

克罗斯比：伯蒂·卡梅伦有一把全新的枪要卖掉。哈蒙德死的那天晚上我就是要到新加坡去买的。你怎么还想要再送我一把呢？

莱斯莉：我怎么知道你要买枪呢？

克罗斯比：[急切地] 因为我告诉你了。

莱斯莉：我忘了。我不可能什么都记得。

克罗斯比：你没忘。

莱斯莉：你这话是什么意思，罗伯特？你为什么这样对我说话？

克罗斯比：[对乔伊斯] 你去买那封信不是刑事犯罪吗？

乔伊斯：[试着轻描淡写地回答] 那不是一个受人尊敬的律师通常办事的方式。

克罗斯比：[追问道] 这是刑事犯罪吗？

乔伊斯：我一直在试着忘掉这件事。但如果你坚持要一个正面回答，我恐怕我只能承认了。

克罗斯比：既然如此，你为什么还要这么做呢？你，偏偏是你。你要让我免于什么样的打击？

乔伊斯：噢，我告诉过你了。我觉得……

克罗斯比：[冷酷严肃地] 不，你没有。

乔伊斯：好啦，好啦，鲍勃，别犯傻。我不知道你是什么意思。陪审团都是些傻瓜，你是不会想要他们产生一些愚蠢的想法的。

克罗斯比：现在信在谁手里？你拿到了吗？

乔伊斯：是的。

克罗斯比：信在哪儿？

乔伊斯：你想知道什么？

克罗斯比：[粗暴地] 见鬼去吧，我要看。

乔伊斯：我无权把信给你看。

克罗斯比：是你花钱买的，还是我？为那封信我花了一万美元，老天爷啊，我要看。至少我要知道我的钱没白花。

莱斯莉：让他看吧。

  [乔伊斯一言不发，把钱夹从口袋里掏出来，拿出信。他把

信递给克罗斯比。他读了信。

克罗斯比：[嗓音嘶哑] 这是什么意思？

莱斯莉：就是说杰夫·哈蒙德是我的情人。

克罗斯比：[用手掩住脸] 不，不，不。

乔伊斯：你为什么杀了他？

莱斯莉：他成为我的情人有好几年了。他从战场回来后不久我们就在一起了。

克罗斯比：[愤怒地] 这不是真的。

莱斯莉：过去我会开车到一个我们知道的地方，他会来见我，一周两三次。罗伯特去新加坡的时候，他会在晚上到家里来，等男仆们都去睡觉之后。我们一直在见面，固定不断。

克罗斯比：我信任你。我爱你。

莱斯莉：直到最近，一年前，他开始变了。我不知道发生了什么事。我不相信他不在乎我了。我气疯了。噢，要是你知道我忍受了多大的痛苦。我经历了地狱。我知道他不想要我了，可我不肯放他走。有时候我觉得他恨我。多么不幸啊！多么不幸！我爱他。我不想爱他。我控制不了自己。我恨我爱他，可他又是我的一切。他是我的生命。

克罗斯比：噢，老天啊！噢，老天啊！

莱斯莉：之后我听说他跟一个中国女人同居了。我不相信。我不愿相信。最后我看到了，我亲眼看到她在村子里走动，戴着她的金手镯，还有她的项链——一个中国女人。太可怕了！村子里的人都知道她是他的情妇。我经过她身旁的时候，她看了我一眼，我看得出来，她也知道我是他的情妇。

克罗斯比：噢，真是耻辱。

莱斯莉：我写信给他。我说我一定要见他。你读过信了。我疯了才会写这封信。我不知道自己在做什么。我不在乎。我十天没见过他了。跟一辈子一样长。我们上一次见面的时候，他把我抱在怀里，吻我，让我别担心。一离开我，他就投进了她的怀抱。

乔伊斯：他坏透了。他一向如此。

莱斯莉：那封信。我们一直都很小心。他总是一读完我的信就撕掉。我怎么知道他留了一封？

乔伊斯：现在都无关紧要了。

莱斯莉：他来了，我跟他说我知道那个中国女人的事了。他否认了。他说那都是流言蜚语。我气疯了。我不知道我跟他说了些什么。噢，那时我恨他！我恨他，因为他让我鄙视我自己。我要把他碎尸万段。我说了所有能伤害他的话。我辱骂他。我想往他脸上吐唾沫。最后他冲我发火了。他说他厌倦了我，再也不想看到我了。他说我让他厌烦得要命。然后他承认那个中国女人的事是真的。他说他认识她好几年了，她是唯一让他放在心上的女人，其他的都是打发时间。他说他很高兴我知道了，现在，我终于能离开他了。他对我说的那些话，我以为一个男人是不会对女人那样说话的。我要是街上的娼妓，他都不会对我这样恶毒。之后我不知道怎么了；我气疯了；我抓起手枪开了枪。他大叫了一声，我看到我打中他了。他跌跌撞撞地往门廊冲过去。我跟在他后面跑过去，又开了一枪。他倒了下去，我站在他上方，我不停地开枪，直到把子弹都打光。

    [一阵停顿。然后克罗斯比走到她面前。

克罗斯比：我做错了什么吗，让你这样对我，莱斯莉？

莱斯莉：不，是我太坏了。我没有任何借口。我背叛了你。

克罗斯比：现在你想怎么做？

莱斯莉：由你来定。

克罗斯比：我是为了你才想离开的。现在我要继续待在这儿，不过我会给你足够的钱，让你在英格兰生活。

莱斯莉：我能到哪儿去？我没有家人，也没有朋友。我在这世上那么孤单。噢，我太不幸了。

克罗斯比：你怎么能这样，莱斯莉？我做错了什么，让我无法赢得你的爱？

莱斯莉：我能说什么？欺骗你的不是我。爱上另一个人的也不是我。我不知道被什么迷了心，我像是成了我自己的情妇，好像我头脑发热，失去了理智。我从中没有得到一丝快乐，这段恋情——它给我的只有羞耻和悔恨。

克罗斯比：可怕的是尽管发生了这一切——我还是爱你。噢，老天，你肯定要鄙视我了。我鄙视我自己。

　　[莱斯莉慢慢地摇了摇头。

莱斯莉：我不知道我做了什么值得你这样爱我。我不配。噢，要是我能怪别人就好了。只能怪我自己。我没人可以怪罪。我罪有应得。噢，罗伯特，我亲爱的。

　　[他转向一边，把脸埋进手里。

克罗斯比：噢，我该怎么办。全都完了。全完了。

　　[他开始抽泣，忍着巨大的痛苦。这是一个不习惯流泪的男人的眼泪。她蹲在他旁边。

莱斯莉：噢，别哭了。亲爱的，亲爱的。

　　[他跳起来，把她推到一边。

克罗斯比：我是个傻瓜。没必要这样丢人现眼。我很抱歉。

　　[他飞快地冲出房间。莱斯莉站了起来。

乔伊斯：让他去吧。让他平静一会儿。

莱斯莉：我对他无比抱歉。

乔伊斯：他会原谅你的。他离不开你。

莱斯莉：要是他能再给我一次机会。

乔伊斯：你爱过他吗？

莱斯莉：没有。我真希望我爱过他。

乔伊斯：接下来该怎么办呢？

莱斯莉：我会把命都交给他，只交给他。我向你发誓，我什么都愿意做，只要能让他快乐。我会补偿他的。我会让他忘掉这一切。他不会知道我不像他希望的那样爱他。

乔伊斯：跟一个你不爱的人生活在一起并不容易。但你有作恶的勇气和力量；也许你也有为善的勇气和力量。那就是你的惩罚。

莱斯莉：不，那不会是我的惩罚。我可以那样做，我会很高兴那样做。他是那么善良，那么温柔。我的惩罚是更糟的事情。我仍然全心全意地爱着那个被我杀掉的男人。

全剧终

附　录

　　一部剧作的发表不只为满足作家的虚荣心，也要从戏剧爱好者的角度有所考虑，故我决定在此附上剧场剧院的演出版本。在两三次彩排后，考虑到同一出戏里出现两段长台词，会让观众感到厌倦，因此我用一幕"闪回"替代了莱斯莉·克罗斯比最终的坦白。在我看来，作家应谨慎地避免剧情的乏味，哪怕要为这样的改动承担风险。

　　[乔伊斯一言不发，从口袋里掏出一本小书，把夹在里面的信拿了出来。他把信递给克罗斯比。他读了一遍。

克罗斯比：[嗓音嘶哑] 这是什么意思？

莱斯莉：就是说杰夫·哈蒙德是我的情人。

克罗斯比：[用手掩住脸] 不，不，不。

乔伊斯：你为什么杀了他？

莱斯莉：他成为我的情人有好几年了。

克罗斯比：[愤怒地] 这不是真的。

莱斯莉：好几年了。然后他变了。我不知道发生了什么事。我不敢相信他再也不把我放在心上了。我爱他；我不想爱他的。我没法控制自己。我恨我爱他，可他却是我的整个世界。他是我的生命。后来我听说他跟一个中国女人同居了。我没法相信。我不愿相信。最后我看到了，我亲眼看到她在村子里走动，戴着她的金手镯，还有她的项链———一个中国女人。太可怕了！村子里的人都知道她是他的情妇。我经过她身旁的时候，她看了我一眼，我看得出来，她也知道我是他的情妇。

[暗场片刻。灯光再度亮起，莱斯莉换上了第一幕时穿的裙子，又坐在桌旁钩花边。杰弗里·哈蒙德走了进来。他年近四十，长相英俊，举止活泼轻快，属于相当自信的那类人。

莱斯莉：杰夫！我还以为你不会来了。

哈蒙德：你那个鲁莽糟糕的丈夫去新加坡干什么哪？

莱斯莉：他要到伯蒂·卡梅伦那儿去买一把枪。

哈蒙德：我猜他是要去搞那把当地人都在谈论的大家伙。我打赌我会先弄到手的。来杯酒怎么样？

莱斯莉：你自己倒吧。

[他走到桌边，给自己倒了一杯威士忌掺苏打水。

哈蒙德：我说，出什么事了吗？你的便条写得很慌乱。

莱斯莉：你怎么处理那张便条的？

哈蒙德：我马上撕掉了。你当我是傻瓜吗？

莱斯莉：[突然地] 杰夫，我不能再继续这样了。我坚持不下去了。

哈蒙德：为什么？发生什么事了？

莱斯莉：哦，别装傻了。那样有什么好处呢？这么长时间了，你为什么一直不给我消息？

哈蒙德：我要做的事太多了。

莱斯莉：连花几分钟给我写封信都办不到，你可没有那么忙。

哈蒙德：没必要担这样的风险啊。要是不想被人发现我们的事，就要做好必须的预防措施。我们一直以来运气都不错。要是现在把事情弄的一团糟，那就太蠢了。

莱斯莉：别把我当成一个彻头彻尾的傻瓜。

哈蒙德：听我说，亲爱的莱斯莉，要是你把我叫来，就是为了发作一通，我可要走啦。这种没完没了的吵闹我受够啦。

莱斯莉：发作？你不知道我有多爱你吗？

哈蒙德：哦，亲爱的，你表现爱的方式可有点儿古怪啊。

莱斯莉：你要把我逼疯了。

　　　　[他探究地看了她一会儿，接着，他从容地朝她走过去，两手插在口袋里。

哈蒙德：莱斯莉，我不知道你有没有注意到，最近我们见面总要吵架。

莱斯莉：这是我的错吗？

哈蒙德：我没那个意思。我敢说都是我的错。但要是两个人的关系变得像我们这样，事情很可能就不太妙了。

莱斯莉：你说这话是什么意思？

哈蒙德：哦，我不确定人们碰到这种情况的时候，是不是通常这么说："我们共度过一段愉快的时光，但所有美好的关系都会有结束的一刻，我们应当在还有机会保持友谊的情况下，结束这段关系。"

莱斯莉：[吓坏了] 杰夫。

哈蒙德：我不过是实事求是。

莱斯莉：[突然爆发] 实事求是！那你家里的那个中国女人呢？

哈蒙德：亲爱的，你在说什么哪？

莱斯莉：你以为我不知道你跟一个中国女人同居好几个月了吗？

哈蒙德：无稽之谈。

莱斯莉：你把我当成什么样的傻瓜了？噢，村子里都传遍了。

哈蒙德：[耸了耸肩] 亲爱的，要是你相信这些当地人的流言蜚语……

莱斯莉：[打断他的话] 那她为什么待在你的房子里？

哈蒙德：我不清楚什么中国女人的事情。只要仆人们做事得当，我是不太会管他们的事情的。

莱斯莉：这话是什么意思？

哈蒙德：要是某个男仆带了个姑娘进来，我是不会太惊讶的。只要她不来打扰我，我干吗要在乎呢？

莱斯莉：我见过她。

哈蒙德：她长什么样？

莱斯莉：又老又胖。

哈蒙德：这话可不太好听。我的男仆领班也是又老又胖的。

莱斯莉：你的男仆领班不会用五美元一码的丝绸打扮一个女人。她身上的首饰价值好几百镑。

哈蒙德：听起来她挺会攒钱啊。也许她觉得最好把储蓄都用来投资珠宝。

莱斯莉：你敢发誓她不是你的情妇吗？

哈蒙德：当然。

莱斯莉：用你的名誉发誓？

哈蒙德：用我的名誉。

莱斯莉：[粗暴地] 那是个谎言。

哈蒙德：好吧，就当那是个谎言吧。要是那样的话，你干吗不放我走呢？

莱斯莉：因为，就算那些事都是真的，我也全心全意地爱你。我没法让你离开。你是我在这世上的一切。要是你不爱我，那就可怜我吧。没有你我就没有了方向。哦，杰夫，我爱你。没人再会像我一样爱你了。我知道我经常对你很凶，很坏，可我那么不快乐。

哈蒙德：亲爱的，我没想让你不快乐，但也没必要拐弯抹角了。事情已经结束了，都结束了。你必须放我走。你真的得让我离开了。

莱斯莉：哦，不，杰夫，你不是那个意思，你不可能要离开我。

哈蒙德：莱斯莉，亲爱的，我真的很抱歉，但事情就是那样，你必须认清现实。我们结束了，你要尽可能想办法面对它。我已经决定了，就那样。

莱斯莉：多么残忍啊。多么残忍的野兽。你都不会这样对待一条狗。

哈蒙德：我不爱你了，难道这是我的错吗？见鬼去吧，人只可能爱或者不爱一个人。

莱斯莉：哦，你这个铁石心肠的人。我愿意为你做任何事，而你却不愿给我一个机会。

哈蒙德：老天啊，你怎么就不能理智一点呢？实话告诉你吧，我对这整件事都烦透了，厌倦了。你想要我说一大堆话，说你对我无足轻重吗？你不明白吗？你没有感觉到吗？你肯定是失去理智了。

莱斯莉：[绝望地] 是啊，我是知道得太清楚了。我也感觉到了。我不在乎。让我的心沸腾的不再是爱，而是疯狂；看着你对我是种折磨，看不到你却是十倍的折磨。如果你现在离开，我就自杀。[她拿起放在桌上的手枪] 我对天发誓，我会自杀的。

哈蒙德：[不耐烦地] 哦，别说傻话了！

莱斯莉：你不相信我是认真的吗？你认为我不敢吗？

哈蒙德：[气得不能自已] 我不想再跟你耗下去了。谁跟你在一起都会被你逼疯的。要是你厌倦了我，你难道还会犹豫，不把我赶走吗？你一分钟也不会耽误的。你以为我不了解女人吗？

莱斯莉：你毁了我的生活，现在你厌倦了我，又要把我当成一件穿旧的外套丢到一边。不，不，不！

哈蒙德：随你想怎么做，随你怎么说，可我要告诉你，一切都结束了。

莱斯莉：我绝不会放你走！绝不！绝不！

　　　[她张开双臂抱住他的脖子，但他粗暴地挣开了。她的触碰

惹恼了他。

哈蒙德：我受够了。受够了。我不想再看到你了。

莱斯莉：不，不，不。

哈蒙德：[粗暴地] 你想要真相，那就听着吧。没错，那个中国女人是我的情妇，我也不在乎让谁知道。要是你叫我在你和她之间选择，我要选她。选多少次都一样。现在，看在老天的分上，别再缠着我不放了。

莱斯莉：你这个杂种！

　　　　[她抓起手枪，朝他开枪。他踉跄着摔倒了。关灯，再次暗场。

莱斯莉：我追着他，又开了一枪。他倒在地上，然后我站在那儿，朝下开了一枪又一枪，直到子弹都射光了。

　　　　[灯光亮起。克罗斯比和乔伊斯在听莱斯莉讲话。她又换上了这一幕开场时的裙子。

克罗斯比：我做了什么要让你这样对我，莱斯莉？

莱斯莉：不，我没有任何借口。我背叛了你。

克罗斯比：现在你想怎么做？

莱斯莉：由你来定。

克罗斯比：你怎么能这样，莱斯莉？可怕的是尽管发生了这一切——我还是爱你。噢，老天，你肯定要鄙视我了。我鄙视我自己。

　　　　[莱斯莉慢慢地摇了摇头。

莱斯莉：我不知道我做了什么值得你这样爱我。我不配。噢，要是我能怪别人就好了。只能怪我自己。我没人可以怪罪。我罪有应得。噢，罗伯特，我亲爱的。

　　　　[他转向一边，把脸埋进手里。

克罗斯比：噢，我该怎么办。全都完了。全完了。

[他开始抽泣，忍着巨大的痛苦。这是一个不习惯流泪的男人的眼泪。她蹲在他旁边。

莱斯莉：噢，别哭了。亲爱的——亲爱的。

[他跳起来，把她推到一边。

克罗斯比：我是个傻瓜。没必要这样丢人现眼。我很抱歉。

[他飞快地冲出房间。莱斯莉站了起来。

乔伊斯：让他去吧。让他平静一会儿。

莱斯莉：我对他无比抱歉。

乔伊斯：他会原谅你的。他离不开你。

莱斯莉：要是他能再给我一次机会。

乔伊斯：你爱过他吗?

莱斯莉：没有。我真心希望我爱过他。

乔伊斯：接下来该怎么办呢?

莱斯莉：我向你发誓，我什么都愿意做，只要能让他快乐。我会补偿他的。我会让他忘掉这一切。他不会知道我不像他希望的那样爱他。

乔伊斯：跟一个你不爱的人生活在一起并不容易。但你有作恶的勇气和力量；也许你也有为善的勇气和力量。那就是你的惩罚。

莱斯莉：不，那不会是我的惩罚。我可以那样做，我会很高兴那样做。他是那么善良，那么温柔。我的惩罚是更糟的事情。我仍然全心全意地爱着那个被我杀掉的男人。

神圣火焰
THE SACRED FLAME
三幕剧

马 丹 译

人物表

莫里斯·塔布雷特

哈韦斯特医生

塔布雷特太太

韦兰护士

爱丽丝

李肯达少校

史黛拉·塔布雷特

柯林·塔布雷特

本剧的剧情发生在加特利府邸，塔布雷特太太的住所，近伦敦。

第一幕

　　场景：加特利府邸的客厅。房间开阔舒适，装潢风格非常老旧，宽大的座椅上覆盖着褪色的印花棉布，硕大的鲜花盆景，英式瓷器，维多利亚时期的水粉画，以及镶在银相框里的照片。这是一位老妇人按照她从小熟悉的客厅风格来装修的房间。没有室内设计师走进过房门。也没有陌生人进来以后会发出"多么漂亮！"的感叹，但是如果他对周边环境敏感的话，他也许会觉得在这房间里喝茶吃松饼倒是非常不错的，而且他也会把手伸进沙发靠垫的后面，肯定自己会在角落里摸到小包的鼓鼓囊囊的薰衣草香料包。

　　现在是六月中旬，天气宜人，朝向花园的大落地窗也敞开着。在窗外，你能看见夜色茫茫，星光熠熠。

　　幕布拉起，舞台上有莫里斯、塔布雷特太太、韦兰护士和哈韦斯特医生。塔布雷特太太忙着织挂毯。她是一个瘦削娇小、头发灰白的妇人，举止温文尔雅，但表情坚毅；脸上有一种饱经风霜的沧桑感，但同时又透出一股不服输的韧劲和勇气。她穿着半正式的晚装，黑色装扮。韦兰护士在读一本书。她年约二十七，相貌俏丽而不至于美艳，眼睛漂亮但略显阴郁，神情中带有某些同龄女性的那种渴望而又有点可怜的样子。她没有穿护士装，一条朴素大方的连衣裙衬托出她姣好的身材。

　　哈韦斯特医生和莫里斯在下棋。哈韦斯特是家庭医生，年纪尚轻，脸上洋溢着青春活力，面容真诚坦率，肤色白皙，穿戴整洁，性情和善。他身穿一件无尾礼服。莫里斯躺在一张病床上，穿着睡衣和一件小外套。他梳洗整齐，板寸头发，脸上刚刮了胡子；他相貌英俊，举止活泼，甚至有点热情；但他非常瘦弱，双颊苍白凹陷，深色的眼睛看起来空洞洞的。然而他们一直在笑。他没有表现出任何自怨自艾的情绪。医生考虑如何应对棋局的时候迟疑了片刻。

莫里斯：[调侃地说] 下棋贵在速度，老伙计！

哈韦斯特：别让这个霸王欺负我了吧，塔布雷特太太。

塔布雷特太太：[微笑] 我觉得你能很好地照顾自己，医生。

莫里斯：如果你动你的象，你就能为难我一下了。

哈韦斯特：[不为所动，仍旧考虑棋局] 我想要你的建议的时候，我会问你的。

莫里斯：妈妈，你们以前年轻的时候，那些可敬的全科医生是这么跟病人说话的吗？

塔布雷特太太：你哇啦哇啦讲个不停，还怎么让可怜的韦兰护士读得下书啊？我连自己织布的声音都听不见了。

护士：[抬一下头，友好地微笑] 没关系，塔布雷特太太，别管我。

莫里斯：韦兰护士都听我哇啦哇啦五年了，她基本能把我当聋哑人一样不予理睬了。

塔布雷特太太：[冷冷地] 谁能怪得着她呢？

莫里斯：[快活地] 就算痛苦和折磨把我的眉毛都拧紧了，我像五万骑兵一样哀嚎咒骂，我也没法让她一个未婚女子羞红脸颊。

护士：[微笑] 我知道这样让人气愤。

莫里斯：不只是让人气愤，护士。还很不体谅人呢。你要是吓得往后缩，用胶布绷带捂住嘴委屈地哭上一声，我都会感觉到安慰的。……看看医生，他要动子了。千万小心噢，老伙计，现在情势危急。

哈韦斯特：[移动一个棋子] 我就动我的马。

莫里斯：那我轻轻推一下那个兵，然后小声说一句"将军"，你会作何反应呢？

哈韦斯特：我只能说这是你的权利，但我认为这么做有点不地道。

莫里斯：你知道如果我是你会怎么做吗？

哈韦斯特：不知道。

莫里斯：我会用脚勾住一条桌腿，然后不小心把桌子打翻。这是你唯一能自救的方法，否则就要遭到我最不客气的教训了。

哈韦斯特：[*移动一个棋子*] 见鬼去吧。

莫里斯：噢，你要这么着，是吧？很好。

    [*女仆爱丽丝进来。*

爱丽丝：打搅了，夫人，李肯达少校请问他现在到府上来喝一杯是不是太晚了。

莫里斯：当然不晚了。他人在哪儿？

爱丽丝：他在门口，先生。

塔布雷特太太：请他进来吧。

爱丽丝：好的，夫人。

    [*她出去了。*

莫里斯：你认识他，是吧，老伙计？

哈韦斯特：不认识，我从没见过他。他是刚刚买下高尔夫球场上的那间带家具的房子的，对吗？

塔布雷特太太：对。我很多年前在印度认识他的。他来这儿也是因为这个缘故。

莫里斯：他是妈妈众多的爱慕者之一。我觉得她对他态度很差。

哈韦斯特：我完全相信。他对你还抱有看不到希望的激情吗，塔布雷特太太？

塔布雷特太太：[*对玩笑不以为意*] 我根本不知道，哈韦斯特医生。你最好问他本人。

哈韦斯特：他是军人吗？

莫里斯：不是，他以前是警察。他刚刚才退休。他为人很好，而且我相信他高尔夫也打得很好。柯林和他打过两三次。

塔布雷特太太：我本来邀请他今晚过来吃饭的，这样莫里斯可以打一场桥牌，可他来不了。

　　[爱丽丝领着李肯达少校进来，她通报了他的姓名，然后出去。

爱丽丝：李肯达少校。

　　[他是个身材略高的中年男人，花白头发，晒黑的脸膛，体格偏瘦，头脑机警，充满活力。他身穿一件无尾礼服。

塔布雷特太太：[与他握手] 你好吗？谢谢你的赏光。

李肯达：我回家的时候路过，看见你们的灯还亮着，于是我想顺便问问是否有人愿意请我喝一杯告别酒①。

塔布雷特太太：你请自便吧。[以头示意] 威士忌就在桌上。

李肯达：[走过去，为自己倒了一杯] 谢谢。你好吗，护士小姐？

护士：你好。

李肯达：病人好吗？

莫里斯：[轻描淡写地] 考虑到他所必须承受的一切，他还算过得很不错了。

李肯达：[微笑] 你总是这样积极乐观。

莫里斯：我该谢天谢地了，像那位女士说，她的丈夫刚刚为自己买了人寿保险，一踏出办公室就被一辆公共汽车撞了。

哈韦斯特：[哈哈大笑] 你个傻子，莫里斯。

塔布雷特太太：我想你还不认识哈韦斯特医生吧。

　　[两个男人握手。

---

① 原文 doch-an-dorris，意为临行前的告别酒。

哈韦斯特：你好。

李肯达：塔布雷特太太告诉我你是个很优秀的医生。

哈韦斯特：我要费很大劲才能让我的病人们意识到这一点。

莫里斯：他唯一比较严重的问题是他以为自己会下棋。

李肯达：别让我打搅你们下棋。

莫里斯：已经下完了。

哈韦斯特：还早呢。我还有三步棋可以走。[走了一步棋] 这下你看
　　怎么办？

莫里斯：将军，你个小可怜虫。

哈韦斯特：该死。

塔布雷特太太：你打败他了？

莫里斯：彻底打败了。

护士：要我把下棋的这些东西收走吗？

莫里斯：你不介意的话。

　　　[她收走了棋盘和棋子，把它们放到一边，同时其他人的对
　　话继续进行。

李肯达：我不会耽误你们太久。我赶紧把酒喝了，然后就告辞。我
　　来只为了今天不能来吃晚饭说声抱歉。

莫里斯：不着急的，你知道。我还有几个小时才上床。

塔布雷特太太：我们都在等史黛拉和柯林。他们看戏去了。

李肯达：我是个夜猫子。非到万不得已，我不会上床睡觉。

莫里斯：而你是我花钱请来的。

哈韦斯特：我明天还有一整天的工作要做。我只喝一点威士忌来安
　　抚下失败的痛苦就好，跟着我就必须走了。

莫里斯：干脆我们让其他人都去睡了吧，少校，我们自己再好好
　　聊聊。

李肯达：乐意奉陪。

塔布雷特太太：你真想要熬夜的话，莫里斯，让韦兰护士帮你做好准备工作，后面你只需要躺到床上去就行了，而且柯林能帮你。

莫里斯：好的。你觉得如何，护士小姐？

护士：这个嘛，随你自己的意吧。我完全可以等到莫里斯太太回来。我会等你跟她说了晚安之后再送你上床。

莫里斯：别了，不用这样。你看起来很疲惫。

塔布雷特太太：你看起来是有点憔悴，护士小姐。我想应该快到时候你再一次休假了。

护士：噢，我想等几个月再休假。

莫里斯：用你的肩膀来扛起重任吧，护士小姐，慢慢地把受伤的英雄推回到寝室里去。

哈韦斯特：要我来帮忙吗？

莫里斯：千万别来。被一个人弄来弄去就够糟糕了。我可不想有一群人，该死。

哈韦斯特：抱歉。

莫里斯：我十分钟就好。

　　　　[韦兰护士将病床推出去，关上身后的门。

李肯达：她看起来是个很不错的姑娘，那个护士。

塔布雷特太太：是的。她相当能干。而且我必须承认她很温柔，很善良。她的耐性也非常好。

李肯达：你是自从莫里斯失事之后就请她了，是吗？

塔布雷特太太：噢，不是。在她来之前我们请过三四个人。都多少有点讨厌的。

哈韦斯特：她是个响当当的好护士。我觉得能请到她是你们的运气。

塔布雷特太太：肯定是我们的运气。我唯一觉得她不好的是她太内向了。整个人没什么生趣。她除了每年八月要休假一个月以外整天整年都跟我们待在一起，差不多五年了，但我只知道她名字叫比阿特丽斯。她称呼两位少爷为莫里斯先生，柯林先生，称呼史黛拉为莫里斯太太。她似乎总是有点防范。她明显不愿意与人亲近。

哈韦斯特：我可不敢奢望和她在主日学校 ① 的聚会上有说有笑，我必须承认。

塔布雷特太太：而且她还有点不懂人情世故。她从来没想过莫里斯是希望跟自己的妻子单独相处的。可怜的孩子，他的生活本来就单调。他喜欢到了最后跟史黛拉说晚安，而且他喜欢在没有其他人在场的时候说。这也是为什么他要熬夜的原因。

李肯达：可怜的老伙计。

塔布雷特太太：要让他不亲吻妻子就去睡觉，他可受不了。韦兰护士呢，她似乎总是要在那个最后的时刻找点事情来做。他又不愿意直接把她叫出去，怕伤害她的感情，更怕别人以为他情绪不好，所以他就想尽各种办法来支开她。

哈韦斯特：可是，老天，你为什么不告诉她呢？毕竟一个男人想要亲吻自己的妻子，道声晚安的时候，没理由不让他这么做啊。

塔布雷特太太：她为人太敏感了。你没注意到不懂人情世故的人经常都会很敏感的？他们会踩到你的脚指头上，而你把脚指头收起来不让他们踩到的时候，他们会感到非常受伤，让你也特别难受。

李肯达：我估计莫里斯是完全依赖于她了？

塔布雷特太太：完全的。要为他做所有的各种各样的不堪启齿的事情，可怜的宝贝儿，他不希望让任何人知道这些事情。尤其是史黛拉。

---

① 原文 Sunday-school，系基督教堂或犹太教堂在星期日为儿童提供宗教教育的学校。

哈韦斯特：是的，我已经发现了这点。他不愿意让史黛拉跟他的病情有任何关联。

李肯达：[对哈韦斯特] 他真的没有机会好转起来了吗？

哈韦斯特：我恐怕是的。

塔布雷特太太：他能活下来就是奇迹了。

哈韦斯特：他被摔得七零八落，你知道的。他脊椎的下半部分摔断了，飞机又着火了，他被严重烧伤。

李肯达：太不幸了。

塔布雷特太太：而且你想想他在整个战争期间都在飞行，从未有过一丁点事故。他当时不过在试验新的机器，事故就发生了，真是太可笑了。太意外了。

李肯达：他结婚以后都没有停飞，这确实是件憾事。

塔布雷特太太：现在说也没用了。

哈韦斯特：他是个天生的飞行员。其他人跟我说过他像是有某种飞行天分似的。

塔布雷特太太：那是他唯一热衷的事情。他无论如何也不会放弃的。而且他那么擅长，我从来没想过他会出意外，他向来都感觉很安全的。

李肯达：我听说他以前是真正的勇敢无畏。

哈韦斯特：而且你知道的，奇怪的是，他现在还跟以前一样热衷。他随时都在关注所有重要的航行和测试之类的。如果有人做了一个新的特技，他满脑子的都是它。

李肯达：他的勇气令我钦佩。他从来没有表现出低落或者沮丧的一面。

塔布雷特太太：确实没有。他的精神状态非常之好。对我而言，最为揪心的事情之一就是看到他明明已经痛得额头上立满汗珠了，他还非要从牙缝里挤出一句玩笑话。

哈韦斯特：想到柯林马上就要离开了，我还是很遗憾，塔布雷特太太。我觉得有他在这儿，莫里斯会好很多。

塔布雷特太太：他们两个小的时候就是很要好的朋友，你知道一般兄弟之间不容易做朋友的。

李肯达：兄弟之间确实不容易相处。

塔布雷特太太：而且柯林之前走了很长一段时间。他刚好在莫里斯坠机之前去了中美洲，你知道。

李肯达：呃，他是非回去不可吗？

塔布雷特太太：他把从父亲那里继承的财产都用来投资一座咖啡种植园了，经营得非常好。他喜欢那边的生活，如果要他回来帮我们照料这个残疾的哥哥，似乎对他太残忍了。

哈韦斯特：我认为这样做很不公平。我们没有权利要求任何人放弃自己追求理想生活的机会。

塔布雷特太太：[苦笑] 不管怎么说，你可以问一下年轻人，但他们同意的几率微乎其微。

哈韦斯特：完全不是这样的，塔布雷特太太。英国有好多女性都为了照顾瘫痪的母亲而放弃了自己的生活，都是些被生活榨干的女性。

李肯达：我前段时间在巴斯①的时候，我看到好多夫妻是这样的，跟你说句实话吧，我有时候在想那些当女儿的为什么没有把自己的母亲杀了。

哈韦斯特：她们经常会干这种事。每个医生都会告诉你他遇到一件病案，他严重怀疑某个拖了太久都没有咽气的老太太是被亲属给毒死的。但他会尽量谨慎，不会透露一星半点。

李肯达：为什么呢？

---

① Bath，英格兰萨默塞特郡下辖市。

哈韦斯特：噢，这对医生的执业非常不利。最让医生受连累的事情莫过于卷入一场谋杀案了。

塔布雷特太太：我经常都在考虑像我这样的妇女，年纪大了，身体也不好。有些非洲的部落对待我们这样的妇女，他们的办法未必不是最好的。等到了一定的年纪，就把我们带到河边，然后慢慢地又毫不手软地把我们推进去。

李肯达：[微笑] 那万一她们会游泳呢？

塔布雷特太太：家族也是有所准备的。他们拿着碎砖头站在岸边，朝着水中挣扎的年迈的老祖母一阵狂轰滥炸。这样她就没法游上岸了。

　　　[韦兰护士打开门，医生站起来帮她把莫里斯的病床推进来。

莫里斯：我们又回来了。我都收拾好了，随便怎么高兴都行。拿留声机放点音乐怎么样？

哈韦斯特：我必须走了。

塔布雷特太太：韦兰护士也该休息了。

护士：我收拾下我的东西，然后就说晚安了。你确定莫里斯太太和你的弟弟不会在看完戏之后去吃晚饭？

莫里斯：我确定他们要去。我专门嘱咐史黛拉，让她好好喝个痛快。她难得放纵一下，可怜的宝贝儿。

护士：那他们凌晨四点之前不会回来了。

莫里斯：你是想反对我熬夜咯，你个硬心肠的狠女人？

护士：哈韦斯特医生难道不反对吗？

哈韦斯特：非常反对。不过我发现莫里斯不打算在他确定妻子安全回家之前去睡觉，而我的看法就是人偶尔做一点不该做的事情对他们反而有好处。

李肯达：我就适合找这样的医生。

哈韦斯特：那就赶紧好好地病一场，病久一点，这样我就能在我家的花园里弄一个硬地网球场了。

李肯达：我考虑下怎么配合你吧。

莫里斯：[耳朵竖起来]什么声音？

塔布雷特太太：怎么了，莫里斯？

莫里斯：我应该是听到一辆车的声音。是的，没错。是史黛拉回来了。哪怕有一千辆车，这辆车的声音我也能听出来。

　　[此时传来清晰的一辆汽车驶来的声音。]

李肯达：你是说你这么远的距离都能听出来？

莫里斯：你尽管相信我。那是家里的专车。你再多等一分钟就能见到史黛拉了，医生。她今天穿了最漂亮的衣服，很养眼，你看到她就不觉得眼睛酸痛了。

李肯达：今晚演的什么戏？

护士：《特里斯坦》。

莫里斯：这是我为什么坚持让史黛拉去看戏的原因。我们当初就是看了《特里斯坦》之后订婚的。你还记得吗，妈妈？

塔布雷特太太：当然记得。

莫里斯：我们当时过去完全是听戏，之后就准备去吃晚饭。我开着我那时候的小双座，载着史黛拉绕着摄政公园跑，我发誓要一圈一圈地跑下去，直到她答应嫁给我为止。《特里斯坦》让她看得肚子饿扁了，我们刚跑到第二圈一半的时候，她就说，噢，见鬼，如果我只能选择嫁给你或者饿死的话，我宁愿嫁给你。

哈韦斯特：这故事有一句是真的吗，塔布雷特太太？

塔布雷特太太：我不知道。他们那段时间都神神叨叨的。我只知道我们刚点完晚餐，他们就进来了，像两只吞了金丝雀的猫，说他们已经订婚了。

　　[门打开了，史黛拉进来，后面跟着她的小叔子，柯林·塔

布雷特。史黛拉年仅二十八岁，美丽动人。她身穿一件晚礼服，
一件看戏时穿的大衣。柯林刚三十出头，高大英俊，皮肤黝黑；
他全身晚装，搭配长外套和白色领带。

莫里斯：史黛拉。

史黛拉：亲爱的。你想我了吗？

　　　　[她走到他的面前，轻轻吻了他的额头。

莫里斯：你怎么就回来啦，可怜的姑娘？你答应我要去吃晚饭的。

史黛拉：我看戏看得太激动太兴奋了。我感觉吃不下一丁点东西。

莫里斯：岂有此理，你本来应该去吕西安酒吧跳一两支舞，喝一瓶
　　　　香槟酒的！我这么劳神费力地给你买了新裙子，你都不让别人
　　　　看到，那还有什么意义呢？[对李肯达] 她之前说穿上那裙子
　　　　去看戏太过于隆重了，但我就拿出当丈夫的威信，非让她穿上
　　　　不可。

史黛拉：亲爱的，我想着要在中途休息的时候展示来着，但我没有
　　　　勇气，就没有脱掉大衣。

莫里斯：好吧，那现在就脱掉，给这几位绅士看看。我能让他们留
　　　　下来，唯一的办法就是答应他们，等你回来以后，让他们欣赏
　　　　下你的新裙子。

史黛拉：太无聊了吧。不论李肯达少校，还是哈韦斯特医生，他们
　　　　都不一定分得清楚女人的裙子有什么区别。

莫里斯：少他妈的瞧不起男人，史黛拉。脱下你的大衣，让我们好
　　　　好看看你。

史黛拉：你真霸道，莫里斯，你都让我难为情了。

　　　　[她坐在他病床的床尾，脱下大衣。

莫里斯：站起来。

　　　　[她迟疑了片刻，仍然把大衣抱在腰部，然后站起来。她让
　　　　大衣滑到脚上。

哈韦斯特：很迷人。

　　　　[她身子晃动了一下，差点叫出声来。

莫里斯：喂喂，怎么啦？

　　　　[柯林稳住她，扶她到椅子上坐下。

史黛拉：没什么。我感觉头晕得厉害。

塔布雷特太太：噢，我亲爱的。

莫里斯：史黛拉。

　　　　[护士和医生走到她面前。

哈韦斯特：不打紧的，莫里斯。别大惊小怪。[对史黛拉] 你把头埋
　　　到两腿之间。

　　　　[他用一只手按住她的脖子，迫使她把头埋下去。韦兰护士
　　　把双手放到她的两侧，像是要扶住她。但史黛拉把护士推开了。

史黛拉：别，不用了。别靠近我。我过一会就没事了。我真是失礼。

莫里斯：抱歉，宝贝儿。是我的错。

史黛拉：没关系的。我已经好些了。

塔布雷特太太：我个人的判断是她刚才只是饿晕了。你们什么时候
　　　吃的饭？

柯林：我们没有吃饭。我们就是在开场前吃了一点鱼子酱，喝了半
　　　瓶汽水。

塔布雷特太太：你们两个真不像话。

史黛拉：空着肚子去看瓦格纳，我要享受得多。我现在真的完全
　　　好了。

塔布雷特太太：护士小姐，麻烦你去厨房看看有什么东西可以给这
　　　两个愚蠢的年轻人吃的，你不介意吧？

护士：当然不介意。应该还有些火腿。我给他们做些三明治吧。

塔布雷特太太：柯林可以去酒窖拿一瓶香槟酒过来。

柯林：好的，妈妈。家里有冰块吗？我口渴得很，给我二十镑，我

也忍不住想多喝点。

      [他为韦兰护士开门，他们两人出去了。

李肯达：我说，我要告辞了。[对史黛拉] 很抱歉你身体欠安。

史黛拉：等我吃点东西下去，我应该就没事了。我完全同意塔布雷特太太。我需要的就是一块大大的火腿三明治，上面多加芥末。

莫里斯：你看起来好些了，你知道。刚才你简直煞白煞白的。

李肯达：再见。

塔布雷特太太：再见。感谢你的到访。

      [他出去了。

哈韦斯特：你不介意的话，我多待一会再走。我信不过这些不老实吃饭的年轻女人。

      [塔布雷特太太瞄了一眼莫里斯和史黛拉。她知道两人想要单独待一会。

塔布雷特太太：[对哈韦斯特医生] 我们去花园散会步，好吗？天气真温和，又舒适。

哈韦斯特：来吧。我希望韦兰护士能想到为我也切一块三明治。

      [医生和塔布雷特太太出去了。他们刚一出去，史黛拉就走到丈夫面前，在他的唇上深情地长吻。他一条胳膊搂住她的脖子。

莫里斯：宝贝儿。

      [她把脖子抽出来，坐到病床上，握住他的一只瘦骨嶙峋、孱弱无力的手。

史黛拉：我很抱歉刚才失礼了。

莫里斯：你吓死我了，你这个小坏蛋。你为什么不去找个地方吃点东西再回家？

史黛拉：我不想去。我想回来。

莫里斯：你敢保证你是因为顾念我在家里等你才没有去跳舞的？

史黛拉：别傻了。你知道我喜欢你盼望我回家的感觉。你别以为我会在意跳舞那点事。

莫里斯：你个小骗子。不是为跳舞着迷的人，怎么会跳得像你那么好？你是我所碰到的跳舞最好的舞伴。

史黛拉：噢，但你知道人是会变的。现在跳的舞都不一样了，而且我也不比从前那么年轻了。

莫里斯：你才二十八岁。不过是个姑娘的年纪。你应该有你自己的生活。噢，我亲爱的，这对你来说太糟糕了。

史黛拉：噢，宝贝儿，别这么说。你千万不能这么想。千万别以为我会放弃对我有意义的东西。

莫里斯：你必须允许我有自己的想法。不管怎么说，有柯林在这儿是件好事。逼得你不得不出门去。

史黛拉：宝贝儿，你说得好像我是个关禁闭的尼姑。我经常出门的。所有的演出我都看。

莫里斯：是的，都是和我妈妈去看的午后场。她是个和善的老人家，但她不算真正让人开心的。毕竟人年轻的时候就想跟年轻人待在一起，想说和做所有对老年人来说纯粹荒唐的事情。他们的微笑很包容，因为他们有老年人的宽容的智慧。统统见鬼去吧，我们根本不需要他们的包容。我们就想干蠢事，因为我们年轻。对年轻人来说，犯傻就是我们的智慧。

史黛拉：我亲爱的，你别说得这么跟格言警句似的。他们告诉我现在不流行这个了。

莫里斯：我希望你能跳到双腿发软，然后在月光下兜兜风。你记得吗，我们以前有一天晚上就是这样的，我们在河边的一间酒馆吃的早饭，身上还穿着头天晚上的衣服。真太开心了！

史黛拉：我们那时候就是一对疯子。可我已经玩不动了。我只想回家。

莫里斯：事实就是你已经不习惯狂欢了。

史黛拉：如果你不能陪我，我就不想狂欢。

莫里斯：你这样太白痴了，我可怜的孩子。我希望柯林这个傻子不会太早离开。

史黛拉：他本来只回来半年的，可他已经待了快一年了。

莫里斯：你答应我要尽量劝他多待一阵子。

史黛拉：他必须回去工作了。

莫里斯：他为什么不能卖掉种植园，回到这儿来安顿呢？

史黛拉：他在英格兰就像鱼离开了水。一个男人习惯了外面的生活，要他回来在办公室之类的地方安顿下来，那可是尤其困难的。

莫里斯：我估计也是。换我也会很厌恶的。我其实考虑的不是我自己，而且妈妈也肯定习惯了有两个没用的儿子。我考虑的是你。

史黛拉：我完全有能力替自己考虑，宝贝儿。我可是个很自私的女人。

莫里斯：我可怜的孩子，你千万不能因为我摔断了脊椎就以为我是个胡言乱语的傻瓜了。

史黛拉：我眼看着你前前后后、咋咋呼呼的，就像老母鸡护住自己唯一的小鸡仔一样，生怕我过得不开心了，我还能有什么别的想法呢？我并没有过得不开心。你从来不阻止我做任何想做的事。没人比你更周到更体谅人了。我每天都忙忙碌碌的，日子过得飞快。我不知道无聊是什么滋味。怎么会无聊呢，我的时间还不够应付一半我想做的事。

莫里斯：是的，你很好……你一直都很好。你已经设法在逆境中做到最好，没错。我是没办法的。可你为何要这样呢？向逆境低头。我是必须要咬紧牙关挺过去的。而你一个姑娘家为何要向逆境低头呢？

史黛拉：噢，宝贝儿，你别这样说。你千万不要想这些事。我嫁给你是因为我爱你。如果我在你最需要我的时候停止对你的爱，那我就是禽兽不如的东西。

莫里斯：噢，我亲爱的，我们不能因为应当去爱就去爱。爱来了又走了，我们谁也不能控制自己。

史黛拉：[眼神凌厉地看着他] 莫里斯，你什么意思？[她看向一边] 我有什么做得不对的让你觉得我跟平常不一样了？

莫里斯：[深情地] 没有，宝贝儿。你始终是天使，始终是。[吃惊地] 咦，你怎么了？你突然脸色苍白。你不会又感觉头晕吧？

史黛拉：没有。我都不知道自己脸色白了。

莫里斯：你知道的，如果我经常对你为我付出的一切都表现得理所当然，你也千万不要以为我不是一直以来都清楚我对你的亏欠。

史黛拉：你这么说就太傻了，我的乖乖。我都不知道我为你做过什么，除了对你比较客气以外。你从来没让我做过。

莫里斯：我从来没让你护理过我。绝对不行。我不忍心让你接触到病痛令人作呕的一面。[咧开嘴笑] 我的心肝，我不希望你浑身散发消毒液的味道。我希望你闻起来像是朝气蓬勃的黎明。我对你万分感激，史黛拉。

史黛拉：天晓得，你有感激的理由。

莫里斯：[随意地] 你知道我永远没有康复的可能了吧，史黛拉？

史黛拉：我确实不知道。这是一个长期的过程，我们都清楚，不过我绝对相信你无论如何也会好起来的，很大程度地好转。

莫里斯：他们告诉我这几天会再试一次手术，看他们是否真的无法治愈我。但我知道他们在撒谎。他们假装能做些什么，想给予我希望，而我也假装相信他们，因为这是最容易办到的事。我知道我要终身缠绵病榻了，史黛拉。

　　[片刻停顿。史黛拉第一次意识到莫里斯知道自己治愈无望了。

史黛拉：[非常恳切地] 那我们就尽量地从过去的美好时光中获得慰藉——在你健康强壮的日子里，我们给予了彼此莫大的快乐。我会一直感激你给我的幸福，给我的爱，无与伦比的爱。

莫里斯：你认为我对你的爱变了吗？没有。我还像从前那样深深地全心全意地爱着你。我并没有经常莫名其妙地伤感起来，对吗，史黛拉？

史黛拉：[淡然一笑] 伤感就是莫名其妙吗？不，你不经常。

莫里斯：你就是我的一切，史黛拉。大家都对我非常之好，你只有像我这样伤残之后才能发现人心的善良。他们就是发善心而已。但是如果你能免于痛苦或者麻烦，我甘愿和他们都到地狱去。

史黛拉：[语气变轻了，恢复日常的玩笑口吻] 呃，如果我是你，就不会跟他们说。我可不相信他们会很乐意。

莫里斯：[微笑] 我对你如此依赖，我应该感到害怕的。但我并不害怕，因为我知道，不仅仅用我的脑子我的心感受到，甚至是用我的每一条神经，每一点细微的感知和每一点疼痛感受到，你是多么好的一个人。

史黛拉：[尽量轻松回应他的一番表白] 听我说，宝贝儿，你真是太夸张了。如果你再继续这样，我只能送你上床了。

莫里斯：我的心肝。你可以嘲笑我，但我看到你美丽双眸中的泪水了。

史黛拉：[突然动情地] 莫里斯，我是一个非常脆弱，非常不完美，非常不道德的女人。

莫里斯：[脸色突变，但仍然饱含深情] 别胡思乱想了，你个可怜的小傻瓜。

史黛拉：[难免感到一丝忧虑] 你为什么非要今晚跟我说这个？

莫里斯：[微笑] 人总不能一直挖空心思地讨人欢喜。一个将近中年的绅士，又被困在这病床上无法自理，就更不可能这样了。如果我的玩笑话有时候断流了，你务必要原谅我。

史黛拉：你确定你没有在担心什么吗？

莫里斯：你知道，等你像我这样无法出门的时候，你就会发现各种有趣的事情。常年卧病在床终究还是有一些补偿。当然了，大家都很有同情心，但你切不可滥用他们的同情心。他们问候你，但其实他们一点也不关心。他们何必关心呢？生活是给活人享有的，而我已经死了。

史黛拉：[异样地焦虑] 莫里斯，噢，我的宝贝儿。

莫里斯：你很快就明白了，你告诉他们你非常健康。你必须要小心别让前来探望你的人感觉无聊，你很快发现谈论你自己就是令他们无聊的话题。索性让他们谈论他们自己。他们一般都会感兴趣，他们会说，他真是一个聪明的家伙。多开玩笑。竭尽所能地开玩笑——好的玩笑，坏的玩笑，无伤大雅的玩笑；等你逗得他们哈哈大笑以后，他们就感觉不必为你难过了，也就松了一口气了。当他们离开时，他们对你充满了好感。

史黛拉：噢，我的心肝，你让我心碎了。你竟然要学会这样冷酷的人情世故，想到这个就让人心痛不已。

莫里斯：我亲爱的，这些还谈不上多么的冷酷。不过是人性使然，我在观察的时候得到不少乐趣。我也不是那么的渴望被怜悯。我学会了从各种事情中找乐子，别人的风流韵事啦，书本啦，各种我以前从未关心过一星半点的事情。我本来绝不该提起的，但我只是想让你知道，是你给了我继续生活的勇气。我并没有怏怏不乐。我不知道我还能坚持多少年，但如果你帮助我，宝贝儿，我觉得我可以努力撑下去。这都是托了你的福。当我知道我明天还能见到你，明天的明天，明天的明天的明天，一直都能见到你，任何事对我来说都不甚要紧。而且当我刚刚痛过以后，我就告诉自己，你待会进来的时候会吻我，我的心里就满是你温柔的双唇。

史黛拉：［激动得难以自己］莫里斯，我不配你这样爱我。我太羞愧了。我太自私了。我根本没考虑到。

莫里斯：绝对没有的话。

史黛拉：你为什么要让我今晚出去？你觉得我会高兴吗？

莫里斯：我不关心。我只知道我会高兴。我希望你再去听听我们在订婚当晚听过的音乐。我为你痴狂。你还记得你在看第二幕的时候哭了吗——特里斯坦和伊索尔德 ① 唱着他们的二重唱，我在黑暗中握住你的手？你为什么会哭？

史黛拉：我哭是因为我爱你，我很幸福。

莫里斯：你今晚哭了吗？

史黛拉：我不知道。

莫里斯：你知道那音乐很震撼，是吧？

史黛拉：［眼中含泪地微笑］大家似乎都认为它高于一般水准。

莫里斯：你回来的时候，眼睛里似乎都还闪烁着它的光芒。你的双眼闪闪发亮，好像两潭深深的光的源泉。你从来没有像今晚这样美丽过。你让美神维纳斯都相形见绌。

史黛拉：［情绪平复下来，又开始打趣］你接着说，宝贝儿，你说再多我都受得了。

莫里斯：我可以说几个星期。

史黛拉：那可不行，我会担心你不是诚心的。说到三明治送过来为止吧。

莫里斯：把你的双手给我。

史黛拉：不，我不。我们现实一点，来谈谈全国越野障碍赛马即将

---

① 特里斯坦是亚瑟王传奇中的一位骑士，他爱上了与其叔父马克国王订婚的爱尔兰公主伊索尔德。

产生的冠军。

莫里斯：当然了，真正的现实就是你比我娶你的时候愈加可爱了。是什么让你突然散发出新的光彩？你看上去像一位刚刚创造了世界，即将首次踏入这个世界的女神。

史黛拉：我不知道我为何会跟平时看起来有所不同。

莫里斯：我观察你的脸。我清楚你脸上每一天的变化。一年以前，你的脸上还是神色慌张，近乎惶恐的表情，但到了最近，你的神态异常地安详。你已经拥有了一种宁谧之美。

史黛拉：我可怜的小羊羔。我恐怕这只能归结于年岁的增长。很快你就会发现我额头上的第一条皱纹，之后是第一根白发。

莫里斯：噢不。你绝不能变老。我受不了这个。噢，那太残忍了，如果你所有的美，所有的青葱和璀璨都……

史黛拉：[迅速地打断他] 别说了，莫里斯，我恳求你。

莫里斯：要是我坠机的时候就死了，那对我们两个来说都更好。我对你是个无用之人，对任何人都无用。

史黛拉：噢，莫里斯，你怎么能这么说呢？你不知道他们告诉我你受伤的时候，我简直担心得要死吗？你不知道，等他们最后告诉我，经过了几天几夜的痛苦与挣扎，你还能活下来的时候，我有多么地如释重负，多么地感恩吗？

莫里斯：他们根本不该让我活下来。我都已经摔得粉身碎骨了，他们为什么不让我解脱出来呢？只要比平时的注射剂量稍微大一点点就行了。这就是残忍之处——把我救活了过来。对我来说是残忍，对你更是十倍的残忍。

史黛拉：我不允许你这么说，这不是真的。这不是真的。

莫里斯：我觉得如果我们有个孩子，我还能忍受下去。噢，史黛拉，只要我们有个小家伙，我就能告诉自己它是你我的结晶。而且你会多一份安慰。毕竟女人命中注定要有孩子的。这样你才不会感觉完全浪费了自己的生命。

史黛拉：可是，莫里斯，我亲爱的，我并没有感觉浪费了自己的生命。你今晚很不对劲。你身体不舒服，又疲倦。噢，你到底怎么了？

莫里斯：我爱你，史黛拉。我想像过去那样拥抱你。我想亲吻你的双唇，看到你闭上双眼，头后仰，感觉到你柔软的身体因为欲望而紧绷起来。史黛拉，史黛拉，我受不了了。[他痛哭起来，抱住她]

史黛拉：莫里斯，宝贝儿。别了。别哭了。

　　[他撕心裂肺地抽泣着，她像母亲对孩子一样前后摇晃他。然后他止住了哭泣。

莫里斯：[声调完全变了，说话很平静] 噢，我的上帝啊，我真是蠢得伤心。给我一张手绢。

　　[她从枕头底下抽出一张给他，他擤了鼻子。

史黛拉：我亲爱的，你真是吓我一跳。

莫里斯：这就是他们所谓的神经暴发①。幸亏只有你在这儿。要是韦兰护士看到我这样，那就糟糕得一塌糊涂了。

史黛拉：[尽量和他一起玩笑] 要是我看见你抱住她宽阔的胸膛，那就是比一塌糊涂还要糊涂了。

莫里斯：既然你现在说起来，我必须承认那是相当的宽阔。

史黛拉：现在眼睛不红了。

莫里斯：我说，你不会随身带着镜子吧？

史黛拉：我的天使，你以为我是怎么给我的红嘴唇抹口红的呢？[她从包里掏出一面小镜子，递给他]

_____

① Nerve storm，十九世纪晚期出现的医学术语，指可能诱发癫痫、偏头痛及其他紊乱的突发性神经活动。

莫里斯：[嘲笑自己] 作为一个勇敢无畏的飞行员，我看起来真是泪迹斑斑的，如果我能这么说的话。[他以手绢擦拭双眼]

史黛拉：我给你的鼻子扑点粉吧。你都想不出难过一阵以后能扑点粉是怎么个舒服法的。

莫里斯：我才不信。你要愿意的话，可以给我一杯威士忌兑苏打水。

史黛拉：好吧。不过我要给自己的鼻子扑粉。

莫里斯：我现在有种迫不及待的感觉。

史黛拉：我希望有人能解释下，为什么一眨眼的工夫，扑上一点粉就能让女人的大头鼻子变得小巧精致，成为她脸上公认的最漂亮的部位呢。

莫里斯：这就是我们读到的科学的奇迹呗。

史黛拉：我这就给你倒威士忌兑苏打水。

莫里斯：柯林来了。我还是喝一杯香槟酒算了。

　　[柯林进来，端着一个托盘，上面有几只玻璃杯、冰块和一瓶香槟酒。

柯林：我恐怕耽误得太久了。

莫里斯：我知道你一个人去酒窖不行。我们正准备派一支搜救队过去。

柯林：一开始嘛，我找不到什么东西来敲碎冰块的，然后呢，我又找不到钳子来剪断铁丝。再后来，我又想我不妨把车开走。我可不想一整晚都把它留在外面。

莫里斯：史黛拉就一直饿着肚子等着。

柯林：韦兰护士马上来了。她做了一些培根三明治，闻起来很好吃的样子。

　　[护士进来，端着一个加盖的主菜碟子。

史黛拉：她来了。你真好，护士小姐。要说有什么我喜欢的，那就是培根三明治了。

护士：我没带刀叉过来。我想你们可以用手拿着吃。

史黛拉：棒极了。

柯林：我冲上楼去把外套换了。我最好还是穿得舒服点，我一会就来。

史黛拉：那我就不等你咯。

柯林：好的。你先吃吧。不过要给我留够分量的，不然我们就算完了。

　　　　[他出去了。史黛拉走到窗户边上。

史黛拉：哈韦斯特医生，过来趁热吃一块三明治吧。

莫里斯：我觉得我还是不看着你们大吃大喝了。我干脆上床去了。

史黛拉：你不打算跟我们喝一杯吗？

莫里斯：如果你不介意的话，我还是算了吧。我太累了。

史黛拉：噢，我很抱歉，莫里斯。不过如果你累了，也没什么好等的了。

莫里斯：你可以回房间的时候进来看看，史黛拉。

史黛拉：好的，没问题。不过如果你睡着了，我就不打扰你了。

莫里斯：我不会睡着的。我有点头疼。我就在黑暗中静静地躺着，然后头疼就消失了。

　　　　[韦兰护士开始推他出去的时候，塔布雷特太太和哈韦斯特医生进来了。

哈韦斯特：我听见你叫我了？

史黛拉：是的，我叫你了。莫里斯要上床睡觉了。

塔布雷特太太：噢，我很高兴。实在太晚了。晚安，大儿子。好好睡觉。[她俯身去吻他的额头]

莫里斯：晚安，妈妈。保佑你。

哈韦斯特：我帮你一把，护士小姐。

护士：我完全能行。我习惯了推这张病床，他一点都不重。

莫里斯：我好的时候，我的体重也从来没有超过 10.8 英石 ①。

哈韦斯特：不打紧。我推他进去吧。我想推。

莫里斯：让他为自己挣的诊疗费做点事情吧，护士小姐。[换上伦敦东区的强调]你给我吃药，我就让你干女人的活儿，乖乖。

　　　　[护士打开门，哈韦斯特医生推着床出去。]

史黛拉：别耽误太久了，医生，不然三明治就冷透了。

　　　　[门关了。房间里只剩下史黛拉和塔布雷特太太。]

史黛拉：莫里斯今晚真是很神经质。

塔布雷特太太：是的，我注意到了。

史黛拉：我很抱歉我出去看戏了。

塔布雷特太太：我亲爱的，你出去得太少了。

史黛拉：我不想出去，真的。

塔布雷特太太：我担心你已经累坏了。

史黛拉：[微笑]累死了。

塔布雷特太太：你为什么不吃点东西？

史黛拉：不，我等其他人过来。

塔布雷特太太：不管发生什么，宝贝儿，我希望你知道我对你为莫里斯所做的一切深怀感激。

史黛拉：[惊愕]你为什么这么说？你不会以为他情况恶化了吧？

塔布雷特太太：不，我觉得他和平时一样。

史黛拉：他偶尔是有点神经质，有点亢奋。

塔布雷特太太：是的，我知道。

史黛拉：你吓到我了。我不知道你为什么突然说那种话。

塔布雷特太太：[微笑]我有什么理由不该说吗？

史黛拉：听起来怪不吉利的。

―――――――――――――

① 约合 68.6 千克。

塔布雷特太太：我想让你知道我完全明白你这么多年来为他所作的巨大牺牲。你千万别以为我当它是理所当然的事。

史黛拉：噢，我亲爱的妈妈，别这么说。如果我不是为莫里斯感到难以言喻的遗憾，那就太冷酷无情了。对他太残忍了，可怜的宝贝儿。如果我能做点什么来减轻他的哪怕一丁点痛苦，那我肯定义不容辞。

塔布雷特太太：不管怎么说，你嫁给他并不是要照顾一个治愈无望的残疾人。

史黛拉：能同甘，也要能共苦才行。

塔布雷特太太：我知道，要和我这样的老太婆一直生活在一起是很别扭的。要当好一个受欢迎的婆婆并不容易哪。

史黛拉：[迷人地] 我亲爱的妈妈，你对我而言就是善良的化身。要是没有你，我该怎么办啊？

塔布雷特太太：我确实是尽力不讨人嫌的。你有权利拒绝让我住在这里。我也该感激你为我所做的一切。

史黛拉：噢，我亲爱的妈妈，你让我感觉很惭愧。

塔布雷特太太：你是个非常年轻且美丽的女人。你和其他任何人一样有权利选择自己的生活。这六年以来，你放弃了一切，成为一个男人唯一的精神寄托，而这个男人之所以还是你的丈夫，只不过是因为一场法律仪式将你们二人捆绑在了一起。

史黛拉：不，不是的。因为爱情将我们捆绑在了一起。

塔布雷特太太：我可怜的孩子，我为你感到十分的抱歉。不论将来发生什么，我都不会忘记你的勇气，你的自我牺牲，还有你的忍耐。

史黛拉：[困惑，略微害怕] 我不明白你的意思。

塔布雷特太太：[宽容且讽刺地微笑] 真的吗？这样，让我们来假设这是我的结婚纪念日，我的脑子里装满了婚姻生活的起起伏伏，福祸甘苦。

　　[柯林进来。他脱掉了他的晚装长外套，穿着一件非常破旧的高尔夫外套。

柯林：喂喂，其他人呢？

史黛拉：莫里斯上床去了。哈韦斯特医生马上过来。

塔布雷特太太：快过来吧，孩子们。坐下来吃点东西。

柯林：我还是先倒点酒吧。

　　[他倒了三杯香槟酒，史黛拉吃一块三明治。

史黛拉：唔，真是美味。

塔布雷特太太：韦兰护士手艺不错，是吧？

史黛拉：好极了。

　　[哈韦斯特医生进来。

史黛拉：你再不抓紧就来不及了。三明治太好吃了。

哈韦斯特：我只吃一块，灌一杯香槟下去，然后立马走人。时间不
　　早了，我明天一早就必须起来。

柯林：莫里斯还好吧？

哈韦斯特：噢，很好。他今晚心情有点低落。我也不知道原因。他
　　傍晚的时候兴致还很高。

塔布雷特太太：我猜他就是累了。他坚持要熬夜的。

哈韦斯特：韦兰护士说有什么事情让他难过了。是真的吗？

塔布雷特太太：据我所知没有。

哈韦斯特：他说他有点头疼。我给他留了一剂安眠药，如果他不能
　　下床或者半夜醒了睡不着的时候，他可以吃。

史黛拉：我睡觉之前可以去看看他。他如果能好好休息下，我肯定
　　他明天又恢复正常了。

塔布雷特太太：陪他小坐一会儿，史黛拉。

史黛拉：我当然会的。

哈韦斯特：各位，我必须走了。晚安，塔布雷特太太。我今晚过得很愉快。

塔布雷特太太：我送你到门口，然后我也该上床了。晚安，孩子们。

史黛拉：晚安。

　　　[他们相互亲吻，然后塔布雷特太太吻了柯林。

塔布雷特太太：晚安，亲爱的柯林。别待得太晚了，你们两个。

柯林：还要把灯都灭了，检查门窗关好。安全插销都插好了。没问题的，妈妈。

塔布雷特太太：[被他的调皮逗乐了，对哈韦斯特医生说] 你看看这些儿子们是怎么对我的。他们才不尊重他们的老母亲呢。

柯林：但在一定程度上是不露声色地爱戴。

塔布雷特太太：保佑你，我亲爱的，从现在到永远。

哈韦斯特：晚安。

史黛拉：晚安。我们应该过一两天就能见面，要我猜的话。

哈韦斯特：我预计如此。

柯林：晚安了，老伙计。

　　　[哈韦斯特医生和塔布雷特太太出去。柯林走到窗户边上，关上窗户，拉上窗帘。塔布雷特太太刚刚关上门，史黛拉就放下她假装在吃的三明治。她站着向远处望去。柯林关完窗户以后，又把大部分的灯灭掉，整个房间都笼罩在黑暗之中，唯有史黛拉头顶的灯还亮着。他转向她。

柯林：史黛拉……史黛拉。

　　　[她哽咽了一声，看着他，眼里满是悲伤。

史黛拉：噢，柯林。真是折磨人啊。

柯林：[走向她] 我可怜的孩子。

史黛拉：别碰我。噢，我该怎么办？柯林，我们究竟做了什么？

柯林：宝贝儿。

史黛拉：莫里斯今晚太奇怪了。我猜不透他。我几乎担心他已经在
　　怀疑了。

柯林：不可能。

史黛拉：他绝不能知道。绝不能！我要想尽一切办法瞒住他。

柯林：我非常抱歉。

史黛拉：我们看不到希望的。看不到。你为何要爱上我？我又为何
　　要爱上你？

柯林：史黛拉。

　　　　［他伸开双臂，但她转过身去。

史黛拉：噢，我真是无地自容了。［她双手掩面］

　　　　　　　　　　　　　　　　　　第一幕终

第二幕

场景同前一幕。

时间是第二天上午，靠近中午的时间。

柯林端坐在书桌前写信。李肯达少校由女仆引见。他周身都是打高尔夫球的装扮。

爱丽丝： 李肯达少校。

柯林： [起身] 噢，你好吗？

[女仆出去。

李肯达： 我亲爱的伙计，太可怕了。我简直吓坏了。我刚刚才听说。

柯林： 感谢你过来。你能想象得到，我们都非常难过。

李肯达： 我本来还在打高尔夫球。我出门得早。我九点钟有一场比赛。我刚进俱乐部，就有人告诉我。我简直不敢相信。

柯林： 但它始终是真的。

李肯达： 可莫里斯昨晚看起来相对还挺好的啊。

柯林： 总归是不比平时差吧。

李肯达： 我觉得他兴致很高。满肚子的风趣。玩笑一个接一个。

柯林： 是的，我知道。

李肯达： 当然了，我知道什么呢。你认识俱乐部的布莱克吗？我不知道你是否跟他打过球。

柯林： 没有打过球。不过我见过他。

李肯达： 就是这个人，我正站在吧台喝东西，他过来跟我说：我说，你听说那个可怜的莫里斯·塔布雷特昨晚死了吗？老天啊，这简直给我当头一棒。你知道，一个人上了年纪，听到哪个认识的人死了总是会有所震动的。

柯林：我想是这样的。

李肯达：布莱克没听说任何的细节。他是晚上突然恶化了吗？

柯林：没有，他说他非常疲倦。史黛拉和我准备睡觉前吃点点心。他说他不等我们了。这很正常，当时有点晚了，你知道的。哈韦斯特在这儿，他陪他和韦兰护士一起回去，帮忙把他安放到床上。他当时看起来一切正常。

李肯达：他是在睡梦中去世的吗？

柯林：我想是的。

李肯达：多么幸运啊。那是最好的方式了，不是吗？我们都愿意付出点什么代价来确定如果我们的时候到了，我们也会像那样过去的。

柯林：他不可能感觉到不舒服，不然他就按铃了。他的枕头底下有一个电铃按钮，电铃在韦兰护士的房间里响。有任何的动静，她都会闪电一样冲过来。

李肯达：她什么动静都没听到？

柯林：没有。

李肯达：那你们是什么时候发现的呢？

柯林：呃，你看，有时候他如果睡得不太好，早上就会睡得很晚。而且我们一般都会让他继续睡。你知道护士怎么样的。不管你晚上多么难受，她们都是在破晓时分就冲进来，她们才不管你是不是在睡觉。你必须要梳洗干净，你的枕头也必须要抖抖蓬松。

李肯达：我难道不知道吗？我从来都分不清到底哪样我更怕，是突然害一场疟疾还是来一个真正高效率的护士。

柯林：所以嘛，史黛拉就阻止了这些。她坚持要等到莫里斯按铃之后才让人进去。

李肯达：可怜的家伙，至少他睡着的时候，他是幸福的。

柯林：我相信这是史黛拉和韦兰护士之间唯一的分歧。你知道，韦兰护士真是个称职的好护士。她从来不给家里添什么麻烦，她总是性情温和，好言好语的。

李肯达：噢，我知道。我感觉她是个绝顶善良的好姑娘。

柯林：她第一次过来的时候，她想给莫里斯做好一天的准备，她是这么说的，每天早上八点的时候。就是例行的程序，你知道。而且她还说，如果他累了，可以准备好了之后再继续睡。但史黛拉态度很坚决。她说其他任何事情都不想干涉，唯有这一点她要坚持。韦兰护士只能服从她，或者走人了。

李肯达：没错。

柯林：我们刚要吃完早饭，大概九点半的样子，我想，史黛拉和我和妈妈，韦兰护士进来了。她从来不吃早饭。她就是七点起床的时候自己做一杯热可可。

李肯达：我的天，这些女人，她们要折腾起来可真有一套。

柯林：我注意到她脸色很苍白。她说她刚去了莫里斯的房间。我没听见他按铃呢，史黛拉说。你知道这些粗砖陋瓦的房子。你能听见任何一个地方铃响。

李肯达：是的，我家的房子也是这样。

柯林：他是没有按铃，韦兰护士说。时间很晚了，我想我就进去瞄一眼，看他是否好好的。接着史黛拉就勃然大怒了。我绝不允许，史黛拉说，我已经禁止你在他按铃之前进去了。你竟然敢违抗我。我从没见史黛拉如此激动过。我看到韦兰护士在瑟瑟发抖。她样子很怪。害怕的样子，你知道。但不是怕史黛拉。我怀疑是不是有什么事情不对劲了。等一等，史黛拉，我说。

我站起来。出什么事了吗，护士小姐？我问她。她像是哭了一
声，把拳头捏紧了。我恐怕他已经死了，她说。

李肯达：我的上帝！太可怕了。

柯林：史黛拉像是喘不过气的样子，跟着就昏死过去了。

李肯达：你可怜的母亲。

柯林：妈妈很冷静。你知道，几件事同时发生的时候，你似乎能一
件件地关照到，又能总览全局。我赶紧冲过去救史黛拉。她咚
的一声倒在地板上。我不知道，我一时间害怕她已经被突如其
来的打击吓死了。同时我又看到妈妈坐在桌子边上，手里还拿
着一片烤面包。而且她只是看着韦兰护士，我不知道，好像她
没听明白似的。她面如死灰，接着开始发抖。她不作一点声响。
她缩回自己的椅子里，似乎在瞬间就衰老了许多。

李肯达：这笨蛋怎么不委婉点告诉你们呢？

柯林：然后妈妈就站起来。她比我们任何人都更迅速地恢复理智。
我从不知道她有如此的气魄。

李肯达：她是千里挑一的女中豪杰，我早就知道。

柯林：你最好去找哈韦斯特医生，她对我说。[突然结巴起来] 上帝
啊，我的耳朵里一直都回响着她的声音。

李肯达：坚持住，老兄。你要是垮了，对大家都没有好处。如果你
难过，就别再说下去了。

柯林：[镇定自己] 不，我没事。也没什么好说的了。妈妈说，护士
和我会照看史黛拉。你别操心。这样好像提醒了护士。她跑过
来和妈妈一起想办法把史黛拉救醒。我去了莫里斯的房间。我
摸了他的脉搏，把手放到他的心脏位置。他看起来像是睡着了
一样。我知道他已经死了。我开车去找哈韦斯特医生。他已经
开始巡房了，不过他们大概知道他的位置，我就火速赶过去。
幸亏我找到了他，把他带了回来。他说他觉得可怜的莫里斯已

经去世足足两个钟头了。

李肯达：他说了是怎么一回事吗？

柯林：他认为可能是动脉栓塞导致的。也有可能是心脏衰竭，你
　　　知道。

李肯达：史黛拉怎么样呢？

柯林：她没问题了，感谢上帝。她昏迷了一会儿就苏醒了。我的天，
　　　她着实把我吓坏了。

李肯达：绝对是的。

柯林：哈韦斯特想让她上床休息，但她不肯，她现在在莫里斯的
　　　房间。

李肯达：你母亲怎么样了？

柯林：哈韦斯特陪着她呢。他必须回去看几个病人，他说他会回来，
　　　就在你来之前他刚到。他人过来了。

　　　　[他正说着，哈韦斯特医生进来。他和李肯达少校握手。

哈韦斯特：少校你好。

李肯达：难为你跑一趟，接受这么令人悲哀的差事，医生先生。

哈韦斯特：对塔布雷特太太和史黛拉来说，这自然是致命的打击。

李肯达：塔布雷特太太状况如何？

哈韦斯特：她完全撑得住。她非常伤心，但她尽量不显露出来。她
　　　有很强的自制力。

李肯达：我不知道她是否愿意见我。

哈韦斯特：我肯定她愿意。

柯林：我该上去看看吗？

李肯达：谢谢你这么考虑周到，柯林。就说如果她不愿意我去打扰，
　　　她尽管说一声。我非常理解。我不希望妨碍到她，但如果见到
　　　我能让她有些许安慰的话，我会非常乐意。

柯林：好的。

　　　　[他出去了。

李肯达：你知道，我认识塔布雷特太太有三十多年了。她丈夫曾经在印度文官机构任职。

哈韦斯特：是的，她跟我说过。

李肯达：他们基本算是我去了印度以后最早结交的朋友。她是最出色的女人，你知道。她一直都是。大家都喜欢她。

哈韦斯特：当然了，我这五年来经常见到她。她确实很出色。史黛拉也是，说到这个的话。

李肯达：这一切结束了，大家都忍不住会感激万分的。

哈韦斯特：他没有任何好转的希望了，可怜的家伙。

李肯达：是的，你昨晚说过。

哈韦斯特：当然了，他本来可以维持现状好几年的。可那又有什么好处呢？对他来说是受罪，对所有跟他有关系的人来说都是受罪。

李肯达：你不能说他们有人抱怨过为他做出的牺牲。

哈韦斯特：不能，绝对不能。他们对他关怀备至。

李肯达：我还是希望结局不要来得如此突然。

哈韦斯特：噢，为什么？他这样过世了要好得多，相比他患上肺炎或者其他类似的他完全无力抵抗的病症。

李肯达：对他而言确实如此。我只是考虑到他的母亲和妻子。

　　　　[韦兰护士进来。她穿着护士服。

哈韦斯特：你好，护士小姐。我以为你在休息。

李肯达：早上好。

护士：早上好，少校。我很高兴你来了。塔布雷特太太会很高兴见到你。

哈韦斯特：我告诉你去躺下休息的，护士小姐。

护士：我没法躺下。我太焦躁了。

哈韦斯特：那你为何不去散下步？你闷闷不乐地坐在那儿也是毫无用处的。

李肯达：恐怕这对韦兰护士来说同样是一个巨大的打击。毕竟她已经照顾莫里斯这么长时间了。

护士：是的，这对我是个巨大的打击。他如此可亲可敬。谁都忍不住要钦佩他。他如此勇敢地承受着可怕的厄运。

哈韦斯特：他确实了不起。毋庸置疑的。

护士：我自然而然地对他有了感情。他总是很乐观，别人为他做了什么，他也很感激。

李肯达：我估计你接受下一份工作之前要好好放个长假了。

护士：我还没有任何的计划。

哈韦斯特：你那些住在南海岸的朋友呢？你为何不去他们那里待几个星期？说句实话，你看起来疲惫至极。

护士：[没精打采地] 是吗？

哈韦斯特：你必须学着放下负担。

护士：护士当然不愿意失去病人了。尤其是这么出乎意料地。

哈韦斯特：一直都有很大的可能他会猝然离世的。

护士：像一根蜡烛，在你不需要的时候将它吹灭了。那火苗去哪儿了呢？

　　　　[哈韦斯特若有所思地注视她片刻。

哈韦斯特：[关切地] 我亲爱的，你对可怜的莫里斯的死太上心了，这样并不是很明智。

护士：[挖苦地] 你以为他对我只是个病人而已吗？就算是护士也是人哪。而且说起来也怪，她和其他人一样有一颗心。

哈韦斯特：她当然有一颗心。但是不论对她还是对她的病人，如果她任由自己的感情战胜了她的常识，那都是没有好处的。

护士：你意思是说我不胜任？

哈韦斯特：不，当然不是。天知道，你从来就没有偷过懒。也许你只是用力过猛了一点。你听我的意见，我亲爱的，去度个假吧。你需要真正地休息一下。

护士：依你看来，莫里斯·塔布雷特究竟因何而死？

哈韦斯特：心脏衰竭。

护士：每个人都是心脏衰竭而死。

哈韦斯特：没错。但这么写在死亡证明上完全可行。

护士：你准备做尸检吗？

哈韦斯特：不，为什么要做？大可不必的事情。

护士：[正面直视他的脸] 我并不赞同。

哈韦斯特：[面露一丝厉色] 我很抱歉。但这是我的事。如果我准备签署一份死亡证明，我不知道有谁还有什么权利可以质疑。

护士：你曾经多次告诉我莫里斯·塔布雷特还能存活多年。

哈韦斯特：确实有这个可能。我现在可以告诉你，他没有活下去，对于所有与他相关的人都是一件好事。

护士：[从容不迫地] 哈韦斯特医生，莫里斯·塔布雷特是被谋杀的。

哈韦斯特：胡说八道。

李肯达：我敢说你今天早上心神不定的，护士小姐。这很正常。但你必须尽量保持理性。你不该说一些没头没脑的瞎话。

护士：我的脑子完全清醒，李肯达少校，我完全知道我在说什么。

李肯达：你意思是说你刚才说的每个字都是当真的？

护士：没错。

李肯达：[严肃地] 那你的话可是事关重大的，你知道。

护士：我明白。

哈韦斯特：真是诡异。

护士：你认识我五年了，哈韦斯特医生。我给过你任何神经质或者歇斯底里的印象吗？我让你觉得我是个习惯于信口开河、夸大其词的女人吗？

李肯达：让我们听听韦兰护士的说法吧。你有可能是在表达你对哈韦斯特医生的不满吗——不满于他医治你的病人的方式？

哈韦斯特：老天，我还没想到这一点。是这样吗，护士小姐？你有什么就尽管说出来吧。我一点都不会生气。我不想摆出任何架子，如果有什么令你感到痛苦的，你说出来要好得多。我会尽量解释。

护士：据我个人的判断，你对莫里斯·塔布雷特的医治已经达到了医疗技术的极限。

李肯达：不仅如此，他肯定还接受了多位专家的诊治。

哈韦斯特：至少有六位之多。

李肯达：怎么样，韦兰护士？

护士：我是个训练有素的护士，李肯达少校；你不必担心如果莫里斯·塔布雷特的死是因为哈韦斯特医生的处置失误才导致的，我会这么没心没肺地说出来，平添家属们的悲伤。

哈韦斯特：在这种场合下，我并不想显得失礼，但我不得不说你的雅量令我折服，韦兰护士。

护士：你可以失礼或者居高临下或者讽刺挖苦，哈韦斯特医生。对我毫无意义。

李肯达：[淡然一笑] 我肯定如果我们对彼此都尊重一点是没有坏处的，至少再多尊重一小会儿。

护士：我已经提出了明确的指控，我坚持我的指控。

哈韦斯特：你的指控就是某个或者某几个不明身份的人谋杀了莫里斯·塔布雷特？

护士：正是。

哈韦斯特：可是啊，我亲爱的，为何有人想要谋杀可怜的莫里斯呢？

护士：这个问题目前来说与我无关。

哈韦斯特：好好，你听我说，护士小姐，你跟我一样清楚每个与莫里斯相关的人都对他不离不弃的。没有人比他更受到爱与关怀的包围。哪怕有人会希望他受到伤害，这都是难以置信的。

护士：不论我想什么或者没想什么，我都有权利保持沉默。我并没有在证人席上。

哈韦斯特：证人席？[嘲讽地] 你已经想象自己站在老贝利 ① 给出轰动性的证词了吗？

护士：我可以坦诚地说，我想象不出还有什么比将要强加给我的恶名更讨厌的了，如果我有义务出庭作证的话。

哈韦斯特：反正名声不好就是了。这种事情往往都会招来报纸的争相报道。算了吧，你就别较真了吧，韦兰护士；你我都清楚莫里斯是自然死亡的。何必要把事情闹大，搞得大家都不愉快呢？

护士：如果是自然死亡，尸检就能证明这一点，那我也无话可说了。

哈韦斯特：[烦躁地] 我不会尸检的。你知道亲属有多么反感尸检。

护士：你是担心尸检的结果吗？

哈韦斯特：[断然地] 绝无可能。

护士：[挑衅地] 我警告你，如果你敢签署死亡证明，我就直接到验尸官那里去抗议。

哈韦斯特：那我就认为塔布雷特这家人已经受够了，他们没有义务去承受你强加给他们的折磨。

护士：李肯达少校，你在印度警方工作过，对吧？你应该对这类事情有所了解。你能告诉我，一个护士如果有理由怀疑她的病人

---

① Old Bailey，即伦敦中央刑事法院。

是被谋害致死的，她的职责是什么？

李肯达：这个问题，我宁肯你没有问过我。我觉得她的职责是非常清楚的。但我认为，要让一个对她始终仁厚的家庭暴露于痛苦和公众舆论之下，她应该首先确认她的理由是充分有效的。

哈韦斯特：那你的理由到底是什么呢？你已经提出了指控，但我实在想不起来你给过我们一丝一毫的证据。

护士：如果你愿意做尸检，在结果出来之前什么都不必说。但你已经逼得我退无可退了。李肯达少校说得对。这房子里的每一个人都对我仁义之至。为了这份恩情，我至少不该在他们背后提出跟他们直接或间接相关的指控。

哈韦斯特：你是希望请他们过来吗？

护士：有劳。

李肯达：我认为这样最好。你既然已经很明确了，韦兰护士，哈韦斯特医生和我都不能隐瞒此事。不论莫里斯一家会多么难过也好，他们都应该知道你的想法。

护士：我准备好告诉他们了。实际上，我想塔布雷特太太就快到了。

李肯达：史黛拉在哪儿？

哈韦斯特：你想她也过来吗？

李肯达：我觉得这样更好。

哈韦斯特：我去找找看。

李肯达：我肯定她在莫里斯的房间。

　　　　　[哈韦斯特出去。

护士：等你听完我的话，你再来评判我，李肯达少校。

李肯达：[神色凝重地] 韦兰小姐，我正好是塔布雷特家多年的旧交，对塔布雷特太太也是情谊深厚。我很遗憾你竟然选择在这个时候以往他们伤口上撒盐为己任。我唯有希望你到时候能被证明并非是情有可原的。

护士：那样的话，你就有充分的理由把我扫地出门，大包小包地扔出去。

李肯达：这可不是我的房子，韦兰小姐，我也不知道柯林·塔布雷特是否愿意把这个愉快的任务交给我。

护士：我也很乐意知道谁是我的朋友，谁是我的敌人。

　　　　［塔布雷特太太和柯林一同进来。她微笑着走到李肯达少校跟前。她很冷静，沉着。

塔布雷特太太：我亲爱的老朋友。

李肯达：我感觉我必须过来看望你一下，我亲爱的。我肯定你知道我有多么地感同身受，但我想亲口告诉你，如果有任何我能帮忙的地方……

塔布雷特太太：［微笑地打断他］很感谢你过来，你向来如此体贴。

李肯达：看到你这么勇敢地面对如此巨大的打击，我很安慰。

塔布雷特太太：我在努力地抛开我个人的感受，不去想，不去看。我只想去想我的儿子终于结束了他漫长的殉难。他有一种勇敢无畏且快乐的天性。他不该缠绵病榻。

李肯达：我还记得他小的时候那个生龙活虎的样子。

塔布雷特太太：我不会因为他的故去而哭泣。我要为他的自由而欣喜。

　　　　［史黛拉从花园里进来，身后跟着哈韦斯特医生。她全身白色装扮。

史黛拉：哈韦斯特医生跟我说你在这儿，你想见我。

李肯达：我首先要对你表示深切的哀悼。

史黛拉：你知道，莫里斯和我经常谈论死亡。他从来都不惧怕死亡。他在战争期间已经是出生入死。他并没有把它看得太重。他受不了任何表示哀伤的服饰。他告诉我他不希望我为他穿丧服。他说如果他死了，我就像平时一样继续生活。他希望我就像他

125

还在世那样到处走走，该干什么干什么。

塔布雷特太太：他太爱你了，史黛拉。他把你的幸福置于一切之上。

史黛拉：我知道。

柯林：我的耳朵里老是回响起史蒂文森的那几句："水手已归家，从海上归来。"①

李肯达："猎手从山林归家。"对于我们这些曾经常年在外的人来说，这些诗句非常之动人。

史黛拉：你知道，莫里斯一直都不太相信这样的生活对他意味着一切都结束了。许多事情现在仍然有很多人都抱有一定的信念，但他就不相信……

塔布雷特太太：[打断] 我自己都无法相信的事情，我从来都不愿意教给我的孩子。他们还小的时候，我经常晚上坐在我们的房子里，看着头顶的群星布满印度蓝色的天空，思考我们是什么样的存在，如此短暂又如此微不足道，然而对苦难的忍耐力和对美的热爱让我为宇宙的神秘浩渺所折服。我没法想象我头顶的这些世界是如何源起的，或者是由什么力量主宰的，但我的心充满了敬畏与赞叹。我当时所隐约感悟到的是漫无边际的奥妙，无法落入任何人类信仰的窠臼。

史黛拉：你知道莫里斯经常都在笑，在开玩笑。即使他说得一本正经的时候，他的眼睛里也有点小闪烁，你就分不清他是不是在拿自己取笑。我觉得他从来就没有完全摆脱那些我估计是他小时候从护士和女仆那里无意识地学来的念想。

塔布雷特太太：我们以前总是雇当地的女佣。天知道她们给孩子们教了些什么。

---

① 出自 19 世纪英国小说家罗伯特·路易斯·史蒂文森（Robert Louis Stevenson）的《挽歌》，诗文镌刻于其墓碑上。

史黛拉：他并没有从理智上去相信，而是以某种奇怪的方式从精神上或者心理上去信奉，也许东方的灵魂转世说有一定的道理。

李肯达：我怀疑一个人长大后都无法完全地摒弃小时候学到的东西。

史黛拉：我觉得他的内心深处有一种信念——当他的灵魂离开他可怜的残躯时，它会找到另一个居所。我觉得他如此地富有生命力，他认为自己不可能没有再次生活在这地球上的机会。

塔布雷特太太：啊，我总是希望我也有这种让人安慰的信念。噢，有第二次机会，第三次机会，一世又一世地生活下去，清除你的瑕疵，弥补你的罪过，直到最后你融入神之永恒灵魂的永恒平静中。

史黛拉：[转向韦兰护士] 我有点话对你说，护士小姐。你很快就要离开我们了，是吗？

护士：我估计是的。

史黛拉：我想感谢你为莫里斯所做的一切，我希望你知道我对你有多么的感激不尽。

护士：我不过是职责所在。

史黛拉：[迷人地微笑] 噢，不是的，你所做的远远超出了你的职责。如果你只是在履行职责，你就不可能如此地考虑周到。你就不可能预计到莫里斯的需求。你实在是太好了。

护士：[略微愠怒地] 你的丈夫是个很让人轻松的病人。他总是担心自己会添麻烦。

史黛拉：我有个小计划要跟你说。我已经和塔布雷特太太商量过了，她非常赞同。你在这里辛苦工作了很久。你每年一个月的假期也得不到多少休息。你经常跟我提起你在日本的姐姐，我知道你很渴望旅行。如果你愿意的话，我会为你安排去东方的行程，让你好好度个假。

护士：[警惕而冰冷地] 我想我不懂你的意思。

史黛拉：[有点难为情，但又让人打消疑虑] 是这样的，我亲爱的，护士的薪水向来不是很高。我知道莫里斯把他的财产都留给了我，我们的生活一直都很节俭，所以我应该能过得宽裕，尽管并不挥霍。你若是同意我送你几百英镑，或者凑个整数，一千英镑作为礼物的话，那就太好了，这样你就能舒舒服服地度个长假，短期内都不必考虑挣钱养活自己的问题。

护士：[哑着嗓子，抑制不住地颤抖] 你以为我会接受你的钱？你就是这么看待我的？

史黛拉：[惊讶，但并没有很在意] 但是这有什么坏处呢？好了，护士小姐，别不讲道理。你知道我不想得罪你。

护士：我已经得到应有的回报。如果我不满意我的收入，我大可一走了之。

史黛拉：[大吃一惊，好像她被突然扇了一记耳光] 护士小姐，究竟怎么了？我说了什么吗？你为什么要以这种语气跟我说话。

哈韦斯特：你千万别太把韦兰护士说的话当真。她今天有点失控。

李肯达：这样不行，哈韦斯特，采取回避的态度没用的。现在事态已经非常紧张了。史黛拉，我有一些很不愉快的事情告诉你。我不愿增添你的烦恼，但我恐怕非如此不可了。

史黛拉：什么事？

李肯达：韦兰护士不赞成莫里斯的死因为心脏衰竭。

史黛拉：但是如果哈韦斯特医生是这么说的呢？他肯定最有判断力。

哈韦斯特：我准备要签发死亡证明了。我对死因毫不怀疑。

李肯达：韦兰护士认为应该做一次尸检。

史黛拉：[十分坚决地] 不可能。不可能。可怜的莫里斯已经遭受了太多肉体的痛苦。我绝不允许为了满足一个无端的好奇心再把他剖开来。我坚决拒绝。

李肯达：根据我的理解，除非取得最近亲属的同意，否则不得进行尸检。

护士：或者也可以在验尸官的命令下进行。

史黛拉：她这么说什么意思？

李肯达：我恐怕她的意思是说，如果你坚持拒绝，她就会寻找相关的权威，把她向我和哈韦斯特医生表达过的意见再说一遍。

史黛拉：什么意见？

李肯达：你愿意再重复一遍吗，韦兰护士？

护士：[非常冷漠，甚至傲慢] 不太愿意。我不反对你自己重复。

哈韦斯特：你真的要坚持到底吗？你对我和少校说的话多少有点机密的，对吧？你不认为你最好再多反思一下吗？如果有任何更进一步的言论，那事情必然就发展到我们的可控范围之外了。我认为你应该好好考虑你的态度会带来什么样的后果，可能会导致什么样的伤害。

护士：我不能保持沉默。否则我永远都无法原谅自己。

李肯达：韦兰护士的意见是莫里斯的死并非由疾病所致，而是有某种其他原因。

史黛拉：我非常抱歉，但我不明白。还有什么其他原因可能导致他的死亡？

李肯达：她说他是被谋杀的。

　　　　[柯林和史黛拉突然一惊。塔布雷特太太捂嘴，以免叫出来。

史黛拉：谋杀？你肯定是疯了，护士小姐。

李肯达：哈韦斯特和我都已经提示过她了，所有跟莫里斯有关的人都对他无比地关切。

柯林：无稽之谈。

史黛拉：等一开始的震惊过去之后呢，我现在几乎想要笑出声来。说真的，护士小姐，你肯定是紧张加上劳累过度才会产生这样的想法。这就是为什么我刚才请你接受一笔钱来休一年的假，而你却表现得很怪异的原因吗？

护士：我并不希望事情发展到这种地步。如果哈韦斯特医生一早同意我进行尸检，那就什么都不用多说，只要等到尸检结果来证明我的怀疑是否合理即可。

哈韦斯特：你这是心怀不满，又敢怒不敢言，韦兰护士。

护士：[转向他] 是你把我逼到这份儿上的，哈韦斯特医生。我纯粹是出于职责所在才告知你我内心极其重要的怀疑，但我刚一说出口，你就对我采取了十分敌视的态度。

哈韦斯特：哎呀，老实说吧，我觉得你既无聊又神经质，简直不可理喻。老天呀，我当医生够久的了，知道人说起胡话来有多么没边没界的。我要是听进去一丁点，比如说，哪个女人嚼另一个女人的舌根，那我就忙死啦。

护士：又或者你根本就是惧怕出现丑闻？你知道坏名声对医生没好处，而且你觉得如果这事情有任何消息见诸报端了，你的执业就会受到影响。你不想做尸检，是因为即使有什么不对劲，你也不希望知道。我要是说错了，你尽管否认吧。

哈韦斯特：我承认我不喜欢受到舆论的关注。我把所有的钱都投入到我的执业当中，我并不觉得如果我被卷入一个不利的案子会对我的执业有任何的帮助。

塔布雷特太太：大家都希望自己的医生像家里的集中供暖设备：高效，但不扎眼。

哈韦斯特：但我可以坦诚地说，如果我有责任要履行，我不会因为一己私利而不去履行。在这件案子中，我觉得我没有责任。我非常确定不存在任何理由来阻止我签署必要的文件。

柯林：说这些都是无关紧要的。韦兰护士据说是有怀疑根据的。也许她应该把根据说出来。

李肯达：她是有根据的。我之前就认为她应该当着一众相关人员的面说出来。

护士：这也是我的初衷。我并不想在背后使坏。

史黛拉：那就说吧，韦兰护士。

护士：［对李肯达］我想你对莫里斯先生经常失眠的情况是知晓的。哈韦斯特医生开了很多不同种类的镇静剂。但他发现克洛灵 ① 最对他的症。［对哈韦斯特医生］是这样的吧？

哈韦斯特：没错。克洛灵是一种新的片剂。相比我们习惯使用的液体氯醛更为方便。我向莫里斯解释了他对药物依赖的危害，请求他在使用时一定要征得我或者韦兰护士的同意。

护士：我肯定他从来没有违反过。

哈韦斯特：我也肯定。他非常聪明，明白我的意思。他绝对没有丧失自制力。

护士：你能告诉李肯达少校你昨晚给我的吩咐吗？

哈韦斯特：他昨晚兴奋得很，情绪激动。我就叫韦兰护士给他一片安眠药，告诉他如果他半夜醒了，他可以服用。我认为他很可能会迷迷糊糊睡半小时左右，然后就清醒了，再也无法入睡了。

护士：我把片剂溶到半杯水里，放到他的旁边。我注意到瓶子里只剩下五片药，我还想着要再多预订一些。到了今天早上，瓶子竟然空了。

史黛拉：［疑惑］那确实很奇怪。

护士：相当！

哈韦斯特：你怎么注意到的呢？

护士：我正在收拾东西。我想着最好把所有的药品和绷带之类的都

---

① Choralin，一种类似水合氯醛的安眠药。

收起来。

史黛拉：［对哈韦斯特］五片药能致命吗？

护士：是六片。我还放了一片在他床边的杯子里。

哈韦斯特：是的，毫无疑问是致命的。

史黛拉：简直难以置信。更有可能的是有人拿去自己用了。

柯林：你绝对肯定昨晚瓶子里有五片药？

护士：绝对。如果有人拿去自己用了，肯定也是我睡觉之后的事。

史黛拉：但是昨晚你睡觉之后没人进去莫里斯的房间，只除了我。
我去跟他道晚安的。

李肯达：你怎么知道没有其他人进去他的房间？

史黛拉：还有谁会进去呢？只有柯林和妈妈了啊。

李肯达：［对塔布雷特太太］我告辞的时候你上楼去了，米莉。

塔布雷特太太：我太累了。［似笑非笑地］我觉得没必要守着柯林、
史黛拉和医生吃培根三明治。

李肯达：你昨晚没去莫里斯的房间吧，柯林？

柯林：没有，我为什么要去？我又不需要吃安眠药才能睡着。

史黛拉：你不会怀疑是我拿走了那些药吧，韦兰护士？

护士：事实就是昨晚有五片药不翼而飞了。药去哪儿了？

哈韦斯特：始终存在一种可能性就是有人蓄意拿走了，想制造麻烦。

护士：你是在说我吗，哈韦斯特医生。你认为制造麻烦能给我带
来什么好处呢？我真是不明白你怎么会有如此愚蠢的想法。我
要是纯粹为了使坏把药拿走了，那我为什么还要求你做尸检
呢——我明知道不会有任何的发现？

柯林：有没有可能是有人今天早上把药拿走了？

李肯达：谁？

柯林：家里的女仆，比如说。

李肯达：克洛灵并非常用药。我觉得女仆可能连听都没有听说过。

又不像是阿司匹林或者佛罗拉 ① 那样的药。

哈韦斯特：我可说不上来。报纸上有过案例的报道。要理所应当地认为一个女仆失眠的时候不会有服用什么药物的习惯，那可不大稳妥。

史黛拉：呃，这个很容易确认。是爱丽丝在收拾莫里斯的房间。我们把她叫来就是了。

护士：没这个必要了。她根本不敢进去。我告诉她不用进去了，说我会亲自把房间打扫干净，把一切物品都摆放整齐。我肯定她今天早上没有进去过。

史黛拉：我们该怎么办，妈妈？

塔布雷特太太：你觉得怎么合适就怎么办。

李肯达：[对医生] 莫里斯有可能是氯醛中毒而死的吗？

哈韦斯特：我跟你说过，我认为他是自然死亡无疑。

李肯达：我问的不是这个。

哈韦斯特：是的，当然啦，有这个可能。但我根本不相信。

护士：我知道这对您来说是雪上加霜，塔布雷特太太。我没法告诉你我有多么抱歉。你们对我情深义厚，我竟然要反过来增添你们的烦恼，这似乎太糟糕了。

塔布雷特太太：我亲爱的，我非常愿意相信你所说和所做的都是你认为正确的。

史黛拉：我完全糊涂了。像是迎头挨了一棒。[对护士] 你果真认为莫里斯是因为安眠药过量而死的吗？

护士：[非常从容地，直视她的双眼] 是的。

史黛拉：太可怕了。

护士：[仍然看着史黛拉] 我觉得我应该告诉你，当我发现药片不见

_____

① Veronal，（有催眠、镇静等作用的）巴比妥类药物。

了以后，我检查了我为他准备好的溶了一片药的玻璃杯。杯子底部还残留了大约一中匙的液体。我把杯子藏起来了，我建议要对杯子进行检验分析。

塔布雷特太太：［带有一丝嘲讽］你当护士真是屈才了，韦兰护士。你完全具备一个侦探的潜质。

李肯达：但是一份药水里面溶了六片药难道不难喝吗？

哈韦斯特：会很苦涩。我估计如果有人是一口气喝下去的，那基本要等喝完以后才会发现了。

史黛拉：听起来都太有偶然性了。我恐怕韦兰护士的说法里面真实发生的概率有限。

柯林：话说回来，我亲爱的，这太荒唐了。究竟有谁会想到谋杀莫里斯呢？不可能的事情啊。

史黛拉：噢，说到这个，没错。我考虑的不是这一点。韦兰护士不可能真的认为有人会蓄意给莫里斯服用过量的安眠药。但我开始严重怀疑也许是他自己服用的。

哈韦斯特：自杀？

史黛拉：［忧伤地］他昨晚很不对劲。他非常奇怪。我从没见过他如此神经质过。

李肯达：有什么原因导致的呢？

史黛拉：［迟疑片刻］恐怕是有的。你们知道我去看了《特里斯坦》。我们订婚的晚上就曾一起去看过。回想过去让他情绪低落。

李肯达：他提到过自杀吗？

史黛拉：没有。

李肯达：他自杀过吗？

史黛拉：从来没有。我不相信他有过自杀的念头。

李肯达：你凭什么认为他昨晚情绪低落呢？

史黛拉：［非常动情地］他做了一件以前从未做过的事。实在是令人痛苦的事。他哭了。他在我的怀里大哭起来。

护士：为什么呢，到底？

史黛拉：[绝望地] 说真的，韦兰小姐，有些事情我不能告诉你。我和我丈夫之间发生的事就仅限于我们二人之间。与其他任何人无关。

护士：不好意思。我个人以为你最好坦白一点，为了你自己的利益。

史黛拉：你什么意思？你在指责我有所隐瞒吗？

护士：我没有指责任何人。

李肯达：我亲爱的，我不会要求你回答任何令你痛苦的问题。但是就有一点。假如韦兰小姐的说法确实有点道理，我估计就必然有验尸官来勘验。验尸官肯定会询问你——你的丈夫是否说过任何可能暗示他有自杀倾向的话。

史黛拉：[深深叹一口气] 他说要是他在意外中当场死亡就好了。但他不是为自己考虑的，而是为我。

李肯达：这点很重要。

史黛拉：噢，护士小姐，别跟我们过不去。别因为我对你严厉就怀恨在心。我今天已经神经绷得紧紧的了。毕竟来说，这很正常，不是吗？如果可怜的莫里斯确实过量服用了药物，你能高抬贵手不要声张吗？他在世的时候已经没多少盼头了。你不能让我们免受尸检和勘验的痛苦与折磨吗？

李肯达：问题在于哈韦斯特医生是否还愿意签署死亡证明。

哈韦斯特：我认为韦兰护士很可能弄错了药片的事。我没觉得有什么不该签署的理由。

护士：[从容地] 但你们看，我非常确信莫里斯·塔布雷特不可能自杀。

李肯达：有什么理由呢？

护士：呃，先说一点。他喝过的杯子里还剩有一点液体。大约一中匙的样子。你们记得我提到过吧，我把杯子藏起来了，便于检验里面的液体。

李肯达：是的。

护士：如果一个人要自杀，他必然会把杯子的东西喝光，一口或者两口。他不会留下什么来影响自己的计划。至少像莫里斯·塔布雷特这样的人不会。

柯林：我感觉这个理由很牵强。

李肯达：我必须说这是很小的一点。

柯林：况且，那东西还没有检验呢。

李肯达：你的判断只有这么一点根据吗，韦兰护士？

护士：不，不是的。尽管莫里斯·塔布雷特是个很好的人，我也相信他不会擅自服用药物，但大家都知道滥用药物是很容易的，你不能保证任何人。是这样的吧，哈韦斯特医生？

哈韦斯特：是的，我想是这样的。

护士：有时候他非常抑郁。我觉得最好不要让他掌握到任何能解决他自己的东西。

史黛拉：我从未见他抑郁过。

护士：[忿忿地] 我知道你没见。你什么都看不到。

史黛拉：韦兰护士，我到底怎么你了？你为什么要那样对我说话？你的脸都因为恨我而扭曲了。我真是不懂。

护士：你真是不懂吗？

　　　　[两个女人相视片刻，接着史黛拉微微一颤，别开脸去。

史黛拉：我开始害怕你了。你是什么样的一个女人，竟然在我们的家里待了五年？

塔布雷特太太：[安抚的口吻] 没什么好害怕的，宝贝儿。别太敏感了。

护士：[对史黛拉] 难道他在你在的时候开玩笑，嘻嘻哈哈，你就从来想不到他也有阴郁绝望的时候?

史黛拉：[深深地同情] 可怜的乖乖，他为何要坚持向我隐瞒呢?

护士：[带着一股压抑的怒火] 他唯一的目的就是要让你不为他的病痛所困扰。不论他遭受如何的折磨，他都要向你隐瞒，这样你才不至于为他伤心难过。

史黛拉：你说这些话真是伤人。你让我感觉我对他如此冷酷无情。

护士：[挖苦讽刺的意味增强] 什么事都要瞒着你。你进来的时候，药瓶子、纱布这些都必须拿走，不能留下任何东西让你联想到他有什么不对劲的。

史黛拉：你为他做的一切，我都愿意去做。只是他心里极不情愿我去顾及到他病痛中最难堪的一面。

塔布雷特太太：的确如此，护士小姐。我很遗憾你误会了史黛拉没有为莫里斯竭尽全力。作为他的母亲，我也许和你一样有资格来评判。我对她唯有敬佩，敬佩她的无私奉献和顾全大局。

史黛拉：噢，妈妈。

塔布雷特太太：我总是认为我们予人帮助最好的方式是以他们想要得到帮助的方式，而非我们认为他们应该得到帮助的方式。我宁可别人送我一个我梦寐以求的小手提包，也不要一件大披肩来裹住我老朽的身子骨——我恰恰不想要这个。

李肯达：这么解释有道理，韦兰护士。

塔布雷特太太：我肯定史黛拉对莫里斯最大的帮助就是在他打趣她的时候，以同样的口气来回应他，在他开怀大笑的时候，跟他一起欢笑。

护士：我谁也不是。我只是他雇佣来的护士。他没有向我隐藏他内心的绝望。他不必对我掩饰。他不必装作脾气好或者幽默的样子。他可以苦闷乖僻，他知道我不会介意。他可以和我争吵，然后说如果伤害到我，他很抱歉，虽然他明知自己伤害不到我。

为了让你们笑起来，他往自己脸上敷上面粉，鼻子涂上红色，再钻过一个圈子来逗乐。你们只看到这个小丑白色的面具，而我看到的是他赤裸的、饱受折磨又志得意满的灵魂。

史黛拉：[突然意识到韦兰护士已经爱上了他] 你在告诉我们什么，韦兰护士？

护士：我在告诉你们事实，我终于说出口了。

史黛拉：我在想你是否知道这是多么奇怪的事实。

李肯达：不过呀，韦兰护士，你刚才所说的也证实了他确实有过绝望的时候，也必定产生过自杀的念头。我们都知道他昨晚上紧张过度了。如果他的死亡不是因为自然原因导致的，那极有可能是他自己导致的。

护士：那就是我专门要防范的时候了。克洛灵被保管在浴室上层的架子上，他不可能自己去拿。我都要踩着椅子才能够得到。

李肯达：一个男人对于决心要做的事，他经常能克服常人认为难以克服的困难。

护士：问问哈韦斯特医生吧，问他莫里斯·塔布雷特是否有可能穿过房间，进入浴室，然后站在一张椅子上。

哈韦斯特：他的下半身毫无动弹之力。他在意外中摔断了脊椎，脊髓神经严重受损。

李肯达：他不可能爬到浴室吗？

哈韦斯特：非常费力的情况下，是的，我认为他有可能爬进去。

护士：他有可能站到一张椅子上吗？

哈韦斯特：不行，我必须承认这是绝对不可能的事。

李肯达：如果他进了浴室，他不可能用一根棍子或是什么把瓶子弄下来吗？

哈韦斯特：也许可以。

护士：你怎么这么说呢，哈韦斯特医生？你明知道他不可能自己坐起来。

哈韦斯特：我不像你这么急着把一切事情都做最坏的假设，韦兰护士。

护士：那假如他把瓶子拿下来了，他又如何把瓶子放回原位呢？

哈韦斯特：[烦躁地] 说到底，我们还不知道莫里斯是否因为克洛灵过量而死的。

李肯达：这件事不能就此搁置，哈韦斯特。我恐怕必须要有一场勘验才行了。

哈韦斯特：是的，显然的，我现在不能签署死亡证明了。我必须和验尸官沟通下。

护士：我很抱歉，哈韦斯特医生。

哈韦斯特：我猜你是很抱歉。你以为我不希望卷入一场丑闻是很自私的表现。我投资了那么多钱，花了整整七年才做起来的生意就要搞砸了，你以为我就该打掉牙齿往肚子里吞，脖子上套绳还要强颜欢笑。

李肯达：哎呀，好了，还不至于吧。不管盘查询问对莫里斯一家来说有多么难过，总不见得会影响到他的医生吧。对于一个治愈无望的残疾人来说，过量服用安眠药也不是什么很新鲜的事，不至于引起太多的议论。

哈韦斯特：确实不是很新鲜的事。

李肯达：多数人还是敬重一个得了绝症的男人选择毫无痛苦地结束自己的生命，而不是漫无目的地忍受下去。他对自己，对他所爱的人都是更仁慈的。

护士：哈韦斯特医生和我都非常清楚，如果莫里斯·塔布雷特是死于克洛灵过量，他就不可能是自行服用的。这种情况只有一个词来定义，而你们都知道这个词。就是谋杀。

哈韦斯特：这也是我为什么坚信他是自然死亡的。我无法解释那些该死的药片是如何消失的，但肯定是有原因的。

柯林：最有可能的原因是韦兰护士搞错了。唯一合理的推测是，假如有人拿走了六片药，他应该放入其他的药片来充数，比如阿司匹林、氯酸钾之类的，这样才不会被人发现。

护士：人难免会考虑不周全。一个谋杀犯就是犯了错误才会被抓。

哈韦斯特：但是，再怎么说，没有人会毫无动机地去杀人啊。没有人会有丝毫的理由想去害死莫里斯啊。

护士：你怎么知道？

哈韦斯特：我的老天，我怎么知道二加二等于四的？我知道所有人都对他真心实意。而且用脑子想想吧，该死的。他是世上最好的人。

护士：你知道他的妻子怀孕了吧？

史黛拉：[倒抽一口凉气] 你这天煞的。

柯林：[惊恐] 史黛拉！

护士：我昨晚就怀疑了，她差点晕倒的时候。今天早上我更加确信无疑。

史黛拉：你什么意思？你是在指控我谋杀了我的丈夫吗？

李肯达：[神情凝重] 她说的是真的吗，史黛拉？

　　　　[片刻停顿。史黛拉没有言语。她的眼中充满痛苦。客厅侍女爱丽丝轻快地进来，以日常事务打破了僵局。

爱丽丝：我该把午饭延后吗，夫人？

塔布雷特太太：已经一点钟了吗？不用，你尽管端上来。

柯林：我们这会不能吃午饭，妈妈。

塔布雷特太太：为什么不能？再多摆两个人的位置。李肯达少校和哈韦斯特医生也要一起吃。

爱丽丝：好的，夫人。

　　　　[她出去了。

柯林：妈妈，这不现实。我们怎么能坐在一起，像什么事都没有发生一样呢？

塔布雷特太太：我觉得无妨啊。我们还有好多话要对彼此说的。花上半个小时来聊点别的，对我们任何人都没有坏处。

史黛拉：我不行，我不去。让我留在这儿吧。

塔布雷特太太：[坚定地] 我坚持要让你去，我亲爱的。

哈韦斯特：我必须赶回家一趟，塔布雷特太太。我就在家里吃两口，然后尽快赶过来。

塔布雷特太太：没问题。

李肯达：我亲爱的，我可不愿打搅到你。

塔布雷特太太：[惨然一笑] 你必须一起去吃。你也要来吗，韦兰护士？

护士：不去。

塔布雷特太太：我会让人送点吃的到你的房间。

护士：我什么都不想吃。

塔布雷特太太：等送过来了，你也许就想了。

　　　　　[爱丽丝再次进来。

爱丽丝：午饭上桌了，夫人。

塔布雷特太太：[一只手伸向史黛拉] 来吧，史黛拉。

第二幕终

第三幕

场景同前两幕。

半个小时过去了。

史黛拉站在一扇窗户前，望着外面的花园。柯林从门厅进来，她转过身。

柯林：史黛拉。

史黛拉：你已经吃完了？

柯林：差不多吧。我告诉妈妈说我想看看你是否有事。

史黛拉：没事，我很好。

柯林：像什么事都没发生一样地坐在那儿真是难受。我不知道妈妈怎么想起要让我们演那么一出。

史黛拉：［耸一下肩］我敢说这是很明智的决定。有仆人在场，我们就得管住自己的嘴，不能胡说。这样我们就都有一个机会来调整自己。

柯林：我恐怕你基本没吃什么。

史黛拉：［微笑］你替我们两个人都吃饱了。

柯林：你觉得我没心没肺？

史黛拉：不，我觉得很受安慰。看到你一口接一口地吞下羊肉和豌豆让我意识到这场噩梦并非生活的全部。世界依然在我们身边运转。不论我们遭受什么，公共汽车依旧驶向皮卡迪利大街，火车依旧在帕丁顿车站进出。

柯林：史黛拉，那是真的吗？

史黛拉：什么是真的？

柯林：那女人说的。

史黛拉：孩子的事？我猜是吧。是的，是真的。

柯林：噢，史黛拉。

史黛拉：我之前并不肯定。我很担心。我想它也许是个错误的信号。直到最近我才确定下来。

柯林：那你为什么不告诉我？

史黛拉：我不想说。

柯林：一点都不想吗？你打算让我毫不知情地离开吗？

史黛拉：你还有一个月就要回危地马拉了。我不想破坏你在这里的最后几周。因为我担心你大概也没什么好值得担心的理由。

柯林：但你打算怎么办呢？

史黛拉：我不知道。我还在想办法。我觉得你走了要好办些。不论发生什么，我都不希望把你牵扯进来。

柯林：为什么？

史黛拉：我不知道，只是因为我爱你吧。

柯林：我难道不能在你身边替你分忧吗？

史黛拉：我觉得女人都很傻，当她们告诉一个男人她们怀了他的孩子的时候，这是一个对她们而言尤为重要的时刻。她们会感到幸福，又有一点紧张和不可思议。她们想要被疼惜宠爱。我不能指望你有什么高兴或者骄傲的感觉，唯有惊慌失措罢了。

柯林：噢，我的傻姑娘，你不知道我有多么虔诚地爱着你吗？

史黛拉：不，别说了。别说任何会让我难过的话。如果我们要把事情说清楚，我们最好尽量保持冷静。

柯林：这下那个可恶的女人会说什么呢？

史黛拉：我不知道。我不在乎……我不知道我为什么这么说。我现在吓得要死。

柯林：你必须坚强起来。

史黛拉：噢，柯林，不论发生什么，你都会站在我这边，是吗？

柯林：是的，我发誓。

　　　　[哈韦斯特医生从花园进来。

哈韦斯特：噢，你们已经吃过午饭了吗？

史黛拉：[唇边挤出一丝笑容]我没法假装吃多少东西。我想单独待
　　一会儿，就到这儿来了。

柯林：我想妈妈和李肯达少校马上就过来了。我离开的时候，他们
　　刚开始喝咖啡。

哈韦斯特：韦兰护士在哪儿呢？我第一时间赶回来就是想单独和她
　　谈谈。

史黛拉：柯林会去找她过来。我猜她在自己房间里吃午饭。

柯林：这就去。

　　　　[他出去了。

哈韦斯特：我说，我亲爱的，我希望这一切都会圆满解决。

史黛拉：但形势不太乐观啊，对吧？

哈韦斯特：哎呀，你真是临危不乱。

史黛拉：天崩地裂的时候，像只受惊的母鸡一样到处瞎跑也没用啊。

哈韦斯特：你介意我给你一点建议吗？

史黛拉：[有点讽刺的口吻]我洗耳恭听，但我很有可能不会接受。

哈韦斯特：其实吧，就是说，如果我是你，我会非常小心，不要说
　　任何激怒韦兰护士的话。

史黛拉：她已经闹得很不愉快了，不会有什么更恶劣的情况发生了。

哈韦斯特：我看不一定。这也是我为什么想单独见她的原因。你知
　　道她不是什么居心不良的人，真的。现在她已经冷静了半个小
　　时，我觉得她应该更理智一些了。

史黛拉：我要是你就不会心存这样的侥幸。

哈韦斯特：反正我个人是看不出韦兰护士这样大闹一场会得到什么好处。

史黛拉：她是个尽心尽责的人，她错误地把她对我的恨当作了她的使命。

哈韦斯特：好人总是难相处，是不？

史黛拉：［微笑］幸亏他们这样的好人不多，不太经常给我们这些人带来严重的困扰。

哈韦斯特：韦兰护士是已经把她的刀子插进你身上了。

史黛拉：哈韦斯特医生，你能告诉我点事吗？

哈韦斯特：如果我能说的话。

史黛拉：你认为莫里斯有可能已经猜到——我的情况了吗？

哈韦斯特：我认为应该没有。

史黛拉：那我太感谢了。我不敢相信他是宁愿自己死，也不愿让我蒙受耻辱。他有可能这样做的，你知道。

哈韦斯特：如果莫里斯死于克洛灵过量，那他恐怕不可能是自行服用的。

史黛拉：那究竟是谁给他服用的呢？

哈韦斯特：问题就在于此，对吧？

史黛拉：我脑子里闪过不少疯狂又怪异的念头，一个比一个更不可思议。

哈韦斯特：我理解。

史黛拉：那个可恨的女人为什么不能让我独自哀伤一会儿呢？我的心在悲痛中煎熬。我感到深深的自责。我羞愧难当。你没见过莫里斯以前的样子。他真是个英勇无畏的家伙。刚才我在他房间的时候，所有的恐惧都一涌而来，我为自己，也为他大哭起来。我为过去这么多年我对他的爱痛哭。噢，死亡是多么残忍啊。

哈韦斯特：我理解。不管你的职业让你多么频繁地接触到死亡，你都难免会沉入到同样的灰心失望当中。完全是无能为力、无可改变的事。

史黛拉：我不敢相信这是无可改变的事了。这样太不公平了。为什么莫里斯的信念不能是真的呢？为什么我们不能重生呢？如果我告诉你一件事，你会认为我又傻又天真吗？我有种奇怪神秘的感觉，我感觉莫里斯勇敢的灵魂已经进入到我腹中胎儿的身上，他的灵魂会原谅我对他犯下的错，会超脱出他生命的极限而继续存在下去。

哈韦斯特：有些人的观点就是，如果你足够相信一件事，那它就会成真。我有什么资格来评判这样的事情呢？

　　　　[门开了，柯林进来，身后紧跟着护士。]

柯林：韦兰护士来了。

史黛拉：噢，护士小姐，哈韦斯特医生想要单独跟你谈谈。柯林和我会到花园里去。

护士：谢谢你们如此周到。但我没有什么话要私底下跟哈韦斯特医生说的，我也不希望听哈韦斯特医生说些别人不能听的话。我不想做任何暗中操作的事情。

哈韦斯特：我不会叫你做任何暗中操作的事情。

护士：我非常清楚你要对我说什么。你要说这里每一个人都对我很好，很慷慨。而且他们还准备更好更慷慨。如果我制造了丑闻，我就会面临各种的不愉快，很有可能找不到下一份工作。另一方面，如果我管住自己的嘴，我就能去日本好好享受了。老实说吧，我不会同意的。

史黛拉：[冷漠地]那就是没的商量了。

哈韦斯特：随你怎么想，我觉得你听我说五分钟不会有什么损失。

史黛拉：那我现在要坚定立场了。我不会允许有任何以我的名义向韦兰护士提出的请求。

柯林：我想我听到我妈妈和少校的声音了。

哈韦斯特：那就没机会了。

　　　　[柯林走到门边，为他们打开门。塔布雷特太太和李肯达少校进来。

塔布雷特太太：我们让你久等了吗？我希望你在房间里没缺点什么，护士小姐。

护士：没缺什么，谢谢您，塔布雷特太太。

塔布雷特太太：你不坐下吗？没必要把自己累着了。

护士：[坐下] 谢谢。

　　哈韦斯特医生，你们已经都商量好了吗？

哈韦斯特：我刚刚才过来，塔布雷特太太。

塔布雷特太太：我估计我们都得听从韦兰护士的意见了。你决定怎么做了吗，韦兰护士？

护士：我必须尽到我的职责，塔布雷特太太。

塔布雷特太太：当然。我们都应该尽到自己的职责，而且如果我们在尽职尽责的同时又不至于经常性地引起他人的些许不满，那就是相当困难的了。

护士：塔布雷特太太，李肯达少校在午饭前问了您的儿媳一个问题。她还没有回答。

李肯达：[对史黛拉] 我想你肯定认为我很失礼。韦兰护士说你怀孕了，我问你这是否是真的。

史黛拉：千真万确。

李肯达：[难掩尴尬之情] 那我就不应该了。我发觉我在插手与我不相干的事情。

史黛拉：我亲爱的少校，我知道你是善良的化身。你跟塔布雷特太太有几十年的交情了，莫里斯和柯林小的时候你就认识他们了。

李肯达：不管怎么说，你必须理解要问出这么一个人们心目中油然而生的问题，我有多么为难。

史黛拉：不用你问，我也会说的。当然了，莫里斯不可能是孩子的父亲。自从他出了事故以来，他一直都只是我名义上的丈夫。

柯林：[走到她身边，一只手搂住她的肩膀] 我是孩子的父亲，李肯达少校。

护士：[震惊地] 是你？

塔布雷特太太：[讽刺地] 护士小姐，你想说柯林和史黛拉相爱的事情竟然逃过了你的法眼吗？

史黛拉：[小声惊呼] 你早就知道了？

塔布雷特太太：我觉得现在的年轻人都喜欢把他们的长辈看得比一般老年人更愚蠢。

史黛拉：噢，妈妈，你会怎么看待我啊？

塔布雷特太太：[冷淡地] 你很在乎吗？

史黛拉：我知道我从道义上应该羞愧得无地自容。我必须坦诚。我不想假装后悔，因为我并不后悔。我无法阻止我对柯林的爱，就像我无法阻止天上的雨水落下，地上的树木枝繁叶茂。我为怀了他的孩子而骄傲。

护士：你真是不知羞耻。

史黛拉：[对塔布雷特太太] 但你完全有权利认为我亏欠了莫里斯。他现在已经感受不到痛苦了，但我给你造成的痛苦，我由衷地抱歉。我没有任何借口替自己推脱。

塔布雷特太太：我亲爱的，你记得我昨晚给你说过什么吗？我感谢你为莫里斯所做的一切。你以为我只是随口说说的？我当时已经知道你怀孕了，知道柯林是孩子的父亲。

柯林：妈妈，我非常自责。

史黛拉：你千万别，亲爱的。[对塔布雷特太太] 如果一个女人不希望男人追求她，她可以很轻易地回避掉。这么多个月以来，我们住在同一个屋檐下，朝夕相对，没理由他只把我当作他的嫂子这么简单。我是不知羞耻。我没有阻止他追求我，因为我想要他追求我。我要让他爱上我。

柯林：噢，史黛拉，我怎么能不爱你呢？我不是为这个而自责。我自责是因为我明知爱你却没有逃开。

塔布雷特太太：那我该认为是已经来不及逃开了？

柯林：你记得吗，我们小时候在印度，他们跟我们说一些能回忆起前世生活的孩子。这些孩子认识村子里的人谁是谁，能认出那些曾经属于自己的东西，能直接找到自己从来没去过的地方。这就是我爱上史黛拉之后的感觉。我感觉我一直都爱着她，她的爱就是我的归宿。

史黛拉：不管你怎么想我，妈妈，不管你认为我的行为多么可耻，我请求你相信我不是因为一时心血来潮才委身柯林的。我全心全意地爱着他。

塔布雷特太太：我亲爱的，我知道。你说了你要让他爱你。若不是你如此爱他，怎么会这么说出口呢？除非你亲自去实现了，否则你都无法说服自己他也爱你这样的奇迹会真的发生。爱情从来都是不自信的。人永远无法对爱情有所把握，只能确信情感本身的存在。

史黛拉：我的心像着了魔一样，但你千万别以为我没有挣扎抗拒过。我对自己说，莫里斯对我一往情深，我只有保持对他的忠诚，对他不离不弃才能报答他。

塔布雷特太太：我相信你是挣扎抗拒过的。

史黛拉：我对自己说，莫里斯是个常年卧床的残疾人，病人，因不可知的厄运而罹祸的人，我若是背叛他就是忘恩负义。我尽可能地让柯林远离我。我对他恶言恶语，态度粗鲁，但他眼睛里无声的痛苦让我心碎了。我一切办法都试过了，只除了叫他离开。我不能这么做。我不能。我哄自己说这是看在你的分上，看在莫里斯的分上。你们太久没见过他了。莫里斯又那么喜欢他在身边。

塔布雷特太太：我确实很久没见过柯林了，而且莫里斯也非常高兴有他在这儿陪着。

护士：[愤慨地] 我不理解您的做法，塔布雷特太太。您似乎是在刻意为您的儿媳找借口。如果您早知道内情，您为何不阻止呢？

塔布雷特太太：我恐怕会吓到你，韦兰护士；我想把这事尽可能说得文雅一点，但我们英国人就是这么假正经、虚伪，已经把这事搞得不文雅了。史黛拉是个年轻、健康且正常的女性。我为何要假设她不具有我年轻时的冲动呢？性冲动就像人肚子饿了一样正常，像人困了想睡觉一样迫切。为什么她要被剥夺满足性冲动的权利呢？

护士：[厌恶地轻微一抖] 我感觉这整个现代社会都被性爱纠缠不清。难道就没有别的什么了吗？总之答案就是，你不能离开食物，不能离开睡眠。但你完全不必满足性方面的欲望。

哈韦斯特：但代价就是神经紊乱，性情暴躁加不良情绪。

塔布雷特太太：莫里斯因为事故而不可能与史黛拉再过夫妻生活的时候，我问过自己，史黛拉是否能维持住这种非正常的关系。他们的爱是两个健康的年轻人之间的爱。他们的爱深沉而热烈，但却是建立在性的基础之上的。随着时间的流逝，他们的爱也许会上升到一个更精神性的层面，生活中不可避免的磨难和考验也许会让他们彼此产生一种新的情感，建立一种新的信念，从而为逐渐暗淡的热情之火带来新的光辉。然而他们并没有这个时间。

护士：[对史黛拉，讽刺地] 我能问你们当时结婚多久了吗？

史黛拉：他坠机之前，我们大概结婚一年了。

护士：一年。整整的一年。

塔布雷特太太：莫里斯的苦痛确实让他的心里产生了一种新的爱，一种饥渴的、依附性的、依赖性的爱。我不知道什么时候史黛拉会对这样的爱感到不满足。

护士：[怂怂地] 恐怕没人能说您对人性有多少信心吧。

塔布雷特太太：我有不少的信心。实际上，阅历已经教会我充分合理地相信人性。我知道史黛拉的怜悯是无穷尽的。

史黛拉：噢，无穷尽的。可怜的乖乖。

塔布雷特太太：我知道她错把怜悯当作爱是再好不过的，我祈祷她永远都不要发现自己的错误。她对莫里斯来说意味着这世上的一切。所有的一切。起初我们都在为拯救他的生命而努力，但等到他稳定下来，成了一个长期不能自理的病人的时候，那时候我们才知道他这辈子都没有指望了，我才有了莫大的担忧。我担忧总有一天她会再也忍受不了这样凄凉的生活——他能给她的仅此而已。如果她要离开，我觉得我们没有权利阻止她，而且我知道一旦她离开了，莫里斯就活不下去了。

史黛拉：我永远不会离开莫里斯的。我从来没想到过这个可能。

塔布雷特太太：我注意到这慢慢成为了她精神上的负担。她还像以往一样善良，一样温柔，但却是她努力的结果。你要行善，除非你是自然而然去做的，好比花朵释放自己的芳香，否则还有什么意义呢？

护士：我还从来没听说过善之所以为善是因为容易去施行。

塔布雷特太太：我并没有这样认为，只不过如果行善具有难度，我就认为行善更有益于施行者，而非接受者。这也是为什么给予比接受更加有福的原因。

护士：我听不懂你的意思。我觉得你说的既恶心又悲观。

塔布雷特太太：那我接下来要说的，你恐怕要觉得更恶心更悲观了。我发现自己竟然有点希望史黛拉找一个情人了。

护士：[惊恐地]塔布雷特太太！

塔布雷特太太：只要她待在莫里斯身边，我宁可睁只眼闭只眼。我希望她对莫里斯好，对他悉心周到、情深意切，其余的我都不在乎。

护士：[结巴地]我对您深怀敬意，塔布雷特太太。我如此敬慕您。我常常想，等我到了您的年纪，也要成为像您一样的女人。

塔布雷特太太：等柯林回来以后，我不久就发现他和史黛拉彼此相爱，我没有做任何事来阻止几乎是无可避免的结局了。我没有刻意在脑子里考虑这么多，那样会吓到我自己，但在我心里有种感觉，这样对莫里斯是最好的。她现在不会离开了。她与这座房子有了比怜悯和善良更结实的纽带。

李肯达：你就没想到过你的纵容会让他们面临巨大的危险吗？

塔布雷特太太：我不在乎。我只考虑莫里斯。他们小的时候，我以为我对他们的爱同样多。但自从莫里斯出事以后，我的心里就容不下其他任何人了。他就是我的一切。为了他，我愿意牺牲柯林和史黛拉。[对史黛拉微微做出一个请求的姿势]我希望他们能原谅我。

史黛拉：噢，我亲爱的妈妈，你说得好像有什么需要我原谅似的。

护士：如果我说我很震惊，你肯定只会笑话我。我无法不震惊。我的灵魂深处都在颤抖。

塔布雷特太太：我就知道你会这样。

护士：我宁可受刑也会相信您的头脑中没有进入过不洁的思想。您的儿媳在您自己的家里有外遇，想到这点，您就没有惶恐过？

塔布雷特太太：我估计我这个人不太容易惶恐。我在国外生活得太

152

久，已经把自己的对错标准当作唯一的标准。我们如今都知道，道德并非一成不变的，总是随着国家和时代而变化。有许多事情，比如说，我们这里认为是正确的，而在印度却认为是错误的……

李肯达：反之亦然。

塔布雷特太太：但我不知道人为什么意识不到，即使在同一时间同一国家，道德也并非对所有人都是千篇一律的。尽管我很怀疑，我还不至于说道德有富人的道德和穷人的道德之分，但我确实认为年轻人有年轻人的道德，老年人有老年人的道德。如果我们的道德准则都是由那些已经忘记了青春的激情和活力的人来制定的，也许我们看待这些事情的眼光会非常不同。但两个年轻人屈服于自然所植入他们体内的本能冲动，你们认为这样就是道德沦丧吗？

护士：你就从来没想到可能的后果吗？

塔布雷特太太：怀孕吗？正是这一点让我相信史黛拉最本真的纯洁。如果她是个随便的不知检点的女人，她就会知道如何避免这样的意外发生。

护士：[讽刺地] 你必须得承认，不管怎么说，莫里斯的死来得正是时候，正好让她有机会摆脱一个很是尴尬的窘境。

史黛拉：护士小姐，你这话说得好狠心——好没良心。

李肯达：[严厉地] 你必须谨言慎行，护士小姐。你的话极其像是在指控。

护士：我不想指控任何人。我一开始只是说我并不满意现在的结果，认为应该做一次尸检，请你们不要误解我，好吗？这是我的权利，我的职责。难道不是这样吗，哈韦斯特医生？

哈韦斯特：我想是的。

护士：是你把我逼迫到这一步的。你问我谁有可能有杀害莫里斯·塔布雷特的动机。为了替自己辩护，我不得已说出他的妻子已怀孕而他不可能是孩子父亲的事实。

史黛拉：你一直在说你的职责。你肯定你做这些的动机不仅仅是因为你痛恨我?

护士：[轻蔑地] 我为什么要恨你? 相信我，我只是鄙视你。

史黛拉：你恨我因为你爱莫里斯。

护士：[语气强烈地] 我? 你什么意思? 你在侮辱我。你怎么敢这么说?

史黛拉：[冷淡地] 你自己暴露了。我经常感觉你对莫里斯的好感多过了一个护士对病人应有的好感，我还经常跟他打趣这件事。我从来没想到过你是认真的，直到今天早上。你所说的每一个字都出卖了你自己。你爱莫里斯爱得疯狂了。

护士：[挑衅地] 如果是，那又怎么样?

史黛拉：不怎么样，只是该轮到我来表示震惊了。我觉得这是相当可怕且可耻的事。

护士：[情绪逐渐激动起来] 是的，我爱他。在我看到你的爱不断消退的同时，我的爱在不断增长。我爱他，因为他是如此无助，如此依赖于我。我爱他，因为他在我怀里像个孩子一样。我从未向他表露过我的爱意，我宁愿死，而且我感到羞愧，因为有时候我在想，不管怎么样，他都是看在眼里的。但是，如果他看在眼里，他就会理解并为我感到遗憾。他知道渴望一个对你毫无爱意的人给予你爱是多么苦涩。我的爱对他毫无意义，他的心里只能放下你的爱，而你却弃之不顾。他需要的是面包，你却给他石块。你以为你很善良，很体贴了。如果你像我一样爱他，你就会发现你为他所做的微乎其微。我能想出一百种令他快乐的办法，但对他而言都是无关紧要的，而你连想这些办法的心思都没有。

史黛拉：韦兰小姐，我为我刚才说的话抱歉。我不该这么说，太伤人了。我想爱总是有美好的一面，不管什么样的爱。我能感谢你给予我丈夫的爱吗？

护士：[语气强烈地] 不，你感谢我就是傲慢的表现。

史黛拉：我很抱歉你会这么想……说的没错，我确实不爱莫里斯了，至少不是一个女人对男人的爱。我非常清楚这一点，也时常责怪自己，因为我感觉不到——在某一瞬间，我忍不住要去想。这似乎是很无情无义的事情。他对我来说只是一个非常亲密的让我深切同情的朋友。

护士：你以为他需要你的同情？

史黛拉：我知道他不需要。但我能给予他的只有同情。是谁说过同情是爱的近亲？这两者之间简直天差地远。

护士：[咬牙切齿地] 是的，差的就是丑恶的性爱。

史黛拉：你相信你对莫里斯的爱就没有任何性爱的成分吗？我这么问，是因为我感觉到这里面有一种不正常的被压抑的性欲，它让我一开始就有点不寒而栗。

护士：[满怀热情地] 不，不是的。我对他的爱就像我对上帝的爱那样纯洁而高尚。没有一丝自我的影子在里面。我的爱是怜悯与基督仁爱的结合。我别无所求，只要得到允许服务于他，照顾他。对我来说，能够清洗和擦干他羸弱的四肢，能够把镜子举到他的面前方便他刮脸，这就是足够的回报了。我从未碰过他的双唇，直到他死之后，双唇变得冰冷。而现在，我已经失去了生活中美好的一切。他对你来说意味着什么？他对他的母亲来说意味着什么？对我来说，他就是我的孩子，我的朋友，我的爱人，我的上帝。而你杀害了他。

史黛拉：你在说谎！

李肯达：好了，韦兰护士，你没有权利这么说。

155

护士：[按捺不住地] 这是事实，你心知肚明！

李肯达：[不耐烦地] 我不知道有这样的事。我只知道，你已经激动
到了胡言乱语的地步，尽说些没有根据的话。

史黛拉：[宽容地耸耸肩] 我亲爱的，我不可能杀死莫里斯，正如我
不可能走上钢丝绳一样。你难道没有意识到没有任何事能阻止
我离开他吗？谁能说我的不是呢？

护士：那你怎么生活呢？你身无分文的。我听你有一百次跟莫里斯
说你必须过得小心谨慎的，因为他是你唯一的生活来源。

史黛拉：我真是不该把这种无心的玩笑话说太多遍。我觉得我可以
自己工作。

护士：[轻蔑地] 就凭你！

史黛拉：我经常发现一般的靠工作维持生计的妇女都认为这是一件
有点神奇的事，从来都不相信还有别的人也有这样的智慧和能
力。我不需要去做一名护士，你知道的。我可以制作帽子，或
者发明一款面霜。

护士：你认为这是开这种廉价玩笑的时候吗？

史黛拉：我可没这么认为。是你先挑起来的，你指控我毒死了我的
丈夫。

护士：你知道靠工作维持生计意味着什么吗？你以为工作的人不会
感觉到疲倦或者身体不适但又不得不坚持下去，就因为那是她
的工作吗？你以为工作的人不像其他姑娘一样想要出去玩耍开
心吗？你这辈子的生活都是养尊处优，被捧在手心里的。而且
你还怀孕了。你怎么可能工作呢？

柯林：你扯得真是太远了，韦兰小姐。我们不能站在这里，任由你
侮辱史黛拉。这太荒唐了。

史黛拉：还有柯林在啊，你知道，韦兰小姐。我不相信他会置我于
不顾。

柯林： 他当然不会。

护士： 那在他娶你之前，你必须要经历什么样的考验呢？不仅仅是对你的丈夫坦白。还有离婚的官司。这官司不可能轻松哦。

史黛拉： 确实是可怕的考验。

护士： [朝柯林做一个手势] 你以为他的爱就能经受住这样的考验？你肯定他不会因为你给他蒙上的羞辱而厌恨你？男人都是敏感的，你知道，比女人更加敏感，他们害怕丑闻。

史黛拉： 我也许不是个典型的女性。我觉得我也不会喜欢丑闻。

护士： [极尽所能地表示出蔑视] 你没必要跟我说这个。你为什么要让我站在这里，让我把话都说出来，如果不是你以为可以劝服我或者收买我闭嘴的话？为什么这些男人——你的朋友，讨厌我的朋友——还没有把我扔出去？因为他们怕我。他们怕丑闻。他们怕舆论。我说的没错吧？

史黛拉： 很有可能。

护士： 而你不仅怕丑闻，还怕掉脑袋。

史黛拉： 不，这不是真的。

护士： 你陷入了绝境。只有一种方法能摆脱出来。你跟我一样清楚你的背叛，你的冷酷无情都会令你的丈夫心碎。你无法面对这样的结局。你宁可杀了他。

史黛拉： 你认识我五年了，韦兰护士。我不知道你怎么会认为我有如此的恶毒。

护士： 你的丈夫信任你，爱你。他卧床不起，毫无防备之力。我知道你但凡有点良心，都不会如此对待他。如果你能做出对不起他的事，也同样能杀了他。

塔布雷特太太： [淡然一笑] 你是不是落入一种世俗偏见里面去了，我亲爱的？我知道大家说到一个女人好的时候是说她贞洁，但贞洁难道不是一种狭隘的对好的理解吗？贞洁固然是非常优秀的品质，但并不是美德的全部。除了贞洁，还有善良，勇气，为他人着想。我不敢说是否还有幽默，以及常识。

护士：你是在为她不忠于你的儿子辩解吗？

塔布雷特太太：我是在为她说理，韦兰护士。我知道她已经为莫里斯竭尽全力了。剩下的不在她能力范围内。

护士：哦，我知道你对这些事情是什么态度了。没有什么大不了的。罪恶无罪，美德不美。

塔布雷特太太：我能给你讲一点我自己的故事吗？我还年轻的时候，有丈夫，有两个孩子，我疯狂地爱上了一个在我丈夫的辖区里负责警察事务的男人，而他也疯狂地爱上了我。

李肯达：米莉！

塔布雷特太太：我现在是老太婆一个了，他也成了退休的少校老头子。但在当年，我们爱得眼里只有彼此。我为了我的儿子们没有屈服于情感。这几乎令我心碎。可如今，你知道，我很高兴自己没有屈服。人可以从爱的伤痛中恢复过来。当我看着那个可笑的老态龙钟的少校时，我奇怪自己当年怎么会为了他神魂颠倒。我可以告诉柯林和史黛拉，如果他们抵挡住他们的爱情，再过三十年来看，都不算什么了。但人就是不会从别人的经验中吸取教训。

护士：你抵挡住了，你就可以自诩坚守住了道义。

塔布雷特太太：我觉得在过去要容易些，你知道，我们那时候对贞洁看得比现在重得多。是的，我抵挡住了，但我知道这其中的痛苦，我觉得我有权利原谅那些并没有那么贞洁的，或者说比我更勇敢的人。

护士：正是在抵制诱惑的过程中，我们才更加坚实我们的灵魂。

塔布雷特太太：也许吧。但我有时候发现，我们最为了不起的胜利往往都是战胜了并不真正很强烈的诱惑。当我思考人性和诱惑的问题时，我总是忍不住想起河流和堤岸的关系。只要冲向堤岸的河水并不是太多，堤岸就能很好地发挥作用，但一旦洪水来临，堤岸就无济于事了。河水必然泛滥，灾难就会降临。

史黛拉：哦，我亲爱的妈妈，你真是睿智，真是善解人意。

塔布雷特太太：不，宝贝儿，我只是老了。

李肯达：[和气地，但非常坚定地] 史黛拉，韦兰护士的指控非常明确，必须要正视。

史黛拉：她的指控很荒谬。

李肯达：如果莫里斯是服用氯醛过量死亡的，那肯定有人在实施。

史黛拉：我想是的。

李肯达：你能说出任何哪怕有一丁点杀人动机的人吗？

史黛拉：不能。

李肯达：我肯定你是愿意帮助我们找到真相的。你必须原谅我问几个难为情的问题。

史黛拉：尽管问吧。

李肯达：当你发现自己怀孕的时候，你打算怎么办？

史黛拉：我吓坏了。我一开始都不敢相信。我不知道该怎么办。

李肯达：你心里清楚这事隐瞒不了多久？

史黛拉：当然了。我知道有事要发生。我心神不定的。

李肯达：你告诉任何人了吗？

史黛拉：没有，我本来打算鼓起勇气去问哈韦斯特医生我该怎么办的。我自己倒没什么所谓。我担心的是莫里斯。

李肯达：你必定是有一个计划的。

史黛拉：哦，一百个都有了。我整日整夜都想着，没有别的心思。我努力去想是不是有什么地方我可以去的。我盘算着，要是最坏的情况发生了，我可以让哈韦斯特医生说我生病了，劳累过度了，需要换一个环境，这样我就能离开，直到孩子生下来之后。

李肯达：我估计你从来没想过要对莫里斯坦白？

史黛拉：是的，从来没有。这样会伤他的心。他会原谅我。他这么
    爱我。但我不忍心让他失去对我的莫大的信任。那是他一切的
    寄托。

李肯达：你似乎是最后一个在他生前见过他的人？

史黛拉：是的，我昨晚上床之前到他的房间跟他道晚安。

李肯达：你当时跟他说了什么？

史黛拉：没什么特别的。

李肯达：你刚才不是说他非常地低落？他还哭了。

史黛拉：是的。昨晚早一点的时候，他上床之前。

李肯达：他为什么低落？

史黛拉：我有必要告诉你吗？非常隐私的事情。

李肯达：当然没必要。我没有权利问你任何事情。只不过这整件事
    有些解释不通，为了你自己的利益着想，我建议你最好告诉我
    们实情。

史黛拉：他情绪失控是因为他没法按照自己的想法来爱我。他很想
    有一个孩子。

李肯达：那你去跟他道晚安的时候，他没有再提到这个吗？

史黛拉：没有了。他完全平复下来了。他心情又变得很好了。

李肯达：他说了什么？

史黛拉：他就问我是不是喜欢吃刚才的点心，然后他说，你最好赶
    紧去睡了。我说，我只是顺路来看看，然后我吻了他，说晚安，
    老伙计。

李肯达：你在他的房间逗留了多久？

史黛拉：五分钟。

李肯达：他说他感到困了吗？

史黛拉：没有。

李肯达：我猜你知道克洛灵放在哪儿的。

史黛拉：大概吧。我知道他所有的瓶瓶罐罐这些东西都放在浴室的。他讨厌自己的卧室乱七八糟。

李肯达：你离开之前，他跟你要过什么东西吗？

史黛拉：没有，他没要什么。韦兰护士把他安顿得很舒适。

护士：〔对史黛拉，冰冷地〕你没听明白。李肯达少校在给你机会说你的丈夫问你要克洛灵，你觉得没什么坏处就给了他。你看着他拿出五片或者六片药，然后你把瓶子放回到架子上。

史黛拉：〔讽刺地〕我从来没想过这点。如果我毒死了自己的丈夫，那我倒是很容易就脱身了。不，少校，莫里斯根本没问我要过克洛灵，我也根本没有给过他。

护士：我现在能问一个问题吗？

史黛拉：当然。

护士：我今天早上进来的时候，告诉你我到你丈夫的房间去了，你为什么那么不高兴？

史黛拉：你是指你说他死了的时候？你还指望我继续把鸡蛋吃下去，好像你说的是今天天气真好一样？

护士：不，你当时不知道他死了。你不可能知道，除非你有先见之明。

史黛拉：哦，我知道你说的什么意思了。我生气是因为你在他按铃之前进入他的房间了。睡眠是这么宝贵又美好的东西。我觉得不能无端地吵醒一个人。

护士：你确定不是因为担心我太早进去他的房间了？万一他还活着，还来得及抢救呢？

史黛拉：你已经认定是我杀了莫里斯，对吧？

护士：不止我一个。

史黛拉：你何以见得？

护士：少校都在给你找空子钻，提示说你的丈夫叫你给他拿药片，
你以为他还有什么别的目的？

李肯达：[不太客气地] 你已经完成了你自认为的职责，韦兰小姐。
非常好。如果你现在还有别的事要做，我觉得我们不必再占用
你更多的时间了。

护士：我这就走。我留在这里也没有意义了。我知道你们都恨我，
你们认为我所做的一切都动机不纯。你们刚才吃午饭的时候，
我就开始收拾行李了。我十分钟就能收拾好。

塔布雷特太太：你千万别着急，护士小姐。

护士：相信我，你们巴不得赶我走，我也一样巴不得离开这房子。
如果能帮我叫一辆出租车，我就感激不尽了。

塔布雷特太太：柯林会去出租车站叫车的。要不你最好现在就去，
宝贝儿。

柯林：好的，妈妈。

   [他为护士打开门，跟在她身后出去。其他人默默地看着她
   离开。门关上了。

塔布雷特太太：可怜的韦兰小姐。正义是站在她那边的，你知道，
但她感觉自己像个犯人。一个姑娘浑身都是美德，但人没什么
魅力，也确实挺可惜的。

李肯达：我能和史黛拉单独谈一会儿吗？

塔布雷特太太：你请便。你随我来吧，哈韦斯特医生。

哈韦斯特：乐意奉陪。

塔布雷特太太：为了与你无关的事花费这么多时间，你也真是够无
辜的。

哈韦斯特：相信我，要真与我无关，我就万幸了。

李肯达：史黛拉，你有什么打算呢？

史黛拉：我不知道。我能怎么办？我感觉像被困住了，出不来了。

李肯达：这事情显然不能就这么算了。现在没法不声张了。

史黛拉：那会怎么样呢？

李肯达：我估计哈韦斯特医生必须向验尸官汇报。然后会尸检。如果——我现在几乎可以肯定——莫里斯被发现是死于氯醛过量，那就会有勘验，我们就必须等待陪审团的判决了。

史黛拉：再然后呢？

李肯达：假如他们认定是有人下毒的话，我想警察就会介入。我恐怕你必须准备好面临一场极其严峻的考验。

史黛拉：你意思是说他们会以谋杀的罪名审讯我？

李肯达：有可能检察官会认为证据不足而不予提起诉讼。

史黛拉：不管我做过什么，你必须相信我不可能犯下如此滔天的罪过。

李肯达：我们现在把事实都梳理清楚吧。含含糊糊的恐怕也没什么好处。你怀孕了，孩子不是莫里斯的。你紧张得要命，生怕他会知道你的处境。

史黛拉：紧张得要命。

李肯达：你们之间发生了点什么让他非常沮丧。你是最后见到他的人。你不许其他人打搅他，他早上想睡多久就睡多久。当你知道护士进过他的房间后，你很生气。他死了。药瓶里少了五片克洛灵，但他不可能自己去取药片服用。是谁给他药片的呢？

史黛拉：我怎么可能知道？

李肯达：我亲爱的，你知道我很想帮你。我是你的朋友。转弯抹角没有用。你现在处境很危险。

史黛拉：你认为我有罪吗？

李肯达：你想听真话吗？

史黛拉：是的。

李肯达：我不知道。

史黛拉：[思索状] 我明白了。

李肯达：当然了，这些只是间接的证据，但相互之间都吻合得很好。如果他们认为你有嫌疑，你也没什么好奇怪的。

史黛拉：[不无幽默地] 确实吻合得太完美了。要是我不知道自己并没有毒死莫里斯，我都要承认自己有罪了。我只有一点可以反驳的。但凡了解我的人都不会认为我会毒死莫里斯。

李肯达：在我的职业生涯中，我不得已要接触到很多犯罪。对我而言，最具颠覆性的事实就是那些最遵规守纪、最体面的人也有可能被迫走上犯罪的道路。我们很少有人能拍着胸脯说，保证自己一辈子不会犯罪。有时候，犯罪找上门来，就像一个人走在街上被烟囱的管帽砸中脑袋那样出乎意料。

史黛拉：[不寒而栗] 太可怕了。

李肯达：我是没有资格来评判你的。我只能为你目前糟糕的处境深感同情。你知道我们英国人是什么样的，我们对性方面的过错是多么不留情面。如果陪审团知道你和你的小叔子通奸，那他们对你就非常有偏见了。

史黛拉：可怜的柯林。他也要承受巨大的压力，是不？

李肯达：你非常爱他吗？

史黛拉：我对他的爱完全不像对莫里斯的爱。我对莫里斯的爱是公开的，阳光的。就像我呼吸的空气那般自然。我曾经以为这份爱会永久地持续下去。但对柯林，我的爱充满了我所有的苦痛与悔恨，还有那种愿意为爱付出生命的苦涩。

李肯达：是的，那是一种苦涩。这感觉让人对生活失望透顶。

史黛拉：没有什么办法可以让柯林置身事外了吗？

李肯达：哦，恐怕是没有了。不论如何，这个问题我们可以和律师讨论。我们必须找到最适合的人选。有一点我希望现在就嘱咐你的。千万不要对你的律师有任何的隐瞒。一个受到指控的人，唯一的机会就是把事实原原本本地告诉他的律师。

史黛拉：我从一开始就说的是事实。

李肯达：但愿如此。

　　[柯林进来。她突然激动不已地快步走到他面前。

史黛拉：噢，柯林，你是相信我的，对吗？你知道我不可能做他们指控我的事情。

柯林：[把她拥入怀中]宝贝儿。宝贝儿。

史黛拉：噢，柯林，我好害怕。

柯林：没什么好怕的。你是无辜的。他们不能拿你怎么样。

史黛拉：不管发生什么，我们都结束了。我们相爱的事会变得人尽皆知，大家会把我们说得禽兽一般没脸没皮，凶狠恶毒。他们会对我横加指责。他们永远都不会知道我有多么拼命地挣扎过。他们批评你就因为你堕落了，他们不会因为你所做出的自我拯救的努力而高看你一眼。过去的就过去了，不具有任何参考价值。

柯林：这太残忍了——我是宁愿为你奉献生命的人，却为你带来如此这般的痛苦。

史黛拉：我们经历了这些事情，我怎么还能指望你仍然爱我呢？哦，真是丢人啊。我们该到哪儿去躲起来不见人啊？

柯林：我会一直爱你的。你就是我的一切。我想要的一切。

史黛拉：过去总有男人想来撩拨我。这都没什么意思，我只会笑话他们。直到你出现之前，我都没想过会对莫里斯不忠。我根本没有烦恼过。我就把那方面的生活放到一边，不去想它罢了。等我意识到自己爱上你的时候，已经太迟了。

柯林：我对你唯一的要求就是不论如何，你都不要后悔你爱上了我。

史黛拉：不会的，我永远不会后悔。我没法后悔。

柯林：[满怀柔情地] 噢，我的爱人。我的心肝。

史黛拉：命运给我开了一个多么可恶的玩笑啊。我看起来像个心肠歹毒的坏女人，但我审视自己的内心，根本看不到一丝的邪恶。这是多么大的惩罚啊，就因为我没能抵挡住那股如三月春风吹拂起寒冬落叶般荡漾我心灵的爱潮。

柯林：不管什么样的惩罚，我们都能一起面对。我们也可以服药，史黛拉；不论发生什么，他们都无法将我们分开。

史黛拉：[绝望地] 李肯达少校，我们该怎么办？你不能帮我们想想办法吗？

李肯达：[神色凝重，声音低沉] 我能想什么办法？我只能告诉你换作是我，我会怎么做。

史黛拉：怎么做？

李肯达：如果我是无辜的，我会坚持到底。我会对自己说，我也许是犯了错，我不知道，世人是这么说的，他们在评判我。不论我做了什么，我只是因为控制不住自己，我愿意承担所有的后果。但如果我有罪，如果我是因为一时的害怕或丧失理智，我犯下了死罪，我不会等到正义的裁决。我会在法律审判我之前就采取最可靠、最果断的措施。

史黛拉：我是无辜的。

李肯达：如果你不是，我早就告诉你，在我书桌的抽屉里有一把上了膛的左轮手枪，而且没人会阻止你移步到我家里，从书房的窗户钻进我的书房。

　　[史黛拉惊恐地看着他，恐惧令她的心跳得十分剧烈；他垂下双眼，别开脸去。一阵可怕的沉默。接着韦兰护士进来了。她此时穿着外套和短裙，手里拿着一顶帽子。史黛拉让自己恢复镇定。她语气轻松地招呼护士。护士反应冷淡而礼貌。

史黛拉：你动作真快啊，护士小姐。

护士：我发现我实际没什么东西可收拾的。我已经叫爱丽丝把我的
箱子拿下楼了。

史黛拉：今天园丁过来了。他能帮爱丽丝一把。

护士：我能在离开之前跟塔布雷特太太道别吗？

史黛拉：我肯定她会很高兴的。她人在花园里。

护士：那我去找她。

史黛拉：噢，不必了。柯林会去叫她。她只是因为李肯达少校要单
独跟我谈谈才出去的。

　　[柯林走到窗边喊起来。

柯林：妈妈。

塔布雷特太太：[从花园里] 你在叫我吗，柯林？

柯林：韦兰护士要走了。她想跟你道别。

塔布雷特太太：我这就来。

　　[房间里的四个人沉默地站着。对于他们来说，这是决定性
的时刻。塔布雷特太太进来，后面跟着哈韦斯特医生。

塔布雷特太太：[面带微笑，似乎没什么要紧事发生] 你的出租车到
了吗，亲爱的？

护士：到了，我从我的窗户看到它开过来了。塔布雷特太太，我走
之前必须向您表示感谢，感谢您在我居住的五年以来对我的关
心与照顾。

塔布雷特太太：我亲爱的，你从来都没妨碍过什么。要对你好也根
本一点都不困难。

护士：您对我这么好，我却要为您带来如此的困惑和烦恼，我真是
万般的抱歉。我知道您肯定恨我。我似乎是在以怨报德，但请
您务必相信我，我也是情非得已。

塔布雷特太太：我们分手之前，我希望能为你开导一下，让你的精
神不要那么受煎熬。我们谁都不是完全统一的个体，你知道。

我们的内心存在不止一个，而是多个自我。这也是为什么你不该去妒忌史黛拉的原因。你给了莫里斯的某个自我所渴望得到的一切，那他的那个自我就是你的。也许我们能满足不同人的不同需求，但我们能满足一个人的所有需求吗？对我们任何人来说，有一个人能满足我们所有的需求吗？我了解莫里斯的一个你们谁也不了解的自我，我也给了他你们谁也给不了的东西。我没有干扰到任何人。如果我要去妒忌他对史黛拉的激情，对你温柔的同志般的依赖，那我该有多么的小气啊。上帝保佑你，为了你对我可怜的莫里斯的仁慈，还有你对他无私的爱。

　　[她握住韦兰护士的双手，亲吻她的双颊。

护士：[抽噎地] 我难过得要死了。

塔布雷特太太：噢，我亲爱的，你千万不要丧失你可贵的自制力啊。有得必有失，打不破鸡蛋就没法做煎蛋。况且这就是人性的堕落，我觉得即使最有威望的公民在他将罪犯绳之以法的时候都会感到些微的刺痛。

李肯达：我估计你要留一个地址才行，韦兰小姐。哈韦斯特医生会向有关部门汇报，我相信他们会有联系你的必要。

哈韦斯特：我会去面见验尸官，把实情呈报给他。你愿意跟我一起去吗，护士小姐？

护士：不了。

哈韦斯特：如果塔布雷特太太不介意，我现在就从这里给他打电话，看他在不在。

塔布雷特太太：当然不介意，但是你打电话之前，我能说几句吗？

哈韦斯特：您请尽管说。

塔布雷特太太：我尽量简短。韦兰护士认为史黛拉是最后一个在莫里斯生前见到他的人，她错了。我在之后见过他，还跟他说了话。

护士：［全然地诧异］您啊！

哈韦斯特：可他人是清醒的吗？如果他吃了三十格令①的克洛灵，那他肯定已经昏昏欲睡了，如果还没有不省人事的话。

塔布雷特太太：你稍等，哈韦斯特医生。让我按自己的方式把我的故事告诉你。

哈韦斯特：不好意思。

塔布雷特太太：你知道莫里斯的房间就在我房间下方。他的窗户通常是大打开的，当他睡不着，点上灯的时候，我就能从我这里看到他窗户上的反光。然后我就会溜下去，坐到他边上，跟着我们把灯灭了，开始聊天。有时候我们聊他小时候在印度的事情，我也会告诉他我年轻时候的事情。但有时候我们也会聊一些很少有男人愿意在大白天说起的事情。他会告诉我他多么爱史黛拉，多么希望她过得好，过得开心。我们会谈到人生当中萦绕的不可知的神秘力量。一般情况下，他都会聊睡着，我就悄悄离开了。我们从来没有提到过我们经常这样深夜长谈。［嘲讽地微微一笑］一个老太婆和自己的儿子媳妇住在同一个屋檐下，处境原本就很微妙，我不想史黛拉认为我抢了她的位置。

史黛拉：我亲爱的妈妈，我不会埋怨你任何事的。

塔布雷特太太：没必要埋怨我。但人也不能让人性承担过多的压力。在那些无法入眠的夜晚，莫里斯向我展示的是唯有我，他的母亲，才能回应的一个自我……我昨晚也睡不着。莫里斯的房间里没有灯光，但我莫名地感觉到他也躺在床上睡不着。我走到楼下的花园，朝他的窗户里面看。他看到我的影子，说是你吗，妈妈？我觉得你该进来一下。

史黛拉：那是什么时候的事？

---

① 重量单位，等于 0.00143 磅或 0.0648 克，用于称量药物等。

塔布雷特太太：我不知道。大概你走后一小时吧。他告诉我他吃了安眠药，但似乎一点作用都没有。他说他毫无睡意。接着他又说，妈妈，你行行好，再给我一片药吧，就这一次没关系的，我真想好好睡一觉。

哈韦斯特：他昨晚不知道为什么神经紧张得很。我估计他平时的剂量确实没有用。

塔布雷特太太：[低声说道] 莫里斯刚出了意外没多久，我就答应过他，如果生活实在太难以忍受，我会给他一个结果的办法。

史黛拉：噢，天啊！

塔布雷特太太：我答应他，如果他再也无法忍受痛苦，真心地要求我帮助他，我一定不会推辞，一定为他找来任何能让他没有痛苦地结束这无可忍耐的惨淡人生的药物。有时候他会问我，承诺依然有效吗？我就回答他，是的，亲爱的，依然有效。

史黛拉：[极其激动地] 他昨晚要求你了吗？

塔布雷特太太：没有。

李肯达：那到底怎么回事呢？

塔布雷特太太：我知道史黛拉的爱对莫里斯来说意味着一切，我也知道她没有爱可以给他了，因为她已经把爱都倾注到了柯林身上。人生在世，我们都活在自己的幻象中，都希望别人能够允许我们留在他们身边。这幻象支撑着可怜的莫里斯忍受病痛，如果他失去这幻象，他就失去了一切。史黛拉为他所做的牺牲，就算我这个当母亲的也无法要求更多了。我还没有自私到要让她牺牲掉一个女人生命的全部价值。

史黛拉：你为什么没有给我这个机会呢？

塔布雷特太太：很多年前，为了我的儿子们，我放弃了对站在那里的那个滑稽老少校的爱。我觉得那是我所能做出的最大牺牲。我现在知道这牺牲根本不算什么。因为我爱莫里斯，我为他骄傲。他现在人不在了，我感到如此孤单寂寞。他做的梦如此美妙，我实在不忍心让他从梦中醒来。我给了他生命，又夺走了他的生命。

护士：[惊恐不已] 塔布雷特太太！这不可能！太可怕了！

李肯达：米莉！米莉！你想要告诉我们什么？

塔布雷特太太：我去了浴室，爬到椅子上，拿到那瓶克洛灵。我拿了五片药，如你所知的，韦兰护士，我把药片溶解到一杯水里面。我把水拿进去给莫里斯，他一口气喝下去。但药水很苦，他提了一句，我猜那也是为什么他留了一点在杯底的原因。我坐在他的床边，握住他的一只手，直到他睡着。当我把手抽回来的时候，我知道他永远不会醒来了。他要一直做梦下去。

史黛拉：[张开双臂抱住她] 噢，妈妈，妈妈。你做了什么呀？会有什么后果啊？噢，我真是害怕。

塔布雷特太太：[轻轻推开她] 我亲爱的，别管我。我的行为是我故意所为，我愿意承担一切后果。我没有试图逃避责任。

史黛拉：是我的错，我太软弱了。我怎么可能原谅自己啊？我到底干了什么啊？

塔布雷特太太：你千万别犯傻，别感情用事。你爱柯林，柯林也爱你。你不要考虑我，也不要为我的事难过。你们必须要离开，到了美洲，你们可以结婚生孩子，你们必须把过去，把已逝的故人都遗忘了。因为你们还年轻，年轻人有拥抱生活的权利，未来是属于年轻人的。

柯林：妈妈，亲爱的妈妈。噢，妈妈，你让我无地自容。

塔布雷特太太：我的儿子，我也爱你。我也非常顾念你的幸福。

李肯达：米莉。我亲爱的，亲爱的米莉。

塔布雷特太太：[略带愁容地微笑] 你看，韦兰护士，你确实说得很正确。当然了，我应该用其他药片来代替，阿司匹林或者氯酸钾之类的，但正如你所说，凶手总是会犯错的，何况我并不是一个惯犯。

> [片刻停顿。

护士：哈韦斯特医生，你现在还愿意签署死亡证明吗？

哈韦斯特：愿意。

护士：那就签吧。如果有任何问题，我会一口咬定是我把药片遗留在莫里斯床边的。

史黛拉：韦兰护士！

塔布雷特太太：[对哈韦斯特] 你这样会不会风险太大了？

哈韦斯特：去他妈的，我不管了。

李肯达：噢，护士小姐，我们对你感激万分，万分感激。

> [韦兰护士扑通一下跪倒，张开双臂抱住塔布雷特太太。

护士：噢，塔布雷特太太，我真是太糊涂了。我又小气，又报复心强。我都不知道自己有多么的尖酸刻薄。

塔布雷特太太：别，别这样，我亲爱的，我们都别太激动了。我们现在都是孤独的女人了。我们就彼此扶持吧。只要你和我都把对莫里斯的爱珍藏于心，他就不会全然地离开我们。

全剧终

养家糊口

THE BREAD-WINNER

独幕喜剧

曾 毅 译

人物表

查尔斯·巴托

玛杰丽（查尔斯之妻）

朱迪（查尔斯之女）

帕特里克（查尔斯之子）

阿尔弗雷德·格兰杰

多萝西（格兰杰之妻）

戴安娜（格兰杰之女）

蒂莫西（格兰杰之子）

全剧仅有一幕，场景连续，发生于位于伦敦格德斯绿地（Golders Green）巴托家的客厅。为能使观众得到休息，演出中将落幕两次。

《养家糊口》于 1930 年 9 月 30 日第一次被搬上舞台，地点是伦敦杂耍剧院（Vaudeville Theatre）。演员表如下：

查尔斯·巴托：罗纳德·斯奎尔

玛杰丽：玛丽·洛尔

朱迪：佩姬·阿什克罗夫特

帕特里克：杰克·霍金斯

阿尔弗雷德·格兰杰：伊夫林·罗伯茨
多萝西：多萝西·狄克斯
戴安娜：玛格丽特·胡德
蒂莫西：威廉·福克斯

导演：阿托尔·斯图尔特

第一场

　　故事发生在一间装潢精致的客厅。厅中的陈设装饰风格现代，但并不铺张。室内的通风和光线都很好，窗外是漂亮的郊区风格花园。

　　幕布升起时，厅中有朱迪和帕特里克二人。帕特里克是一个十八岁的英俊少年，身穿法兰绒的网球衫裤，此时正舒舒服服地躺在沙发上，读一份带插图的报纸。其他报纸散落在他身边的地板上。朱迪十七岁，容貌俏丽，一头金发，充满自信。她同样穿着一身打网球的行头，正站在留声机旁，刚刚往上放了一张新唱片。兄妹二人说话毫不客气，说起自己的观点时直截了当，却仍然讨人喜欢。他们的朋友戴安娜和蒂莫西姐弟俩同样如此。

帕特里克：[视线仍停留在报纸上] 你还没听腻那个吗？

朱迪：小家伙，这可是新唱片，上个星期才写出来，昨天才上市。

帕特里克：得了吧，我从小听到大。我清清楚楚记得，母亲要让我
　　　　不哭不闹安静喝奶的时候，放的就是它。

朱迪：撒谎精！这音乐多欢快，正适合跳舞。来呀。

帕特里克：[一动不动] 老天，放过我吧！

朱迪：你这懒鬼。

帕特里克：真想蒂姆和戴娜① 能早点来。

朱迪：几点了？戴娜说了他们吃过午饭就来。

帕特里克：给他们打个电话，让他们快点。

朱迪：[温柔地] 你自己去打。

帕特里克：你这懒虫。

朱迪：蒂姆下学期还得回学校。他想跟你一起去剑桥，可阿尔弗雷德要他在中学再呆一年。

帕特里克：他才十七岁。

朱迪：到十二月就十八岁了。

帕特里克：这就是现在十八岁和到十二月才十八岁的区别。我以为稍微有点脑子的人都明白呢。

朱迪：他们来了。[她走向房门，把它打开] 戴娜！

戴安娜：[声音从门外传来] 嗨！

朱迪：我们在这边。快把你们的球拍拿进来。

戴安娜：好嘞。

　　　[戴安娜走了进来。她是一个十八岁的漂亮女孩，一头黑发，眼神动人，容光明媚。此时她手中正拿着一支球拍。跟着她进来的是她的弟弟蒂莫西，比她小一岁，正如我们刚才所知，他要到十二月才满十八岁。少年身形高瘦，同样是黑发，身上的球衣颜色鲜明，戴一条围巾，手上拿了两支球拍。帕特里克从沙发上站起身来。

帕特里克：嗨，戴娜。

戴安娜：嗨。

帕特里克：我都忘了，我们应该亲吻吗？

戴安娜：只有在跳舞并且喝多了的时候才亲。

帕特里克：嗨，蒂姆。还好吗？

蒂莫西：过得去。你还好吗？

帕特里克：[指向那两支球拍] 喂，这是怎么回事儿？

---

① 蒂莫西和戴安娜的昵称。

蒂莫西：我最近打球有些进步。你也知道，一个好球手总得有两支拍子。

帕特里克：这是要打温网了，真不得了。

戴安娜：蒂姆现在时髦着呢。

帕特里克：我可听说你下学期还得回校。

蒂莫西：可不是吗？感觉糟透了。阿尔弗雷德现在真讨厌。

帕特里克：你家老爷子还好吧？

蒂莫西：老不正经。

戴安娜：很少有人知道，家里有个爱说笑话的家伙是一件多么烦人的事。

帕特里克：谢天谢地，我俩不需要担心这个。要让我家老父亲听明白一个笑话，你非拿斧子把他劈开窍不可。

朱迪：可怜的老爹，众所周知没有幽默感。

蒂莫西：给他灌酒也不管用吗？

帕特里克：没用。他生来如此。

戴安娜：你什么时候回来的，帕特 [①] ？

帕特里克：午饭前。

蒂莫西：我们前天开始放假。

戴安娜：毕业了你高兴吗？

帕特里克：当然高兴！其实在中学里我过得还不错，可我现在更想去剑桥。那里应该更好玩。

朱迪：我觉得他比复活节时长高了。你觉得呢，戴娜？

帕特里克：我敢肯定我是长高了，晚礼服都变小了。明天我得去定制几件新的。

蒂莫西：你要去谁那儿？

---

① 帕特里克的昵称。

帕特里克：我还没想好。可能老爹会让我去找他的裁缝，跟从前一样。可我会告诉他：那个裁缝对他来说还过得去，在我看来就有点老土了。

戴安娜：我得把帽子摘了。[她摘下帽子，亮出一头短发] 蒂姆，把你的梳子借我用用。

蒂莫西：[在衣袋里翻了翻] 见鬼，我把它忘在家里了。

朱迪：你可以借帕特的。

帕特里克：[从衣袋里掏出一把梳子] 给。

　　[他把梳子递给她。后者从背包里掏出一面小镜子，开始梳头。接着朱迪从她手里接过梳子，也梳了起来。

蒂莫西：你还是打算当出庭律师吗，帕特？

帕特里克：是的，应该是吧。毕竟只有在这一行我才能有真正的机会。城里的社交应该挺有意思。

蒂莫西：梳子也给我用用。

　　[他接过梳子，梳理起自己一丝不乱的头发。他把梳子还给帕特里克。后者下意识地也梳了几下，然后才放回衣袋。

帕特里克：当然最后我还是会从政。

戴安娜：哪个党？

帕特里克：我还没想好。爸爸一直是自由党，但现在当个自由党还有什么搞头？要我说，工党大概是唯一的选择。

戴安娜：我支持工党，一直都支持。

帕特里克：他们需要我们这样的人——公学出身，大学毕业，诸如此类。

蒂莫西：你的运气真好，想干哪一行都可以。我就只能接阿尔弗雷德的班，干他那见鬼的老本行。

戴安娜：你不能怪阿尔弗雷德。他的事务所也算是老字号了。他当然希望他唯一的儿子能接班。

蒂莫西：你看我像个受人尊敬的事务律师吗？

帕特里克：当然像，我都能想象你把厚厚的一沓案情摘要递给我的样子。

蒂莫西：有一件事我可以确定——我可不打算住在家里。

帕特里克：他们也不能要求你住在家里。我倒是不介意在假期没有其他安排的时候回来住几天，可一旦在伦敦立足，我就会告诉老爹我必须有一套公寓。

蒂莫西：我们可以合住一套。

帕特里克：好主意。要我说的话，我感觉雅宝街不错。

蒂莫西：我没意见。只要是在市中心，住哪儿我都行。

帕特里克：那里真挺好的，必须得来一套。

蒂莫西：那还用说？

戴安娜：我是腻透了住在郊区。

帕特里克：我也是，多一天都受不了。

朱迪：我不明白，为什么他们喜欢住在这种乡下地方。

帕特里克：可怜的老妈。她还觉得这个社区挺不错。

朱迪：小时候还好。那时候我们需要新鲜空气之类的鬼东西。可现在我们已经长大了，我就不明白为什么还要住在这儿。

戴安娜：说出来你可能不信，多萝西觉得这里就是市中心。我跟她说这里是荒郊野外，她就说："亲爱的，你说什么呢？这里坐地铁到皮卡迪利广场只要十二分钟。"

帕特里克：这些父母可真有意思。知道吗，他们还没意识到我们已经长大了。

朱迪：妈妈还坚持要替我买衣服。我跟她大吵了一架，才要到自己的置装费。

蒂莫西：这一点上我得说阿尔弗雷德还不错。我俩一到十五岁就有自己的零用钱了。

帕特里克：为了争取在剑桥上学时的零用钱，我已经准备好和老家伙干一仗了。我打算每年管他要五百镑。

蒂莫西：你觉得他会给那么多吗？

帕特里克：不会，我估计他会给四百镑。可如果我只要四百，他大概就会想着用三百五来打发我。

蒂莫西：他不该这么抠门儿。

帕特里克：什么时候他都不该抠门儿。说到底，又不是我求着要被生出来。他生我完全是为了让他自己高兴，而且我也确实没少让他高兴。这可不是免费的。

蒂莫西：这话说得没错。

帕特里克：只要我在伦敦站稳脚跟，他每年至少得给我五百镑。人人都知道，出庭律师在三十岁之前没法养活自己。

蒂莫西：如果阿尔弗雷德也能给我这么多，我们就能舒舒服服地合住一套公寓了。

戴安娜：一听你俩说要在城里搞一套公寓我就心痒痒。我也想要一套。你呢，朱迪？

朱迪：肯定想啊。

戴安娜：住在家里真让人腻味。

帕特里克：你可以考虑结婚。

戴安娜：那还早呢，我暂时还不打算。我计划到二十四岁再结婚，在这之前得先享受生活。

朱迪：二十四对我来说太老了。我打算二十一岁就结婚。

帕特里克：为什么不跟阿尔弗雷德提你想自个儿住？

戴安娜：不用提也能想到他会是什么表情。[*模仿她的父亲*] 我给我的孩子们准备的家多好啊，小家伙。你可别跟别人说——别人都觉得哪儿也比不上咱们家呢。

帕特里克：[*微笑*] 可怜的阿尔弗雷德。

戴安娜：还好吧，他本意是好的。

蒂莫西：只是太喜欢嘻嘻哈哈，让人受不了。

戴安娜：有时候我觉得他这样挺可悲。他总幻想我们真的会把父母当成朋友。

蒂莫西：他那套"朋友之间"的把戏，真让人尴尬。

戴安娜：但是你得承认这样也有好处。只要叫他一声老哥，管他要什么他都会给你。

帕特里克：可是要一直跟自家父母这么凑趣儿，也挺丢人的。

戴安娜：还有别的选择吗？我们在他们想象中是什么样子，就得活成什么样子。他们完全无法理解我们根本不是他们想的那样。

蒂莫西：我快离开预备学校的时候，多萝西跟阿尔弗雷德说，他应该向我展示一点她所谓的生活的真相。那场面，我一辈子也忘不了。

帕特里克：不会吧？

蒂莫西：我从来不知道阿尔弗雷德还能那么嘴碎。他努力想要表现得活泼有趣，脸都挣红了，像只雄火鸡。我都能看见他脸上的汗流得跟淌水一样。

帕特里克：你当时是什么反应？

蒂莫西：还能怎么反应？我总不能跟他说：嘿，阿尔弗雷德，这一套早三年用还差不多，现在我还有什么需要你来教的？

戴安娜：可怜又无辜的小蒂莫西。

蒂莫西：所以我就演了一出羞涩小男孩的戏码，让他说了个高兴。最后他给了我一镑钱，还说："带你姐姐去看场戏。"

帕特里克：咱家的老父亲最近怎么样，朱迪？

朱迪：哎，要我说，跟从前一样。

戴安娜：你还没见着他吧？

帕特里克：没呢。他应该快从城里①回来了。我问起来，是因为我正琢磨能不能让他给我买辆车。

蒂莫西：要是能弄到，那可太好了。

帕特里克：我都中学毕业了，总得有辆自己的车开。去哪都得跟家里人挤一车也太可笑了。[转向朱迪] 你跟妈妈提过这事儿吗？

朱迪：她说要看交易所的情况如何。

帕特里克：交易所人人都混得不错。只要世界上傻子够多，经纪人就总能挣大钱。

戴安娜：说起来，其实我还挺喜欢你父亲的，帕特。

朱迪：亲爱的，他死板得像根木头。

戴安娜：父亲是死板的好还是爱说笑话的好，我还不太确定。

帕特里克：幸好除了在晚饭桌上，我们也不太看得到他。光是一起吃晚饭也够瘆人的了。是吧，朱迪？

朱迪：我觉得瘆人这词儿不该用在这儿。

帕特里克：老爹总是坐在桌子一头，从不开口说话。老妈一直谈论文艺，想要增进我们的智识。

戴安娜：家庭生活不就这样吗？

帕特里克：不管怎么说，反正我是过够了。你们觉得我们到了那个年纪也会跟他们一样无聊吗？

朱迪：不可能，我们怎么会变成那样。

蒂莫西：你父亲多大年纪了，帕特？

帕特里克：我记得好像是四十二。对吗，朱迪？

朱迪：没错。他跟妈妈结婚时还挺年轻的，才二十三岁。

戴安娜：大概也是在战前匆忙结婚的，真可怕，跟阿尔弗雷德和多

---

① The City，指历史上的伦敦城核心区，现为伦敦市中心的金融区，也常用来代指英国的金融业，亦称伦敦城或金融城。后同。

184

萝西一样。

朱迪：应该不是。他们结婚应该比那早。帕特都十八岁了。

戴安娜：是吗？战争是什么时候爆发的？

蒂莫西：得了，别再提那场古老的战争了，我早就听腻了。

朱迪：这些被战争摧残过的人都一样无趣。

帕特里克：可不是吗？

朱迪：每次他们凑到一块儿开始聊他们那些旧事，我就闷得想发疯。

戴安娜：没错。就跟谁喜欢听似的。

蒂莫西：战争一代可真让人腻味。

戴安娜：可别忘了，多亏有那场战争，要不这样的人只会更多。

蒂莫西：这些人已经无关紧要了。谢天谢地，他们的时代过去了。

戴安娜：可惜他们中有些人还不知道这一点。

朱迪：我觉得我有必要让他们清醒清醒，只要有机会。

帕特里克：不管怎么说，事实就是人过了四十岁就没什么用了，不是吗？他们只会碍事，也无法从生活中得到乐趣。

戴安娜：生活对他们来说就那样了，可你能拿他们怎么办？总不能把他们扔进水里淹死，就跟淹死狗崽子一样。

蒂莫西：显然，现代人的寿命太长了。

帕特里克：要是这个世界更理想一点，人一到四十岁就该安安静静地去死。

戴安娜：你觉得他们会同意吗？

帕特里克：我看不出来他们凭什么不同意。他们的好日子已经过完了，能做的事也都做完了。看看那些诗人和艺术家什么的，四十岁之后还能有什么好作品？赖着不走有什么意思呢？只会成为自己和身边每个人的负担。人就应该像蜉蝣一样，混完日子就静悄悄离开，对大家都好。

朱迪：没错，我就没想过要活到四十岁。三十六岁都难以想象。

二十九岁就死掉才好。

戴安娜：你写好遗嘱了吗？

朱迪：没有，可我已经在考虑了。

蒂莫西：把你那些翡翠纽扣留给我吧，用来做袖扣不错。

朱迪：别想了，我打算带着我所有的首饰入土，好多年前就这么决
    定了。

帕特里克：别扯那些没用的。我是说真的，在一个管理良好的国家，
    人到了一定年纪就该被人道毁灭。

戴安娜：没有例外吗？

帕特里克：当然没有。

戴安娜：可要是轮到自己的父母，还是挺难受的。

帕特里克：肯定会有点难受，可我们不该为了公共利益牺牲个人感
    情吗？就拿我们来说，朱迪和我也挺喜欢自家的老爹老妈，对
    吗，朱迪？

朱迪：对呀，我们对他们的感情不比任何人对父母的感情少。

帕特里克：但我们也并非看不到他们的缺陷。老妈太喜欢附庸风雅，
    而可怜的老爹又毫无幽默感。

朱迪：太对了。

帕特里克：他们对我们一直很好，送我们上好学校，假期里也让我
    们过得开心。我们对他们也不差，从不给他们添麻烦。可以说
    我们相当给他们长脸。

戴安娜：差不多吧。

帕特里克：但是很明显，他们已经没什么用了，将来只会碍手碍脚。
    我们已经长大了，需要自由。

蒂莫西：说得一点不错，帕特。

帕特里克：那还用说。我又不是不动脑子张嘴胡说。关于这些我可
    思考了不少。我们已经到年纪了，该独立了。整个世界正等着

我们去掌握，我们可不能……该怎么说来着？

戴安娜：不能被拖累。

朱迪：不能被束缚。

帕特里克：桎梏，就是这个词。不能被家庭事务桎梏。

蒂莫西：完全正确，那样太不公平了。

帕特里克：不公平还不够准确，应该说根本不正义，就是这么回事。他们无拘无束的好日子过完了，现在却不想让我们好过。说什么都没用，还是得有钱，而且年轻人最需要钱。中年人拿钱来有什么用。

戴安娜：他们的钱都花在最蠢的地方，这一点千真万确。

帕特里克：老爹在交易所干了那么多年，肯定挣了大钱。要是让我和朱迪一直等到老才能用上这些钱，那简直太蠢了。

戴安娜：当然，你说得一点不错。可是要让这些可怜的老东西去死，是不是也有些过分？

朱迪：我不相信你能狠下心来，帕特。

帕特里克：要我说，真到了那时候，我可能会犹豫。人非草木嘛。毕竟，哪怕是弄死一条老狗，也挺让人难受的。

朱迪：别提这个了。我们把老邦佐送到兽医那儿去处死那天，我哭得可厉害了。

帕特里克：老实说，就连我心里也有点怪怪的。

朱迪：再没有第二条狗能让我像那样爱它了。

帕特里克：我不是狠心，我只是说，在一个管理良好的国家，当人到了不再有用的年纪，比如说四十岁，他们的煎熬就该结束了。可是我们这个国家谈不上管理良好，大概我们这辈子都看不到那一天。

蒂莫西：这我倒不敢说。我们这一代还没试过呢。

帕特里克：就我个人而言，我并不拒绝妥协。

戴安娜：什么意思？

帕特里克：我吗？我会要求所有到了四十岁的人退休，把他们的全部财产移交给子女。如果他们没有财产，就由国家出钱供养。如果有，就由子女出钱供养。

帕特里克：朱迪和我每年可以给他们二百五十镑，够多了。他们可以到乡下去住小木屋。老妈可以养鸡，老爸可以种花。我觉得他们会相当满意。

朱迪：妈妈总是说她就想过那样的生活。

戴安娜：你觉得二百五十镑够他们用吗？

帕特里克：太够了。别忘了，他们可以自己种菜，还有鸡蛋吃。

朱迪：要是能那样，我们的日子就好过了。

戴安娜：到那时候，你们打算干啥？

帕特里克：我要做的首先就是把房子卖掉，到城里弄一套公寓。朱迪在结婚前都可以跟我一起住。

朱迪：我知道我第一件事要干啥了，我要逛遍伦敦每一家夜总会。

帕特里克：我还要去打猎。咱们可以在我的选区里挑一处狩猎小屋，到那里去玩。这样也算是一举两得。

蒂莫西：我要买最快的车，还要私人飞机。

戴安娜：我还没想好要干啥。当然，我所有的衣服必须到巴黎去买。

朱迪：我们可以让一切都好起来。

帕特里克：这个世界到了我们手里，会比从前任何时候都好得多，关于这一点我毫不怀疑。那些老家伙凭什么觉得他们比我们更懂？他们属于过去，我们才是未来，未来是我们的。我们的财产，我们想怎么用就怎么用。

戴安娜：跟上次放假比起来，你变了不少，帕特。

帕特里克：三个月不短了。我一直在认真思考各种问题。

蒂莫西：我要是能像你那么能说就好了。

帕特里克：没必要，反正你只需要当个事务律师。要当出庭律师的话，就得能说。

朱迪：老妈来了。

帕特里克：啊？那我们去打球。

蒂莫西：走。

朱迪：今天怎么打？

[他们站起身。蒂莫西拿上他的球拍。门开了，玛杰丽和多萝西走了进来。玛杰丽容色俏丽，一头金发，略微显老。多萝西和她女儿一样是黑发，颇有魅力，举手投足间透露出一种被压抑的热情。二人都不到四十岁，穿着考究，妆容浓厚。如果你刚才听了她们的孩子们之间的对话，你会怀疑她们已经老态龙钟，然而事实并非如此。她们本人也毫不觉得自己青春已逝。

玛杰丽：你们这些小懒鬼，怎么没去打球？

朱迪：正要去呢，妈妈。

帕特里克：嗨，多萝西姨妈。

多萝西：你长个子了呀，帕特。

玛杰丽：可不是吗，真是个大人了。

[多萝西亲吻帕特里克的面颊。

多萝西：[打趣道] 我都不敢肯定阿尔弗雷德会不会允许我亲吻这么成熟的小伙子。

帕特里克：那有什么？你是我姨妈呀。

多萝西：真论起来其实不算。你母亲和我只是表姐妹。

戴安娜：她的意思是，要不是有了阿尔弗雷德，她就能跟你结婚。

多萝西：别说傻话，戴娜。

蒂莫西：也没什么不好。要是阿尔弗雷德被汽车撞死了，你就把多萝西娶了吧。我觉得你能给我当个好父亲。

帕特里克：要是那样，我可不会允许你直呼我的教名。我得让你管

189

我叫爸爸。

玛杰丽：快滚吧，一群小傻瓜。我和多萝西有话要说。

蒂莫西：走啦，伙计们。

帕特里克：[向门外走去] 真是一刻也不得休息。

　　[四个年轻人离开了。玛杰丽和多萝西坐了下来，从包里掏出口红和镜子，一边涂抹嘴唇，一边说闲话。

多萝西：帕特可出落成一个帅小伙子了。亲爱的，你得盯着他点，你知道外面的女人们是什么样。

玛杰丽：嗨，我一点也不担心。他心思干净着呢，而且有什么事都会告诉我。

多萝西：关于现在的年轻人，什么乱七八糟的说法都有。照我说，他们知道的东西还赶不上我们在那个岁数时的一半。

玛杰丽：要是他们别长那么快该有多好。今天早上帕特从学校回到家，我可真吓了一跳。

多萝西：我倒无所谓，现在可不是战前那时候了，人不会老得那么快。我和戴娜一道出门的时候，别人都以为我俩是姐妹呢。

玛杰丽：说真的，你看上去一点也不比她年纪大。不过你是黑头发，这可是个优势。要是跟我一样是金发，也会显老。

多萝西：你一点也不显老。昨天晚餐时我还在想你的头发看起来多漂亮呢。

玛杰丽：比我小时候暗了好几度呢。我在想啊，要是我把它染亮一点，别人会不会看出来。

多萝西：当然会，染发会让脸显得不那么柔和。

玛杰丽：我倒不是要全染，只要稍微加一点金色调就好。欧内斯特说他可以做，保证任何人都看不出来染过。

多萝西：对了，我可知道有人就喜欢你现在这样儿呢。

玛杰丽：别胡说，多萝西！老实说，我完全不明白你的意思。

多萝西：别装啦，玛姬①。我又不是瞎子。就昨天晚上，多明显呀。

玛杰丽：不会真的很明显吧？

多萝西：反正我看得一清二楚。真想知道他都对你说了些什么。

玛杰丽：孩子们是不是真的去打球了？

多萝西：去了去了。啊，玛姬，我好兴奋。

玛杰丽：好吧。他说他被我迷住了，还说早就想告诉我，只是因为他也在交易所又认识查理什么的，所以一直没有表白，可现在他忍不住了。

多萝西：在晚餐桌上吗？还是在那之后？

玛杰丽：他在晚餐桌上就开始说了，不过那时还不太严肃，你也知道，就是随口说说。到后来跳舞的时候，他才变得认真起来。

多萝西：他舞跳得怎么样？

玛杰丽：不是一般的好。

多萝西：我猜他是想看看你的反应。男人都谨慎着呢。大概是不想被直接拒绝吧。快说你是怎么回答他的。

玛杰丽：哎，我当然是置之一笑了。我说："我的两个孩子都快长成大人了，你难道不知道吗？"他说他不信，还说愿意赌"一猴"，押我最多只有二十五岁。亲爱的，"一猴"是什么意思？

多萝西："一猴"是五百镑，"一马"是二十五镑。我就不明白这些男人，五百镑就说五百镑不行吗？

玛杰丽：是有点傻。

多萝西：快接着说呀，亲爱的。

玛杰丽：于是我说："我女儿都十七岁了。"倒是没提帕特。我是想，他愿意觉得另一个孩子更小的话，让他觉得去吧。

多萝西：谁也不能说你的不是。

---

① 玛杰丽的昵称。

玛杰丽：然后他说："好吧，我只能认为你还在摇篮里就结婚了。"我看了他一眼，说："我确实不是太老，我承认。"

多萝西：我都能想象你说这句话的时候是什么样儿。睫毛低得都快扫到地板了吧？我见过你那种表情好多次了，每次都管用。

玛杰丽：我可不是故意的，从来没想过要那样。然后他牵着我的手说："或许你不知道，可是我得说，成熟的女人比懵懵懂懂的小姑娘可有魅力多了。"

多萝西：男人都会这么说。不过我觉得他们也没说错。小姑娘们可不够有意思，他们不会被迷住的。

玛杰丽：有些道理。

多萝西：然后呢？

玛杰丽：他问我查理星期天都会干些什么。我说："他呀？他会去打高尔夫。"他说："真有他的。"然后他就问我愿不愿意跟他去乡下兜风。

多萝西：你会去吗？

玛杰丽：当然不会。我跟他压根儿不熟嘛。

多萝西：从来不跟人家见面，怎么能熟起来呢？

玛杰丽：那对孩子们可不公平。

多萝西：让查理去找他的乐子，打他的高尔夫。只要你想，凭什么不能去兜风？

玛杰丽：你知道我是什么样的人，多萝西。

多萝西：我只知道你不像你装出来的那么冷淡。

玛杰丽：可能是吧。但我们结婚之后，查理就从来没有对其他女人看上一眼。我不能让他伤心。

多萝西：他只要不知道，就不会伤心。我不是要你陷得太深，只是暧昧调情的话，能有什么事？众所周知，有人追求最能让女人显得年轻。

玛杰丽：当然，这话也有道理。

多萝西：你也知道，结婚以后我从来没有对阿尔弗雷德不忠，可我也有过不少追求者。要不是这样，我怎么能保持青春、保持敏锐、紧跟潮流呢？

玛杰丽：没错，人总得有点东西来弥补婚姻生活的不足。

多萝西：阿尔弗雷德是个模范丈夫，而且我敢肯定他对我始终如一地忠诚。可是，这么多年来要不是有这些暧昧插曲，我早就受不了他那个嘻嘻哈哈的性子了。

玛杰丽：男人每天都得去上班，这可真是上天赐福。要是他们成天待在家里，那日子可怎么过？

多萝西：查理最近还好吗？

玛杰丽：你也不是没见到他，还不是跟从前一样。他就没变过。

多萝西：那倒是。我早就看出来你对他没什么兴趣了。

玛杰丽：我们结婚十九年了，可不短了。

多萝西：要我说的话，已经太长了。

玛杰丽：我其实也没什么可抱怨的。我想要什么他都会给我。

多萝西：而且你们从来不吵架，对吧？

玛杰丽：从来不吵。他从来不会抱怨。当然，他也确实眼界有限。

多萝西：男人嘛。我经常看到这样的。

玛杰丽：他不像我，对文艺毫无兴趣。每次我把有见识的人请到家里来，都会让他显得格格不入。

多萝西：没错，我也看得出来。当然，他的性子很好，可是聪明就说不上了。

玛杰丽：哎，我这可怜的丈夫，大概确实不算聪明。可能事情就是不能十全十美吧。从结婚那天起直到现在，他对我的爱就没变过。要挑他的不是，真是让我不忍心。

多萝西：这也说不上挑不是。结婚这么多年，总不能不知道自己丈夫是什么样的人，不是什么样的人。

玛杰丽：万一他意识到这么多年来我一直没有在意过他——我是说真正的在意——不知道他会怎么样。每次想到这个，我就心惊胆战。

多萝西：这就是我们的优势所在了，男人都是睁眼瞎。

玛杰丽：自然，我并不讨厌他，你也知道。我也不会做任何伤害他的事。但我毕竟是个有头脑的女人，总不能假装看不出他这人缺乏趣味。

多萝西：要是你不介意，亲爱的，我可就实话实说了——他真没什么幽默感。

玛杰丽：我也知道呀，真可悲。多萝西，希望我接下来要说的不会吓着你：你有没有想过自己要是成了寡妇会怎么样？

多萝西：哪个女人没想过呢？

玛杰丽：当然了，要是可怜的查理遭遇任何不幸，我会难过得要死，眼泪都会流干，而且最初那段时间我也会疯狂地想念他。

多萝西：这再正常不过了。我见过的人里，就数你心肠最好。

玛杰丽：可是你知道吗？在震惊过去之后，我大概会很开心。

多萝西：那有什么奇怪。要我说，就凭这么漂亮的头发，哀悼中的你不知道会有多好看。

玛杰丽：我大概不会再嫁。女人都应该结婚，但是一次也就够了。

多萝西：我倒是更习惯家里有个男人。要是没有的话，我可能都不知道该干什么好。

玛杰丽：我有太多自己的事可做了。做什么全凭自己心意，不需要跟别人商量，那该有多好。更不用说随意结交自己喜欢的朋友，想去哪里随时可以去，不管是巴黎还是里维埃拉，不用去考虑"可惜查理走不开。可怜的老家伙，身边没了我可怎么是好"。还有自我成长。身处婚姻中的人总是没办法好好培养自己的人格。

多萝西：说到里维埃拉，你跟查理提过今年夏天怎么安排了吗？

玛杰丽：不太好说。查理的想法是跟往年一样，去河上度假，这样他随时可以进城处理事情。

多萝西：可以让阿尔弗雷德和查理去河上呀。谁说夫妻就得在一块儿度假呢？那样谁都没有新鲜感。

玛杰丽：孩子们肯定喜欢。

多萝西：孩子又不会打扰我们。他们整天不是在游泳就是在划船，而且年纪太小，也不能进赌场。亲爱的，那时我们才可以好好享受生活呢。

玛杰丽：听起来真美好。

多萝西：我前几天在邦德街看到几件漂亮的睡衣。你也知道，在夏天的里维埃拉，大家一天到晚穿的都是睡衣。

玛杰丽：我知道。那些睡衣大概不是一般的贵吧？

多萝西：钱留着不花的话还有什么意义？对了，你还可以跟查理说这对孩子们的成长有好处。

　　　　　［帕特里克走了进来。他身后是其他几个年轻人。

帕特里克：喂，老妈。真见鬼，球场上连线都没画好。

玛杰丽：哎，那可太遗憾了。

帕特里克：我把园丁训了一顿。他居然敢说没人告诉他要画线。

玛杰丽：真是个蠢货。我本来是要跟他说的。

帕特里克：只要我不在，这家里的事情就是一团糟。

玛杰丽：他现在在画线了吗？

帕特里克：在画了，可是要半小时后才能用。朱迪为什么不管，她总得干点事。

朱迪：你觉得我很闲吗？今天早上我忙得要死，忘了呗。

帕特里克：你不该忘。

玛杰丽：宝贝儿，别刚到家就发脾气。有的是时间。

戴安娜：我们去喝点柠檬水。蒂姆和我快渴死了。

玛杰丽：餐厅里有柠檬水。去餐柜里找。

帕特里克：搞不懂为什么我们不能有块硬地球场。都什么年代了，还让人在草地上打球，真可笑。

蒂莫西：我也跟阿尔弗雷德说过我们家应该弄块硬地球场。如果一直在草地上打球，就别指望提高水平了，对吧。

帕特里克：妈妈，你可以跟老爸说说这事儿。说到底，他如果想我们在家里住，总得给我们准备最基本的生活条件。

玛杰丽：要花不少钱吧。

蒂莫西：只要四百镑左右，就能修一块不错的硬地球场。

帕特里克：没多少。老爸总不能因为这点钱拒绝我们。他那些钱不给我们花，还能有什么用处？

玛杰丽：这倒是。

戴安娜：用来买柠檬水也可以。

朱迪：得了吧你。

　　　　[门铃声响起。

　　诶，是谁来了？见鬼，但愿不是有客人来。

玛杰丽：我都说过了，有人来就说我不在家。

帕特里克：随时有人上门拜访的感觉怎么样啊？我早就说这是个乡下地方。

玛杰丽：别说傻话，帕特。这附近住着不少有见识的人呢。时不时有他们来喝喝茶聊聊天，是件愉快的事。

　　　　[前门打开了，有话音传来，找的是巴托太太。

多萝西：怎么回事，是阿尔弗雷德。

玛杰丽：去开门，朱迪。[朱迪去开门时，她喊了一声] 阿尔弗雷德！

阿尔弗雷德：[声音从门外传来] 嗨，嗨，哈啰。

玛杰丽：快进来。多萝西也在呢。

  [阿尔弗雷德步履轻快地走了进来。他是个高大壮实、脸膛红润的中年人，性子热络爽快，乐哈哈的，而且不管说什么都笑个不停。

阿尔弗雷德：[牵住玛杰丽的手] 嗨呀，大美女。[这时他看见了帕特里克] 瞧瞧这是谁？小老弟，你啥时候溜回来的？

帕特里克：[和他握手] 午饭前刚到。

阿尔弗雷德：错不了。你都吃了些啥呀，长这么壮实。

帕特里克：[骄傲地] 我坚持吃冷鸡肉。

阿尔弗雷德：中学上完了，感觉怎么样，咱们的大小伙子？

帕特里克：那个呀？还好吧。

阿尔弗雷德：我告诉你，小家伙，那可是一辈子里最好的时候。一过去就永远过去了。哪怕折腾到世界末日，你也没法让时间倒流。世界规律就是这样。当然，只要你占着前排座位，不让人把你挤出去，这个世界也不是那么糟糕。

蒂莫西：阿尔弗雷德，你可真能瞎扯。

多萝西：蒂姆，不准这么跟你父亲讲话。

阿尔弗雷德：小家伙想说什么就让他说吧。尊重什么的可以见鬼去了。蒂姆和我是朋友关系。对吧，兄弟？

蒂莫西：就是。对了，老东西，咱家的硬地球场呢？你说过要考虑的。

阿尔弗雷德：那可要花不少钱哪。

蒂莫西：你又不是付不起。来吧，老哥，大方点。

阿尔弗雷德：[乐开了花] 嗨，你都这么说了，我也给你交个底。我会考虑修一个。

蒂莫西：这还差不多。

阿尔弗雷德：还有朱迪小姑娘，你还好吧？今天好像不太想说话？

朱迪：哪有？

阿尔弗雷德：是因为爱情吗？

朱迪：没有的事。

阿尔弗雷德：你什么时候嫁人呀？

朱迪：谁说我要嫁人了？

阿尔弗雷德：为什么不呢？想嫁就嫁。

朱迪：首先，没人向我求婚。

阿尔弗雷德：什么？怎么会？我家那个小东西一个星期能被求婚三次。我没说错吧，戴娜？

戴安娜：别胡说，阿尔弗雷德，哪有这回事？

阿尔弗雷德：别听她的。我什么都知道，只要我说我知道，我就是真的知道。这就叫"一家之主"。不说这些，可不能冷落了咱们的小朱朱①。[转向蒂莫西] 来，小白脸儿，向她求婚，然后她就可以说自己拒绝过时髦小伙子啦。

蒂莫西：我可不会利用这种破机会，阿尔弗雷德。

朱迪：真讨厌。

多萝西：阿尔弗雷德，你今天下班怎么这么早？

阿尔弗雷德：我也没办法，亲爱的。我想多呆一会儿，可是没什么用。谁让我生来这样呢？好了，玩笑归玩笑，我其实是来找查理的。

玛杰丽：查理不在家，在城里。

阿尔弗雷德：他不在城里，反正我是没找到他。他今天一天都没在办公室。

---

① Judy-pudy，阿尔弗雷德以押韵叠词（rhyming reduplication）方式对朱迪的昵称。后文中的"老查查"（Charlie-parlie）和"老阿"（Algy-palfy）与此类似，分别是他对查尔斯和他自己的昵称。

玛杰丽：这可怪了。

阿尔弗雷德：其实不奇怪。实话说吧，我有点担心了。

玛杰丽：[吃惊地] 为什么？

阿尔弗雷德：他什么都没说吗？

玛杰丽：没有，你说什么呢？出事了吗？

阿尔弗雷德：我估计他是觉得要是一切最终顺利，就没必要让你们
    担心；要是不顺利，你们自然也会很快知道。

玛杰丽：到底出了什么事？

阿尔弗雷德：早知道我就什么都不该说。

帕特里克：老爹不会破产了吧，阿尔弗雷德叔叔？

阿尔弗雷德：我觉得你们这些小家伙最好到院子里去。多萝西，你
    留在这儿。

帕特里克：要是真出了事，你还不如告诉我们呢。反正等你一走，
    老妈也会说的。

戴安娜：走，蒂姆，我们出去。你们说完了喊一声。

    [戴安娜和蒂莫西向花园离开。

玛杰丽：你不是又在开玩笑吧，阿尔弗雷德？

阿尔弗雷德：我倒想是开玩笑呢，可这是大事。你们有没有听说，
    那个叫托米·埃文的家伙上周五开枪自杀了。

玛杰丽：听说了。真可怕，是吧？我们和他认识，去年还和他一起
    去阿斯科特 ① 看赛马呢。

帕特里克：谁是托米·埃文？

阿尔弗雷德：他可是城里的名人，也是你父亲的客户，挺不错的一
    个人，可以说是难得一见。恐怕他把你家那位给拉下水了。

_____

① Ascot，英格兰伯克郡的一个小镇，是一年一度的英国皇家赛马会（Royal
    Ascot）的举行地。

玛杰丽：可是我一直以为查理只做稳当的生意，从来不会做高风险投机。

阿尔弗雷德：所以我才说他运气不好。我觉得这世界没几个人比我更精明了，可要是我有一百万镑要投给托米·埃文，我根本不会犹豫。

朱迪：到底出了什么事？

阿尔弗雷德：就算我说了你也不懂。大概来说，今天就是交割日，如果你父亲找不到朋友来支援他的话，他就要违约了。

朱迪：那是什么意思？

阿尔弗雷德：就是破产的意思。

玛杰丽：[恐惧地叫了一声] 啊？我们该怎么办？

多萝西：别丧气，玛姬。还没确定呢。

阿尔弗雷德：他还有些好朋友，算他运气好。不用说，他个人的全部财产肯定是都要扔进去了，但是只要他能从别处筹到一大笔钱，就还能撑过去。

帕特里克：我们的车子和这座房子是不是都得卖了？

阿尔弗雷德：这个我说不好。只要他能撑过去，我敢说他的收入就不会太受影响。他的生意一向做得好，口碑也是一流的。

帕特里克：哦，那就是还不算太糟了？

阿尔弗雷德：他的所有积蓄肯定是打水漂了。

玛杰丽：就是说如果他再出事，我们就一分钱也没有了？

帕特里克：他壮得像头牛，老妈。刚才我还在跟朱迪说老爸大概能活到一百岁呢。他会把钱挣回来的。

玛杰丽：可是他要怎么才能过这一关？

阿尔弗雷德：简单说的话，全看阿瑟·莱特尔愿不愿意出手。

帕特里克：阿瑟·莱特尔又是谁？

阿尔弗雷德：他是跟你父亲合作那家银行的主席。昨天晚上他就该把他的决定告诉你父亲了。

玛杰丽：难怪昨天查理到家那么晚，差点没时间换衣服参加晚宴。昨晚的宴会是在萨伏伊酒店 ①。

阿尔弗雷德：他看起来怎么样？

玛杰丽：跟平常差不多。

阿尔弗雷德：不可能跟平常一样。那时候他应该刚刚确定自己是需要申请破产还是差不多可以重新开始。

玛杰丽：我什么都没看出来。当时我光担心赶不上晚宴了。

阿尔弗雷德：今天早上呢？

玛杰丽：我自己在房间里吃的早餐。跟他一块儿吃的是朱迪。

阿尔弗雷德：他看上去情绪是好还是坏？

朱迪：老实说，我根本没注意。我早餐时一般都在读《镜报》。

阿尔弗雷德：那就是坏事了。他跟我约了十点见面，可是他没来。这次见面也挺要紧，所以我才搞不懂。

朱迪：他九点半就出门了。

玛杰丽：你是说他一整天都没去办公室吗？

阿尔弗雷德：没去。

帕特里克：[倒吸了一口气] 那……

　　　　　[众人脑中同时闪过一个念头：查理可能已经自杀了。]

玛杰丽：[痛苦地] 啊，不，我不相信，这不可能！他不能对我这么狠心。

朱迪：我现在也说不好他早上是不是真有点奇怪了。啊，阿尔弗雷德叔叔，难道就在我们吃鱼蛋烩饭的时候，他却正在决定……太可怕了。

---

① The Savoy，伦敦市中心的老牌豪华酒店，位于威斯敏斯特的河岸街（the Strand），开业于 1889 年。

玛杰丽：朱迪，朱迪，别这么说，别！他不会这么软弱的。

帕特里克：阿尔弗雷德叔叔，你觉得有可能吗？要是真的，那可糟了。

阿尔弗雷德：老实跟你说吧，小伙子，我刚到这儿的时候，正是这
　　么想的。我试着表现得跟平时一样乐哈哈的，可花了不少力气，
　　你可别跟外人说。我敢说你们其实也发现了。查理是最一丝不
　　苟的人，据我所知他从来就没有失约过。

玛杰丽：［开始有点歇斯底里］不，不，不可能，不可能！这是要吓
　　死我吗？

多萝西：亲爱的，别这样。说到底，你没必要直接相信最坏的可
　　能性。

玛杰丽：可是他为什么没去办公室？他明知道今天这么要紧。

阿尔弗雷德：如果说还有希望挽回一点的话，那就是今天了。

多萝西：说不定他被出租车撞了，失去了意识，正在不知道哪家医
　　院里躺着呢。

玛杰丽：你这算是安慰吗？

帕特里克：我们就不能做点什么吗？

朱迪：我觉得我们应该用拖网去泰晤士河底拉一拉。

帕特里克：真蠢，谁能在泰晤士河上用拖网？

朱迪：那就去山上 ① 的水塘里找。

玛杰丽：天哪，别说了，别说了！他是多骄傲，多敏感的人啊！我
　　真担心，比起面对我们，告诉我们他破产的消息，他宁愿……

多萝西：别说出来，玛姬，太不吉利了。

帕特里克：我们是不是该报警？

阿尔弗雷德：还不到时候。万一他突然冒出来，只会显得我们很蠢。

---

① The Heath，指格德斯绿地附近的汉普斯特德荒野（Hampstead Heath），也译
　作汉普斯特德山。此地的山丘是伦敦市区海拔最高的地方。

多萝西：我觉得应该给各家医院挨个打电话。

玛杰丽：总得做点什么，我快疯了。

阿尔弗雷德：当然，如果他今晚还没回来，我们就可以报警。

帕特里克：不能用无线电发一条救援信息吗？有人失踪时一般都这么干。

朱迪：要是他正躺在白石塘^①的水底，无线电有什么用？

玛杰丽：孩子们以后还怎么见人？

多萝西：哎，亲爱的，别添乱了，已经够糟了。阿尔弗雷德有办法，可以让陪审团给出间歇性精神病的裁定。

帕特里克：当然也有可能他只是失忆了，过几天就从不知道哪里冒出来。

朱迪：我猜是伯恩茅斯（Bournemouth）。这种人多半都是在那儿找到的。

多萝西：可是，阿尔弗雷德，你就不能给那个打算援助他的人打个电话吗？那样我们就能知道查理是不是有理由完全绝望了。

阿尔弗雷德：你是说阿瑟·莱特尔？一家伦敦大银行的主席的电话哪有那么好打？就算打通了，我估计他也不会告诉我任何事。

多萝西：试试总可以。

玛杰丽：快打吧，阿尔弗雷德。我快急死了。

阿尔弗雷德：行吧，我试试看他会不会接我的电话。反正他总不能吃了我。

　　　　[他走了出去。

玛杰丽：等消息真让人心焦。

帕特里克：今天早上老爸出去的时候戴礼帽了吗？

玛杰丽：哎，别傻了，帕特。这是讨论礼帽的时候吗？

---

① Whitestone Pond，汉普斯特德荒野中的一个三角形小湖。

帕特里克：我不同意。我就是需要知道这个。

朱迪：我觉得他是戴了。要是没戴，我应该会注意到。

帕特里克：那至少他在出门时还没考虑自杀。

玛杰丽：为什么？

帕特里克：亲爱的妈妈，你见过有哪个脑子正常的人会戴着礼帽自杀？

朱迪：可要是他是一时间发了疯，就不能算是脑子正常。

帕特里克：白痴才会这么说，朱迪。你又不了解男人。一个男人打算自杀的时候，当然只会戴无檐帽，或者顶天了戴一顶圆顶帽。

玛杰丽：哎呀，不一定，帕特。你父亲是最在意细节的，不管要去哪儿，都不可能在穿燕尾服时戴无檐帽。他从来不会那样，从来不会。

帕特里克：这就是我的意思呀。如果他戴的是礼帽，应该就没有自杀。

朱迪：我不明白有什么不可能的。假如他要跳河，他完全可以把礼帽留在河边的拉船路上。

帕特里克：那样的话，路过的人看见时就会说："嘿，拉船路上怎么会有一顶崭新的高礼帽？"

多萝西：阿尔弗雷德怎么还没回来？

玛杰丽：就在几分钟前，我们还是那么开心，还在讨论去里维埃拉度夏。真让人难过。刚才我们还无忧无虑，现在却要面对这么可怕的事。

朱迪：人生不就是这样吗？

帕特里克：老天，你可真让人丧气，朱迪。要是没什么好话可以说，看在上帝的面子上，闭嘴不好吗？

朱迪：我看不出拒绝面对现实有什么意义。我是有直觉的，我敢肯定老爸现在正躺在白石塘的水底呢。

[阿尔弗雷德走了进来。

阿尔弗雷德：好啦，姑娘们，小伙子们。没事啦，是好消息。

玛杰丽：阿尔弗雷德！

阿尔弗雷德：我刚说了名字，他们就帮我接通了阿瑟爵士。我什么都没透露，相信你们的阿尔弗雷德叔叔。他说他昨晚在私宅见了查理，还说考虑到查理的人品，他同意借钱给他，足够他履行全部交割义务。

玛杰丽：啊，我的上帝，多好的人哪。

阿尔弗雷德：咱们的老查查离开阿瑟爵士的豪宅时，兜里可是揣着一张肥得流油的支票。

玛杰丽：可算是让人放心了。

多萝西：可是他今天为什么不去办公室？

阿尔弗雷德：哦，那个倒不要紧。我猜他一定忙得团团转，没时间去。反正等我们见到他，他就会解释。重要的是他渡过难关了。

帕特里克：就是说我们没破产，对吗？

阿尔弗雷德：没有。你父亲差点被颠下来，可是现在又坐稳了。我相信他用不了几年就能恢复元气。当然了，他得玩命工作才行。

朱迪：老爸就喜欢工作，这点不用怀疑。

阿尔弗雷德：他怕是要累得像条拉磨的驴喽。

帕特里克：那个呀，倒是无所谓。老爸这个岁数的男人，除了工作还能干什么？

玛杰丽：他这人就没什么其他兴趣，从前我还老觉得遗憾。现在看起来，这反倒是好事。

阿尔弗雷德：喂，你们这些小家伙儿，恐怕得节省点。至少在一段时间之内，你们的老爹是不会有什么余钱可以糟蹋了。

帕特里克：这个我想到了，我也乐意帮忙。朱迪小妹妹，咱们恐怕还得在家里的大车上挤一挤。

朱迪：真烦人，不过也是没办法的事。硬地球场应该也泡汤了。

玛杰丽：朱迪，去把他们叫进来吧，没必要让他们一直在外面等着了。

朱迪：好的。[她走到窗边] 戴娜，蒂姆，进来吧!

玛杰丽：你们要是还想打球，就去打吧。

朱迪：刚吃了这么一惊，我哪里还能打中球？

阿尔弗雷德：你们要打球吗？那我马上到院墙那边去换下衣服。让你们这些小东西瞧瞧，老狗也有几颗牙。

　　　　　[戴安娜和蒂莫西溜达着走了进来。

朱迪：哎，亲爱的，刚才可吓死我们了。老爸失踪了。我们都以为他自杀了，我们破产了，家里的什么都得卖掉。现在没事啦，老爸还活着。

戴安娜：如果你要说的就是这个，那刚才就没必要把我们赶出去嘛。

朱迪：又不是我让你们出去的。那么大的事，老妈吓坏了，帕特也快绷不住了，只有我这个小姑娘还有点勇气。

戴安娜：你是说完全是虚惊一场吗？

蒂莫西：你们又不是不知道阿尔弗雷德有多爱开玩笑。照我说就不该这么纵容他，只会让他忘乎所以。

阿尔弗雷德：行了，我的小崽子，差不多就闭嘴吧。危机还没完全解除呢。

帕特里克：我们家破产了。

朱迪：其实也不会有什么大不了的，只不过帕特不能有自己的车了，然后我们只能将就用着老球场，直到老爸把钱挣回来。

蒂莫西：要我说，这就够糟了。

帕特里克：既然温网能用草场，我们也不是不行。

阿尔弗雷德：要的就是这股劲儿，我的老弟。我很高兴你能像个男子汉那样面对这一切。

戴安娜：查理叔叔到底在哪？

帕特里克：我们还不知道。

玛杰丽：我们也想知道。上帝保佑我们快点知道。

朱迪：我们猜他失忆了，这会儿正在伯恩茅斯，戴着礼帽坐在一张长椅上。

帕特里克：要我说，他更有可能在绍森德 ①。

玛杰丽：哎，别瞎说了。你们可怜的老父亲就算真的失忆了，也不可能去绍森德。

     [门开了，查尔斯不慌不忙地走了进来。他四十岁出头，仪表堂堂，不怎么爱说话。此时他身上穿得一丝不苟，上半身是一件黑色外套，下半身是一条灰色条纹的裤子，头上还有一顶礼帽。

玛杰丽：查理！

                       第一场终

---

① 应指英格兰埃塞克斯郡的小城海滨绍森德（Southend-on-Sea），而非伦敦城南的绍森德（Southend）社区。

第二场

幕布升起。除了查尔斯，其他人都在。

帕特里克： 既然温网能用草场，我们也不是不行。

阿尔弗雷德： 要的就是这股劲儿，我的老弟。我很高兴你能像个男子汉那样面对这一切。

戴安娜： 查理叔叔到底在哪？

帕特里克： 我们还不知道。

玛杰丽： 我们也想知道。上帝保佑我们快点知道。

朱迪： 我们猜他失忆了，这会儿正在伯恩茅斯，戴着礼帽坐在一张长椅上。

帕特里克： 要我说，他更有可能在绍森德。

玛杰丽： 哎，别瞎说了。你们可怜的老父亲就算真的失忆了，也不可能去绍森德。

　　　　[门开了，查尔斯不慌不忙地走了进来。

玛杰丽： 查理！

查尔斯： [摘下礼帽] 嗨。

玛杰丽： [情绪激动] 你去哪儿了？我们都快急死了，都是你的错。

查尔斯： 啊？我做错了什么？

玛杰丽： 坐等消息太难受了。

查尔斯： [淡然地] 为什么？怎么回事？嗨，帕特，回家度假来了？

帕特里克： 嗨，老爸。

查尔斯：看起来像模像样的，上学期在学校过得不错吧。

帕特里克：是的，过得挺好。

查尔斯：大家都还好吗？阿尔弗雷德，你从城里回来得有点早啊，别告诉我你闲得没事了。

阿尔弗雷德：喂，老哥，你到底跑哪儿去了？我找你找了一整天。

查尔斯：我吗？我去汉普斯特德山散步了。

阿尔弗雷德：散步？

玛杰丽：散了一天？

查尔斯：那倒没有。我在那边发现了一家挺好的小酒馆，在那儿吃了午饭。一块肘子肉，一瓶啤酒，相当不错。

阿尔弗雷德：你怎么没去办公室？

朱迪：我们以为你自杀了。

帕特里克：朱迪都打算用拖网去白石塘里找人了。

玛杰丽：我们可被吓了个不轻，查理。

查尔斯：可能是我脑子不好使，我完全没听懂你们在说什么。

阿尔弗雷德：得了，老哥，我都跟他们说了。谁让你爽了我的约，也没去办公室。

查尔斯：哦，我明白了。[亲切地] 那么，现在你们都知道啦？

帕特里克：我们都知道了，老爸。

阿尔弗雷德：他们急得不行，逼着我给阿瑟·莱特尔打了个电话。他把他的决定告诉我了。

查尔斯：他挺慷慨的吧？

朱迪：你彻底破产了吗，老爸？

查尔斯：我没法履约。

朱迪：那是什么意思？

查尔斯：这么说吧，一个经纪人如果无法履约，就是违约了。

阿尔弗雷德：就会失去交易资格。

查尔斯：多萝西，你还好吗？今天戴了顶新帽子呀。

多萝西：[风情十足地] 喜欢吗？你的眼力可真好。

阿尔弗雷德：喂，查理，我们得说点正事。蒂姆，你和戴娜最好回避一下。

蒂莫西：行吧。

帕特里克：不好意思，老弟，网球看起来要泡汤了。

蒂莫西：哦，我没事儿。谁家不会遇上点麻烦呢？

帕特里克：这就是有家要付出的代价之一。

查尔斯：你可以先跟戴娜去练会儿球，帕特和朱迪很快就来。

蒂莫西：我都行。

查尔斯：我不会跟他们说太久。

蒂莫西：没事儿，你说你的，不用着急。

查尔斯：[略带讽刺地] 那谢谢了。

戴安娜：走吧。

　　　　[戴安娜和蒂莫西溜溜达达地走了出去。

多萝西：需要我也回避吗？

玛杰丽：不用，你就在这儿，多萝西。我总觉得事有可疑。

阿尔弗雷德：哎呀，现在可不是文绉绉说话的时候。

玛杰丽：我知道，所以我才让多萝西留下。有些时候，一个女人需要另一个女人壮胆。

阿尔弗雷德：你这一天到底去哪儿了，查理？我能想到的每个地方我都去找了。

查尔斯：我说过了呀，我去汉普斯特德山散步了。

阿尔弗雷德：可你不是跟我约了十点见面吗？

查尔斯：[微笑起来] 你不知道，一想到十点钟要见你这件事，我就头痛得厉害。

阿尔弗雷德：谢谢。见面是你约的。

玛杰丽：你去山上干什么?

查尔斯：散步，思考，看风景。

阿尔弗雷德：就在每一分钟都事关生死的时候吗?

查尔斯：正是因为这个，山上的风景才更吸引我。

帕特里克：我不想扫兴，可咱家老父亲这话听起来像是在开玩笑呢。

玛杰丽：别傻了，帕特。你又不是不知道你父亲不是会开玩笑的人。

阿尔弗雷德：[精明地] 不论是怎么回事，我敢说这一切恐怕并不像
　　听起来那样轻松。

查尔斯：你也知道，托米·埃文的自杀对我打击很大。[他仍是闲谈
　　的口气，并非没有斟酌，但听起来他并未觉得所谈之事有多么
　　要紧]

阿尔弗雷德：他无路可走了，如果不死，就得坐十四年牢。

查尔斯：我损失很大。

阿尔弗雷德：你也不是唯一一个倒霉的。我的好些客户都吃了亏。
　　该死的混账。

查尔斯：我一向为自己的公司自豪。自己的名字在交易所排名前列，
　　让我有些无伤大雅的虚荣。每次想到人们在指着我的时候都会
　　说："查理·巴托，值得信赖，就像英格兰银行一样安全，"我
　　就感到十分满足。

阿尔弗雷德：所以在你遇到困难时，阿瑟·莱特尔才会伸出援手。
　　在伦敦城，人品就是最优质的资产。

查尔斯：崩盘的时候，我的第一个念头是要保住公司。当时我就准
　　备好了，只要公司能活下来，我可以把我的每一分钱都扔进去。
　　老天在上，可以说能想到的一切办法我都试过了。

阿尔弗雷德：这个我自然知道，没人能比你做得更好。

查尔斯：到了昨天晚上，十一点钟左右，我终于成功了，绝地逢生。
　　老实说，那真让我松了一口气。

阿尔弗雷德：那还用说？

查尔斯：你也知道，今天是交割日。这段时间真像是一场噩梦，直到昨晚我才确定自己可以履约交易。我的所有积蓄都得扔进去，可我一点儿也不在乎。我的公司保住了，我的名声也保住了。名誉这东西可真有意思，是吧？人人都觉得它不可或缺。我猜这大概是因为习惯的力量。

朱迪：你可真厉害，爸爸。谁也不会发觉出了这么大的事。对吧，妈妈？

玛杰丽：当然了，宝贝儿。我就一点迹象也没注意到。

查尔斯：那我就放心了，我还以为这段时间我有点不好相处。

朱迪：[开心地] 没有，你跟平时没什么区别。

查尔斯：今天早上出门时，我心情很好。别人见了可能会以为我是挣了而不是亏了一大笔钱。跟退伍以后几乎每一个早上一样，我朝地铁站走，在路上还跟一两个熟人打了招呼。他们跟我一样，都是去城里。我走到车站时，那里的人还跟平时一样密密麻麻，匆匆忙忙……就在这时候，我的心突然沉了下去。

朱迪：为什么呀？

查尔斯：这么说吧，亲爱的，在过去这几天，我曾经有几次觉得自己撑不过去了。晚上睡不着觉的时候，我就会反复琢磨各种念头。我想过如果破产了我该怎么办，还做了各种复杂巧妙的安排。这让我宽心不少。当时我想的是能挽回一点儿是一点儿。最后，我还是撑住了，可以从头再来。我完全可以像过去十二年一样，每天做一样的事，到城里去，研究市场，买卖股票，直到我咽气那一天。突然，我开始觉得破产反而意味着生命和自由，而那条挤满了忙着赶车的人的地铁通向的，是奴役和死亡。所以，我就去汉普斯特德山散步了。

玛杰丽：可是，我亲爱的查理，那不过是些神经过敏的念头。我是

212

说，自从战争以来，我们多少都会有点那样的念头。那场劫难给经历过它的每一个人都留下了伤痕。我知道我也一样，而且觉得这伤痕会伴随我一生。

朱迪：可是，妈妈，在战时食堂工作的日子不是你生命中最好的时光吗？

玛杰丽：别，朱迪，你怎么能说这么没心没肺的话？那时候我一天到晚连坐一会儿的空闲都没有。要不是决心贡献自己的一点力量，我根本没法坚持下来。

阿尔弗雷德：我的朱迪小妹妹，那时候你还是个奶娃娃。你可不知道我们在那些可怕的日子里吃了多少苦。上帝保佑，你最好永远都不用知道。

朱迪：我是这么想的，只要不是真的需要上火线，你们在战争中其实比战前战后都更快乐。我觉得，要是再来一次，你们中的大部分人都会欢呼着加入其中。

阿尔弗雷德：我们只是响应了召唤。如果再来一次，我们仍然不会逃避责任。

玛杰丽：但我们不会欢呼，宝贝儿，只会心情沉重。

阿尔弗雷德：你不知道我们付出了多少。这一切都是为了你们。

帕特里克：为了我们？

阿尔弗雷德：没错，为了你和朱迪，还有戴娜和蒂姆。为了你们这一代。

帕特里克：真好笑。要我说的话，我们只是你们牺牲掉的东西。

朱迪：如果你觉得我们乐意被牺牲，你可搞错了，阿尔弗雷德叔叔。

阿尔弗雷德：有一说一，战争爆发时你们还在吃奶呢。我不明白你们能受什么影响。

帕特里克：你还不明白吗？不管我们走到哪，都摆脱不了它。从我们生下来那天开始，这场战争就像枷锁一样卡在我们脖子上。

我们也有权利像其他每一代人那样生活，可是我们的生活还没开始，这样的机会就被你们剥夺了。

阿尔弗雷德：战争不是我们想要的，我们是被迫应战。

朱迪：的确，战争不是你们想要的，你们只是稀里糊涂地卷入战争，在战争中稀里糊涂地过日子，然后又稀里糊涂地活了下来。你们不仅毁了自己的生活，也毁了我们的生活。

玛杰丽：这样说话太不知感恩了，朱迪。你们的生活条件一直是最好的。我敢说没有哪一代比你们更幸运。

帕特里克：你不明白，母亲。我们从生下来就要一直面对消沉和焦虑，当然也不可能不受它们影响。你们扼杀了我们的活力。你们把世界搞得一团糟，又剥夺了我们纠正这些错误的权力。

朱迪：一个人失业了要怪战争，懒惰无能要怪战争，伪造支票或者犯重婚罪也要怪战争。公路不好走，火车到处都是毛病，要怪战争。要是我们还不起债交不起税，也要怪战争。

阿尔弗雷德：人人都知道战争遗留下来的问题和困难无穷无尽。我们只能面对现实。

朱迪：可是凭什么我们也得这样，我们为什么要为你们的愚蠢买单？

查尔斯：要我说的话，孩子们对战争的看法也不是一无是处。那时候我们并不是一直需要担惊受怕，忍饥挨饿，也过了不少好日子。

阿尔弗雷德：对我来说那只是做不完的噩梦。

查尔斯：得了吧。我们对年轻人编了不少故事，只为证明我们有多坚强。然而他们并不傻，不相信我们的瞎话，真可惜。面对现实吧，能当上军官不是让你挺开心的吗？有不少权力，没多少责任。那时候我们可以很长时间无所事事，而且良心不用受到谴责。也少不了刺激和乐子。我在战争中得到的只有肺炎、臀伤、破裂的颅骨和暂时的上尉军衔，可那也是一场不容错过的经历。

玛杰丽：你能活着回来都是奇迹。

朱迪：爸爸，那退伍回家岂不是很让你失望？

查尔斯：其实光是想想自己还活着，就足够让我高兴了。那时我已经三十岁了。我对自己说："好吧，我最好的五年青春就这样没有了，可是抱怨有什么用呢？不如把剩下的日子好好利用起来。"那是十二年前的事了，现在我才是真的老了。

阿尔弗雷德：没人能说你荒废了时光。在战争结束时，你和其他许多人一样，都要重新开始，而你的成绩并不差。现在你有了大房子，有了汽车。你的妻子过着符合你身份的体面生活。你的孩子们上的是最好的学校。此外，你也不无积蓄。

查尔斯：大概有五万镑吧。

阿尔弗雷德：这笔钱是没了，可那并不是你的错，何况你还拥有剩下的一切。你的地位还在，还可以挣更多钱。我觉得你没什么可抱怨的。

查尔斯：[思忖] 当然了，经纪人挣的钱并不是他那些可靠的客户的，而是投机者的。不管这个人是个没有刺激就不痛快的赌徒，还是一个觉得自己可以不劳而获的蠢货，最后的结果都一样。他所有的钱总会进入经纪人的钱包，只是个时间问题。

阿尔弗雷德：这是投机者的宿命。

查尔斯：的确如此。可是有时我总忍不住要问自己，我那么多次死里逃生，为的就是这样安分地度过一生吗？

帕特里克：要是我，就不会用安分这个词来描述。

查尔斯：你还没去过交易所吧？真可惜我没带你去一次。那里应该会让你觉得很有意思。

朱迪：不是说外人不能进去吗？

查尔斯： 没错，外人不能进去。要是被逮住，少不了吃一顿推搡，估计得换顶新帽子。

阿尔弗雷德： 你可以让他扮成你的助手，没人会注意。里面很有看头的。

查尔斯： 那种喧嚣嘈杂，难以用语言形容。

阿尔弗雷德： 震耳欲聋。

查尔斯： 每个人都用最大的嗓门叫唤，每个人都忙得像没头苍蝇一样。不得不承认，刚开始你的确会觉得兴奋。那种癫狂的场面能让人感受到一种生命活力的刺激。

阿尔弗雷德： 老天在上，你说得一点没错。

查尔斯： 你还没在现场听到过谁被宣布违约吧，阿尔弗雷德？

阿尔弗雷德： 没有。

查尔斯： 那可真是让人难忘的场面。比如说，到了三点钟，钟声响起的时候。[客厅的钟同时响了起来，报时三点] 就像现在这样。两名助理出现在台上，脱下礼帽，就像在对遗体告别。他们用一柄木槌连敲三下。人们抬起头。震耳的嘈杂突然平息下来，就像是被一刀截断。现场变得如此安静，连一根针落地也能听得见。不论你听过多少次，这回荡在一片死寂中的槌声都会让你心惊胆战。政府债券市场助理会宣读一份通告，而矿业市场助理会重复一遍。"各位，沃格雷夫及巴托公司的交易员查尔斯·劳伦斯·巴托先生无法履约完成交易。"他们的嗓门很大，声音嘶哑，不带一丝情绪。同样的通告他们已经读过太多次。读完之后，他们便迅速离台。全场一时陷入沉默。不论你如何心如铁石，此时都会感到一丝悲哀。这个人违约或许仅仅是因为运气不好，或许是因为某次交易时稍微贪心了一点点。如果你的交易还稳稳当当，你会对那个倒下的人抱以怜悯。如果你已经如履薄冰，你就会想下一次会不会轮到自己。总之，每个人都会在一时间感到沮丧。接着，还没等你反应过来，喧嚣再次响起，和刚才它停下时一样突然。依旧是一片鼎沸。沃格雷夫及巴托公司的交易员查尔斯·劳伦斯·巴托已经成为历史。车轮继续滚滚向前。

　　[门厅中突然响起了电话铃声。

玛杰丽：朱迪，去看看是谁。

查尔斯：如果是找我的，就说我不在家，不管多急的事。

朱迪：好的。

　　[她走了出去。

阿尔弗雷德：不管那么多了，老弟。我很高兴你逃过一劫。你亏了不少钱，但总能挣回来。留得青山在，不愁没柴烧。

多萝西：你这些日子一直在发愁着急吗，查理?

查尔斯：是有那么一点儿。

玛杰丽：为什么不告诉我?

查尔斯：哎，亲爱的，让你跟着发愁好像也没什么用。

　　[朱迪回到客厅。

朱迪：是特纳先生。他着急找你，爸爸。一听我说你不在家，他似乎很慌乱不安。

查尔斯：他是好心。但愿我的好女儿骗过了他。

朱迪：他问我知不知道怎么联系上阿尔弗雷德叔叔。我说他就在这儿。现在他还没挂电话。

阿尔弗雷德：不知道他找我干什么。

多萝西：你最好去看看，阿尔弗雷德。

　　[阿尔弗雷德站起身，走了出去。

玛杰丽：我们的夏天度假计划会受影响吗，查理?

多萝西：玛姬和我觉得，要是去里维埃拉换换口味，对孩子们会有好处。

玛杰丽：我不反对去河上度假，可是我又想到去法国对他们会更有
　　　教育意义。现在大家都喜欢往昂蒂布 ① 跑。

朱迪：啊，妈妈，那可太好了。蒂姆和戴娜也会去吗？

多萝西：哦，我还没跟阿尔弗雷德提这事。你母亲和我一直在商量
　　　来着。

玛杰丽：当然，是在这一切发生之前。

多萝西：[对朱迪说] 我猜你父亲多半走不开，可是他应该不会反对
　　　你们去。我们可以住便宜的客栈。我敢说花费不会比留在英格
　　　兰更贵。

玛杰丽：显然，我们需要尽量少花钱。

朱迪：哎呀，爸爸，快答应吧。要是能去该有多好啊！是吧，
　　　帕特？

帕特里克：应该还不错。

　　　　[阿尔弗雷德焦急地冲进客厅。

阿尔弗雷德：查理，他说你违约了。

查尔斯：[若无其事地] 是吗？那又怎么样？

阿尔弗雷德：他急得不行。他说他以为一切都安排好了。这不是真
　　　的吧，查理？

查尔斯：[玩世不恭地] 是真的，我的老弟。助理敲过小木槌了。可
　　　怜的老查查彻底完蛋了。

阿尔弗雷德：我不相信！查理。你知道你在说什么吗？看在上帝的
　　　分上，别胡闹了，老哥。

玛杰丽：啊，查理，怎么回事？

阿尔弗雷德：[一字一句地] 你到底是什么意思，查理？

查尔斯：就在刚才，我装模作样地向你们描述交易所里的违约情景

----

① Antibes，法国东南部海港城市。

的时候，我就已经违约了。你们忘了吗？我还特别提醒你们留意钟声来着。

帕特里克：我最烦这套蹩脚的剧场把戏。

查尔斯：我的头脑比较简单，就吃这一套。

朱迪：要是换成个不知道老爸毫无幽默感的人，一准会觉得他只是在逗我们玩。

查尔斯：是这样，三点钟越来越近，而我知道会发生什么，这让我在汉普斯特德山上觉得有点寂寞。突然间，我就开始怀念家人的陪伴了。

玛杰丽：我不相信，这太不可思议了。

查尔斯：据说野牛在预感到自己死期将近的时候，就会离开牛群，孤独终老。这么说起来，我和临死的野牛不大一样。

阿尔弗雷德：能让我想不通的事情不多，可我现在已经糊涂了，也不介意让你们知道。你原本可以履约的吧？

查尔斯：但是我放弃了。

阿尔弗雷德：阿瑟·莱特尔的支票就在你口袋里呀。

查尔斯：现在也还在。[他从衣袋里掏出一张支票，递给阿尔弗雷德] 希望你不介意帮我还给他，顺便告诉他我决定不接受他的好意。

阿尔弗雷德：不用想就知道，事情决不是这么简单。

玛杰丽：可这样一来我们就破产了。

多萝西：天哪，玛杰丽，这可怎么办？

阿尔弗雷德：你先出去一下，多萝西。

多萝西：好的。[转向玛杰丽] 亲爱的，你需要我的话，我就在花园里。

玛杰丽：好的，亲爱的。

　　　　[多萝西走了出去。

朱迪：需要我们也出去吗，阿尔弗雷德叔叔？

查尔斯：不用，你们最好留在这儿。我要说的事有些跟你们很有
　　　关系。

帕特里克：可要是你违约了，我们就已经有大麻烦了吧，老爸？

查尔斯：没错，孩子，麻烦不小。

帕特里克：我不明白这有什么值得你那么开心的。

阿尔弗雷德：相信我，我也不明白。救命的钱就在你父亲口袋里，
　　　可他主动选择了违约。

帕特里克：他为什么要这样？

阿尔弗雷德：没错，他的确吃了大亏，可他不是第一个也不是最后
　　　一个。要知道，我见过好些不止一次发了大财又输得精光的经
　　　纪人。只要进了交易所，你就不能想着光吃肉不挨打。

帕特里克：一个人遇到困难的时候，不正是他展示坚强的时候吗？

查尔斯：[眼神中带着笑意] 说得没错，我的孩子。你马上就有机会
　　　展示你的坚强了。

阿尔弗雷德：你怎么忍心让这么一个老牌生意毁于一旦？

查尔斯：忍一忍就好了。我承认，刚才钟声敲响三下的时候，我内
　　　心深处还是有点不自在。

玛杰丽：你可怜的老父亲多么为他的生意自豪啊，查理。他一直说
　　　伦敦城里没有哪家公司比他的口碑更好。

阿尔弗雷德：你现在打算怎么办？

查尔斯：[轻描淡写地] 我会离开英国。

玛杰丽：[突然激动起来] 查理，你没做什么可怕的事吧？会有逮捕
　　　令吗？

查尔斯：没有，放心好了，亲爱的。我的行为再怎么令人不齿，也
　　　没有到触犯法律的程度。

玛杰丽：[无助地] 谁能真正了解一个经纪人呢？这一行真让人搞

不懂。

阿尔弗雷德：老天，这可真是一团糟。看在上帝的分上，解释一下吧，查理。没有人会随随便便自杀。

查尔斯：答案其实很简单。今天早晨我终于想通了，不值得。

阿尔弗雷德：什么？

查尔斯：我是说我过的这种生活。整整十二年，我每天都坐同一条地铁到城里去，然后买卖股票。整整十二年，我每天傍晚都坐同一条地铁回家。而这个世界滚滚向前，从不停歇。我终于受够了，烦透了。我不想再当名声的奴隶。我放手了。瞧瞧。[他拿起自己那顶光洁的礼帽] 这上面是我的公司铭牌。它代表着我的地位和我的名誉。崭新，锃光发亮，俗不可耐。看吧，这就代表着获得财富的密码——能让一切贪心餍足的巨大财富。去它的吧。[他把帽子扔在地板上，踩了上去，然后一脚踢开]

玛杰丽：查理！查理！你怎么了？你平时是多在意自己的帽子呀。天哪，我们现在该怎么办？

帕特里克：你一定要这么浮夸吗，父亲？

查尔斯：人在情绪激动的时候总会沉浸其中，我亲爱的孩子。

朱迪：我们怎么办，爸爸？

查尔斯：我会离开你们。

帕特里克：离开多久？

查尔斯：永远。

帕特里克：[深感震惊] 为什么？

查尔斯：[毫不做作地] 因为我受够你们了。

帕特里克：受够我们？我和朱迪？

查尔斯：没错，受够你和朱迪了。你们不也受够我了吗？

帕特里克：那怎么能一样？你是我们的父亲。

查尔斯：有什么不一样？

帕特里克：人人都会厌烦自己的父亲，这是人的天性。

查尔斯：是吗？

帕特里克：毕竟双方不是一代人。中年人让人觉得乏味不是很正常吗？

查尔斯：[微笑着] 你就没想过年轻人也会让中年人觉得乏味吗？

帕特里克：当然没想过。

查尔斯：可确实如此。

帕特里克：为什么？年轻人怎么会乏味？

查尔斯：你确定吗？

帕特里克：怎么可能？他们正值青春，活力洋溢，奇思妙想无穷无尽。我说得对吗，妈妈？

玛杰丽：当然，亲爱的，你说得没错。

帕特里克：竟然说朱迪和我令人乏味，这太过分了。要是没有我们，这个家会是什么样子？跟一座陵墓有什么区别？我俩从来都是家里餐桌上的活力和灵魂所在。我说的对吗，朱迪？

朱迪：有道理。

帕特里克：随便你去问谁，他的回答都不会有两样。人人都知道我们不是一般的聪明。你要是觉得我们无趣，那只可能是因为你太蠢。

玛杰丽：不要这么无礼，帕特。你不能这样对你父亲说话。

帕特里克：他自作自受。再说了，还能有别的解释吗？去他的吧。

玛杰丽：我不知道，宝贝儿。

帕特里克：简直是不领情。

查尔斯：我没说你比跟你一样年纪的年轻人更乏味。大概，我觉得你更乏味只是因为我对你更熟悉。

帕特里克：难道青春本身还不够吗？如今这个时代，除了青春，还有什么要紧的东西？你不会蠢得连这一点都意识不到吧？而这是因为我们已经知道了真相——我们这一代遥遥领先于我们之前的任何一代人。朱迪，你明白我的意思吧？

朱迪：当然。老爸他们那一代年轻时唯一的念头就是变老。

帕特里克：完全正确，而我们不同。我们年轻，想要享受青春。在整个世界的历史上，我们最先意识到这一点是多么重要。

玛杰丽：这倒是。年轻多美好啊。

帕特里克：没有我们，你们的生命就没有价值。想想我们带来的激情、活力和欢乐吧。我的意思是，说我们无趣乏味完全是不可接受的。我并不想自吹自擂，可我至少敢肯定任何人都不该用这样的词来描述朱迪。我想她对我也是一样的看法。

朱迪：可不是吗？

查尔斯：[亲切地] 我很好奇，你就从来没有想过年轻人的对话对中年人来说是多么烦人吗？叽叽喳喳，叽叽喳喳，却全是连篇空话。自己用耳朵听一听吧。偏偏你们特别把自己当回事。你们一无所知，还管不住自己的嘴。你们说起最显而易见的常识时，神气得就像有了什么能改变世界的新发现。你们小题大做，自以为是，照本宣科，头脑空空。年幼无知是你们唯一的护身符。我们一直努力容忍你们，可是看在老天的分上，别以为我们觉得你们有趣。我们只觉得你们傻乎乎的。

　　[朱迪按捺不住，笑出了声。

帕特里克：闭嘴，朱迪！这有什么好笑的？我告诉你，老爸，从今往后，在这个家里，我再也不会费劲装得快乐有趣，再也不会取悦你们。老天在上，这可真是个苦活儿，可我一向尽力而为。这活儿累得我都要吐了。可现在既然这样，那就到此为止。我说话算话，到此为止。

朱迪：可是，爸爸，你对我们就没有感情吗？

查尔斯：没有。

玛杰丽：啊，查理，这样说太无情了。你怎么能不爱自己的孩子？

查尔斯：他们还小的时候，我还挺喜欢他们的。现在他们已经长大了，只让我觉得无趣。

帕特里克：[怒气冲冲] 这根本不合情理。

查尔斯：你这么觉得吗？我倒没有。当然了，孩子还小的时候，哪个父母会不喜欢呢？那时候我们喜欢他们，就跟喜欢小猫小狗一样。他们无法离开你，这就足够让人心疼；他们觉得你无所不能，这就足够让人得意。可是，你还没反应过来呢，他们已经变成了年轻人，有了自己的性格。他们不再是你的一部分，而是独立的个体，跟你再无关系。所以为什么要关心他们？

帕特里克：你是想说朱迪和我在你眼里和小猫小狗没什么不同，是吗？

查尔斯：不是。我只是想说，小狗长成年轻健壮的大狗之后在它的父亲眼里是什么样子，你们在我眼里就是什么样子。

朱迪：要是我们死了，你不会难过吗，爸爸？

查尔斯：我会很伤心。每次你们生病的时候，我都着急得不行。那时候我全心全意只想着你们。可是大体而言，你们俩的身体都相当健康。或许这倒成了一件坏事。

帕特里克：你总不能为了激发自己的舐犊之情而宁愿看到我们病痛连绵。

查尔斯：说得没错，帕特。我当然应该为你们从我这里得到的健康体魄感到自豪。

帕特里克：我本以为你以我们为荣。我从小到大在班级里都是前五名。我当过院长 ①，是足球队首发的队长，也进了橄榄球队首

---

① Head of house。英国学校多采用传统的分院制度，将学生和老师编入不同的院（house），以培养学生的归属感和合作竞争精神。

发。只要不是心有偏见，谁都会说我是你的骄傲。

查尔斯：你知道吗，为自己的孩子得意说到底其实是为自己得意，
而我并不是一个爱虚荣的人。

帕特里克：行吧，我放弃了。

查尔斯：你很关心我吗，帕特？

玛杰丽：他当然关心你，查理。我就没见过谁家的孩子比他俩更重
感情。

查尔斯：让他自己说。

帕特里克：我不明白你的意思。别家的小伙子怎么爱他们的父亲，
我就怎么爱你。你又没做什么特别的事让我崇拜着迷。

查尔斯：如果我死了，你可能会哭一会儿。那就挺好的了，也恰如
其分。可我现在活得好好的，你应该会觉得我令人厌烦才对。
你只能管我要钱，还得忍受我问你打算怎么花，应该早就烦透
了吧？

帕特里克：那不是很自然的事吗？在我这个年纪，谁不想自己做主？

查尔斯：你肯定也想过，要是能拥有一套属于自己的公寓，该有
多好。

帕特里克：这和我们现在讨论的有什么关系？

查尔斯：这表明你并不是真正在意你的家人。

帕特里克：你不能拒绝接受现实。父母应该关心孩子，却不应该期
待孩子以同样的热情回报，这是人的天性。

玛杰丽：别这么说，帕特。

帕特里克：不信的话，问问阿尔弗雷德叔叔好了。他是个明事理
的人，不会指望蒂姆和戴娜对他的态度像他对他们的态度一样
热切。

阿尔弗雷德：这你可就说错了，小老弟。我敢说，整个英国没有哪
家人的关系像我们家一样紧密。当然我得承认，我养育小家伙

们的方式跟你们不太一样。多萝西和我都以对待朋友的方式来对待孩子。所以我们才让他们直呼我们的教名。我们的家庭生活可以说是其乐融融。你们也看得见我们是怎么彼此打趣。他们以面对兄长的态度看待我们。不信的话，看看他们对我的笑话反应多热烈。

[帕特里克和朱迪对视了一眼。

查尔斯：最后我得出了一个结论：像你们这样聪明睿智的孩子，离开我完全可以过得很好。这也正合我愿。所以，我就给你们这个机会。

帕特里克：可是我们要怎么活下去？让朱迪去街头拉客吗？

朱迪：别傻了，帕特。你们这些男孩儿什么都不懂。

帕特里克：要是老爹一个子儿也不留给我们，你还能有什么别的办法？

朱迪：你不知道吗？自从战争以来，职业的早就被业余的挤得没有活路了。没有哪个姑娘能靠卖身过上好日子。

玛杰丽：朱迪，朱迪！你在说些什么呀？你这个岁数的小姑娘竟然……这个世界已经变得让我不认识了。

帕特里克：我要靠什么去剑桥读书，去考出庭律师？

查尔斯：你是不是还打算代表工党进议会呀？

帕特里克：当然，那是终极目标。

查尔斯：你不觉得工党已经开始回避你们这样的人了吗？你们只有在机会良好时才加入，然后摘走所有果实。

帕特里克：他们需要我们这个阶层的力量。

查尔斯：你没想过圣保罗是怎么做的吗？他只是个做帐篷的，可也从这一行收获了声名。

帕特里克：别说废话，老头子。我们说的是正事，你扯宗教干什么？

查尔斯：我的意思是，我觉得当个工人对你会有好处，比如去烧锅炉或者收垃圾。

帕特里克：我？去当工人？

查尔斯：我亲爱的孩子，想要了解劳苦大众，最好成为他们中的一员。这样一来，到了政治分肥的时候，你就能压过那些出身伊顿和牛津的小家伙。

阿尔弗雷德：你开始说胡话了，查理。孩子们在成长中和进入社会之际，正是需要父亲指引的时候。你不能让他们就此自生自灭。

查尔斯：我不能吗？你可以等着看看。

阿尔弗雷德：一分钱也不留吗？

查尔斯：不会，不至于一分钱不留。我的心肠还没硬到那个程度。

帕特里克：你不是赔光了吗？

玛杰丽：帕特，大多数经纪人都会藏一点钱起来，藏到无法被债主追索的地方。

查尔斯：我倒是没那么干。直到今天为止，我自诩良心还算干净。

帕特里克：那你就一分钱也没有了。

查尔斯：如果要履约的话，我原本应该把我的私产全都赔进去。可是现在我违约了，手里还有价值两万镑的债券呢，就存在纽约的一家银行。

帕特里克：啊！

查尔斯：老实说，如果要对得起良心，我应该把这笔钱交给我的债主。从情理上说，这钱该归他们。

阿尔弗雷德：恐怕理应如此。

查尔斯：你看，我的律师也这么认为。留下这笔钱是非常不绅士的做法，对此我毫不怀疑。但是我还是会这么干。

阿尔弗雷德：喂，查理，那样不行。

查尔斯：不合法吗？

阿尔弗雷德：从法律上说当然可以，但是从道德上说不行。我是说，那会毁了你的名声。你的朋友们会说你是个卑鄙小人。

查尔斯：他们理应如此。不过，考虑再三之后，我还是觉得这么干
既不会影响我的胃口，也不会让我睡不着觉。

　　　　[朱迪又一次小声笑起来。

玛杰丽：别嘻嘻哈哈的，朱迪。这不是小事，关系到你父亲的名声。

查尔斯：我面前有两个选择。我抢救下来的这两万镑大概一年能有
一千镑的进账。如果把钱留给自己，我就能勉强靠收息过活。
但那样未免太自私了。

玛杰丽：我可怜的孩子们怎么办？总不能让他们在伦敦街头乞讨
为生。

查尔斯：我的良心还是很敏感的。万一有时候突然想起我的妻儿缺
吃少穿，我也不敢保证自己的心情不受影响。

　　　　[玛杰丽吃了一惊，望向他的眼神充满困惑和恐慌。

玛杰丽：可是，查理……

查尔斯：[打断了她] 另一个选择是把钱全交出去，一文不名地走进
风雨。那样一来姿态当然是高了，可对我来说毫无意义。因此，
我打算留一万五千镑给你们，自己留五千镑。五千镑的收息应
该让我不至于饿死。

玛杰丽：你不带我走吗？

查尔斯：哦，亲爱的，当然不。跟着我你会烦死的。

玛杰丽：[倒吸了一口气] 什么？我从来没想过你真的是这个意思。

查尔斯：没有吗？我还以为我说得很明白了。

玛杰丽：完全没有。你听出来了吗，阿尔弗雷德？

阿尔弗雷德：别问我，玛杰丽。我连自己是站着还是倒立着都不敢
确定了。

玛杰丽：可是我不明白。我这辈子就没听过这么荒谬的事。你不能
正好端端说着话，既没有争论，也没有吵闹什么的，就对你的

妻子说你要离开她。司机想要下车方便的时候，也不会不先提醒乘客。

查尔斯：这个比方不恰当。我这更像是一个老长工告诉雇主：因为年迈，他不得不选择他应得的休息。

玛杰丽：天哪，我无法接受。你没有理由抛下我和孩子们。

查尔斯：丈夫和父亲我已经当得够久了。我以为，如果工作不再能带来快乐和好处，你就该放弃它。

玛杰丽：我也让你厌烦吗，查理？

查尔斯：有一点儿吧。不对，我不该说谎。其实你让我厌烦透了。

玛杰丽：他一定是疯了，阿尔弗雷德。

阿尔弗雷德：实话说，我也这么觉得。查理，我觉得你脑子坏了。

查尔斯：我脑子坏没坏我会不知道吗？

玛杰丽：哪怕最亲近的人也不一定知道。谢天谢地，我家没有这种遗传。〔电话铃声响起〕谁呀，真会挑时候！

查尔斯：去看看是谁，帕特。要是找我的，说我不在。

　　　　〔帕特里克一言不发，走了出去。〕

玛杰丽：我以为你会让我跟你一起走。我以为你想的是我们可以去法国或者意大利，找个生活成本不高，还能打得起高尔夫球的地方定居。

查尔斯：你不会喜欢那样的，玛杰丽。

玛杰丽：我不会喜欢，可我是你的妻子。如果我真的觉得那是我的义务所在，我不会拒绝。何况，在那边我们当然也能认识一些不错的朋友。

查尔斯：我永远不会要求你如此牺牲自己。

　　　　〔帕特里克走了进来。〕

帕特里克：是特纳先生。我跟他说了你在家。他在等你。

查尔斯：哎，真麻烦！

[他快步走了出去。

玛杰丽：哎，阿尔弗雷德，我们该怎么办？

阿尔弗雷德：亲爱的，要我说，你最好让我跟他单独谈谈。我擅长
　　对付这种局面。依我的经验，及早由双方共同的朋友出面处理，
　　比任由一方说错话，让局面不可收拾要好得多。

玛杰丽：我的魂儿都没了，阿尔弗雷德。这么多年过得好好的，他
　　竟然会在今天出问题，太难以想象了。

朱迪：走吧，妈妈。要是阿尔弗雷德叔叔想让我们回避，我们最好
　　在爸爸回来之前就出去。

阿尔弗雷德：这样当然更好。让我来搞清楚到底是怎么回事。

玛杰丽：如果他有意思让我跟他一起走，我大概会说："查理，我不
　　仅是一个妻子，也是一个母亲。我不能扔下孩子们。如果你心
　　里已经没有我了，那你有权利离开。"这样一来，我们或许还能
　　和平分居。可是他原本就不想要我，情况就完全不同了。

阿尔弗雷德：我一时没明白有什么不同。

玛杰丽：很简单。我不能被这样对待，任何时候都不行。我也有作
　　为一个女人的自尊。

阿尔弗雷德：哦，那倒是，当然了。我没想到这一点。好啦，你快
　　快出去吧，亲爱的。

玛杰丽：好。

帕特里克：毫无疑问他是脑子坏掉了。居然说我们无趣，这样的话
　　哪里还能有什么理智可言。

玛杰丽：我在想我们是不是该叫个医生来了。[转向朱迪] 把你父亲
　　的帽子递给我，宝贝儿。

朱迪：[拾起礼帽] 喏，给你。

玛杰丽：[把礼帽按在胸口] 可真像个惨遭不幸的小婴儿，让我想起
　　那些亚美尼亚民歌。

[三人离开，将阿尔弗雷德一人留下。查尔斯回到厅中。

查尔斯：嗨。其他人呢？

阿尔弗雷德：我让他们出去了。我想跟你单独聊聊。

查尔斯：刚才是伯蒂·特纳的电话。

阿尔弗雷德：他找你做什么？

查尔斯：[微露笑意] 哎，他可真是个好人。他和其他几个人碰了
　　头，然后他们提出可以凑出足够的钱帮我还债，好让我能重回
　　交易所。

阿尔弗雷德：我的天！

查尔斯：耶稣基督可真了解人性啊。好意果然比恶意难拒绝得多。

阿尔弗雷德：[急切地] 那你接受了吗？

查尔斯：没有，我不能接受。可他们差点就说服我了，逼得我不得
　　不粗鲁一点。我告诉他别多管闲事，然后挂了电话。

阿尔弗雷德：哎呀，查理，你怎么能这么傻？

查尔斯：别唠叨，阿尔弗雷德。我现在情绪不太好。

阿尔弗雷德：我不唠叨，老哥。现在只有我们两个，直接说正事吧。
　　别装模作样了，有话摊开来说。你到底在耍什么把戏？

查尔斯：[努力平静下来] 我不知道你想说什么，阿尔弗雷德。

阿尔弗雷德：[十分兴奋地] 有话就说吧，查理。跟你阿尔弗雷德叔
　　叔说实话，是不是因为别的女人？别跟我说不是。

查尔斯：当然不是。

阿尔弗雷德：别以为这样就能糊弄你阿尔弗雷德叔叔。你阿尔弗雷
　　德叔叔又不是没见过世面。你要是就这么放弃你的生意，抛下
　　你的妻子和家庭，只可能是为了别的女人。不是的话我就把我
　　的帽子吃了。

查尔斯：[随和地] 吃吧。

阿尔弗雷德：得了吧，别装了。你还信不过老朋友吗？我是明事

理的人，我也知道你结婚已经十九年了。男人都会时不时想要换换口味。要是你陷进去了，我也不会责备你。想找点乐子就去找吧。人生苦短，死后的日子才长。但是你也不能头脑发昏。总不能为了某个小情人就要拆散这个幸福的家。我的意思是——得了，你知道我是什么意思。这么折腾不值得。别这么做，老哥，别这么做。

查尔斯：亲爱的阿尔弗雷德，关于小情人，你可比我经验丰富。

阿尔弗雷德：[狡黠地] 干我这行嘛，总免不了会遇上她们。我也只是凡夫俗子嘛。可是我绝不会让这种事影响到我的家庭，绝对不会。

查尔斯：那你遇上过哪个小情人愿意和一个人到中年、每年只有二百五十镑进项的男人共度一生吗？

阿尔弗雷德：玛杰丽不是暗示你可能在别处藏了一笔不小的款子吗？当时我就怀疑她可能恰好说中了。

查尔斯：一个子儿也没有。

阿尔弗雷德：别告诉我你打算每个星期只花五镑钱。

查尔斯：五镑足够保证我的温饱。奢侈的生活有一个好处，那就是只要经历过，就很容易抛开。如果我从来没拥有过汽车，大概就会拼命想得到一辆。可是我已经有车二十年了，所以现在正打算用这双脚多走走路。话说回来，我也不打算把时间浪费在仅仅为了糊口的工作上。

阿尔弗雷德：好吧，如果你不是要跟别的女人私奔，我就真搞不懂你为什么要离开了。

查尔斯：我不想为了我不感兴趣的人，把余生花在我不感兴趣的工作上。我渴望独自一人。是这样，我觉得我已经完成了对这些依赖我的人的所有义务。接下来的时间属于我自己。

阿尔弗雷德：你打算用这时间来干什么？

查尔斯：我还没想好，边走边看吧。

阿尔弗雷德：你内心深处总该有些想法。

查尔斯：我只有一次生命。每当我回忆过去，想起那些死在战争中的人时，我就觉得自己应该更好地利用时间，而不是买卖股票，赚钱赔钱。

阿尔弗雷德：唉，我的老哥啊，你又在说傻话了。我们听说过不少女人独自生活的事。要我说的话，那都是瞎胡闹。不过现实如此，我们也只能接受。可是谁见过一个男人只为自己过活呢？那是不可接受的事。

查尔斯：你不觉得，尝试一下另一种性别的生活，是对她们表达敬意的不错方式吗？

阿尔弗雷德：别以为我不会胡思乱想。多萝西是世界上最好的女人，可时不时也会让人厌烦。女人就是这样，你知我知。有时候，在星期一早上我也会不想去上班，那时我就对自己说：喂，老阿呀，这可不行，你又不是不懂，咬牙坚持吧老弟。

查尔斯：所以你赢得了妻子的尊重，也赢得了同胞的敬意。

阿尔弗雷德：要是每个人都像你这样，世界会变成什么样子？发展会停滞，文明会终结，一切完蛋。

查尔斯：要是说一个人只能做自己觉得别人都会做的事，我觉得那就太傻了。大多数人就喜欢从生到死只走一条路呢。让他们去走好了，没什么不对的。

阿尔弗雷德：仅仅因为一时冲动，就改变自己的全部生活方式，拆散自己的家庭，这是疯子才会做的事。你总共才考虑了几个小时？

查尔斯：要说用头脑考虑的话，是只有几个小时。要说内心所愿的话，我已经想了十二年。

阿尔弗雷德：你会后悔的，你会一直后悔下去。

查尔斯：总得冒点风险。如果害怕后悔，谁还会结婚？老弟，生活不就是闭上眼睛做选择吗？

阿尔弗雷德：你不会幸福的，相信我。

查尔斯：我看不出来为什么不会。我会找乐子，性格随和，所需也不多。

> [多萝西来到花园的窗边，望向室内。

多萝西：抱歉打搅你们。玛杰丽想知道你们怎么样了。

查尔斯：进来吧。阿尔弗雷德和我只是闲聊。现在聊完了。

阿尔弗雷德：玛杰丽都跟你说了吗？

多萝西：说了。她可以现在进来吗？

查尔斯：我再过几分钟就好。我得去楼上换衣服准备行李了。

多萝西：[吓了一跳] 你不会现在就要走吧？

查尔斯：就是现在。既然下定决心要做什么事，就没必要拖拉。

阿尔弗雷德：可是你不能今天就走，查理。

查尔斯：为什么？我只带一个提箱。

阿尔弗雷德：你还有个烂摊子要收拾，还有无数的事情要处理。

查尔斯：没有哪件事是不能交给你的，阿尔弗雷德。你可是最能干的事务律师。

阿尔弗雷德：这样甩手就走，会让人奇怪。我是说，肯定会有些喧哗。出于体面，你也应该留下来面对一切。

查尔斯：[愉快地] 我完全不这么想。我觉得更优雅的做法是从后台悄悄离开。

> [查尔斯快步走了出去，接着

第二场终

第三场

幕布升起。厅中三人分别是查尔斯、阿尔弗雷德和多萝西。

阿尔弗雷德：可是你不能今天就走，查理。

查尔斯：为什么？我只带一个提包。

阿尔弗雷德：你还有个烂摊子要收拾，还有无数的事情要处理。

查尔斯：没有哪件事是不能交给你的，阿尔弗雷德。你可是最能干
的事务律师。

阿尔弗雷德：这样甩手就走，会让人奇怪。我是说，肯定会有些喧
哗。出于体面，你也应该留下来面对一切。

查尔斯：［愉快地］我完全不这么想。我觉得更优雅的做法是从后台
悄悄离开。

　　　　［查尔斯快步走了出去。

多萝西：你搞明白怎么回事了吗，阿尔弗雷德？

阿尔弗雷德：根据我对人性的一点了解，我敢肯定这事跟别的女人
有关。

多萝西：［飞快地瞟了他一眼］那你问他了？

阿尔弗雷德：问了。他不承认。

多萝西：［微露笑意］不奇怪。谁会承认呢？

阿尔弗雷德：这段时间他和玛杰丽的关系怎么样？

多萝西：那个呀，还好吧。他们一直就那样。当然，玛杰丽有她自
己的爱好，而查理成天呆在城里。要我说的话，两人都不是那

235

种热情型的。

阿尔弗雷德：也就是说，就是一对典型的普通夫妻了。反正我是看
　　不出他俩谁有什么可抱怨的。

多萝西：我也不觉得。

阿尔弗雷德：他常跟别的什么女人打交道吗？

多萝西：我是没听说过。

阿尔弗雷德：你可以问问玛杰丽。一个男人要是爱上了别人，他的
　　妻子总不会毫无察觉。

多萝西：她要是有疑心的话，一定会告诉我。我和她之间没有秘密。

阿尔弗雷德：一个人要是决心抛弃一切，生意、家庭，还有不管别
　　的什么，总不会没有理由。

多萝西：没错，我也不信他这样做只是为了好玩。

阿尔弗雷德：我当了那么多年的事务律师。我的经验告诉我，一个
　　正常的男人只会在乎两件事，一是钱，二是女人。

多萝西：你是最有发言权的，阿尔弗雷德。

阿尔弗雷德：我是说，难道还有别的可能性？

多萝西：你不觉得精神原因也是一种可能吗？你应该明白我的意思。

阿尔弗雷德：对呀，这也有可能。说不定他是脑子出了问题。

多萝西：我说的不是这个。我是说，他这样做是不是为了某种理想
　　追求？

阿尔弗雷德：别说傻话，我的小姑娘。你小说看太多了。生意人做
　　事情绝对不会是因为什么理想。

多萝西：自从战争以来，他就不太正常。

阿尔弗雷德：他是个谁都挑不出毛病的家伙。我真不愿意看到他做
　　傻事。

多萝西：那现在该怎么办？

阿尔弗雷德：我觉得唯一还能做点什么的只有玛杰丽了。可惜她不

够聪明。

多萝西：一个女人要是跟一个不爱她的男人在一起，太聪明可不是什么好事。

阿尔弗雷德：查理是个情绪化的人。而她不管怎么说，至少是个女人，应该能有办法让他改变主意。

多萝西：下午五点钟可不是个动之以情的好时候。

阿尔弗雷德：要是你跟我一样在无数件离婚官司里搅和过，你就不会这样说。听我的，你先跟她谈谈，最好提示她一下。我出去叫她进来。这种事我不适合在场。

多萝西：我尽力吧。

阿尔弗雷德：我相信你，我的小姑娘。

　　　　[阿尔弗雷德走了出去。戴安娜走进来。

戴安娜：嗨，多萝西！就你一个人？

多萝西：你有事吗？

戴安娜：我在找查理叔叔。

多萝西：找他干什么？

戴安娜：我想跟他告别。

多萝西：你要走了吗？

戴安娜：我不走，可是我觉得他要走了。

多萝西：你先出去吧，宝贝儿。我这有点事儿。要是有什么需要说的，我回头再告诉你。

　　　　[玛杰丽快步走了进来。她刚开口说话，戴安娜就溜了出去。

玛杰丽：阿尔弗雷德说你有话要跟我说。

多萝西：他觉得我最好先跟你谈谈，在你见查理之前。

玛杰丽：查理在哪儿？

多萝西：在楼上。他在收拾行李。

玛杰丽：[无法置信地] 收拾行李？他真的要走吗？

多萝西：恐怕是的。

玛杰丽：今天就走？

多萝西：马上就走。

玛杰丽：[倒吸了一口气] 啊！我一直不相信他真的有这个想法。我以为他只是在撒癔症胡闹。

多萝西：亲爱的，你也别太悲观。他会回来的。

玛杰丽：他回来还能干什么？他的生意没有了，我们靠什么过日子？

多萝西：你之前就没察觉到他有什么异样吗？

玛杰丽：生意上吗？他从来不跟我提生意的事。他知道我不喜欢聊这些。

多萝西：不是，我是说他在家的时候。

玛杰丽：没有。他看起来跟往常一样。我从来也没有太注意他，毕竟也没什么可注意的。

多萝西：这倒是。

玛杰丽：我觉得他这样太自私了。一个男人亏了钱，就该负起责任，加倍工作，把钱挣回来。

多萝西：你觉得他会是爱上别人了吗？

玛杰丽：啊？不可能。要是有这么回事，我早就发现了。在感情上，他要什么我都给他。

多萝西：可是也不多，对吗？

玛杰丽：我们可以说是好朋友关系，从不掺和对方的事。说是理想婚姻也不为过。

多萝西：男人很怪的。你从来不知道他们真正想要的是什么。恐怕他们自己也不知道。

玛杰丽：这是什么意思？

238

多萝西：这么说吧，我一直觉得查理渴望的是不同的东西。

玛杰丽：我不知道他还想要什么。作为妻子我无可挑剔。

多萝西：或许是因为你没能给他的生活带来更多的美。

玛杰丽：多萝西，你怎么能这么残忍？在我正难过的时候说这样的话太过分了。我给他带来的美还不够多吗？人人都知道美对我有多重要。我喜欢绘画、读书，还有无数其他美好的东西。那些捷克斯洛伐克农民手工艺品展览如何？是我组织的。它们不能启发美感吗？还有亚美尼亚民歌。在我发现它们之前，谁听说过亚美尼亚民歌？没有人比我更热爱美。美让我陶醉。在格德斯绿地，可以说我就是美的创造者。

多萝西：[安慰的口气] 对不起，亲爱的。我没想伤害你的感情。

玛杰丽：我可能没那么机灵，但如果说我还了解一点什么，那就是美！

多萝西：我从你那里学到了很多，亲爱的。

玛杰丽：查理的问题出在他根本没有幽默感，而我又没办法改变这一点。

多萝西：阿尔弗雷德的幽默感又似乎过剩了。真可惜，他不能分点给查理。

玛杰丽：人生真是复杂难测。

多萝西：阿尔弗雷德说现在只有你或许还能做点什么。

玛杰丽：我现在的处境太可怕了，多萝西。你知道人言多么可畏。如果一个女人离开她的丈夫，人们会说那是因为她丈夫是个混账。可是，如果一个男人离开他的妻子，他们只会说那是因为她留不住他。这是多么丢脸的事啊。

多萝西：你打算跟他说什么？

玛杰丽：我只能祈求他良心发现。毕竟他还是个讲道理的人。在孩子们正要进入社会、最需要他的帮助和指引的时候，他不能扔下他们不管。他必须明白这一点。

多萝西：哎，亲爱的，谁说男人会讲道理？他们和我们可不一样。至少现在的你该明白了吧？想要让他们改变主意，唯一的办法就是通过感情。我是说，我们对他们的最大优势不就在于他们软弱而多愁善感吗？如果我是你，我会装得楚楚可怜，我会缠住他，哭得像个孩子一样。

玛杰丽：哪怕想哭，我也哭不出来。你又不是不知道。这一直就是我的弱项——我最讨厌哭哭啼啼。

多萝西：现在说这个有什么用？这是你打动男人的唯一办法。你明白我的意思吧？你得让他感觉良好，得放低身段，对他温柔亲热。哎呀亲爱的，要是换成我，这事再简单不过了。

玛杰丽：我们结婚那么多年了，再用这个办法太难了。恐怕他只会哈哈大笑。

多萝西：唉，又回到老问题了。要打动一个缺乏幽默感的男人可真难。

玛杰丽：我快要觉得你先跟他谈谈比较好了。这种事你更擅长。

多萝西：可是，亲爱的，我不能代替你对他温柔亲热。这种事只能你自己来做。

玛杰丽：是的，我知道，但是你可以让他有点心理准备。你可以跟他说我是个内敛而不擅表露情感的女人，但是你知道我还深深爱着他。

多萝西：好，这我能办到。

玛杰丽：那还用说。大概是我没好好奉承他吧。谁能时时记得男人有多么死要面子呢？

多萝西：这种事怎么能忘？行了，我见机行事吧。我先去叫他。

　　　[玛杰丽穿过落地窗走了出去。多萝西走向房门。她拉开门，停了一小会儿，然后从我们视野中消失。戴安娜偷偷溜进

房间，轻手轻脚地穿过它。这时她听见她母亲的说话声，又赶
快溜了出去。

多萝西：[声音从客厅外传来] 查理！查理！你能下楼来吗？我有事
要跟你说。

[她回到房中，拿出自己的镜子和口红，开始涂抹嘴唇。门
开了，查尔斯走了进来。此时他已经换上了便装。]

查尔斯：我在这儿。

多萝西：[略显郑重，仿佛是在对死人说话] 我刚才跟玛杰丽聊
了聊。

查尔斯：是吗？

多萝西：她很难过。

查尔斯：[无所谓地] 应该是生气恼火吧。不会是难过。

多萝西：你不了解她。

查尔斯：别傻了。我跟玛杰丽结婚十九年了。我对她的了解已经达
到了人类所能的最大限度。

多萝西：她只是太过内敛。

查尔斯：说是有点黏液质 ① 也不为过。

多萝西：你这样说太无情了，查理。

查尔斯：并不是。作为一个妻子，拥有黏液质性格并不讨厌，有利
于家庭和睦。

多萝西：或许你根本没有意识到玛杰丽内心深处有多么依恋你。

查尔斯：你不是要说她爱我爱得发疯吧？

多萝西：没错，我要这么说，我就是要这么说。她爱你。

查尔斯：你这是睁眼说瞎话了。你知我知，玛杰丽对我没有一丁点

---

① 古希腊四体液学说的性格分类之一，指一种冷静克制的性格。另外三种分别
是多血质（活泼易兴奋）、胆汁质（热烈冲动）和抑郁质（谨慎优柔）。

儿牵挂。

多萝西：不，不是这么回事！她真的爱你。查理呀，你不知道你这一步踏出去的后果。

查尔斯：[语气稍稍变化] 所以我是认真的。相信我，亲爱的，你说再多也影响不了我的决定。你只是在浪费你的生命和我的时间。

多萝西：如果不尽力阻止你，我永远也不会原谅自己。

查尔斯：对不起，可我想问问这到底跟你有什么关系？

多萝西：[略显无助] 或许你还没发现，可是我恰好知道你为什么要走。

查尔斯：我并不奇怪，因为我刚刚才花了那么多力气跟玛杰丽和阿尔弗雷德解释过了。

多萝西：哦？是说不想再当经纪人，想要自由吗？你觉得我会相信那套鬼话？

查尔斯：随你信不信，我说的是实话。

多萝西：[语气低柔] 我又不是没长眼睛。

查尔斯：你的眼睛很漂亮，而且你也很善于利用它们。不过它们跟我有什么关系？

多萝西：[明显有一丝娇羞] 你离开是因为我，对吗？

查尔斯：[目瞪口呆] 因为你？

多萝西：[自信地] 我是这么想的。

查尔斯：为什么？

多萝西：你以为我没注意到你看我的眼神吗？你忘了那天晚上你给我的吻吗？

查尔斯：我还真不记得。我吻过你有上千次了吧？

多萝西：不是那种亲吻。你或许以为自己吻我的方式跟往常一样，可是那一次真的不一样。我很清楚，毕竟你吻的是我。

查尔斯：那显然也是无意的。

多萝西：正因为是无意的，才被我发现了。

查尔斯：我亲爱的多萝西啊……

多萝西：[打断了他的话] 不，不，停下。你先别说话，听我说。我知道你要说什么。你想说阿尔弗雷德是你最老的朋友，说玛杰丽和我是表姐妹，还要提到孩子们，毕竟你我都有了自己的孩子。啊，一切都没有希望，没有可能。我看得出你为这样的悲剧忧愁，这也让我心痛。啊，查理，查理，你什么都不用说。我什么都知道。

查尔斯：喂，多萝西，你这样让我很难堪。

多萝西：[她演得太过入神，一时间连自己都骗过了] 你以为你这样不让我难堪吗？你以为这么久以来我心里就好受吗？我也不是铁石心肠。每当想到你那美丽却又悲愁的眼睛一动不动地盯着我，仿佛想要寻找我的灵魂时，我如何能佯装不知？我当然知道玛杰丽从来不理解你。啊，亲爱的，我亲爱的，我真不忍心。可是，查理，我们没有别的选择，我们还能做什么？

查尔斯：我们至少可以小声一点儿。

多萝西：谁还管那么多！再说这儿也没有别人。

查尔斯：实话实说，我不明白你为什么要说这些。

多萝西：你真的不明白？

查尔斯：我一头雾水。

多萝西：哎，查尔斯，查尔斯啊，你把我当傻瓜了吗？我知道你爱着我。

查尔斯：你怎么知道？

多萝西：直觉。在这种事情上，女人的直觉从不会出错。

查尔斯：我倒是忘了那个。

多萝西：[努力让自己相信这一切都是真的] 当你触碰我的手时，我看得见你的脸因为欲望而发白。我看得见你努力压抑自己以免

243

一吐为快。哎，我当然知道你不能说出来。你是多么勇敢啊，别以为我不了解你的勇气。可是到了这最后一刻，还有什么可顾虑的？我不能不告诉你我早就知道，不能就这样让你离开。不要问我是不是也许同样爱着你。不要问，不要问。

查尔斯：我从来没那么想过。

多萝西：不要问我，我也不知道。不要逼我说我不想说出来的话。啊，查理，他们过来告诉我你要走的时候，我立刻就知道那是因为我。我的内心在呼唤：啊，我可该怎么办？你为我做了这么大的牺牲，这太沉重了。我无法承受！我无法承受！

查尔斯：其实，只要过一段时间你就会发现，别人为自己做出的牺牲并非无法承受。

多萝西：我别无选择，只能承受。可是你不明白那是多么痛苦。我知道，要是我是个勇敢的女人，我就会抛开一切跟你走。不要提出这样的请求，查理，不要诱惑我。

查尔斯：不会，别这样。

多萝西：面对你这样好的人，我没有必要假扮成我不是的那种人。我没有那样的勇气。毕竟我有爱我的丈夫，有两个像崇拜女神一样崇拜我的孩子，还有我在格德斯绿地这里的工作。我知道我很软弱，我知道你会鄙视我，可是或许有一天，你也会对我产生一点小小的同情。

查尔斯：我相信你和阿尔弗雷德过得很幸福。

多萝西：幸福？真的幸福？有谁是幸福的？我只觉得人生充满了悲哀。

查尔斯：有时候，保持一种适当乐观的态度不一定就是错的。

多萝西：这样说太刻薄啦。是我让你失望了。可我们不能这样，查理。我不能跟你走。小伙子呀，你要保持理智。想一想我们要怎么维持生活？你真的打算一个星期只花五镑吗？

查尔斯：自然是真的。

多萝西：那样怎么行，亲爱的。我知道你会说我庸俗，说我无情。可是我硬起心肠都是为了你好。爱情不能靠一个星期五镑来养活。让它经受这样的考验等于犯罪。你不会不明白的，对吗？

查尔斯：我当然明白。

多萝西：如果你还在瑞士银行里藏了十万镑，那就是另一回事了。

查尔斯：的确，那就是另一回事了。

多萝西：你知道我其实并不是那样现实，我只是一个女人，一个知道钱有多重要的女人。

查尔斯：我一直觉得这正是你们这个性别最美好的特征。

多萝西：不要怨恨我，查理。不要让我承受更多的折磨。

查尔斯：我相信你的选择是正确的。

多萝西：我知道我是正确的，而总有一天你也会意识到这一点。或许多年以后我们会再次相见，或许在巴黎，或许在别的地方，谁也说不准。那时候也许你已经想不起我是谁了。

查尔斯：哦，那倒不会。

多萝西：也许，也许我会对你说："老天在上，我受了多少折磨呀。我只是努力想要履行自己的责任，可是人的忍耐总有限度。"也许我还会说："查理，查理，我们已经等得太久了。余生时日无多，让我们拥抱神秘的命运赐给我们的幸福吧。"

查尔斯：好啦。如果你不介意，我觉得我应该上楼去，继续收拾东西了。

多萝西：我不能就这样让你走，不能不给你留下一点能让你想起我的东西。查理，吻我，吻我的嘴唇。

　　　[查尔斯尴尬地扫视整个客厅。他非常担心会有人从房门口或是落地窗那边闯进来。接着他认真地吻向多萝西的嘴唇。她伸出双臂搂住他的脖子。他握住她的手，挣脱开来。

多萝西：我给你的比肉体更多，查理。我给你的是我的灵魂。再见，永别了。

　　[她快步离开，走进花园，胸中充满英雄般的勇气，心潮起伏。查尔斯在原地站了一会儿，望着她的背影，脸上现出古怪的笑意。他伸出一根手指摸了摸领口，那里似乎紧了一些。接着，笑意不改的他走向房门，准备上楼。就在他要扭动门把手的时候，门自己开了。戴安娜闯了进来，几乎踩到他的脚，让他吓了一跳。

查尔斯：嗨，你在这儿干什么？

戴安娜：我一直等着多萝西走开。我有话要对你说。

查尔斯：想说就说吧。

戴安娜：她是打算勾引你吗？

查尔斯：要是的话，也太晚了点。

戴安娜：我敢打赌，她一定以为你是因为她才要离开玛杰丽姨妈。

查尔斯：亲爱的戴娜呀，你一直在偷听吗？这可不乖。

戴安娜：别一本正经的了，亲爱的。我不需要偷听就知道多萝西会说什么。

查尔斯：这就是同病相怜吗？和谐的家庭就会有这样的缺点。

戴安娜：可怜的多萝西，已经到了以为她遇见的每个男人都会爱上她的年纪。女人变成这样可真让人厌烦，再也不会准时了。

查尔斯：哦？为什么这么说？

戴安娜：举例来说，当她们开始化妆时，她们就会嚷嚷："哎呀，天哪，今天我的脸色真难看，"然后就会重新来过。就这样一遍又一遍，直到她们觉得无可挽回，放弃努力。到这时候，她们已经让你等了好几个小时了。

查尔斯：亲爱的，我还有些东西没收拾呢。你到底想跟我说什么？

戴安娜：哦，我还以为你喜欢闲聊。

246

查尔斯：那就是闲聊吗？我以为你只是挖苦了你母亲几句。

戴安娜：我爱多萝西，我只是为她感到遗憾。知道吗，能说服自己相信自己有外遇，对她其实是一种可悲的福气。

查尔斯：你能这么有同情心可真好。我得走啦。再见，亲爱的。我们聊得很愉快。

戴安娜：啊？可是我没说到重点呢。我等了一个小时了，就为能跟你单独说话。

查尔斯：你又不是不知道我今晚就要走。

戴安娜：我知道。你能带上我吗？

查尔斯：带上你干什么？

戴安娜：好有个伴儿。

查尔斯：你可真是好心，不过我一个人不会有问题。

戴安娜：一个人走不会很孤单吗？

查尔斯：我都结婚十九年了，早就习惯孤单了。

戴安娜：可是，少女和妻子可不一样。

查尔斯：确实不一样，只会更烦人。

戴安娜：我能照顾自己，不会给你添麻烦。

查尔斯：你怎么会有这样的念头，戴娜？

戴安娜：家里无聊死了。我都十八岁了，眼看着时间一天天溜走，却看不见未来在哪儿。我想到外面的世界去，做点儿什么。

查尔斯：想法很好，可是在这样的冒险中，一位四十出头的已婚男士并非最佳的同伴。

戴安娜：为什么不行？

查尔斯：亲爱的，我的确年纪够大，但是外人恐怕很难相信我们只是父女关系。

戴安娜：我又不傻，亲爱的。我当然会扮成你的情人呀。

查尔斯：哦，我明白了。我一点儿也没想到你是这个意思。

戴安娜：我觉得你的脑子肯定有点儿不够用，宝贝儿。

查尔斯：实话说，我不想要个情人。

戴安娜：为什么不想？你又不是真的有多老。

查尔斯：我不打算和任何人建立任何长期的关系。

戴安娜：如果你厌烦了，把我踢开就是了。

查尔斯：女人都太黏人了。

戴安娜：你不觉得我美吗？

查尔斯：你很美。

戴安娜：而且我还是处女哦。

查尔斯：我猜也是。

戴安娜：[有点不高兴] 凭什么？我只是个例。好多跟我一样年纪的
　　　女孩子都不是了。

查尔斯：我以为这对未婚女子来说是可贵的品质。

戴安娜：只有中年人才会这么说，宝贝儿。

查尔斯：我就是中年人，小家伙。

戴安娜：蒂姆也是。

查尔斯：是什么？中年人？

戴安娜：当然不是。我是说他还是处男。我觉得这对男孩子来说还
　　　挺与众不同的。

查尔斯：我对这个话题不太感兴趣。

戴安娜：他说他要等某个成熟妇人来诱惑他。那时候他就能给她一
　　　个惊喜。

查尔斯：也有可能正相反。纯真的魅力只存在于理论上。现实中，
　　　经验明显更有优势。

戴安娜：你不会真的要拒绝我吧？

查尔斯：当然，你不用怀疑。

戴安娜：你犹豫是因为担心我不知道自己要面对什么吗？完全不用。

我在迈出那一步时会睁大眼睛看着。

查尔斯：我操心的不是你，我只关心我自己的事。一只青蛙得有多傻，才会选择从一锅温水跳到一堆柴火里去。

戴安娜：我们在一起会很开心的。

查尔斯：你想得太好了。你也知道，我现在是个穷光蛋。爱情不能靠一个星期五镑来养活。

戴安娜：喂，这听起来像是多萝西会说的话。你是问了她愿不愿意跟你私奔吗？

查尔斯：没有的事。

戴安娜：你敢对上帝发誓吗？

查尔斯：我发誓。

戴安娜：好吧。其实我也觉得你不会。对了，我也可以挣钱养你。你对这种模式会有愚蠢的偏见吗？

查尔斯：一点也没有。我相信在未来的良好社会里，这会成为一种普遍现象。女性富于执行力，又天生勤劳。她们会从早干到晚，让男人们解放出来，献身艺术和文学，还有那些不太激烈的运动。

戴安娜：别说了，听听我的想法。人人都说我跳舞的水平一般。不用费多少力气，我就可以上台表演，然后就能在法国和意大利的赌场拿到演出合约。

查尔斯：我相信跳舞挣不了几个钱，你呢？我早就说过，要是让女人来养活，我就要过得像模像样。

戴安娜：是挣不了多少，可是别着急。知道我为什么说要跟赌场签约吗？那里有钱人最多。如果其中有人被我迷住，我就给他下套。等到他意乱情迷的时候，你就跳出来说："你想对我女儿干什么？"明白我的意思吗？

查尔斯：电影里没问题。现实中你要这么干，只会让你蹲大牢。这可不是什么好主意，戴娜。何况我也没那个胆子。

戴安娜：就是说，不管怎样你都不愿意带上我了？

查尔斯：实话实说，就是这个意思。[她深深叹了口气] 嘿，得了，叹什么气？

戴安娜：你让我失望透顶。

查尔斯：用不了一个月，你就会对我厌烦得要死。那时候你能往哪儿去？

戴安娜：我随时都可以甩开你。说到底，你又不是世界上最后一个男人。我也没说要天长地久，可是在没分手的时候，日子应该也挺有意思。

查尔斯：如果我是你，我就会等到有更年轻、更适合我的男人出现，然后嫁给他。到那时候你自然就会明白。

戴安娜：我搞不懂你为什么不愿意。要我说，这就是懦弱。

查尔斯：不愿意跟你私奔吗？我可不觉得懦弱是那个意思。

戴安娜：你不会有些道德上的纠结吧？

查尔斯：换个说法好了，你觉得跟一位老朋友刚刚中学毕业的女儿私奔是件很光彩的事吗？

戴安娜：哪个女人不是别人的女儿呢？跟一个女孩子私奔总比跟一个老太婆私奔好。

查尔斯：大概是会好一些。

戴安娜：如果你不愿意带我走是因为觉得那样不光彩或是不像话，那就太混账了。要我说，就是假正经，无可救药的中产阶级假正经。

查尔斯：哦？你这么觉得吗？

戴安娜：当然了。要是因为这个，我永远也不会原谅你。

查尔斯：我很遗憾。

戴安娜：可要仅仅是因为我作为一个女人对你不够有吸引力，我就一点也不在意。别误会，我当然会感觉很糟，但这不是你能改变的事，我只能接受现实。所以，是因为我没有吸引力吗？

查尔斯：亲爱的，尽管我是个中年男人，要对一个十八岁的女孩子说这样的话也太过分了。

戴安娜：行了，闭嘴吧！我从没想到你竟然……

[她努力止住抽泣。]

查尔斯：我的天！你怎么了？不是在哭吧？到底为什么要哭？

戴安娜：你不知道吗？我爱上你了，爱得不行。

查尔斯：[大吃一惊] 爱上我？你可没说过啊。

戴安娜：我不想利用你的情绪，只想把这个提议弄得像是纯粹的合作关系。其实我爱你爱得发疯。

查尔斯：[生气地] 你这小傻瓜，说什么胡话。

戴安娜：不是胡话，我就是爱上你了，无法自拔。

查尔斯：够了，快别演了。我没听过比这更傻的故事。

戴安娜：我无法控制自己。

查尔斯：错了，你能控制。你就是个不懂事又爱发疯的傻姑娘，就差一顿好打。老天在上，要不是没有时间，我很乐意自己动手。

戴安娜：[破涕为笑] 知道吗？你可真是个好人。

查尔斯：活见鬼！[脸色转霁，笑出声来] 别傻乎乎的啦，戴娜。你怎么会幻想爱上我这么一个古怪的老东西？太不像话了。

戴安娜：我不是幻想，我也忍不住。我就是迷上你了，觉得你好有魅力。

查尔斯：为什么？

戴安娜：嗯，因为你没有幽默感。

查尔斯：你不是要说你爱上我是因为我没有幽默感吧？

戴安娜：就是，而且爱得不行。你也知道你没有幽默感吧？

查尔斯：实话说，我真的不知道。

戴安娜：越是没有幽默感的人，越认识不到这一点。真有意思，对吧？你也知道，我们家人人都幽默感过剩，有时候真让人受不了。所以我才爱上你，因为你没有。你能理解吧？

查尔斯：我很理解，可要是你发现自己错了时却已经来不及补救，这事儿可就糟了。

戴安娜：什么意思？

查尔斯：万一我说个笑话，我们的幸福就完了。

戴安娜：[温柔地] 或许我根本听不懂。众所周知，没有幽默感的人说的笑话经常让人听不懂。

查尔斯：我倒觉得最好不要冒这个风险。

戴安娜：你总可以吻我一次吧，可以吗？

查尔斯：当然可以，然后我就真的得去收拾东西了。

　　[他走向她，准备伸出双臂拥抱她。她望着他的嘴唇，凝神盯了一会儿，然后伸出食指，轻轻在他嘴唇上划过，又收回来嗅了嗅。

戴安娜：真希望多萝西别再用这么恶心的口红。擦擦嘴，宝贝儿。

　　[她从他衣袋里掏出一张手帕，擦了擦他的嘴唇。接着她用双臂搂住他的脖子，等待他亲吻她的嘴唇。可是他只是捧着她的头，彬彬有礼地吻了她的一边脸颊，然后是另一边。他放开她时，她叹了口气。

戴安娜：能把你的梳子借我用用吗？

查尔斯：梳子？我没有。

戴安娜：那你离开家之后万一想要梳头可怎么办？我认识的男孩子没有不带梳子的。宝贝儿，我本来有好多事情可以教你的。

查尔斯：[看了一眼手表] 帕特和朱迪在哪儿？

戴安娜：朱迪在花园里。不知道帕特去哪儿了。

　　[查尔斯走向落地窗，喊了一声。

查尔斯：朱迪。[转向戴安娜] 你能帮我把玛杰丽叫来吗？

戴安娜：没问题。我才不管你生不生气，我就觉得你好迷人。

查尔斯：快滚。

　　　　[她出去的同时，朱迪走了进来。

朱迪：你叫我吗，爸爸？

查尔斯：没错。我打算跟你母亲说几句话。你能去楼上帮我看看
　　　约翰斯顿有没有收拾好我的行李吗？我要带走的东西都放在床
　　　上了。

朱迪：好嘞！

查尔斯：等提箱装好，你让他把它放到车上。

朱迪：需要我开车送你去车站吗？

查尔斯：不用，让司机去就好。帕特在哪儿？

朱迪：他在自己房间里躲着呢。一边吃奶油糖，一边生闷气。

查尔斯：要是奶油糖让他生闷气，他干吗还吃？

朱迪：他生闷气不是因为奶油糖，是因为你说他乏味无趣。

查尔斯：我又没怪他，只是陈述了一个有趣的事实。

朱迪：你总不能指望他喜欢这个评价。我也不喜欢，不过我一直在
　　　思考这件事。告诉你吧，你让我起了好大的疑心，爸爸。

查尔斯：哦？你疑心什么？

朱迪：我严重怀疑你其实并不缺幽默感，只是大家都没发现。

查尔斯：我吗？亲爱的，你怎么会这么想？

朱迪：我也不知道，一想到这个我就觉得怪怪的。你看，要是这么
　　　多年以来你其实一直偷偷地嘲笑我们，那就太讽刺了。现在的
　　　我比从前任何时候都更喜欢你了。还挺好笑的吧？

查尔斯：我不明白。

朱迪：嗯，我想大概原因就在于，现在的你会对我们扮演坏人，让
　　　你显得更真实了。

查尔斯：嗯？

朱迪：吃惊吗？瞧，你也不怎么了解我呀，爸爸。大概父亲就是不可能了解自己的女儿吧。

查尔斯：难道有谁真能了解另一个人吗？

朱迪：我觉得，两个人相爱的时候就会以为他们了解彼此。

查尔斯：而他们都错得离谱。

朱迪：你和妈妈结婚的时候，你爱她吗？

查尔斯：当然了，爱得神魂颠倒。

朱迪：大概不能指望爱情可以天长地久。

查尔斯：大概不能。这或许才是人生中唯一真正的悲剧。或许还有死亡？可是人知道死亡总会来临，而当他沉醉在爱情中时，却不会去想爱情也会死。爱情会让人生显得比实际的更美好。

朱迪：我不明白为什么爱情不能长久。

查尔斯：习惯会杀死爱情。

朱迪：戴娜和我经常讨论哪种生活更好，是流连花丛还是老实嫁人。

查尔斯：没什么差别。情人关系同样折磨人，还更不方便。

朱迪：真遗憾你这就要走。我还有好多东西想问你。

查尔斯：你以前为什么不问？

朱迪：谁能跟自己父亲真正谈心呀。只有不再把你看成父亲，我才能把你当成一个真正的人。父母和子女就是会相互厌倦。他们从来不跟我们提他们真正感兴趣的事，我们也从来不把自己在意的事告诉他们。

查尔斯：要是有机会再见，我们应该把过去这种扭曲的关系抛开。你应该只是一位我偶然遇见的、富有魅力的年轻女士，而我只是一个曾经认识你的母亲、如今穷困潦倒的老先生。

朱迪：我敢肯定，到那时候我们会有很多话要跟对方说。

查尔斯：我的话，我会告诉你我很乐意和你重叙这段意外的旧谊。

很高兴能认识你。

朱迪：爸爸，你到底为什么要走？是因为精神上的追求吗？

查尔斯：这样说是不是显得有点矫情，有点装模作样？

朱迪：那有什么关系，反正只在这里说，也没有别人。

查尔斯：好，或许可以这么说吧。我这辈子还剩下不少年头可活，如果就这样白白浪费，未免太可惜了。你有过这种经历吗？就是你手里有多得数不清的信要写，可是距离寄信的最后时刻只剩十分钟。那时候你不会写那些在永恒意义上来说最重要的信，反而会先写那些仅对你个人有用的信。也许它们只是关乎一些小事，比如一次约会、接受一份邀请，可你的时间只够留给它们。至于其他的，让它们见鬼去好了。现在的我就是这样，时间只能留给我眼下最想做的事。

朱迪：机会就在眼前，不去抓住它你就是个傻瓜。我不怪你。换成是我也会这样做。

查尔斯：你是个好姑娘，朱迪。

朱迪：你也给了我机会。我从来不想当什么淑女，去什么社交场亮相还有参加各种聚会，也不想结婚然后继续参加聚会。我想当个演员。

查尔斯：你做好工作的准备了吗？当演员可不仅是在戏里扮演角色和去萨伏伊酒店出席晚宴。那是一份全职工作。

朱迪：当然了，我愿意工作。

查尔斯：好吧，最重要的是要自然。

朱迪：听起来挺容易。

查尔斯：并不容易。自然的表演来自漫长的痛苦，是表演艺术的圣杯。别忘了，这个社会只会把你当成疯子看待。你一旦过时，它就会把你赶紧丢开，像扔掉烫手的土豆。死在社会手上的好演员比死于酗酒的还要多。它仅仅是你的艺术的原材料。让舞台的脚灯帮助你和它保持距离吧，至少要在精神上做到这一点。作为一个即将和女儿永别的父亲，这就是我最后的肺腑之言了，我把它悄悄留给你。

朱迪：为什么要说永别？我会成为女明星，会挣大钱，而你会变成一个没人管没人要的糟老头。我会永远欢迎你到我的豪华公寓来住。

查尔斯：谢谢你的好意。你母亲来了。快去吧，宝贝儿，等我的行李收拾好了叫我一声。

朱迪：好嘞！祝福你，爸爸，祝你过得快乐。

查尔斯：我也祝福你，我的乖女儿。

　　　　[她快步溜出房门。与此同时玛杰丽从花园走了进来。查尔斯走向她，握起她的手。

　　过来坐下，玛杰丽。

玛杰丽：你真的今天就要走？

查尔斯：今天就走。

玛杰丽：你这是有意要伤我的心。

查尔斯：亲爱的，这是我们俩这辈子第一次认真对话。不去说那些并非出于本意的东西，会让对话轻松很多。

玛杰丽：可是我爱你呀，查理。

查尔斯：不对，亲爱的，这不是真话。如果你对我还怀有那种发自灵魂的饥渴向往，就是被称为爱情的那种东西，我想我大概不会有勇气离开你。

玛杰丽：我这辈子只爱过你一个。

查尔斯：我不反对，但你说的和我说的不是一回事。

玛杰丽：我不明白你说的爱情是什么意思。

查尔斯：我觉得你是明白的。你曾经爱过我，正如我曾经爱过你。那是无法遗忘的记忆。

玛杰丽：你不能要求我像十九年前一样。如果我还是那个沉溺于爱情的小姑娘，那只会显得荒唐。

查尔斯：而且会烦死人。

玛杰丽：爱情不是一切。我是说，除了爱情，还有伴侣关系，还有相互信任，还有别的东西。我对你一直怀着深深的感情。我经常想我们在别人眼中是一对多么幸福、多么以家庭为重的夫妻。因为，我甚至想不起来最近十年来我们有过争吵。

查尔斯：而这种情况居然没有让你感到不自然。你不觉得吗？如果两个人从来没有意见分歧，那只意味着他们根本不关心彼此。

玛杰丽：你为什么会这样不知感恩。你没意识到吗，我们之间之所以如此和睦，都是因为我的高超技巧。实话说，这样的生活并非总是那么容易。你刚从战场上回来时，就和从前完全不同。

查尔斯：那时我们都变了很多。也可能其实我们都没变，只是因为分开了五年，才得以第一次真正认识对方。

玛杰丽：我不知道这话是什么意思。我在战争中成长了很多。我想尽自己的一份力，而且没人能否认我的确尽力了。大多数人都说我比从前出色得多。

查尔斯：是变得让人认不出来了，亲爱的。我们成了陌生人，只能努力从头开始重新认识对方。我觉得，那时的我们并没有多喜欢彼此。

玛杰丽：我承认那时我对你有些失望。好在我还有想象力。我还记得，有一次你把一片抹了黄油的面包掉在地上，又捡起来吃掉，好像什么事也没有，可把我恶心坏了。可是我对自己说，这都是战争的错，我可以容忍。

查尔斯：两个人不相爱却要在一起生活，的确艰难。有意思的是，让人最受不了的往往是些小事。

玛杰丽：那不是小事。它深刻说明了你身上发生的变化。你不再有原来那些美好理想，甚至不再爱这个国家。那时的你只会喝酒，言语粗俗不堪。

查尔斯：可能是我的神经变得迟钝了吧。你对我很有耐心。

玛杰丽：我决心如此。对你来说，战争在停战那一天就结束了，可是我还要继续履行我的义务，和其他千万个英格兰女性一样。作为一个妻子，我尽了责任，也一直忠贞。我觉得我有权要求你不要忘记这一点。

查尔斯：或许我们都太负责，太忠贞了。不过，你应该听说过那些从不乱搞的塔斯马尼亚土著吧？他们灭绝了。

玛杰丽：我没有听说过，我也对塔斯马尼亚土著不感兴趣。我只觉得你在我如此难过的时候提到他们是很残忍的事。

查尔斯：相信我，让你感到恼火我很抱歉。

玛杰丽：你说什么，恼火？

查尔斯：是的，恼火。我认为我的离开只会伤害你的虚荣，对你的内心并没有多少影响。

玛杰丽：如果我说的话你一个字都不信，那告诉你我爱你还有什么用？

查尔斯：如果你说真话，我不会不相信。

玛杰丽：你让我这样猝不及防，我还能说得出什么真话？我已经不知道什么才是真实了。整个事情就像雷击一样突然。我从来没想过你对我有任何不满，一直以为我们的婚姻是最理想的。我不知道你还想要什么。

查尔斯：就像维多利亚女王一样，我不开心①。

---

① 据传维多利亚女王为人不苟言笑，并曾在宴会上对旁人的笑话表示："朕不觉好笑。"（We are not amused.）尽管包括女王本人在内的许多人否认她曾经这样说过，这句以讹传讹的话仍然常被用来描述她，乃至被用来描述整个维多利亚时代社会严肃古板的风气。

玛杰丽：你不能指望婚姻让人开心。如果它让人开心的话，就不需
要法律保护和教会认可了。你以为婚姻能让女人们快乐吗？她
们已经在婚姻中窒息了成千上万年。我认识的女人里，起码有
一半厌烦透了她们的丈夫，一看到他们就想尖叫。

查尔斯：她们为什么不愿放弃？

玛杰丽：因为人人都在坚持。因为婚姻就是这个样子，她们习惯了。
因为从过去到未来，婚姻都是她们维持生活的唯一体面方式。
还因为孩子。我难以相信你竟然因为想要自己过得好，就任由
你的孩子坠入贫穷。

查尔斯：我给你们留了一万五千镑。

玛杰丽：可那甚至都不是你的钱。

查尔斯：的确，从良心上说这笔钱应该归于我的债主，可是从法律
上说他们无权主张。

玛杰丽：一笔不干净的钱能给我们带来什么长久的好处？

查尔斯：如果觉得过意不去，你完全可以把钱交给他们。不过实话
对你说，我自己那五千镑我是不会放手的。

玛杰丽：你确定债主们无法通过诉讼拿走这笔钱吗？

查尔斯：相当确定。

玛杰丽：如果我只需要考虑自己，为了维护你的体面，我会毫不犹
豫地把钱交给他们。可是我需要更优先考虑我的孩子们。为了
他们两个，我只能把钱留下。

查尔斯：要我说，这是理智的选择。

玛杰丽：可是一年只有七百五十镑的收息，还要除去所得税。我想
不出来我要怎么维持生活。

查尔斯：其实你应该很高兴才对。

玛杰丽：女人被丈夫抛弃并不是什么光彩的事。

查尔斯：就跟你的朋友们说我精神崩溃了，只能离开这个国家。

玛杰丽：你还不知道这些人是什么样吗？他们只会用最坏的恶意来猜度。他们会说警方已经对你发出了逮捕令，或者说你和某个女歌手私奔了。你还不能怪他们，那就是他们的天性。我甚至有点希望他们说的是真的。那样的理由至少还算正常，至少能让我理解。

查尔斯：你真的觉得，仅仅为了让妻子和孩子过上毫无必要的奢华生活，而不是为了给他们提供基本的条件，我就有责任无休无止地工作下去吗？

玛杰丽：这是人们对一个丈夫的正常期待。

查尔斯：还有生活本身呢？你要把它放在哪里？

玛杰丽：我不明白你的意思。我说的就是生活本身。一个普通男人的乐趣就来自为他的家人提供他们想要的东西。这就是他的正常生活状态。

查尔斯：你觉得那样值得吗？

玛杰丽：当然，为什么不值得？如果不值得，为什么每个人都过着那样的生活？说到底，工作又不是什么苦事，反倒是唯一能带来长久快乐的东西。仁慈的上天为你选择了一种生活状态，而你选择履行自己在其中的责任，这就是美好的。说到底，唯有美值得追求，而它存在于司空见惯的日常之中。

查尔斯：买卖证券股票可谈不上有多美。

玛杰丽：不对，那当然也是美的。我是说，我们应该从灵性的角度来看待一切。我一直以极大的热情遵循此道，而你却无法理解我的这一面，这让我十分失望。从捷克斯洛伐克农民手工艺品展览，到亚美尼亚民歌，还有其他许多。刚才多萝西还在跟我说，在格德斯绿地，我其实就是美的创造者。

查尔斯：你是个了不起的女人，玛杰丽。

玛杰丽：不，我不是，但我也不是傻瓜。也没有人说我装腔作势。

可以说，关于这一切，我思考得比你更深刻一点。我是个理想
主义者。我认为自私是丑陋的。只有为了他人而生活，你才能
从人生中得到永恒的满足。我是说，忘记你自己，让帕特、朱
迪和我成为你生活的目的，你才有可能获得真正的快乐。我不
认为你会听进去，毕竟自己捂上耳朵的人比聋子更聋。可是总
有一天，你会承认我才是对的。男人的自我实现就在于自我牺
牲。只有把他的所有奉献给他身边的亲人，他才能理解人生的
奥秘，并在他可怜卑微的生活中创造出美。

查尔斯：玛杰丽，你可真是无价之宝。

　　　　[朱迪走了进来。

朱迪：爸爸!

玛杰丽：你先出去，宝贝儿。我在和你父亲说话。

朱迪：我只是来告诉你一声所有东西都收拾好了，爸爸。约翰斯顿
　　　正把你的提箱往车上放。

查尔斯：哦，很好。除了说再见，我没有什么别的事了。

玛杰丽：你现在就要走?

查尔斯：没错。

玛杰丽：可是你还不能走。我要说的还有很多，我才刚刚开始。我
　　　们必须把事情理清楚。

查尔斯：亲爱的，我们已经讨论了爱情、美、工作，还讨论了经济
　　　状况。还有什么可说的?

玛杰丽：这不公平。我是说，这来得太突然了。如果给我足够的时
　　　间适应眼前的状况，或许我就不会那么在意。

查尔斯：亲爱的，你应该把我看成你在坐船旅行时经常见到的一名
　　　旅伴。船已到港，你和旅伴应该各奔东西。

玛杰丽：不要用这样的比喻。我一直觉得坐船是一件极为可悲的事。
　　　我要哭了。

朱迪：哭吧，好好哭，妈妈，对你有好处。

玛杰丽：我知道，只要我能想到该说的话，我就可以把你留下来。可是我完全是猝不及防。

查尔斯：亲爱的，你永远也想不出该说的话，因为你内心其实并不想留下我。你心中有一种即将开启新旅程的兴奋在涌动。如果不是感觉到了这一点，我很难在离开之际还对你怀有如此的善意。

玛杰丽：没有必要为打翻的牛奶哭泣，不是吗？

查尔斯：再见，玛杰丽。

　　　　[他亲吻她的面颊。她没什么反应，任由他吻着，正和多年以来一样。

玛杰丽：你这样离开，让我很难适应。我根本不知道该怎么理解这件事。

朱迪：约翰斯顿说你不想带上燕尾服，但我还是让他把它们装进箱子了。

查尔斯：哦，为什么？它们对我应该没什么用处了。

朱迪：那可说不准。万一你要当个侍者呢。

查尔斯：真是个有头脑的孩子。我就没想到这个。

玛杰丽：查理！你不能去当侍者。

查尔斯：为什么不能？如果日子不好过，我什么工作都愿意做。我可以做酒吧招待，可以做石匠，可以做油漆工，也可以去船上当招待员。

玛杰丽：你怎么能忍得了？想想你得跟什么样的人混在一起。

查尔斯：事实上，我特别向往当个旅行推销员。

玛杰丽：啊，查理，那太低三下四了。你要靠什么来旅行？

查尔斯：浪漫精神。

玛杰丽：太不实际了！

朱迪：可是那多有趣啊！

查尔斯：再见，朱迪。

朱迪：再见，亲爱的爸爸。祝福你！

    [他亲吻了朱迪，然后快步走出门。

玛杰丽：朱迪，我觉得很不舒服。

全剧终

付出与回报
FOR SERVICES RENDERED
三幕剧

曾 毅 译

人物表

莱纳德·阿兹利

夏洛特·阿兹利　莱纳德之妻

希德尼　莱纳德之子

伊娃和洛伊丝　莱纳德之两名未嫁女

艾索·巴特莱特　莱纳德之已嫁女

霍华德·巴特莱特　艾索之夫

科利·斯特拉顿　前皇家海军指挥官

威尔弗雷德·西德尔

葛雯　威尔弗雷德之妻

普伦提斯医生　阿兹利太太之弟

格尔特鲁德　阿兹利家的客厅女佣

第一幕

场景：阿兹利家后院凉台。凉台一侧是住宅的法式门 ①，另一侧通往花园。

莱纳德·阿兹利是兰博斯顿村唯一的事务律师。他的房子面朝村中主街，其中一部分被他辟为自己的事务所。

时间是一个温暖的九月下午的五点钟。下午茶已经备好。

阿兹利太太坐在一把椅子上，给一条餐巾缝边。她已经年过六十岁，身材瘦削，头发斑白，面容严峻，眼神却温和，穿得毫不起眼。

女佣端着茶食上场。

阿兹利太太：到下午茶时间了吗？

格尔特鲁德：太太，教堂已经在敲钟了。

阿兹利太太：[站起身，把针线活放在一边] 你去网球场，告诉他们下午茶准备好了。

格尔特鲁德：好的，太太。

阿兹利太太：你跟希德尼说过了吗？

格尔特鲁德：说过了，太太。

[女佣离开凉台走进花园。阿兹利太太把两三张便椅挪到桌边。希德尼从房中来到凉台上。他年近四十岁，体形粗硕，脸又宽又胖。他双目已盲，走路时拄着手杖，却对地形十分熟悉，走起来几乎没有停顿。

阿兹利太太：亲爱的，你想坐在哪儿？

希德尼：哪儿都行。

　　　　[他在桌边的一张椅子上坐下来，把手杖放在一边。

阿兹利太太：你下午忙些什么？

希德尼：没忙什么，就织了织毛线。

阿兹利太太：艾索在这边。霍华德从斯坦伯里返回时会来接她。他去赶牛市了。

希德尼：那我猜他一准喝得烂醉。

阿兹利太太：希德尼！

希德尼：[轻声发笑] 有什么好装的？难道艾索真的以为我们不知道他是个酒鬼吗？

阿兹利太太：她很要面子的，不想承认自己犯了错误。

希德尼：我可能永远也搞不明白她到底看上霍华德哪一点。

阿兹利太太：那时候的情况完全不同。当时他还是军官，穿着制服，看上去一表人才。

希德尼：你和父亲本可以更坚决些。

阿兹利太太：那时他们疯狂相爱。当可怕的战争还在进行时，因为一个男人出身佃农家庭就拒绝他，会显得太看不起人。

希德尼：当时你们觉得战争会永远持续下去吗？

阿兹利太太：当然没有，但你会觉得它结束后整个世界会变得和以前完全不同。

希德尼：想到这个我就觉得好笑。什么都没变，只是我们每个人都被毁掉了，只是成千上万像我这样的人再也没有好好生活的机会了。[阿兹利太太叹了口气，做了个不快的手势。希德尼冷笑了一声] 别不高兴了，母亲。好歹有了个英雄儿子能让你好受

---

① French window，类似落地窗的双扇玻璃门。

270

点。我有十字勋章，列名军功报告。没人能否认我的贡献。

阿兹利太太：他们来啦。

> [葛雯·西德尔和艾索·巴特莱特从花园走进来。艾索·巴特莱特是阿兹利太太的二女儿，三十五岁，容貌清秀。她的面容并不特别，却有一双漂亮的眼睛。葛雯·西德尔年届五十，妆容艳丽，头发也染了色。她穿得太过时髦，与她的年龄并不相称。整个人光鲜却又呆板，让人想起那种青春已逝却还死死抓住它不放的女人。

艾索：其他人打完这一盘就过来。嗨，希德尼。

希德尼：嗨。

葛雯：[和希德尼握手] 你还好吗，希德尼？你看起来气色不错。

希德尼：哦，还好。谢谢你。

葛雯：你一定跟平常一样忙个不停吧？你可真了不起。

阿兹利太太：[试图打断她] 我给你来点茶吧？

葛雯：我真佩服你。你一定有过人的坚强。

希德尼：[苦笑] 我的意志坚如钢铁。

葛雯：我还记得春天我生病的时候，被他们在黑屋子里关了一个星期。那滋味可真让人难受。但是我一直对自己说：跟可怜的希德尼受的罪比起来，这不算什么。

希德尼：你说得一点没错。

阿兹利太太：要加块糖吗？

葛雯：哎，不用，我从来不加，一年到头都戒糖。[她继续乐哈哈地揪住希德尼不放] 每次想到你是怎么打发时间的，我都觉得神奇。

希德尼：像你这样有魅力的女士总是对我那么友好，而我的妹妹们也有好心肠，愿意和我下棋。另外我也读书，增进心智。

葛雯：对呀，盲文嘛。我也爱读书。每天至少要读一本小说。当然，我这脑子漏得跟筛子一样，记不住东西。你可能不知道，我经常会把一本小说从头读到尾才想起来以前读过。这事总让我恼火。多浪费时间啊。

希德尼：艾索，农场那边怎么样？

艾索：最近天气很好，我们也没闲着。

葛雯：在农场上生活肯定太有意思了，可以自己做黄油，做别的各种东西。

艾索：得从大清早开始干活，一直忙到晚上，忙得没时间想别的。

葛雯：可是你们一定请了帮工做那些粗活吧？

艾索：你怎么会这么认为？

葛雯：难道你都要自己动手吗？那你的手要怎么保养？

艾索：[微笑着看了一眼自己的双手] 不保养。

　　　　[花园那边传来话语声。

阿兹利太太：他们来了。

　　　　[她的另外两个女儿，还有先前跟她们打球的两名男子——威尔弗雷德·西德尔和科利·斯特拉顿——一起走了进来。威尔弗雷德·西德尔体形粗壮，上了年纪，却保养得不错，脸膛红润，一头硬邦邦的灰色卷发。他精神焕发，性子活泼，一副不知愁的样子，显得魅力十足。这是一个乐于享受生活中一切美好的人。科利·斯特拉顿年约三十五岁到四十岁之间，曾在皇家海军服役，就像那些永远长不大的男人一样，还有点孩子气，显得心无城府，让人安心。伊娃是阿兹利太太的大女儿，已经三十九岁了，身形瘦削，略显疲乏焦虑。她的性子格外温和，甚至有些逆来顺受，却不会让你觉得她心中宁静无波。那副平和的外表下透出一种奇怪的躁动气息。洛伊丝·阿兹利是全家中年纪最小的，也已经二十六岁，不过因为生活太过平淡无事，她还保持着青葱状态，看上去也就二十出头。她性子欢

272

快，毫不做作，既年轻又美丽。然而，跟她蓝色的双眼和笔挺的鼻梁比起来，更动人的是她浑身焕发出的健康气息。

洛伊丝：喝茶啦，喝茶啦！

威尔弗雷德：天哪，他俩可真让我们累得够呛。嗨，希德尼。

阿兹利太太：球打得怎么样？

威尔弗雷德：我和洛伊丝对伊娃和科利。

伊娃：显然威尔弗雷德跟我们不是一个水平的球手。

科利：你那招正手抽球真让人头痛。

威尔弗雷德：我练得不少，在里维埃拉和其他地方都打比赛。

葛雯：当然，他年纪太大了没法参加单打，不过早几年他还是戛纳顶尖的双打选手呢。

威尔弗雷德：[不太高兴的样子] 我可没觉得我比前些年打得差。

葛雯：好啦，你总不能指望自己还能像年轻时一样在球场上飞跑。我是说，别太要强啦。

威尔弗雷德：葛雯总是这么说，好像我已经一百岁了一样。我倒是觉得，女人的年纪在于她的外貌，而男人的年纪在于他的感受。

希德尼：确有此论。

阿兹利太太：[转向威尔弗雷德] 你的茶要加点什么？

洛伊丝：嘿，母亲。我敢肯定他们更想来杯酒。

威尔弗雷德：真是个聪明姑娘。

阿兹利太太：那你想喝什么酒？

威尔弗雷德：嗯，我想来杯啤酒。你呢，科利？

科利：我也要啤酒吧。

伊娃：我去跟格尔特鲁德说一声。

阿兹利太太：[对正要离开的伊娃] 告诉你父亲，他还想喝茶的话就快点过来。

伊娃：没问题。[她走进房子]。

威尔弗雷德：你丈夫在家里办公，可真是方便。

洛伊丝：他有一道小门，方便他躲开客户偷偷溜掉。

葛雯：我觉得伊芙①看起来有点疲乏。

阿兹利太太：她最近有些焦虑。我说让她舅舅来给她看看病，可是她不肯。

葛雯：哎，未婚夫死在了战场上，这太让人难过了。

阿兹利太太：他们当时真是情投意合。

艾索：她一直没能从打击中恢复过来，可怜的姑娘。

葛雯：真遗憾，她一直没爱上别人。

阿兹利太太：在这么个小地方，她几乎不可能找到好对象。战争结束时就没剩下几个小伙子，而姑娘们又不会停止长大变老。

葛雯：我听说有人追求过她？

阿兹利太太：那人不太适合她。他应该向她求过爱，但是她拒绝了。

葛雯：我听到的说法是那人不太，不太……门第不同的婚姻可不是什么好主意，从来没有成功的。

    [*葛雯说了不该说的话——艾索就是下嫁的。*]

洛伊丝：这可是胡说。这种事情早就无关紧要了。决定婚姻好坏的是人，不是他们的门第。

    [*葛雯突然反应过来，飞快瞟了艾索一眼，假装什么都没有发生。*]

葛雯：哎，那当然了。我不是那个意思。这年头，人人都可以去开商店、养鸡，或是干点别的差不多的工作。男人只要是个体面人，门第就不重要。

科利：能听到你这么说真让我松了一口气。毕竟我就是开修车行的。

葛雯：对呀，我就是这个意思。开修车行没什么不好的。你可是在

---

① Evie，伊娃（Eva）的昵称。

海军服过役的，还指挥过驱逐舰。

希德尼：他还得过杰出服务勋章和荣誉军团勋章。

威尔弗雷德：话说回来，你退伍后为什么选了修车这一行，科利？

科利：总得找点什么事干，而我在机修上还挺擅长。你也知道，我拿了一笔遣散费。那时我觉得，钱总要投出去，投在这一行也没啥不好。

威尔弗雷德：你一定在公共汽车修理上挣了不少钱。

科利：哎，花费也不小啊。

　　　　[格尔特鲁德从房中走出，手上的托盘里有两大杯啤酒。

威尔弗雷德：酒来啦！

　　　　[他端起其中一杯，猛喝一口。这时伊娃也回来了。

伊娃：父亲马上就来。对了，他想见见你，科利。

科利：是吗？

威尔弗雷德：老弟，这听起来可不妙。如果一个律师说要见你，多半是他有什么坏消息要告诉你。

洛伊丝：你们快点把酒喝完。我们还得让他俩报仇呢。天色不早了。

葛雯：你还要打球吗，威尔弗雷德？我们该回家了吧？

威尔弗雷德：着什么急？你开车回去。我再打一盘，然后自己走回家。

葛雯：你要是不着急走，那我等你。

威尔弗雷德：[努力用玩笑来掩饰恼火] 得啦，你不用随时盯着我才放心吧。我一定老老实实的。

　　　　[两人对视一眼。她忍住叹息，笑容满面。

葛雯：好吧，好吧。走点路对你的身材也没坏处。[她转向阿兹利太太，跟她道别]

阿兹利太太：我送你到门口。

　　　　[二人离开。

希德尼：伊芙，我的手杖呢？［*伊芙把手杖递给他。他站起身来*］我也可以慢慢拐到球场去，看你们打球。

艾索：要我跟你一道吗？

伊娃：我去给父亲煮点新茶。

洛伊丝：快点，天都快黑了。

伊娃：我很快就来。［*她走进房子*］

洛伊丝：我们这一家子要是缺了伊芙可怎么办？

希德尼：伊芙缺了我们可怎么办？如果没有能让你为之付出的人，你就没法付出。

威尔弗雷德：你可真是个看破一切的家伙。

洛伊丝：［*面带微笑*］毫无感恩之心。

希德尼：不是这么回事。有个残废给伊芙照顾，对她可是好事。如果她念一句咒语就能让我看见东西，你们觉得她会念吗？肯定不会！老天决定了要让她当个圣徒，而我正好在她身边，让她有机会挣到这份天赐的荣耀。这可是她的运气。

艾索：［*小声笑了笑*］来，让我扶你。

希德尼：［*故意用上了伦敦土音*］好心的先生，扔个铜板给可怜的瞎子吧。［*二人离开*］

洛伊丝：我先去找找那个球。我大概知道它滚到哪了。

威尔弗雷德：要是我能再勤快点，就跟你一道去了。

洛伊丝：不用，等着就好。你那双大脚只会把苗圃踩坏。

威尔弗雷德：说得真好。跟我块头差不多的人里，可没有几个脚比我更小的。

洛伊丝：你可够谦虚的。伊芙来时叫我一声。［*她向花园那边离开*］

威尔弗雷德：真是个漂亮的小姑娘，人又那么好，头脑也不坏。

科利：球打得也好。

威尔弗雷德：按理说她早就该名花有主了。要是我再小几岁又是单身的话，我可不会犹豫。

科利：可怜的姑娘，缺的是机会。在这鬼地方，她能找到什么好对象？

威尔弗雷德：我好奇你为什么不考虑一下。

科利：我比她大十五岁，又是个穷光蛋。

威尔弗雷德：如今这年头，乡下的姑娘们只能有什么人就嫁什么人了。

科利：我肯定是没机会的。

威尔弗雷德：[意味深长地看了科利一眼] 哦？

科利：这事跟你有什么相干？

威尔弗雷德：我只是觉得，这么一位好姑娘，该成家啦。

科利：对了，老兄。你能帮我个忙吗？

威尔弗雷德：当然乐意效劳，我的朋友。你需要什么？

科利：那我就说实话了。我手头有点紧。

威尔弗雷德：很遗憾听你这么说。怎么回事？

科利：最近生意糟透了。

威尔弗雷德：我也知道，一直不太景气，而且难说什么时候能好起来。老实说，我很庆幸自己在市场还好的时候脱身了。

科利：值得庆幸。

威尔弗雷德：那时我选择退休，人人都说我是个傻瓜。可是我已经感觉到了风头不对。我跟他们说：我辛苦了那么多年，钱也挣了不少，现在要过点绅士日子了。于是我在最高点卖出，差点就来不及。

科利：你运气真好。

威尔弗雷德：运气？我觉得那是智慧。

科利：是这样的，老兄。我也不想开口求你，但是我现在是真的缺钱。要是你能借我一点，我感激不尽。

威尔弗雷德：[乐哈哈地] 嗨，没问题，我的老兄弟。能帮朋友一把
　　我再高兴不过了。你要多少？

科利：太感谢了。你能借我两百镑吗？

威尔弗雷德：哎，那可是一大笔钱。我以为你只要借十镑二十镑的。
　　两百镑，那就是另一回事了。

科利：对你来说不多吧。

威尔弗雷德：我也不是印票子的呀。我的投资也跟别人的一样，跌
　　了不少。老实说，我挣的钱也刚够自己花销。

科利：我也是没办法了。

威尔弗雷德：为什么不去银行贷款？

科利：我的账户已经透支了。他们一分钱都不会借给我。

威尔弗雷德：你没有股票债券什么的吗？

科利：他们能接受抵押的那种？ 没有。

威尔弗雷德：那要是我借给你钱，你拿什么担保呢？

科利：我以信誉发誓，一有钱就会还给你。

威尔弗雷德：我的老兄弟呀，你是个顶好的人，得过杰出服务勋章
　　什么的，但生意是另一回事。

科利：你已经认识我六个月了，一定清楚我说话算数。

威尔弗雷德：我是为了我妻子的健康，才在这边租了一栋现成房子。
　　一听说你曾经在海军服役，我就去你那买汽油和轮胎，在你那
　　修车。我知道你们这些人在被遣散后过得不容易。我也每次都
　　付足现钱。

科利：我给你干的活儿可没得说吧？

威尔弗雷德：确实没得说。我很遗憾你的修车行没能成功。如果你
　　做过生意，就该知道选这么个破地方开张是个糟透了的主意。
　　话说回来，我可没看出我有义务白送你两百镑。

科利：我并没有请求白送呀。

威尔弗雷德：没什么两样。向我借过钱的人没有一百个也有好几十，还钱的一个也没有。照我看，开口就借那么大一笔钱，未免有点过分。

科利：你以为我喜欢这样做吗？老实说，我比你更不喜欢。可是有没有这笔钱对我来说就是生与死的区别。

威尔弗雷德：伙计，我真的很遗憾，但是我没法答应你……不知道洛伊丝找到那个球没有。

    [他站起身，走进花园。科利坐在原地，愁容满面。过了一会儿，伊娃端着茶壶走了进来。

伊娃：怎么回事？你看上去好难过。

科利：[试图振作] 对不起。

伊娃：他们还在等我们吗？

科利：[轻叹一声] 应该是吧。

伊娃：告诉我，出什么事啦？

科利：[勉强挤出笑容] 你不会有兴趣听的。

伊娃：为什么要这么说？你该知道任何和你有关的事我都爱听。

科利：你真是太善良了。

伊娃：我倒觉得我有点太内敛，很难像别人那样流露情感。可是我希望你能把我当朋友看待。

科利：我正是这么看的。

伊娃：那就告诉我到底是怎么回事？或许我能帮上忙呢。

科利：你帮不上的。我觉得，你自己的麻烦就够多了，不用帮我分担。

伊娃：你是说照顾希德尼的事吗？我可没觉得那是麻烦。我很乐意能帮助可怜的希德尼。一想到他在战争中经历了什么，我就觉得应该牺牲自己。

科利：还是那句话，你有一副好心肠。

伊娃：没办法的事。艾索嫁人了，洛伊丝太年轻，母亲的身体又不太好。再说，照顾希德尼能让我不去想太多可怜的特德。

科利：就是你曾经的未婚夫？

伊娃：是的。他死后我难过极了，恐怕都变得有点病态了。也许人就是无法承受放弃吧。我是说，生命是上天的赐予，我们有义务努力好好生活。

科利：[有些含糊] 随着时间过去，我们总能忘掉那些伤心事。

伊娃：我得说，能忘掉那些事，就算得上运气不差。我认为年轻姑娘嫁人是天经地义的事，你觉得呢？我是说，一个女人就该有自己的家庭，照顾自己的孩子。

科利：没错，我也这么觉得。

　　　　[两人沉默片刻。]

伊娃：科利，你居然一直没结婚，这真让人好奇。

科利：[苦笑] 因为我一直没有成家的本钱呀。

伊娃：别这么说，钱又不是一切。一个女人够聪明的话，就花不了多少钱。[她笑容欢快] 我得到处打听打听，没准能给你找个好对象。

科利：恐怕我已经太老了。

伊娃：这是什么话？你和我岁数差不多嘛。哪个女人不喜欢水手呢？我跟你说句心底话，可别跟外人讲：在这地方，只要你开口，没有哪个姑娘不会赶紧答应你。

科利：[有些尴尬] 我大概不会那么干。

伊娃：你是在等着姑娘先开口吗？那可是有点过分了。

科利：我想也是。

伊娃：不管怎么说，一个好姑娘能做的，最多就是向男人表示她关心着他，然后就只能让他自己去得出想要的结论。

科利：我的头痛得厉害。你能跟其他人说一声我今天没法再打网球了吗？也许艾索可以补上我的位置。

伊娃：哎，可怜的，真让人遗憾。你当然不能再打了，没什么问题。

[莱纳德·阿兹利从房中走出。他年已六十五岁，脸膛红润，精力充沛，有一双蓝眼睛和一头白发。看上去，与其说他是一名乡村律师，倒不如说像是个爱运动的乡绅。他和本地的绅士们也确实走得近，每到季节都会整天整天出去打猎]啊，父亲您来了。我们茶都喝完啦。

阿兹利：我刚才在和别人谈事情。[他向科利点了点头]你好啊，斯特拉顿。伊芙，你去忙你的，我自己来。我有话要跟我们这位年轻朋友说。

伊娃：哦，好的。[她离开凉台走进花园]

阿兹利：我刚才见过拉德利了。

科利：是吗？

阿兹利：恐怕这对你来说是个坏消息。

科利：他不能等等？

阿兹利：他等不了了。

科利：那我能做什么？

阿兹利：唯一合理的选择就是申请破产。

科利：太荒谬了。就是一百八十七镑的事。只要再给我一点时间，我一定能还上。拉德利什么时候要钱？

阿兹利：下个月第一天。

科利：所以我只要在那之前弄到钱就行了？

阿兹利：你一直很努力，理应成功。老实说，如果你的生意不成，我比任何人都难受。对了，律师费的事你就别操心了，不用付。

科利：你真是太好心了。

阿兹利：不客气。在我看来，你们这些从海军被遣散的人可真不容易，尤其是像你这样履历出众的。你是不是把所有鸡蛋都放在一个篮子里了?

科利：一切都投进去了。如果申请破产，我就一分钱也没有了。到时候要是能找到一份开公交车的工作，都得谢天谢地。

阿兹利：[轻松地] 哎，希望不会走到那一步。对一个曾经指挥过军舰、身上挂满勋章的人来说，那可是太糟糕了。[阿兹利太太和普伦提斯医生从房中走出。后者是个瘦削的老人，铁灰色的头发，面容严肃，眼神锐利] 你好啊，查理。

普伦提斯：你好。诶，斯特拉顿也在。

阿兹利：你们正好赶上下午茶。[他转向科利] 你要是想去打球，请自便。

科利：我不打球了，得走了。再见，阿兹利太太。

阿兹利太太：这么早就要走了吗?

科利：我必须回去了。

阿兹利太太：那好吧，再见，随时来玩。

科利：再见。

　　　　[他向两个男人点头示意，穿过房子离开。

阿兹利太太：[转向普伦提斯] 你要来点茶吗?

普伦提斯：不用了，谢谢。

阿兹利太太：科利看上去心里有事。发生什么了?

普伦提斯：听说他的修车行状况不太好。

阿兹利：他也不是第一个了。这些退伍军官啊，什么都不懂就一头扎进一门生意。等他们明白过来时，手里的钱一分也不剩了。

阿兹利太太：这年头他们过得太难了。

阿兹利：是这么回事，可是有什么办法呢? 那么多军官，再也没有用处了。国家哪来多余的钱供养他们。

普伦提斯：更糟的是，他们的军队生涯让他们没法适应普通生活中的艰难。

阿兹利：对了，我得回办公室去了。查理，你今天来只是单纯拜访吗？还是想找个病人？可别打我的主意，我壮实得很。

普伦提斯：[口气严肃地打趣他] 那是你以为。照我看你的血压恐怕就不太好。

阿兹利：你想怎么说都行。我这辈子就没生过一天病。

普伦提斯：哪天你要是中风了，可别怪我没提醒你。每次看到像你这样壮实的人，我总是不太放心。

阿兹利太太：好了好了，是我想跟查理谈谈伊娃的事。她最近有些焦虑亢奋。

阿兹利：你想太多啦，亲爱的。她就是开始有点像个老处女了，给她找点事做就行。幸好希德尼就够让她忙的。

普伦提斯：希德尼身体还好吗？

阿兹利太太：他还好。

阿兹利：可怜的希德尼呀。我们能做的，也就是尽量让他过得容易点。他的事对我来说也是巨大的打击。我原本指望他能接我的班。要是一切如愿，现在他就能替我分担好多工作了。为这场战争我付出太多了。

普伦提斯：[眼中泛起泪光] 他也付出了很多，以另一种方式。

阿兹利：当然，不过他已经习惯了。残疾人都这样，你也知道。好在我身体还不错，也还有精力。好了，我得回去了，还有点工作要忙。[他向医生点头致意，走进房中]

普伦提斯：莱纳德挺了不起的，总是那么乐观。

阿兹利太太：那是一种力量。

普伦提斯：你把他惯坏了。

阿兹利太太：因为我爱他呀。

普伦提斯：我一直想知道为什么。

阿兹利太太：[微笑] 我也说不好，可能是因为他眼里从来只有他自己在意的事，而我就得照顾他，免得他在那些显而易见的事情上吃亏。

普伦提斯：夏洛特，你一直是个好妻子，也是个好母亲。像你这样的人现在可不多了。

阿兹利太太：光景不好呀。我觉得我们得给这些年轻人留好后路。他们的日子可比我们以前艰难多了。

普伦提斯：你想跟我谈谈伊芙的事？

阿兹利太太：我想让她去你那儿看看病。她越来越瘦，让我很不放心。

普伦提斯：她多半需要一段时间休息，我会跟她谈谈的。话说回来，我更担心的是你。你时常抱怨的那种疼痛感让我感觉不妙。

阿兹利太太：我觉得没什么大事，只是疼痛而已。我这个岁数的女人大都会有点这痛那痛的。

普伦提斯：我一直惦记着这事。希望你能让我好好做个体检。

阿兹利太太：我讨厌体检。

普伦提斯：尽管我是你的兄弟，可我也是个不错的医生。

阿兹利太太：你做不了什么的。痛得厉害的时候，我就吃点阿司匹林。没必要大惊小怪。

普伦提斯：要是你不让我检查，或许我该跟莱纳德说说。

阿兹利太太：别，千万别。你会把他吓坏的。

普伦提斯：那你还是选择体检了？

阿兹利太太：现在吗？

普伦提斯：对，就现在。

阿兹利太太：你还是个小男孩时就老要让我听你的，让我很烦。从那时候起过去的每一年，都让你变得更烦人啦。

普伦提斯：夏洛特，你已经是个满脸皱纹的老太太了，而女人本该年轻漂亮。不过要我说，你就是有那种本事让我讨厌不起来。

阿兹利太太：［微笑］你可真傻。

　　　　［洛伊丝和威尔弗雷德·西德尔步履轻快地从花园走了进来。

洛伊丝：嗨，查理舅舅。网球打不成啦。伊芙说科利头痛得厉害。

阿兹利太太：科利已经回家了。

普伦提斯：我正要带你们的母亲去做个检查。

洛伊丝：啊？母亲，你生病了吗？

阿兹利太太：没有，亲爱的，当然没有。查理舅舅就是个老事儿精。

　　　　［她和普伦提斯走进房子。

威尔弗雷德：你需要我离开吗？

洛伊丝：不用，快坐下来。你要喝一杯吗？

威尔弗雷德：现在不用。就聊聊天好了。

洛伊丝：白天越来越短了。唉，我真讨厌冬天。

威尔弗雷德：到了冬天这地方一定冷得厉害。

洛伊丝：对呀，风最让人受不了！你什么时候去南方？

威尔弗雷德：哦，至少还得一个月吧。

洛伊丝：你明年还会在这里租栋房子吗？

威尔弗雷德：不好说。你想我来吗？

洛伊丝：当然了。最糟糕的事就是会所里一个人也没有。

威尔弗雷德：或许你不知道，你真是一位美丽的姑娘呢。

洛伊丝：容貌也没给我带来什么好处。

威尔弗雷德：我就纳闷为什么你没去当个演员。

洛伊丝：光是漂亮又当不了演员。

威尔弗雷德：就凭你的美貌，你至少能在歌队里找到一席之地。

洛伊丝：要是我跟父亲提起这事，他不知道会气成什么样。

威尔弗雷德：在这么个鬼地方，你可不太容易嫁出去。

洛伊丝：是吗？也许吧。说不定哪天就有个人冒出来了。

威尔弗雷德：我相信你做演员一定能成功。

洛伊丝：做演员需要训练，至少要一年。那样一来我就得住在伦敦，得花不少钱。

威尔弗雷德：我可以出钱。

洛伊丝：你？什么意思？

威尔弗雷德：这么说吧，我手头还算宽裕，一想到你要在这个鸟不拉屎的地方终老就让我难受。

洛伊丝：别傻啦。我怎么能拿你的钱。

威尔弗雷德：为什么不能？这年头，只有傻瓜才会那么老派。

洛伊丝：你就没想想葛雯会说什么？

威尔弗雷德：没必要让她知道。

洛伊丝：随你怎么说，那也太晚了。我已经二十六岁了。要当演员，得从十八岁开始……时间过得可真快。直到二十岁时，我才意识到自己已经长大了。我曾经大概想过去当一名打字员或是医院护士，不过也就是想想罢了。大概我那时候还是想要嫁人吧。

威尔弗雷德：要是不嫁人，你会做什么？

洛伊丝：当个老处女呗，在父母老去的日子里哄他们开心。

威尔弗雷德：我可不觉得那是个好主意。

洛伊丝：其实我也不是在抱怨。这里的生活太单调了，单调得让人注意不到时间的流逝。

威尔弗雷德：就没人向你求过婚吗？

洛伊丝：也不是。查理舅舅的一个助手就向我表示过，一个讨人嫌的小个子。还有一个拖着三个孩子的穷鳏夫。我不觉得是些什么好机会。

威尔弗雷德：不是你的问题。

洛伊丝：你为什么会有刚才的提议？出钱供我去学戏？

威尔弗雷德：哎，我也不知道，我只是为你感到遗憾。

洛伊丝：在我印象里，你可不是个慈善家。

威尔弗雷德：好吧，如果你非要知道。我被你迷上啦。

洛伊丝：然后你就觉得我会以一般人的方式感谢你？

威尔弗雷德：我从没那么想过。

洛伊丝：得了吧。

威尔弗雷德：你没生我的气吗？被你迷住可不是我的错。

洛伊丝：话说回来，你老得可以当我的父亲了。

威尔弗雷德：我知道，你没必要在伤口上撒盐。

洛伊丝：看起来，再有一个月你就要离开，也不是件坏事。

威尔弗雷德：为了你我什么都愿意，洛伊丝。

洛伊丝：我太谢谢你了，可是你帮不上我。

威尔弗雷德：你在说些什么呀？在这里你只会慢慢发霉。我能让你过上好日子，比你能梦想的还好。巴黎，你从来没去过巴黎，对吧？我敢说，那里的时装能让你神魂颠倒，而你想买多少就能买多少。还有戛纳和蒙特卡洛，更不用说威尼斯了。葛雯和我去年夏天就在利多岛①。不骗你，那可真跟狂欢节一样。

洛伊丝：你真是个魔鬼一样的老头子。如果我是那种教养良好的年轻姑娘，现在就该摇铃叫仆人来把你扔出去了。

威尔弗雷德：我不是坏人。我保证能让你开心。其实，你只要动动小指头，就能让我团团转。

洛伊丝：[盯着自己的手指] 戴满珠宝的手指吗？

威尔弗雷德：那还用说？

洛伊丝：[笑出了声] 你可真傻。

威尔弗雷德：上帝呀，我太爱你了。不管结果如何，能说出来总算让我松了一口气。我想不通为什么你一直没发现。

洛伊丝：我完全没往这方面想过。葛雯知道吗？

---

① Lido，意大利威尼斯的岛屿。

威尔弗雷德：她呀？不会的，她从来看不出任何东西。她那颗脑子比虱子的还小。

洛伊丝：你不会纠缠不休吧？

威尔弗雷德：不会，我会让你自己好好考虑。

洛伊丝：那倒不用。我现在就可以直接告诉你，什么都不会发生。小心点，有人来了。

　　　　[霍华德·巴特莱特从房中走出。他四十岁，高大英俊，略偏粗壮，却仍保留着一副出众的相貌——在战争时期，他正是靠着这张脸吸引了艾索。他穿一条老旧球裤，上身是一件图案过于醒目的高尔夫球衣。他说话时不常省略 h，却仍有一点常见的口音。此时他还有点醺醺然。说不上酩酊大醉，但白天里喝的酒让他有些情绪高昂。

霍华德：嘿，我来啦。

洛伊丝：嗨，霍华德。

霍华德：我可逮着你了，不是吗？西德尔，你和我的妻妹在一起做什么？诶，洛伊丝，你可得当心这个家伙。他准没打什么好主意。

洛伊丝：[笑出声来]得了，霍华德，闭嘴吧。

霍华德：我再了解他不过了。他就是那种把小姑娘带坏的人。

洛伊丝：[满不在乎]霍华德，你喝了不少吧？

霍华德：我知道。喝点酒只会让我感觉更好。[又想起上一个话题]这老头心肠坏着呢，他的话你一个字都别信。

威尔弗雷德：接着说呀，我喜欢听人夸奖。

霍华德：知道吗，他打的都是见不得人的主意。[转向威尔弗雷德]都是大老爷们儿，直说吧，你想的是什么光彩的事吗？

威尔弗雷德：如果你非要这么说……

霍华德：我说过了，直接点，都是大老爷们儿。

威尔弗雷德：不是什么光彩的事，我并不介意告诉你。

霍华德：看吧，洛伊丝，我没说错吧？

洛伊丝：随你怎么说，我知道自己在干什么。

霍华德：别说我没提醒过你。当你抱着奶娃娃无家可归，在伦敦街
　　头流浪时，可别说我霍华德没提醒过你。

洛伊丝：艾索在等你呢。她想回家了。

霍华德：有什么地方比得上家呢？女人就想待在家里。

洛伊丝：你去花园里，准能找到她。

霍华德：真是个好女人，从来不会到处乱跑让人找不到。她可不
　　像你们这样游手好闲，她是最好的，还是一位淑女，我告诉
　　你。[转向威尔弗雷德]不妨让你知道，我可不是出生在绅士家
　　庭的。

威尔弗雷德：是吗？

霍华德：国王让我变成了绅士，感谢陛下。我本来只能当个农夫，
　　可是我当了军官，成了绅士，你可留意着点。

洛伊丝：你都不知道自己在说啥了，霍华德。

霍华德：我想说的是，西德尔，给我离这位姑娘远点。可怜的小东
　　西，没了母亲，只是个天真无邪的村姑。我希望你能良心发现。

威尔弗雷德：你知道你的问题出在哪吗，巴特莱特？

霍华德：我有什么问题？

威尔弗雷德：你喝多了。

霍华德：喝多了？我现在清醒得能做法官。你以为我今天喝了几杯？

威尔弗雷德：你自己恐怕都数不过来了。

霍华德：有一只手的指头那么多，或许吧。[得意扬扬地]但是肯定
　　没到两只手。想让我喝醉，还早着呢。

威尔弗雷德：你已经不年轻了，酒量不比从前。

霍华德：知道吗，我还是个军官，是个绅士的时候，我能一口气喝

掉一瓶威士忌,一点感觉也没有。[他看见阿兹利太太和普伦提斯医生从客厅那边走来]看,医生来了。我们可以问他。

　　　　[二人从房中走出。

阿兹利太太:诶,霍华德,我不知道你来了。

霍华德:没错,是我。

普伦提斯:你去过斯坦伯里了?

霍华德:今天有集市。

普伦提斯:做成什么买卖了吗?

霍华德:还能有什么买卖可做?完全是浪费时间,我这一天。种地这一行算是完了。

阿兹利太太:你看起来累坏了,霍华德。需要我给你倒杯茶来吗?

霍华德:累?我从来不会累。[指向威尔弗雷德]你知道这家伙刚才说我什么吗?他说我喝多了。

威尔弗雷德:我就是开个玩笑。

霍华德:[严肃起来]我要听听专业人士的意见。查理舅舅、普伦提斯医生,咱们大老爷们儿就直说吧,你觉得我喝多了吗?不要怕伤害我,我受得起,不管你说什么。我可是一名军官、一位绅士。瞧,立正!

普伦提斯医生:我见过比你醉得厉害得多的。

霍华德:来,给我做个体检。我得把这事说个清楚。来,让我念一遍"英国宪法"①。

普伦提斯:念"英国宪法"。

霍华德:我刚刚念过了啊,这样可查不出来。现在,画一条粉笔线吧。

普伦提斯:什么意思?

霍华德:喂,还要我来教你怎么看病不成?用粉笔在地上画一根线,

---

① British Constitution,此系霍华德想用多音节词来证明自己口齿清楚。

让我沿着线走，就能看出来我是不是喝多了。来来来，画根粉
笔线，别忘了画得直点儿。

普伦提斯：谁会没事在身上带着粉笔。

霍华德：你连粉笔也没有？

普伦提斯：没有。

霍华德：那我就永远没办法知道自己是不是喝多了。

　　　　[希德尼在艾索的陪同下，从花园那边走过来。过了一会
儿，伊娃也跟了进来。

艾索：霍华德，今天怎么样啊？

希德尼：嗨。

霍华德：还好，我碰见不少不错的家伙，都是些有教养有体面的白
人，要多正派有多正派。都是英国人的骄傲。

　　　　[艾索意识到他喝醉了，哆嗦了一下，却又假装没有留意到。

艾索：[脸上堆起笑容] 生意还好吗？

霍华德：糟得不能再糟了。人人都没钱。种地可真是一门赌博啊。
我想问的是，政府就不能做点什么吗？

艾索：他们是说要做点什么。

霍华德：他们说话算数吗？你知道不是那么回事，我知道不是那么
回事，他们自己也知道不是那么回事。

艾索：那就只能咬牙忍一忍了，这些年我们不都是咬牙忍过来的吗？

霍华德：不是说我们是这个国家的脊梁吗？

希德尼：议会里的每个家伙都这么说过。

霍华德：[几乎发起火来] 别以为我不知道我在说什么。

艾索：[安慰地] 你当然知道。

霍华德：那他为什么反驳我？

希德尼：我没反驳你，我是在赞成你。

霍华德：[转怒为喜] 是吗？老弟？那你可真是太贴心了。好样的！

希德尼。不枉我一直喜欢你。

希德尼：那敢情好。

霍华德：我生在农场上，长在农场上。除开去当军官当绅士的时候，我这辈子都是个农夫。要我跟你们讲一讲种地这一行出了什么问题吗？

希德尼：不用。

霍华德：不用？

希德尼：不用。

霍华德：好吧，那我不讲了。

　　　　[他坐在椅子上，醉意沉沉地往后靠去。这时，葛雯·西德尔从客厅那边走了过来，一脸僵硬的笑容。

阿兹利太太：[有点吃惊] 咦，葛雯？

葛雯：原谅我不请自来。我刚好路过你们家，听女佣说威尔弗雷德还在这里，所以我想或许可以进来找他。

阿兹利太太：当然没问题。

　　　　[威尔弗雷德面色阴沉，有些恼火。

威尔弗雷德：怎么回事，葛雯？

葛雯：我以为你可能不想走那么远回家。

威尔弗雷德：你不是说你先回去了吗？

葛雯：我想起来还有些事。

威尔弗雷德：我喜欢走路。

葛雯：[笑容满面地] 为什么？

威尔弗雷德：天哪。我还要向你解释自己为什么想走一走吗？

葛雯：明明有车，为什么要走路？

威尔弗雷德：我需要锻炼。

葛雯：你锻炼得够多了。

威尔弗雷德：葛雯，你这是在出丑了。

葛雯：你怎么能这么说话，威尔弗雷德。

威尔弗雷德：只要看不见我超过十分钟，你就不放心，快把人逼疯了。

葛雯：［仍然笑容灿烂］你那么有魅力，我怕有什么胆大又心坏的老
女人勾引你呀。

威尔弗雷德：［怒气冲冲］得了，走吧。我们走。

葛雯：［转身与阿兹利太太握手］男人可真不让人省心，是吧?

威尔弗雷德：回见，阿兹利太太。感谢你的款待。

葛雯：真是一个美好的下午。感谢邀请。

阿兹利太太：希望很快再见到你们。

　　　　［威尔弗雷德沉着脸向其他人点头致意。他在窗边等着妻
　　子，在她小步跑出去之后跟随而去。

希德尼：怎么回事?

洛伊丝：真是个蠢女人。

希德尼：我猜威尔弗雷德在车上一定不会让她好过。

　　　　［霍华德发出轻轻的鼾声。他已经醉得人事不知。艾索又哆
　　嗦了一下。

艾索：听听，他累坏了。可怜的霍华德。有头奶牛出了点问题。他
早上五点就起床了。

阿兹利太太：艾索，让他睡一会儿吧。希德尼，你要不要进屋去?
有点儿凉了。

希德尼：好吧。

　　　　［阿兹利太太、普伦提斯医生和希德尼向房中走去。

普伦提斯：［边走边问］你的神经痛最近怎么样了?

希德尼：不算太厉害，还好。

　　　　［凉台上只剩下阿兹利太太的三个女儿和一个睡过去的
　　醉汉。

艾索：可怜的霍华德，他干得那么辛苦。我很高兴他能休息一会儿。

伊娃：你也很辛苦，还得不到休息。

艾索：我喜欢。这样的生活让我着迷。和霍华德一起干活总是让人快乐。

伊娃：如果时间能回到过去，你还会嫁给他吗?

艾索：当然会，为什么不呢? 他一直是个好丈夫。

　　　　[阿兹利太太来到客厅门边。

阿兹利太太：伊芙，希德尼想下棋。

伊娃：好的，母亲。我就来。

　　　　[阿兹利太太退回屋中。伊娃站起身来。

洛伊丝：你不是不喜欢下棋吗?

伊娃：我讨厌下棋。

艾索：可怜的伊芙。

伊娃：可希德尼能玩的东西就那么几样。只要能让他的生活不那么艰难，我什么都愿意做。

艾索：该死的战争。

洛伊丝：这样的生活可能会一直持续下去，直到我们都变成被榨干的老女人。

　　　　[霍华德的鼾声又起。

伊娃：我得过去了。[她走进屋中]

洛伊丝：还好，至少你已经有了自己的孩子。

艾索：我确实没什么可抱怨的。

　　　　[洛伊丝站起来，俯身亲吻艾索的面颊，然后走进暮光笼罩的花园，步履轻快。艾索望着自己的丈夫，泪水从双颊流下来。她掏出手帕，焦虑不安地拉扯，似乎是要让自己平静下来。

第一幕终

第二幕

　　场景：阿兹利家的餐厅。室内的装潢风格老派，摆着一只红棕色的餐柜、几把皮坐垫皮靠背的红棕色椅子，还有一张结实的红棕色餐桌。壁炉两侧各有一把安乐椅。有扶手的是男主人的专座，没有扶手的属于女主人。墙壁上挂着巨大的画框，里面是些学院派版画。餐厅的窗子是弧形凸窗，朝向主街。伊娃和希德尼就坐在那边下棋。午餐刚刚结束。女佣格尔特鲁德正在打扫。阿兹利太太坐在她的安乐椅里读报。

伊娃：查理舅舅的车开过来了。

希德尼：专心下棋，伊芙。

伊娃：轮到你走。

阿兹利太太：你该去开门了，格尔特鲁德。

格尔特鲁德：好的，太太。[她走出餐厅]

伊娃：他最近来得真勤。

阿兹利太太：你又不是不知道，他总是大惊小怪。

希德尼：是因为你生病了吗？母亲？

阿兹利太太：没有，我只是老了。

希德尼：要是这样，恐怕连查理舅舅也没什么办法。

阿兹利太太：我也是这么跟他说的。

　　　　[格尔特鲁德将普伦提斯医生领进来。

格尔特鲁德：普伦提斯医生来了。

　　　　[医生走进餐厅，亲吻了阿兹利太太，然后向其他人挥手
　　致意。

普伦提斯： 大家好啊，别让我打搅你们下棋。

希德尼： 需要我们回避吗？

普伦提斯： 不用。我又不是来问诊，就待一小会儿。

希德尼： 后翼马跳后翼象前第三格。

　　　　[伊娃按照他的指示行棋。医生坐了下来，伸手烤火。

普伦提斯： 这天可真冷。

阿兹利太太： 你安排好了吗？

普伦提斯： 安排好了，明天下午三点。

阿兹利太太： 时间挺合适。

普伦提斯： 洛伊丝去哪了？

阿兹利太太： 去打高尔夫了。她觉得回来的话时间太赶，就在会所
　　吃午饭。

希德尼： 她跟威尔弗雷德一块儿打球，还说会带他一起过来。科利
　　也要来。我们可以打几把桥牌了。

阿兹利太太： 真好，那对你有好处，希德尼。

希德尼： 客厅里生火了吗？

阿兹利太太： 我叫人去生。格尔特鲁德？

　　　　[格尔特鲁德一直在清理餐桌，刚刚收拾干净。

格尔特鲁德： 好的，太太。[她收起桌布，放进餐柜抽屉，然后走出
　　餐厅]

阿兹利太太： [转向普伦提斯医生] 你能多待会儿吗？你们四个男人
　　正好凑一桌牌。

普伦提斯： 我也想呀，可是我太忙了。

伊娃： 王翼马跳后前第三格。

希德尼： 这真是步臭棋，伊芙。

伊娃：凭什么不能这么走？只要我乐意。

希德尼：你得保护你的象。

伊娃：下你自己的棋，别管我的。

阿兹利太太：伊芙。

希德尼：你下棋根本没有前瞻。

伊娃：[暴躁起来] 我的老天，难道我这辈子不是一直在前瞻吗？未来可真是光明呢。

希德尼：亲爱的，你到底怎么了？

伊娃：[平复下来] 没什么，对不起。好吧，我保护我的象。后翼象兵走象前第四格。

希德尼：这步好像也不怎么样。

伊娃：这步可以了。

希德尼：如果你不能专注一点儿的话，下棋就毫无意义。

伊娃：你能别唠叨了吗？我快被你逼疯了。

希德尼：我不是要唠叨。好吧，我一个字也不说了。

伊娃：啊，我受够了。[她掀翻棋盘，让所有棋子滚落在地]

阿兹利太太：伊芙！

伊娃：见鬼去吧，见鬼去吧！

阿兹利太太：伊芙，你怎么回事？输一盘棋也要发脾气吗？太幼稚了。

伊娃：好像我在乎输赢似的。这破游戏让我烦透了。

普伦提斯：[安慰她] 我也觉得下棋挺无聊的。

阿兹利太太：希德尼能玩的就那么几样。

伊娃：为什么总是我一个人付出？

希德尼：[微笑起来，似乎觉得有趣] 亲爱的，我们以为你喜欢下棋呢。

伊娃：我受够了，不想再服这苦役了。

阿兹利太太：对不起，我不知道你是这么想的。我以为你为了希德
　　尼愿意付出一切。

伊娃：他眼睛瞎了我也很遗憾，但那不是我的错，战争又不是我发
　　起的。他该去疗养院。

阿兹利太太：怎么能这么狠心？太残忍了。

伊娃：他和别人一样冒了风险。没有死在战场上已经算运气好了。

希德尼：当然，这取决于你怎么看。

伊娃：要是他因此让家里每个人都过不上好日子，那也太可怕了。

阿兹利太太：希德尼为我们付出了那么多。我以为，能尽力让他过
　　得容易一点儿，是我们的福分。我还觉得，我们这么做并非仅
　　仅是为了他，也是为了其他人——其他为了我们，为了那些至
　　少在他们心中算得上光荣的东西而牺牲的人。他们的生活本该
　　更加快乐，更有价值。

伊娃：我付出得够多了，包括我的未婚夫。我那么爱他。我本来应
　　该有一个自己的家，有自己的孩子。可是我再也没有机会了。
　　现在，现在……啊，我是多么不幸啊。

　　　　［她泪流满面，冲出了餐厅。众人一时陷入尴尬的沉默。

阿兹利太太：她怎么回事？

希德尼：没别的原因——她想嫁人了。

阿兹利太太：别这样，希德尼。这样说很过分。

希德尼：这不是再自然不过了吗？

阿兹利太太：不管她对你说了什么，你都不要往心里去。

希德尼：［一脸无所谓的笑容］哎，亲爱的母亲，我早知道会这样
　　的。我曾经是一位负伤的英雄，值得一切好东西。但那样的日
　　子早就过去了，十五年时间不短了。

阿兹利太太：你都能忍受这一切，别人也没有理由不能。

希德尼：对我其实还好。瞎眼这件事本身也是个消遣——你甚至意

识不到时间过得有多快。当然，这对其他人来说是个负担。刚开始，照顾你还是一件高尚的事。后来，随着他们对你习以为常，照顾你就变成一种习惯。然而到了最后，你总会成为可憎的负担。人性使然。

阿兹利太太：对我来说你永远不会是负担，希德尼。

希德尼：[感动地] 我知道，你有一种神秘而又古怪的天赋，那种被称为母性本能的东西。

阿兹利太太：我总是要死的。伊芙把你照顾得很好，这本来让我觉得安心。

希德尼：[几乎是欢快地] 哎，别担心我了，母亲。我不会有事的。别人都说苦难让人崇高。我可没崇高起来，倒是变得刁钻滑头了。伊芙说我自私，并没有说错。不过我的自私可是讲技巧的。我知道如何利用别人的同情心驱使他们为我干活。伊芙会平静下来的，我也不会有事。

阿兹利太太：她不是没嫁出去嘛，所以让她来照顾你那时看起来再合理不过了。艾索有自己的丈夫和孩子。洛伊丝又太年轻，理解不了这些，也不好相处。

希德尼：[毫不在意地耸耸肩] 或许吧。她还年轻，自私一点理所应当，也没什么坏处。她不会觉得有义务被我拖累，也当然不会被我拖累。我不怪她。我很清楚该怎么和她相处。

阿兹利太太：我该去看看伊芙了。

普伦提斯：要是我，我会让她再自己待一会儿。

　　　　[格尔特鲁德拿着一张条子走进来。

格尔特鲁德：太太，西德尔夫人让我把这个给您。

阿兹利太太：哦。[她打开条子读起来] 她在客厅吗？

格尔特鲁德：没有，她在车里等着。

阿兹利太太：请她进来吧。

格尔特鲁德：好的，太太。[她走了出去]

阿兹利太太：真奇怪。

普伦提斯：怎么回事？

阿兹利太太：葛雯送来的。她说想和我私下谈一会儿。

希德尼：那我先出去了。[他站起身，拿起手杖，咚咚咚地走了出去]

普伦提斯：我也该走了。

阿兹利太太：我好奇她想说什么。

普伦提斯：或许想跟你要个地址什么的。

阿兹利太太：那她只需要打个电话就好。

普伦提斯：我觉得这个女人挺蠢的，不知道对不对。

阿兹利太太：你的感觉没问题。

　　　[普伦提斯医生一直盯着朝外走去的希德尼。门一关上，医生就改变了语气。]

普伦提斯：我和穆雷谈了很长时间。

阿兹利太太：我真不想去看病，是你逼着我去的。

普伦提斯：亲爱的姐姐，这是必要的呀。我不想吓唬你，可是我得说你的身体状况让我很不放心。

阿兹利太太：行了行了。是明天下午三点吗？

普伦提斯：没错。他说了会在看完你之后给我电话。

阿兹利太太：[把手伸给医生] 你对我真好。

普伦提斯：[亲吻她的面颊] 因为我太爱你了呀。

　　　[他走了出去。过了一会儿，格尔特鲁德领着葛雯·西德尔走进来，通报了一声，然后离开。]

格尔特鲁德：西德尔太太来了。

阿兹利太太：你好啊。

葛雯：希望你不会觉得我留纸条太过突兀。我必须见你一面。

阿兹利太太：快坐下。没人会来打搅我们。

葛雯：我想了想，觉得应该和你好好谈一谈。我的意思是，这样对你也好。

阿兹利太太：是怎么回事？

葛雯：那我就直说了。

阿兹利太太：[微带笑意] 有话就该直说。

葛雯：你知道吧，我是威尔弗雷德的第二个妻子。

阿兹利太太：我还真不知道。

葛雯：他也是我的第二个丈夫。我们先是深深爱上了对方，然后便各自去办了离婚手续。到现在我们结婚已经十二年了。都是很久以前的事，所以刚到这里时我觉得没必要提起。

阿兹利太太：那本来也是你的私事，和别人不相干。

葛雯：我们的婚姻一直很幸福，说是十分成功也不为过。

阿兹利太太：威尔弗雷德大概是个很好相处的人。

葛雯：正因为如此，他一直很有女人缘。

阿兹利太太：关于这个我可没有发言权。

葛雯：他对女人很有一套，会用各种小殷勤让她们开心。当然，这都不算什么。

阿兹利太太：的确不算什么。

葛雯：但不是所有女人都明白。这些小动作很容易让姑娘家头脑发昏。如果哪个姑娘真把他说的当一回事，就太傻了。毕竟他是有妇之夫，而无论他做什么，我都不会和他离婚。绝对不会。

阿兹利太太：亲爱的，你说你会有话直说，可到现在我也没听明白你到底要说什么。

葛雯：你没听明白吗？

阿兹利太太：我一头雾水。

葛雯：这可让我放心多了。

阿兹利太太：你不跟我解释一下吗？

葛雯：我怕你会生气。

阿兹利太太：不至于吧。

葛雯：威尔弗雷德对你女儿洛伊丝有些太殷勤了。

阿兹利太太：[笑出了声] 我的天，你在胡说些什么呀？

葛雯：我知道他对她有意思。

阿兹利太太：别傻了。

葛雯：他俩总是待在一起。

阿兹利太太：胡思乱想。他们只是一起打网球和高尔夫球。现在他
们就在打高尔夫呢。在工作日，你丈夫可找不到几个男球友。
这对他俩都有好处。你不至于为这点事吃醋吧？

葛雯：你不明白。他已经迷上洛伊丝了。

阿兹利太太：哎，亲爱的，那都是你的想象。

葛雯：你怎么能确定洛伊丝没爱上他？

阿兹利太太：他的年纪足够做洛伊丝的父亲了。

葛雯：这有关系吗？

阿兹利太太：要我说的话，当然有关系。我不想打击你，可是你得
明白，在洛伊丝这个年纪的姑娘们眼里，你和我，还有你丈夫
和我丈夫，都可以算是古人了。

葛雯：要是周围的男人足够多，或许你说得对。可在这地方，姑娘
们没有多少选择余地。

阿兹利太太：我觉得你这么说有点过分了。

葛雯：对不起，我并不是有意冒犯，我只是太伤心了。

阿兹利太太：[善意地] 可怜的，我敢肯定你弄错啦。再说了，你们
不是就快离开了吗？就算真有什么也会过去的。

葛雯：[反应迅速地] 你也觉得真有什么需要了结吗？

阿兹利太太：不是那个意思，我是说你的担忧会过去。我对你丈夫

那样的男人了解不多，但我敢说在他那个岁数，男人往往会对新鲜亮丽的东西着迷。作为一个头脑清醒的妻子，只需要耸耸肩笑一笑，不当一回事。她是绝对安全的，因为年轻人只会把这样的老头子看成古董。

葛雯：哎，我也但愿你说得没错，可是你不知道我在发现后都经历了什么样的折磨。

阿兹利太太：我说的当然没错。就算你脑子里想象的东西是真的，只要你们一搬走，用不了几天，你丈夫就会把她忘个干净。

　　　　［她站起身来，结束了这段谈话。葛雯也站起来。她向窗外瞟了一眼，看到一辆汽车在大门前停下来。

葛雯：他们来了。

阿兹利太太：［向窗外望去］谁来了？哦，你是说你丈夫和洛伊丝。

葛雯：他要进来了。

阿兹利太太：他答应过希德尼要一起打桥牌。你不会有意见吧？

葛雯：我不想让他看到我在这。他会觉得我在跟踪他，然后大发脾气。

阿兹利太太：他不会到这边来，只会去客厅。

葛雯：你不会对洛伊丝说什么吧？我不想让她生气。

阿兹利太太：放心，我什么也不会说。我敢肯定她对你提到的事一无所知。说了的话只会让她害羞难堪。

葛雯：等他们一过去，我就走。

　　　　［房门砰的一声被推开。洛伊丝走了进来，浑身散发着健康和活力的气息。

洛伊丝：嗨，葛雯，你在这儿呀？

葛雯：是的，你母亲想跟我谈谈手工义卖的事。我正要走呢。

洛伊丝：威尔弗雷德也在。

葛雯：他也在吗？代我跟他问好，告诉他别回来太晚错过晚饭。你们是要打桥牌吗？

洛伊丝：是的。科利和霍华德也会来。他们四个男人打。

葛雯：威尔弗雷德说过，你哥哥的桥牌打得好，就像他的眼睛还能看见一样。

洛伊丝：没错，挺让人吃惊的。当然，我们用的牌是特制的。

葛雯：[瞥见了洛伊丝脖子上的珍珠项链] 你这条项链可真漂亮。我以前怎么没见过？

洛伊丝：[下意识抬手伸向脖子，摩挲起项链上的珠子] 前几天我去斯坦伯里的时候买的。

葛雯：你真舍得。这年头，可没几个人买得起珍珠。

洛伊丝：我只花了一镑。

葛雯：不是真珍珠吗？

洛伊丝：当然不是啦，怎么会？

葛雯：[走近洛伊丝，去摸那些珍珠] 我对珍珠还算了解。我敢肯定它们是真的。

洛伊丝：要是真的倒好。

葛雯：这是我见过的最逼真的假珍珠。

洛伊丝：现在的手艺就是这么神奇。说不定真的反而没人要了。

　　　　[葛雯似乎被吓了一跳。她还在狐疑地盯着那些珍珠看，随后才努力让自己恢复了常态。

葛雯：回见，阿兹利太太。我会及时把东西备齐。

阿兹利太太：回见，亲爱的。我让洛伊丝送你出去。

　　　　[葛雯和洛伊丝离开。阿兹利太太独自开始思索，似乎有些疑惑。洛伊丝又回到餐厅。

阿兹利太太：洛伊丝，宝贝，我总觉得你看上去有点消瘦。要不你去艾米丽姑妈那里玩上一两个星期怎么样？

洛伊丝：我可不想去。

阿兹利太太：她特别喜欢你去呀。

洛伊丝：那里无聊死了。

阿兹利太太：反正年底之前你总要去的，不如现在就去，了一桩事。

洛伊丝：我真不想去。

阿兹利太太：你再考虑考虑。哪怕你有一点点不好，我都受不了，真想把你永远留在身边。[她走出餐厅，话音从开着的门外传来] 哎，这不是科利吗？希德尼在客厅等着呢。

　　　　[科利从门口经过，看见了洛伊丝。]

科利：你好啊，洛伊丝。

洛伊丝：你来得好早。

　　　　[他在门口停下。]

科利：我和你父亲约了谈事情，可是他有事要出门。我给他的助手留了条子说只要他有空，我就过来。

洛伊丝：哦，好的。

科利：我先到客厅去了。

洛伊丝：快去吧。

　　　　[科利继续前行离开。洛伊丝走向穿衣镜，再次审视自己脖子上的小珠串。她摩挲着那些珍珠。威尔弗雷德的声音从外面传来："洛伊丝？"]

洛伊丝：嗨。

威尔弗雷德：[人还在外面] 你在哪儿呢？

洛伊丝：我在餐厅。

　　　　[威尔弗雷德出现在门口。]

威尔弗雷德：正好科利也来了，我们不如早点开始。

洛伊丝：霍华德还没到。

威尔弗雷德：我知道。可是他来之前你也可以先打两把嘛。

洛伊丝：你先进来，好吗？

威尔弗雷德：什么事？

洛伊丝：把门关上。

威尔弗雷德：[进来后把门关上] 关好了。

洛伊丝：你给我的这些珍珠，的确是假货，没错吧？

威尔弗雷德：肯定是假货呀。

洛伊丝：你买下来花了多少钱？

威尔弗雷德：一镑，我告诉过你的。

洛伊丝：葛雯刚才来过。

威尔弗雷德：她来做什么？

洛伊丝：我也不确定，应该是来找母亲商量手工义卖的事。

威尔弗雷德：哦，是吗？她最近老是古古怪怪的。

洛伊丝：她说这些珍珠是真货。

威尔弗雷德：她又懂什么珍珠了？

洛伊丝：她说她对珍珠很了解，她自己也有珍珠。

威尔弗雷德：是啊，她可花了我不少钱。

洛伊丝：所以她没说错吗？

威尔弗雷德：[微笑] 我不能否认这一点。

洛伊丝：那你为什么要说它们是假货？

威尔弗雷德：如果你知道是真货，就不会收下。我是这么想的。

洛伊丝：当然不会。[她伸出手指去解项链的搭扣]

威尔弗雷德：你这是做什么？

洛伊丝：我得把它还给你。

威尔弗雷德：已经晚了。你这么做只会让事情曝光。

洛伊丝：又没有什么见不得人的事。

威尔弗雷德：你确定吗？你不了解葛雯。她的舌头比毒蛇的还毒。

洛伊丝：我不能收下这么贵重的珍珠项链。

威尔弗雷德：无论如何，在我们离开之前，你只能戴着它了。

洛伊丝：你到底花了多少钱？

威尔弗雷德：亲爱的，追问一件礼物值多少钱可不是什么得体的做法。

洛伊丝：好几百镑？

威尔弗雷德：差不多吧。

洛伊丝：你知道吗？我这辈子从没拥有过一件值钱的东西。光是想想它可能被我弄丢，就让我紧张得要死。

威尔弗雷德：别想那么多。我还不算太穷吧。你要是真的把它弄丢了，我也不会死。

洛伊丝：但是我原本可能一直被蒙在鼓里，把它当成不值钱的东西戴上许多年。

威尔弗雷德：那正是我想要的效果。

洛伊丝：[微笑] 哎，你这么说可真贴心。我以为你从来不会这一套呢。

威尔弗雷德：你怎么会这么认为？

洛伊丝：这么说吧，我一直以为你是个爱显摆的人，觉得像你这样的人在送出贵重礼物之后，一定会让对方知道它值多少钱。

威尔弗雷德：这听起来可不是什么好话。

洛伊丝：我是说，如果只是假珍珠，你就没法指望我能有多感激。哪怕是霍华德也有可能给我买上一串——如果他赌马赢了五镑的话。

威尔弗雷德：我喜欢你戴着我给你的珍珠。光是想一想它们环绕在你美丽的脖子上，就能让我激动不已。

洛伊丝：就为这个？代价似乎太高了。

威尔弗雷德：你知道的，我爱你爱得发疯。让我吻一吻你好吗？洛伊丝。[他伸出双臂搂住她的腰，想要亲吻她的嘴唇，可是她把脸扭开了，只让他亲到了脸颊] 你对我就没有一点好感吗？

洛伊丝：[不以为意] 还好吧。

威尔弗雷德：为了你我什么都愿意。你知道葛雯和我关系不怎么样，分开来对我和她都会好得多。我也知道我能让你幸福。毕竟，你总不会想在这死气沉沉的小地方待上一辈子吧？

洛伊丝：你想让我做什么？跟你私奔吗？

威尔弗雷德：有什么不可以呢？

洛伊丝：然后在你厌倦我时被一脚踢开？多谢你的好意。

威尔弗雷德：我明天就能转两万镑到你名下，而且如果你不愿意，你也可以选择不跟我走。

洛伊丝：别傻了。

威尔弗雷德：只要我给得够多，葛雯会同意离婚的。然后我们就可以结婚。

洛伊丝：别以为我不懂。一个登徒子在引诱无辜村姑得手之后，一想到自己可能要娶她做老婆，总会害怕得要死。

威尔弗雷德：洛伊丝呀，别嘲讽我了。我全心全意地爱着你。我也知道自己太老了，跟山丘一样老。要是老天能让我年轻二十岁，该有多好啊。我太爱你了，我的心永远不会变。

　　　　[一时间，洛伊丝瞧着他的眼神变得严肃了。

洛伊丝：我们该去打牌了。

　　　　[艾索走了进来。

艾索：希德尼等得不耐烦了。[转向威尔弗雷德，打趣他] 霍华德说了，你要是不赶紧过来，干脆娶了这个姑娘算了。

洛伊丝：我不知道你也在。

艾索：我们刚刚到。

洛伊丝：哦，好吧。既然霍华德来了，你们就不需要我了。

威尔弗雷德：好，我们先玩着。别忘了待会过来加入。

洛伊丝：我得去补补粉。

[威尔弗雷德离开。

艾索：我听说伊芙闹了一场。

洛伊丝：是吗？怎么回事？

艾索：我也不知道。可能是焦虑吧。她该找个人嫁了。

洛伊丝：她还能嫁谁？可怜的。

艾索：科利怎么样？他们俩年纪差不多。我觉得还挺般配的。

洛伊丝：威尔弗雷德说他快破产了。

艾索：他们能对付过去。这年头谁能有多少钱呢，可还不是想办法
　　过日子？不够理想的婚姻总比不结婚要好。

洛伊丝：这是你的经验之谈？

艾索：我不是在说自己。我的生活没什么可抱怨的。

洛伊丝：威尔弗雷德想让我跟他私奔。

艾索：威尔弗雷德？什么意思？怎么回事？

洛伊丝：他说他爱上我了。

艾索：那个龌龊的老头子。我不明白，他想让你做什么？

洛伊丝：嗯，我猜他的打算是先让我等着，直到他离婚。然后我猜
　　他会娶我。

艾索：真是个禽兽。

洛伊丝：我越来越老啦。我已经二十六岁了。

艾索：[吓了一跳] 洛伊丝！

洛伊丝：未来到底有什么值得我等待的？像伊娃那样变得神经兮兮，
　　还是像你一样苦中作乐？

艾索：我有自己的孩子。霍华德有缺点，跟其他人一样。可是他爱
　　着我，尊重我。

洛伊丝：亲爱的呀，你性格太好了，可我不一样。你以为我看不出
　　来你的日子并不是总是那么好过吗？

艾索：这样的生活当然不容易。我在决定嫁给一个佃农的时候就该

知道。

洛伊丝：你也没想到他会酗酒。

艾索：就他那一类人来说，我不觉得他比别人喝得更厉害。

洛伊丝：你真的能忍得了他？

艾索：[不悦地] 我不懂你这话什么意思。

洛伊丝：我是说，他是个平凡人，没错吧？

艾索：[笑了起来] 你确定你我就是什么上等人吗？

洛伊丝：至少我们说话没有土音，吃饭时有规矩，爱干净。

艾索：如果你早上六点就得起床挤牛奶，我不觉得你能有多爱干净。你说的都是些习惯而已。没必要在意这些东西。

洛伊丝：你不在意吗？

艾索：有时候也会，但那是我的问题。

洛伊丝：你和他有什么地方合得来？

艾索：我们有共同的回忆。还记得最开始那两年，我爱他爱得不顾一切。那时他是那么年轻，那么英武，是真正的男子汉！我爱上他，因为他属于大地，土壤是他的力量源泉。那时其他什么事都不重要。无论他做什么，我都喜欢。

洛伊丝：亲爱的姐姐，你可真浪漫。我跟你不一样。浪漫不会长久，而当它死去时，你手里只会剩下灰土。

艾索：还有，你会意识到自己没有辜负生活。

洛伊丝：得了吧。

艾索：这并非不重要。这是我自己选择的道路，我也准备好了接受它。你可听到我抱怨过吗？

洛伊丝：或许你从来没有想过，要是霍华德娶的是跟他同类的女子，他会过得更好。

艾索：不是的，我经常意识到这点。正因为如此，我才会觉得我需要对他保持耐心。我早该知道的，我不该被爱情冲昏头脑。

洛伊丝：亲爱的，你太高尚了，高尚得让我接受不了。

艾索：我并不高尚，我只是明白人之常情……洛伊丝，你不会真的打算跟那个男人私奔吧？

洛伊丝：没有，说着玩玩。只不过能有这样的机会还挺让人兴奋的。

艾索：啊，我放心多了。

　　　　[莱纳德·阿兹利走了进来。

阿兹利：你们两个姑娘在这里做什么？讨论衣服料子，我敢肯定。

艾索：[亲吻他] 父亲，你还好吗？

阿兹利：叽叽喳喳，一天到晚叽叽喳喳，我就知道你们。我就好奇为什么你们一聊起衣服来就能说个不停。科利来了，对吗？

洛伊丝：是的，他在打桥牌。

阿兹利：那好，你俩快去叫他过来，我有事情找他。

洛伊丝：好的。

阿兹利：孩子们还好吧？

艾索：挺好的，他们一向都好。

阿兹利：能在那么一片农场上长大对他们是件好事。乡村生活是很难得的。

艾索：他们已经回学校上课了。

阿兹利：当然，我也想起来了。上学更是好事。这该是他们一辈子中最快乐的日子了。[姐妹二人走了出去。阿兹利瞥见一份专供女士阅读的报纸，将它拿起] 果不其然。[他为自己的判断力感到满意，微笑起来。门开了，科利走了进来。阿兹利一看见他，就重新端起了律师架子] 你好啊。

科利：我刚才去过办公室，你不在。

阿兹利：是的。还有人在等我，而我认为你最好不要和他碰面。我需要在见他之前先和你谈谈。所以我是从小门过来的。

科利：这里很好。律师办公室总让我不习惯，在那里我会紧张。

阿兹利：我要告诉你的恐怕不是什么好消息。

科利：啊，我的天。

阿兹利：你到这里三年了，我们也经常见面。我们都觉得你不错。

科利：能时常到你家来也是我的福气。要不是认识你们，我的日子会难过许多。

阿兹利：我相信你也明白，现在这种情况，我也是迫不得已，心里并不好受。

科利：我猜游戏大概结束了。我也尽力了。现在我只有申请破产这一条路了吗？

阿兹利：银行上个月就给你发过信，告知你的账户已经透支，他们将不再兑付你的任何支票，除非你把账户恢复平衡。

科利：有这么回事。

阿兹利：而在那之后，你又开出了好几张过期支票，向不同账户支付款项。

科利：到处都要钱，我没有别的办法。

阿兹利：你已经完全失去偿还能力了，就没想过怎么应付银行？

科利：我指望着能从什么地方搞到钱。

阿兹利：你不知道这是刑事犯罪？

科利：什么呀？这不是每个人在遇到难处时都会干的事吗？

阿兹利：但是免不了进监狱。

科利：我的天，你不会是说他们打算起诉我吧？

阿兹利：你总不能指望受害方白白承受损失。

科利：可这太荒谬了，他们知道我不是出于恶意。

阿兹利：你这样根本不像个生意人，真让我大开眼界。

科利：我本来就不懂什么生意！我是个水兵，在海军服役了二十年。

阿兹利：在我看来，你的做法太不明智了。

科利：接下来会怎么样？

阿兹利：银行经理现在就在我的办公室。你要做最坏的准备。他们
　　　会请求逮捕令。

科利：你是说他们要把我抓起来吗？

阿兹利：当然你会得到保释，这件事我来安排。如果你选择接受陪
　　　审团裁判，法官会把案子转交到四季法院 ①。现在时间还算早，
　　　我们可以先看看庭辩律师会怎么说。目前，就我看来，你最好
　　　的办法是认罪，然后等待法庭的宽宥。

科利：可是我没有犯罪。

阿兹利：别说傻话了。如果一个小偷趁人不备从你的收银台里顺走
　　　十个先令是有罪的，那你的做法也是有罪的。

科利：他们会把我怎么样？

阿兹利：考虑到你的既往良好表现和你的海军履历，我相信法官多
　　　半会轻判，你最多会在二等牢房 ② 里待上三到六个月。

科利：[被律师轻描淡写的态度突然触怒] 其实你并不在意，对吧？

阿兹利：可怜的孩子，我也不愿意事情变成这样。干我这一行，经
　　　常要面对不得已的事，可是没有哪一次比眼下的情况更让我
　　　痛心。

科利：好在大多数人在目睹别人的不幸之后都会恢复过来。

阿兹利：不仅是因为我们全家人和你相处得好，也因为你得过杰出
　　　服务勋章，指挥过军舰。这一切让你的失败更让人难过，恐怕
　　　也会更加让人难堪。

_____

① Quarter sessions，亦译作"季度法院"，指英国的郡或自治市一级设立的法
　院，每年召开四次，在陪审官的参与下审理超过短期法院裁决权的案件，也
　审理民事案件。四季法院制度在因 1971 年《法院法》的生效而在 1972 年被
　撤销。

② Second division，英国根据 1898 年《监狱法》规定了在押罪犯的三种不同待
　遇。一等牢房最为宽松，二等牢房其次，而三等牢房最为严苛。

科利：他们会收走我的杰出服务勋章吧。

阿兹利：应该会。

科利：我为国服役二十年，失去了从事其他工作的能力。把这样没有一技之长的人扔上大街，眼看着他在花光一千来镑的遣散费之后等死，不是更让人难过、更可耻的事吗？或许你从来没有想过。

阿兹利：关于这一点我没法说太多，不过在法庭上倒是一条不错的辩护理由。我会把它记录下来。当然，这也是因为整个国家状况都不好，不得不缩减开支。总得有一批人要受罪。这也是没办法的事。

科利：战争期间，我曾经遭遇鱼雷攻击，是别人把我从水里捞了起来。天哪，那时我觉得自己的运气可真好。没想到会走到这一步。

阿兹利：公平地说，你得承认我在半年前就劝你申请破产，可是你不听。

科利：英国海军的辞典里没有"不可能"这三个字——这样的话我听了太多年。所以哪怕还有一点点机会，我都很难放弃努力。

阿兹利：你也不必绝望。

科利：一个四十岁的前海军军官，坐完六个月的牢出来，还能有什么前途呢？

阿兹利：作为一个爱打猎的人，我有一条好经验，那就是不要为还没发生的事担忧。好了，我得走了。餐柜里有威士忌和苏打水，你可以自便。我觉得你会想要喝一杯。

科利：谢谢你。

阿兹利：[向科利伸出手] 再见，我的孩子。一有新消息我就会通知你。

科利：再见。

[阿兹利走了出去。科利额坐在一张椅子上，双手捂脸。可
是一听到开门的声音，他又抬起头来，恢复了镇定的样子。进
来的是伊娃。

伊娃：哎，对不起。我在找我的包，不知道这里有人。

科利：我正要走。

伊娃：请别着急。我不打搅你。

科利：你在说什么呀。这是你家的餐厅，你当然可以进来。

伊娃：我刚才没有说实话。我知道你在这里，而我的包在楼上。我
听见父亲离开，想见见你。我等不及了。

科利：有什么事吗？

伊娃：我们都知道你碰上麻烦了。午餐时父亲就提到过，虽然没有
明说。我知道他会在下午和你碰面。

科利：感谢你的关心，伊芙。我确实遇到些困难，不过无论如何，
现在我知道是怎么回事了。

伊娃：还有办法吗？

科利：恐怕没什么办法了。

伊娃：我可以帮你。

科利：[微笑起来] 亲爱的，你能怎么帮我？

伊娃：不就是钱的问题吗？

科利：好一个"不就是"。

伊娃：我的教母给我留了一千镑。这笔钱已经投资出去了，利息就
够我的花销。你可以拿去用。

科利：我怎么能拿你的钱呢？这是不可能的。

伊娃：为什么？我乐意给你呀。

科利：你太慷慨了，可是……

伊娃：[打断了他] 你不知道我有多在乎你吗？

科利：感谢你的好意，伊芙。可是，你父亲要是知道了可不会高兴。

伊娃：那是我的钱。我又不是个小孩子。

科利：不可以，亲爱的。

伊娃：我可以入股你的修车行。那样一来，这钱就只是一笔投资了。

科利：想想你提出来之后你父亲的脸色吧。我刚买下修车行的时候，它看起来可没什么问题。那时一切都景气。可是萧条一来，它就活不下去了。现在它一钱不值。

伊娃：可是如果你拿到更多投资，你就能熬到萧条结束。

科利：其实你父亲本来就不太看得起我。如果再让他认为你是被我引诱才把钱投进一门已经破产的生意，他更会觉得我是个卑鄙的混账了。

伊娃：你总是说我父亲如何如何。这事与他无关，只是你和我之间的事。

科利：我知道你心肠好，总是为别人付出，不惜牺牲自己。可凡事总有界限。说不定哪天你就要嫁人，那时你就知道这一千镑钱对你多有用了。

伊娃：你对我是那么重要。除了把钱给你，我想不出它还有更好的用处。

科利：真的对不起。老天在上，我的确需要钱，可是我真的不能从像你这样的姑娘手里拿钱。

伊娃：我以为你喜欢我。

科利：我很喜欢你。你是一位贴心的好朋友。

伊娃：我以为，或许有一天我们可以不止是朋友。[她沉默了片刻，显得非常紧张，却又努力说下去] 毕竟，只要我们订了婚，你遇到困难时我出手帮忙就是很正常的事。

科利：可是我们并没有订婚。

伊娃：我们可以假装呀。我是说，只需要装上一段时间，我就可以把钱借给你，而父亲也会帮你重回正轨。

科利：哎，亲爱的，那太荒唐了。只有小说里才会有那样的事。你要现实一点。

伊娃：只要生意一恢复，你随时可以解除订婚。

科利：听起来你是想让我扮演一个坏人。

伊娃：[声音有些发涩] 也许，也许你习惯之后就不会想解除了。

科利：我的天，你怎么会有这样的念头？

伊娃：你是单身，我也是单身。这世界上又没有什么人在乎我们两个。

科利：别胡说了。你的家人都爱你，也非常需要你。可以说，全家都离不开你。

伊娃：我想离开。在这里我很不快乐。

科利：我不信。你只是焦虑、心情不好。照我说，你是想要一点改变。

伊娃：你不明白。这么说太冷酷了。

科利：我不是冷酷。相反，你不知道我有多感激。

伊娃：我没法说下去了，这太丢脸了。

科利：真对不起，我不是想要伤害你。

伊娃：没事，我也没老到没人要。想娶我的男人还不少。

科利：我从不怀疑这一点。我敢说，用不了多久，你就会找到你真心喜欢的人，成为他完美无瑕的好妻子。[伊娃哭出声来。科利望着她，眼神忧虑] 对不起。

　　[她没有回答。科利安静地离开了。她抽泣着，却被开门的声音吓得站起身来，把脸转向一边，免得来人看到她在流泪。进来的人是霍华德，看起来还算清醒。

霍华德：科利去哪了？

伊娃：我哪知道？

霍华德：我们三缺一。

伊娃：你看得出他不在这里吧？

霍华德：他刚才还在。

伊娃：[跺脚] 随你怎么说，现在他不在。

霍华德：冷静，冷静。我们的善良天使这是怎么了？

伊娃：你说话可真好笑，真是个会逗趣的人呢。

霍华德：我知道你们在这里干什么。你想让他娶你。

伊娃：[愤怒地] 你这个混蛋醉鬼。我诅咒你，下地狱去吧！

> [她冲出房间。霍华德的嘴唇翘起，冷笑起来。随后，他踱到餐柜前，给自己倒了一杯威士忌，又加上苏打水。正当他啜饮时，洛伊丝走了进来。

洛伊丝：嗨，我还以为你在那边打桥牌。

霍华德：没有。你父亲要见科利。我、希德尼和威尔弗雷德只好三个人打皮克牌①。

洛伊丝：所以你偷偷溜到一边喝上了？

霍华德：我的好姑娘，我总得恢复一下心情。刚才伊芙冲我大喊大叫。亲爱的，你是没听见她都骂了些什么。她管我叫混蛋醉鬼。我是说，一位好教养的年轻女士如此失态，对一个男人可是巨大的创伤呢。

洛伊丝：你就不能不喝？

霍华德：你可以这么说。我可怜的老父亲就是喝死的，而他的可怜的老父亲也是喝死的。这算是遗传，明白吗？

洛伊丝：这对艾索不公平。

霍华德：她要忍的还有很多呢，小姑娘。我不用你来教，我都知道。说实话，我配不上她。

---

① Piquet，现存最古老的纸牌游戏之一，玩时只用从 7 到 A 的三十二张牌，通常是两个人玩。

洛伊丝：这倒是没说错。

霍华德：我就是这个意思。她是一位淑女，只要一眼就能看出来。还有，她也从不失态。我在乐意的时候也能像个绅士，可是我不想一直像个绅士。我是说，我更喜欢时不时地笑个痛快，可是她从来不会大笑。对你我可以说句老实话：她一点幽默感也没有。

洛伊丝：就算有，在嫁给你十五年之后，剩下的也不多了。

霍华德：我更喜欢懂得乐子的姑娘。就是说，我们都应该及时行乐。要是只想安安静静循规蹈矩，死了之后有的是时间。

洛伊丝：这倒是有些道理。

霍华德：你可别搞错了，我不是在抱怨艾索，那不是一位绅士该做的事。我也知道她是上等人，而我只是个普普通通的农夫。只不过，谁会喜欢一天到晚只能仰视自己的老婆呢？这一点你也不会不明白。

洛伊丝：没人逼着你娶艾索。

霍华德：可惜那时候你还太小，要不我一定选你。

洛伊丝：这算是一句好话？

霍华德：跟艾索比起来，你一点也不像个淑女，甚至可以说有点坏。你和我才是天生一对儿。

洛伊丝：你喝醉了。

霍华德：我没有，我清醒得很。

洛伊丝：那你还是喝醉的时候可爱一点。

霍华德：吻我，宝贝儿。

洛伊丝：你是想挨耳光吗？

霍华德：我不怕挨耳光。

洛伊丝：脸皮可真厚。

霍华德：来呀，乖乖。

洛伊丝：下地狱去吧。

霍华德：只要跟你一起，我不在乎下地狱。

> [他突然伸出手，搂住洛伊丝，狠狠吻住她的嘴唇。她用力挣开。

洛伊丝：你怎么敢？

霍华德：别装了。你并不介意，还挺享受的吧？

洛伊丝：我恶心得要吐。你浑身都是奶牛味儿。

霍华德：不少姑娘就喜欢这个味道呢，一闻就晕头转向。

洛伊丝：腌臜的畜生。

霍华德：还想要吗？

洛伊丝：要不是因为艾索，我一定会告诉父亲。

霍华德：你可别逗了。你以为我不懂姑娘是怎么回事吗？而你要是不知道男人是怎么回事，现在可是好机会。像你这么漂亮的姑娘，应该为自己感到羞耻——想想你都错过了多少乐子。

洛伊丝：你还挺高看自己的。

霍华德：那也不是无凭无据。当然，我不是说现在还跟打仗那会儿一样。天哪，我可真想战争永远没有结束。在那时候，如果你看上一个漂亮姑娘，只需要哄哄她就能得手。当然，军装帮了很大的忙，更不用说你还是见鬼的战争英雄。

洛伊丝：畜生！

霍华德：[洋洋得意地] 来吧，要不要到农场来玩几天？我们可以好好找点乐子。

洛伊丝：你把我当成什么人了，霍华德？

霍华德：别跟我说那些没用的。你是人，我也是人，不是吗？人这一辈子，不找点乐子就发霉变老，值得吗？到农场来呀。孩子们都去寄宿学校了，房间空着。

洛伊丝：你要么是醉了，要么是疯了。

霍华德：我既没醉也没疯。你会来的，宝贝儿。

洛伊丝：[鄙夷地] 是什么让你这么自信？

霍华德：我就直说吧，因为我想要你，你也知道我想要你。再没有
　　别的什么事比这更让姑娘们着迷了。我向上帝发誓：我想要你。

　　　[他盯着她。他奔腾的欲火似乎充斥了整个房间。洛伊丝下
　　意识地捂住胸口，屏住了呼吸。房间陷入片刻安静。这时，阿
　　兹利太太走了进来。

洛伊丝：[恢复过来] 啊，母亲。

霍华德：我正劝这个小姑娘去农场玩几天呢。看起来她的生活需要
　　一点变化。

阿兹利太太：很高兴我们不谋而合。只不过我刚跟她说过，让她到
　　艾米丽姑妈家去待两三个星期。

洛伊丝：我考虑过了，母亲。我觉得你说得对。我什么时候走好？

阿兹利太太：越早越好。就明天吧。

洛伊丝：好的。我去给老姑妈发个电报，告诉她我会过去。

阿兹利太太：不用，我刚给她写过信，说了你会在明天晚餐前到她
　　那里。

洛伊丝：是吗？你可真是个爱管事的老太太。

阿兹利太太：你是个好姑娘，洛伊丝。我知道你不会不听我的话。

洛伊丝：我可没觉得我是个多好的姑娘，不过你总是我最亲爱的老
　　母亲。

　　　[她温柔地亲吻了母亲。阿兹利太太微笑着，轻拍女儿
　　的手。

第二幕终

321

第三幕

场景：阿兹利家的客厅。这是一个宽敞的房间，天花板不高。客厅的法式门外是凉台，也就是第一幕故事的发生地。整个客厅的装潢老派而寻常，令人感觉舒适。阿兹利夫妇结婚时，这个客厅还是崭新的。自那以后，房间里就没有添置过什么新东西。四壁上挂着带框的版画、水彩画、佛罗伦萨风格浅浮雕的复制品，还有配着武器的木盾和老式的英国瓷盘，显得过于拥挤。小桌子上堆满了各种小饰物。扶手椅和沙发上松垮垮地盖着褪色的印花装饰布。外面风雨交加。房中的壁炉里生着火。时间大约是下午四点半，天色向晚。威尔弗雷德站在壁炉前伸手烤火。身穿裙子和外套的洛伊丝走了进来。

洛伊丝：[走向威尔弗雷德，伸出一只手] 你好啊。母亲出门了，去了斯坦伯里。她会回来喝下午茶。

威尔弗雷德：我知道。我跟女佣说过我想见你。你是今天就要走吗？

洛伊丝：是的。我要去坎特伯雷附近的一个姑妈家住两个星期。

威尔弗雷德：可是两个星期之后我就要离开了。

洛伊丝：是吗？

威尔弗雷德：你不打算在走之前和我道别吗？

洛伊丝：我以为母亲会替我向你道别。

威尔弗雷德：[声音变得发涩而激动] 别走，洛伊丝。

洛伊丝：［无动于衷地］为什么？

威尔弗雷德：你为什么要走？

洛伊丝：母亲觉得我需要一点改变。通常我每年都会到艾米丽姑妈家去一两趟，每次呆上两个星期。她是我的教母，还说过会在遗嘱里给我留一笔财产。

威尔弗雷德：我打算明天去伦敦，把那笔钱转到你名下。

洛伊丝：别犯傻了，好像我真想要你的钱似的。就算我跟你私奔，我也不会要钱。我更愿意保持独立。

威尔弗雷德：你可以再给我两个星期。这对你来说不算什么，对我却意味着一切。

洛伊丝：你怎么知道我要走？

威尔弗雷德：葛雯告诉我的。

洛伊丝：她又是怎么知道的？

威尔弗雷德：你母亲给她打过电话。

洛伊丝：原来如此！

威尔弗雷德：你确定葛雯昨天来见你母亲真的是为了手工义卖的事吗？

洛伊丝：我不信葛雯有那个胆子。你不了解我母亲。她不会允许任何人说我们一句坏话。你平时见到的只是和气的她。如果有人敢于冒犯，她一步也不会让。

威尔弗雷德：葛雯亲眼见过了那串项链。

洛伊丝：［伸手去解项链］哎，我忘记了。我现在就还给你。

威尔弗雷德：你不肯留下它吗？我求求你。留下它对你没什么坏处，却能让我心里安慰。

洛伊丝：我可没觉得。很可能你我从此不会再见了，所以这串项链对你而言完全就是白白浪费钱。

威尔弗雷德：光是想想你戴着我给你的首饰，就让我满足。这串项链曾经被我握住过。我希望它能紧贴你柔嫩的脖子,有你的体温。

洛伊丝:[若有所动] 我从来没拥有过这么贵重的东西。看来我真算不上是个好姑娘。

威尔弗雷德:它只值一镑钱。

洛伊丝:你可真会撒谎。葛雯知道是你把它送给我的吗?

威尔弗雷德:她没这么说,但是她知道没有别人能这么做。

洛伊丝:那她大吵大闹了吗?

威尔弗雷德:那倒没有,她还算冷静,因为她害怕。

洛伊丝:害怕?她很怕你吗?

威尔弗雷德:她非常怕我。

洛伊丝:真奇怪。为什么?

威尔弗雷德:我的心都要碎了,洛伊丝。我知道你不爱我。你的确没有爱我的理由,但是你也可以爱我,只要我对你全心全意,对你耐心。只要能让你高兴,我什么都愿意。

洛伊丝:真奇怪。知道有人爱上了自己,的确有些不一样的感觉呢。

威尔弗雷德:葛雯说起你要走的消息时,我觉得天都要塌了。她假装是在说一件闲事,但她心里清楚是在用刀子扎我的心。她盯着我的表情,享受我的痛苦。

洛伊丝:可怜的葛雯。看来一个人在嫉妒时可以变得非常恶毒。

威尔弗雷德:让葛雯见鬼去吧,我没有空理会她。你才是我的一切,其他任何人我都不在乎。这是我最后的机会了,洛伊丝。

  [她缓缓摇头。一时间,威尔弗雷德望着她的表情变得绝望。

威尔弗雷德:我无论说什么都不能让你回心转意吗?

洛伊丝:你说什么都一样。

威尔弗雷德:那我完了,我完了。

洛伊丝：不至于。你会好起来的。你们什么时候去里维埃拉？

威尔弗雷德：这一切对你来说只是个笑话。［激动地］天哪，我真恨自己太老。

　　　　　［伊娃走了进来。

伊娃：为什么窗帘还没拉上？哦，威尔弗雷德在这儿呀！

威尔弗雷德：［努力显得若无其事］你好啊。

伊娃：我来开灯。

　　　　　［在洛伊丝拉上窗帘的当儿，伊娃打开电灯。

洛伊丝：天气真糟糕。

威尔弗雷德：我得走了。

伊娃：啊？你不留下来喝茶吗？希德尼正要过来。他喜欢跟你打皮克牌。

威尔弗雷德：对不起，我还有事。我只是来和洛伊丝道别。

伊娃：我们不久就能再见的，我想。

威尔弗雷德：但愿如此。

　　　　　［二人握手道别。洛伊丝也向他伸出手。

洛伊丝：再见，替我向葛雯问好。

威尔弗雷德：再见。［他脚步匆忙地离开］

伊娃：他怎么了，看起来奇奇怪怪的。

洛伊丝：我倒没看出来他跟平时有什么不一样。

伊娃：你收拾好行李了吗？

洛伊丝：收拾好了。

伊娃：赶五点五十的火车？

洛伊丝：是的。

伊娃：那你还有时间喝茶。艾索正要过来。

洛伊丝：我知道。她想让我带几只野鸡给艾米丽姑妈。

　　　　　［希德尼走了进来。

希德尼：到喝茶的时间了吗？

伊娃：还没到五点。

希德尼：谢天谢地，这里有火。房间里的煤气炉可真让人难受。母亲还没回来吧？

伊娃：还没。她说会回来喝茶。

洛伊丝：霍华德说这个冬天会很难熬。

希德尼：真是个好消息。

伊娃：没有冬天的寒冷，就没有春天的温暖。

希德尼：你非得这么说话吗，伊芙？

伊娃：可这话没错。

希德尼：二加二等于四也没错，可没必要因为这事写上一首诗，再谱上曲。

洛伊丝：我来放张唱片吧。

伊娃：别，千万别。我一听唱片就头痛。

洛伊丝：好吧，那算了。[她和希德尼都露出惊讶的表情]

伊娃：我今天感觉不好。可能是因为刮东风。

希德尼：洛伊丝，能把我的针线活儿递给我吗？

洛伊丝：当然。

[她把希德尼的织活儿递给他。后者一边说话，一边熟练地织东西。

希德尼：不知道科利会不会来。

伊娃：我给他打过电话，想邀请他来喝茶，可他一整天都不在修车行。

[艾索和霍华德走了进来。

艾索：大家好啊。

希德尼：嗨。

霍华德：我们把野鸡带来了。都是昨天才打到的，最好挂起来风干几天。

希德尼：今年打的鸟儿多吗？霍华德。

霍华德：还行。你在干什么？

希德尼：织点东西。

伊娃：如果你们想放唱片，就放吧。

霍华德：我来放。

　　　　[他走过去，给留声机上好发条，然后放了一张唱片。

艾索：恐怕艾米丽姑妈家没什么可玩的。

洛伊丝：我可以多读点书。

希德尼：希望她早点归天，给你留下一大笔钱。

洛伊丝：她没多少钱。

　　　　[阿兹利先生突然冲进客厅。

艾索：啊，父亲。

阿兹利：关掉留声机。

伊娃：怎么了？

　　　　[还站在留声机旁的霍华德停止了播放。

阿兹利：出大事了。我只能马上赶过来告诉你们。

伊娃：[惊叫了一声]科利？

阿兹利：你怎么知道的？

希德尼：怎么回事，父亲？

阿兹利：警察局刚给我打电话。出事了，科利中枪了。

霍华德：枪？谁开的枪？

阿兹利：恐怕是他自己。

霍华德：我的天！

伊娃：他死了吗？

阿兹利：死了。

　　　　[伊娃长长地发出一声可怕的尖叫，几乎不像是人的声音。

艾索：伊芙！

> [伊娃举起双臂，紧紧握拳，冲向她的父亲。

伊娃：你杀了他！你这魔鬼！

阿兹利：我？你在说什么呀？

伊娃：你这魔鬼！你这混蛋！

艾索：[伸手拉住她] 伊芙！

伊娃：[愤怒地挣开] 放开我。[转向阿兹利] 你本来可以帮他，你
　　这魔鬼。我恨你！

阿兹利：伊娃，你疯了吗？

伊娃：是你把他逼死的，你没有给他一丝机会。

阿兹利：老天呀，我们给了他不止一次机会。

伊娃：你说谎！他苦苦借钱，苦苦请求宽限，而你们没有一个人帮
　　他。没有一个人记得他为了你们在战场上无数次舍生忘死。你
　　们都是畜生！

阿兹利：胡说八道。

伊娃：真希望你被全世界的人唾骂，希望全世界知道这个混蛋地方
　　每个人都宁愿看着一位勇敢英武的绅士去死，却不肯拿出两百
　　镑来救他的命。

阿兹利：说得可真好听，伊娃。只是有一点——两百镑可救不了他，
　　最多只能让他不用进监狱。

伊娃：进监狱？

阿兹利：没错。今天早上他们刚刚发出逮捕令。

伊娃：[痛苦地] 可怜的科利。我受不了了，这太残忍了，太残忍
　　了。[她开始绝望地抽泣]

阿兹利：好了，宝贝儿，别想太多了。到房间去躺一会儿吧。艾索
　　会跟你去，给你的额头敷一条湿香巾。这当然是个悲剧。没人
　　比我更遗憾。那个可怜的家伙，他的状况无可救药。或许他选

328

了一条最好的路，免于让他穿过的军装蒙羞。

　　[他说话时，伊娃抬起头，惊恐地看着他。

伊娃：可是他原本是活着的，现在却死了。我们再也见不到他了。
　　他原本还可以有下半生。你对他就没有一点同情吗？他几乎每
　　天都来我们家。

阿兹利：他人很好，是一位绅士。遗憾的是，他不是一个好生意人。

伊娃：好像我在乎他会不会做生意似的。

阿兹利：你当然不用在乎，可是他的债主们在乎。

伊娃：他是我的一切。

阿兹利：亲爱的，是不是太夸张了？你这个年纪的人，头脑应该更
　　清楚一点。

伊娃：他爱我，我也爱他。

阿兹利：别说胡话。

伊娃：我们已经订婚了。

阿兹利：[惊讶地] 你说什么？什么时候的事？

伊娃：很久了。

阿兹利：好了，亲爱的，那你不用嫁给他了。他可不是有能力娶妻
　　的人。

伊娃：[痛苦地] 他是我唯一的机会。

阿兹利：你有一个好家庭，留在家里更好。

伊娃：给你们干活吗？

阿兹利：那有什么不好？

伊娃：我和别人一样，有资格得到幸福，享受生活。

阿兹利：你当然有。

伊娃：可你用尽办法不让我嫁人。

阿兹利：又在胡说。

伊娃：为什么付出的总是我？为什么每个人都可以把我呼来唤去？

为什么每件事都是我干？我受够了被人占便宜。我受够了你、
希德尼、洛伊丝。我受够了你们每一个人！

[说出这番话的同时，她的激动情绪变得失控。房中有一张
她亲手摆放了饰品的桌子。这时她猛力一掀，把它掀翻。桌上
的东西散落一地。

艾索： 伊芙！

伊娃： 我诅咒你们！诅咒你们！诅咒你们！

[她尖叫着扑倒在地，歇斯底里地用拳头捶地板。

阿兹利： 停下，别闹了！

霍华德： 最好把她弄出去。

[他俯身抓住伊娃，扛着她走出客厅。阿兹利打开门，和艾
索一起跟了出去。房中只剩下洛伊丝和希德尼。洛伊丝在惊恐
中旁观了这一幕。她面色发白，浑身颤抖。

洛伊丝： 她这是怎么了？

希德尼： 撒癔症吧。吓着你了吗？

洛伊丝： 吓死我了。

希德尼： 我去给查理舅舅打个电话。我觉得她需要看医生。

[他走出房间。洛伊丝仍然站在原地，无法控制紧张导致的
颤抖。霍华德走了进来。

霍华德： 我把她放在餐厅沙发上了。

洛伊丝： 艾索和父亲看着她吗？

霍华德： 没错。[他盯着洛伊丝，发现了她的不安，于是伸出手臂搂
住她的肩膀]可怜的姑娘，这是吓着了吧？

洛伊丝： [没有意识到他的触碰]吓死我了。

霍华德： 放心，没那么严重。释放情绪对她也有好处。你可别往心
里去。[他俯身亲吻她的面颊]

洛伊丝： 你干什么？

霍华德：我不想看到你受罪。

　　　　[她转过脸来，若有所思地盯着他。后者的微笑显得颇有
魅力。

霍华德：我没喝多。

洛伊丝：你最好把你的胳膊拿开。艾索随时可能进来。

霍华德：洛伊丝，你不知道我有多喜欢你。你不喜欢我吗？

洛伊丝：[无力地] 不怎么喜欢。

霍华德：你在艾米丽姑妈家时，我可以过去看你吗？

洛伊丝：你去干什么？

霍华德：[深情款款地低声耳语] 洛伊丝。

　　　　[她打量着他，眼神中有好奇，更有冷冷的敌意。

洛伊丝：人可真是有趣。我很清楚你是个流氓，也看不上你。然而
你没法看懂我的心思，可真是你的运气。

霍华德：为什么？我应该看见什么？

洛伊丝：欲望。

霍华德：什么欲望？我不明白。

洛伊丝：我知道你不明白，要不也不会说出来。欲望真是可耻，真
是丑陋。我看得清清楚楚。有意思的是，这似乎不会改变什么。

霍华德：噢，我明白你的意思了。没问题，姑娘，你有的是时间去
想。我可以等。

洛伊丝：[冷漠而不以为意地] 你这头脏猪。

　　　　[希德尼走了进来。

希德尼：查理舅舅已经在路上了。

洛伊丝：母亲也快回来了。

希德尼：你要怎么去车站？

霍华德：我可以开车送你，如果你愿意。

洛伊丝：不用，都安排好了。

[阿兹利走了进来。

阿兹利：普伦提斯到了。他们把伊芙搬到床上去了。

洛伊丝：我去看看能不能帮上忙。[她走了出去]

阿兹利：[转向希德尼] 希德尼，你知道她和科利订婚的事吗？

希德尼：我觉得没有这回事。

阿兹利：你是说这完全是子虚乌有？

希德尼：合情合理，不过我觉得她不会承认。说到底，现在已经没有人能证明她说的是假话了。

阿兹利：可怜的科利，真是太不幸了。这件事上，没有人比我更难过。

希德尼：一个在战争中活下来，又得到杰出服务勋章的人，最后却是这样的结局。这确实让人难以接受。

阿兹利：他或许曾经是一位优秀的海军军官，可他也确实是个糟糕的生意人。就是这么回事。

希德尼：这句话可以刻在他的碑上，真是一条漂亮的墓志铭。

阿兹利：希德尼，如果你这是在说笑话，我得说你的趣味可不怎么样。

希德尼：[尖刻而镇定地] 其实，我认为我在这件事上有发言权。我知道战争刚开始时我们是多么热情洋溢。每一个人的牺牲似乎都有价值。我们没有对此夸夸其谈，只是因为不好意思。在那时，荣誉真的有意义，而爱国也不仅是一句空话。当一切结束的时候，我们确实相信逝者没有白白死去，而那些被战争摧毁残害、知道自己对这个世界已经不再有价值的人也欺骗着自己，觉得自己就算牺牲了一切，那也是为了一项伟大的事业。

阿兹利：难道不伟大吗？

希德尼：你还觉得伟大吗？我不再这么想了。我已经知道，我们不过是那些统治国家的废物手中的棋子，我们的牺牲不过是因为他们的虚荣、贪婪和愚蠢。最糟糕的是，就我所知，他们并没有吸取教训，而是和以前一样虚荣、一样贪婪、一样愚蠢。他们会继续折腾，继续瞎搞，直到有一天再把我们送进另一场战争。我告诉你到那时候我会怎么做，我会到街上去，大声呐喊："看看我的样子，不要把自己变成一群见鬼的白痴。他们口中的一切，不管是荣誉、爱国还是声名，都是骗人的鬼话。都是鬼话！都是鬼话！"

霍华德：谁管它是不是鬼话。战争期间就是我这辈子最好的时候。不用负什么责任，还有不少钱拿——比我在那之前和之后拥有过的都要多。到处都有姑娘可以追求，威士忌想喝多少就喝多少。可真带劲儿。蹲战壕的时候差点意思，可出来之后就全是乐子。这么说吧，他们签停战协定那天，我可不怎么高兴。看看现在我成了什么样子？每天都要做一样的事，累掉几层皮只为糊口。要我说的话，如果再次宣战，我会马上参军，一刻也不耽误。对我来说那才叫生活，我敢发誓。

阿兹利：[转向自己的儿子] 希德尼，你付出了太多，我知道。可你不是唯一一个。我继承了我父亲的事业，你却没能继承我的，这对我来说是巨大的打击。本来可以传到第三代，却再也没有机会了。没有人比我更不愿意见到另一场战争，可是万一它真的爆发，我还是相信你会履行自己的义务，像上次一样，付出你的一切。他们发出动员令的时候，我只恨自己太老，没法应征。可是我也做了自己该做的事，报名当了义警。如果他们还需要我，我还会再一次报名。

希德尼：[咬着牙] 天哪，我听够了。

霍华德：老哥，你需要来点威士忌兑苏打水，能让你舒服点儿。

希德尼：威士忌兑苏打水能让我忘记伊芙成了半个疯子，忘记科利宁可自杀也不愿意坐牢，忘记我自己瞎了眼睛吗？

阿兹利：可是，我的孩子，这只是我们这个圈子里发生的事。我们当然受了罪，或许比我们应得的还要多，可是我们不是所有人。

希德尼：难道你不知道，从英国到德国，再到法国，到处都是像我们这样的家庭吗？我们本来好好地过着安静日子，不出风头，自得其乐，只想不被打扰。哎，我都在说些什么呀。

阿兹利：希德尼，你的问题就是想得太多。

希德尼：[微笑] 你说得没错，父亲。你也知道，我没多少别的事可做，正打算要不要开始集邮呢。

阿兹利：集邮是个不错的主意，我的孩子。如果你用心琢磨，完全可以让它成为一门可靠的投资。

　　　　[阿兹利太太走了进来，身上的帽子和外套还没脱掉。

希德尼：你好啊，母亲。

　　　　[她略带疲乏地坐了下来，看见了一地的乱七八糟，那是因为伊娃掀翻桌子而散落在地的各种物件。

阿兹利太太：你们这是搞了一次野餐？

阿兹利：伊芙把桌子掀翻了。

阿兹利太太：闹着玩还是发脾气？

霍华德：我来收拾一下。

阿兹利太太：看起来是有点乱。

　　　　[霍华德把地上的东西一样一样拾起来，又把桌子摆正。

阿兹利：可怜的科利自杀了。

阿兹利太太：我听说了。真让人遗憾。

阿兹利：因为这事，伊芙的状况不太好。

阿兹利太太：可怜，我去看看她。

阿兹利：查理·普伦提斯守着她。

希德尼：母亲，你不如先喝杯茶再上去。你听起来有些累。

阿兹利太太：我确实累了。[普伦提斯医生走了进来。她对他笑了笑] 嗨，查理，我正打算上楼去。

普伦提斯：最好别去。我给伊芙打了一针，最好还是别去打扰她。

阿兹利：坐一坐，查理。我得回办公室去。还有一两件事需要收尾。一刻钟过后我来喝下午茶。

阿兹利太太：好。[阿兹利走了出去]

霍华德：[刚收拾完东西] 啊，对了，想起来了。我应该到科利的修车行去一趟。那里有几件东西我早就看上了。我得快点儿，免得它们被别人顺走。

希德尼：真是个好主意。

霍华德：跟艾索说一声我会回来接她，我用不了一会儿。[他走了出去]

希德尼：专家怎么说，母亲？

阿兹利太太：什么专家，希德尼？

希德尼：亲爱的母亲，别糊弄我了。你通常都不爱把你详细行踪跟你的家人分享。今天下午你怎么也不想说你到底为什么要去斯坦伯里，我就猜到你是要去看专家。

阿兹利太太：医生说的话我一个字都不信。

普伦提斯：就当我不在。

阿兹利太太：跟我说说伊芙的事吧。

普伦提斯：我也不太清楚。或许她应该去疗养院住几个星期。

阿兹利太太：她没疯吧？

普伦提斯：她的精神状态很不稳定……希德尼打电话时，我正要过来。穆雷在看完你之后给我打了个电话。

阿兹利太太：他怎么这么多事？

普伦提斯：那是他的工作。

希德尼：你们需要我回避吗？

[阿兹利太太若有所思地打量了他一眼。

阿兹利太太：没事，你想留下就留下。去织你的东西吧，假装什么都没听见就好。

希德尼：好吧。[*他拿起自己的针线活，忙碌起来，仿佛心无旁骛*]

阿兹利太太：别插话。

普伦提斯：夏洛特，我不得不说，穆雷只是确认了我的诊断。

阿兹利太太：[*轻松地*] 其实我也是这么猜测的。你们这些医生呀，总是一丘之貉。

普伦提斯：他和我都认为你需要立刻做手术。

阿兹利太太：他是这么说的。

普伦提斯：我跟他通话时，他说你有点犹豫。

阿兹利太太：没有的事，我一分钟都没有犹豫。

普伦提斯：我很高兴听你这么说。我知道你有勇气，也相信你的判断力。

阿兹利太太：谢谢夸奖。

普伦提斯：后面的事情我来安排，尽快把手术做了。

阿兹利太太：查理，我没打算做手术。

普伦提斯：亲爱的，我只能跟你说实话：要想救你的命，没有第二个办法。

阿兹利太太：你说得不对，查理。手术只是延长我的生命的唯一办法。我能多活几个月，或者一年。然后病还是会复发。你觉得值得吗？我不觉得。

普伦提斯：你还得考虑你的丈夫和孩子们。

阿兹利太太：我知道。手术要花不少钱，而且手术后我大概就会变成废人，需要请个护士来照料。那时候，我对他们就没什么用处了，只会是个负担。

普伦提斯：这么说太冷酷了，夏洛特，而且也不准确。

阿兹利太太：查理，你认识我一辈子了，难道不知道，我只要打定主意就不会改吗？

普伦提斯：不要犯傻，夏洛特。

阿兹利太太：我没什么可遗憾的。我这辈子过得还算幸福，就这样了吧。

普伦提斯：穆雷是不是没跟你说清楚？

阿兹利太太：我请他务必说清楚。

普伦提斯：你听我说，我不是开玩笑。如果你不同意手术，恐怕只有几个月可活了。

阿兹利太太：[无所谓地] 有意思！他也是这么说的。

普伦提斯：你的意思是？

阿兹利太太：过去我常常会好奇，如果有一天医生说我命不久矣，我会有什么反应，是不是会尖叫，会晕倒在地。你也知道，我从来不会那样。这个消息只是让我有一种奇特的兴奋感，就好像空腹喝了一杯波特酒。见过医生我还在斯坦伯里逛了逛商店。或许有些过分，可我实在是太开心，太放松了。

普伦提斯：我可做不到。

阿兹利太太：这说明莱纳德说得没错——他总是说傻子才为还没发生的事担忧。

普伦提斯：让莱纳德见鬼去吧！

阿兹利太太：我解脱啦。再没有什么事情能让我烦心了。这感觉其实不坏。

普伦提斯：那剩下的日子呢？

阿兹利太太：哦，对，亲爱的，还有剩下的日子。不过那是我和上帝之间的事——承蒙你们这些聪明人的教育，他在我心里只剩一个苍白缥缈的影子了。

普伦提斯：[沉思了片刻] 如果你是这么想的，如果你已经清楚事实，也做好了面对后果的准备，那我也不再劝你了。也许你是对的。我赞美你的勇气，真希望我能有足够的勇气效仿你。

阿兹利太太：我还有一件事要拜托你去办。

普伦提斯：亲爱的姐姐，你只管说。

阿兹利太太：我不想忍受过多的疼痛。查理，我们俩一向感情很好，对吧？

普伦提斯：的确很好。

阿兹利太太：你们这些医生都太野蛮了，只要痛的是别人，无论多痛你们都能接受。

普伦提斯：只要在职业伦理允许的范围内，我会尽我所能减轻你的痛苦。

阿兹利太太：我要你做的不止这一点。

　　　　[二人长长对视，眼神关切。

普伦提斯：哪怕是那件事，我也愿意。

阿兹利太太：[整个人变得放松而愉快] 那就没什么问题了。现在让我们忘掉关于我的事情吧。

　　　　[希德尼站起身，走到母亲面前，弯下腰亲吻她的额头。

阿兹利太太：反正你都起来了，顺便摇下铃吧，希德尼。我现在就想喝点下午茶。

　　　　[希德尼摇了铃。艾索走了进来。

艾索：我不知道你已经回来了，母亲。

阿兹利太太：我回来一会儿了。[艾索亲吻她] 原本打算上楼去看伊芙，可查理舅舅让我最好等一会儿。

艾索：伊芙现在好好的。

阿兹利太太：她睡着了？

艾索：没有，不过她在休息。

阿兹利太太：洛伊丝去哪了？

艾索：在她房间里，也快过来了。

[女佣端着托盘走了进来，把它放在一张小桌上。

阿兹利太太：[转向女佣] 格尔特鲁德，不管谁找我，都说我不
　　在家。

格尔特鲁德：好的，太太。

阿兹利太太：今天下午我不想接待访客。

普伦提斯：我该走了。

阿兹利太太：别说傻话。你就待在这，喝了茶再走。

普伦提斯：别忘了我还有别的病人呢。

阿兹利太太：别的病人可以等。

　　　[洛伊丝走了进来。

阿兹利太太：你快该出门了吧，洛伊丝?

洛伊丝：还有点时间。到车站只要五分钟。

艾索：别忘了带上野鸡。

洛伊丝：忘不了。

阿兹利太太：代我向艾米丽姑妈问好。

普伦提斯：也代我向她问好。

洛伊丝：放心。

阿兹利太太：她家的菊花现在应该开得正好。

　　　[格尔特鲁德在放好托盘之后已经离开，此时又回到客厅。

格尔特鲁德：太太，西德尔夫人想见你。

阿兹利太太：我不是告诉过你，就说我不在家吗?

格尔特鲁德：我说了你不在，太太，可她说有要紧事。

阿兹利太太：这个女人真烦人。就说我刚从斯坦伯里回来，累坏了。
　　说我今天不太舒服，不想见任何人，请她原谅。

格尔特鲁德：好的，太太。

　　　[她正要离开时，房门砰的一声打开。莴雯走了进来，看上
　　去焦虑不安。

葛雯：很抱歉我如此无礼，可我必须得见你，有要命的大事。

阿兹利太太：葛雯，我身体不舒服。你就不能等到明天再说吗？

葛雯：不行，不行，明天就太晚了。唉，我的上帝呀，我该怎么办？

阿兹利太太：好吧，反正你都来了，不如坐下来一起喝杯茶。

葛雯：[声音哽咽] 洛伊丝和威尔弗雷德打算私奔。

阿兹利太太：亲爱的，你在说什么胡话呀？这可太不成样子了。

葛雯：是真的，相信我。是真的。

阿兹利太太：洛伊丝正要到我大姑子家去住两个星期呢。我不认为你告诉我的那些事是真的，可我也不希望有任何不快发生，所以我让她离开，等你们走了再回来。

葛雯：她要去的不是你大姑子家。威尔弗雷德会在斯坦伯里和她碰头。他们要去的是伦敦。

洛伊丝：葛雯，你瞎说些什么？

葛雯：你们在电话上说的每一句话我都听见了。

洛伊丝：[试图掩饰自己的惊讶] 什么时候的电话？

葛雯：就是刚才，十分钟之前。你不知道我房间里有一台分机吧？我没有你以为的那么白痴。你不敢承认你和威尔弗雷德打过电话吗？

洛伊丝：我是打过电话。

葛雯：你说的是："威尔弗雷德，我们走。"他说，"什么意思？"你说："我把自己交给你了，你如愿了，小伙子。我要和你私奔。"

艾索：她是跟他开玩笑吧。

葛雯：是玩笑就好了。他说："我的天，你说真的吗？"她说："我会在斯坦伯里下车，你在汽车上等我。一切在去伦敦的路上再谈。"

阿兹利太太：她说的是真的吗，洛伊丝？

洛伊丝：是真的。

希德尼：你这是有多傻，洛伊丝？

葛雯：洛伊丝呀，我从来没有伤害过你，一直把你当好朋友。你不
　　能夺走我的丈夫。

洛伊丝：不是我要夺走你丈夫。你已经失去他许多年了。

葛雯：你还年轻，将来有的是机会。我已经老了，他就是我的唯一。
　　如果他抛弃我，我只能自杀。我对天发誓。

阿兹利太太：可你为什么要到这里来，为什么不去找你丈夫？

葛雯：他不会听我的。哎呀，我太傻了。看见那些珍珠那天我就该
　　明白的。

阿兹利太太：什么珍珠？

葛雯：她正戴着它们呢。她撒谎说是假珍珠，可其实都是真的，是
　　威尔弗雷德送给她的。

阿兹利太太：洛伊丝，把它摘下来，交给葛雯。

　　　　[洛伊丝一言不发，解开搭扣，把珠串扔在桌上。

葛雯：你以为我会碰一碰这东西吗？他对我只有恨。你全心爱上一
　　个人，可他光是看见你就觉得厌恶，这是多么可怕的事啊。我
　　给他下跪，乞求他不要离开我。他却说他已经受够了。他把我
　　推开。我只听见他摔门的声音。他走了，要去和她会合。[她跪
　　倒在地，痛哭流涕]

阿兹利太太：葛雯，葛雯，别这样。

　　　　[葛雯依然跪在地上，爬向阿兹利太太。

葛雯：别让她去见他。你知道人老珠黄是什么感觉，你知道那时候
　　的女人有多么无助。她会后悔的。你们不知道他是什么样的人。
　　一旦他感到厌倦，就会把她抛开，和他从前抛弃每一个女人一
　　样。他心如铁石，残忍自私。是他把我害成这个样子。

阿兹利太太：如果是这样，如果你说的是真的，我倒觉得你离开他

也不坏。

葛雯：我太老了，没法重新开始，没法一个人过活。[她挣扎着站起来]他是我的。我打了离婚官司才得到他。我不会放他走。[转向洛伊丝]我向上帝发誓：我不会让你嫁给他。当初他成功逼迫他的第一个妻子离婚，是因为她没有钱。可是我有的是钱，我永远不会同意离婚。

洛伊丝：他有什么值得我嫁的？

葛雯：你想跟他走就跟他走好了。他还是会回到我身边。他已经老了。虽然他不想服老，可那都是白费力气。我知道他装得有多难。他早就厌倦了，只是不肯放弃。他能给你什么？你怎么能这么傻？怎么能这么不知羞耻？

阿兹利太太：葛雯。葛雯！

葛雯：是因为钱吗？让钱见鬼去吧。他有钱，而你们是一群穷鬼。你们都有份，你们每一个人都有份，都想从他那里得到点什么。你们这群畜生！你们这群混蛋！

[普伦提斯医生站起来，抓住她的胳膊。

普伦提斯：走吧，西德尔太太。我们听够了，你做得太过分，该离开了。

葛雯：我不走。

普伦提斯：如果你不肯走，我只能把你赶出去。[他把她推向房门]

葛雯：我会让这件丑事传开，让你们永远抬不起头来。

普伦提斯：够了。出去吧！

葛雯：放开我！我诅咒你！

普伦提斯：我送你回家，跟我走。

[二人离开，房门在他们身后关上。随之而来的是一段令人难堪的沉默。

洛伊丝：母亲，让你看到这丑陋的一幕，我很抱歉。

希德尼：你是该抱歉。

艾索：你不是真的要跟那个男人跑掉吧，洛伊丝？

洛伊丝：我是要走。

艾索：你不至于爱上他了吧？

洛伊丝：当然不会。要是我真的爱上他，你觉得我还会蠢得跟他私奔吗？

艾索：［吓了一跳］洛伊丝！

洛伊丝：如果我爱他，我只会害怕。

艾索：你不知道自己在做什么。如果你爱他，这个选择只是糟糕而不合常理，但你至少还有理由。

洛伊丝：爱情为你带来了什么，艾索？

艾索：我？我不知道你想说什么。我嫁给了霍华德，不论他是好是坏，我都会接受他。

洛伊丝：你是个好妻子、好母亲，德行高洁，可这一切对你有什么好处？我只看到你变得越来越老，越来越累，越来越绝望。这让我害怕，艾索，让我害怕。

艾索：我嫁给他是我自愿的。当年母亲和父亲都反对。

洛伊丝：你本来可能像伊芙一样留在家里。我也可能。这更让我害怕，艾索。我害怕，我不想变成伊芙那样。

艾索：母亲，你不说两句吗？这太可怕了，太不可理喻了。

阿兹利太太：我想听听洛伊丝有什么要说。

艾索：［倒吸了一口气］你不是为了逃避这里的什么人吧？

洛伊丝：［微笑起来］哎，亲爱的姐姐，我不是那样的人。

艾索：［羞愧而尴尬］我以为是有人向你求爱了。

洛伊丝：别傻了，艾索。在这鬼地方谁会向我求爱？

艾索：我哪里会知道？也许只是我的胡思乱想。所以只是为了钱吗？

洛伊丝：没错，还有钱能买到的一切——自由和机会。

艾索：那些不过是些空话。

洛伊丝：我受够了坐等什么好事发生的日子。时间不会等我，再不行动就太迟了。

阿兹利太太：你是什么时候决定的，洛伊丝？

洛伊丝：半个小时之前。

阿兹利太太：你考虑过后果吗？

洛伊丝：哎，亲爱的母亲，要是总去考虑后果，我就会一直坐在这里数我的手指，一直数到我死的那一天。

阿兹利太太：你做的这件事并不光彩。

洛伊丝：我知道。

阿兹利太太：对葛雯太残忍。

洛伊丝：[耸了耸肩] 总比对自己残忍好。

阿兹利太太：你父亲会受不了的。

洛伊丝：那我很遗憾。

阿兹利太太：这件事传扬出去对我们也不好。

洛伊丝：我也没办法。

艾索：如果你打算和他结婚，也会很难办。葛雯说了她不会同意离婚。

洛伊丝：谁说我要和他结婚？

艾索：你不怕被他抛弃吗？

洛伊丝：亲爱的姐姐，你比我大好多岁，已经嫁为人妇，怎么还是这么天真？你就没想过，当一个男人疯狂爱上一个女人时，而女人对他毫不在乎时，她的力量能有多大吗？

　　　　　[格尔特鲁德用托盘端着茶壶和热水走进来。

阿兹利太太：[转向艾索] 去告诉你父亲，下午茶备好了。

　　　　　[艾索表示失望，然后走了出去。

344

洛伊丝：我得去戴上帽子了。[格尔特鲁德离开客厅] 很抱歉我让你失望了，母亲。我不想让你难过。

阿兹利太太：你真的想好了吗，洛伊丝？

洛伊丝：我想好了。

阿兹利太太：我也是这么觉得。那你最好赶快点，去戴帽子吧。

洛伊丝：父亲怎么办？我不想看到他再闹出点什么。

阿兹利太太：我会等到你离开之后再告诉他。

洛伊丝：谢谢你。

　　　　[她走了出去。房中只剩下阿兹利太太和希德尼。

希德尼：你就这样放她走吗，母亲？

阿兹利太太：我有办法留下她吗？

希德尼：你可以把医生下午对你说的话告诉她。

阿兹利太太：哎，亲爱的，我都一只脚踏进坟墓了，还要去学习怎么要挟别人吗？

希德尼：你说了她就不会走。

阿兹利太太：我也相信她不会，可我不能那样做，希德尼。我不想看到她在这里看着我死去，那只会让我为自己苟延残喘的每一天而抱歉。

希德尼：她或许会改变主意。

阿兹利太太：她还年轻，还有一辈子要活。她觉得怎样对她好，我们就只能由她去。我已经不属于这个世界了。我不觉得我还有资格去影响她。

希德尼：你不担心她会吃大亏吗？

阿兹利太太：她是个硬心肠的人，心里只有她自己。我认为她并不愚蠢，有能力照顾好自己。

希德尼：你这么说，就好像在说一个外人。

阿兹利太太：你觉得我太冷漠了吗？老实说，现在没有什么事能困扰我了。我的日子已经到头了，我也尽了我的义务。我身后的人只能自求多福。

希德尼：你一点也不害怕吗？

阿兹利太太：一点也不。我甚至还很高兴，虽然这听起来奇怪。一想到一切都结束了，我就心情舒畅。如今这个世界让我觉得格格不入。我属于战前的时代。一切都变得让人认不出来了。我理解不了那些新东西。对我来说，这一辈子就像一场舞会，开场美好，到后来却变得一团乱糟糟。我就要回家了，这有什么可难受的呢？

　　[艾索返回客厅。

艾索：我通知父亲了。他很快过来。

阿兹利太太：恐怕这茶已经放得太久了。

希德尼：父亲就喜欢喝浓一点。

　　[洛伊丝走了进来。她已经戴上了帽子。

洛伊丝：[忐忑不安地] 母亲，伊芙正要下楼来。

阿兹利太太：她不是睡着了吗？

希德尼：查理舅舅说他给她用了药。

　　[门开了。伊娃走了进来，身上穿着她最好的长裙。她的眼神因为医生用的药而显得炽热，笑容古怪而僵硬。

阿兹利太太：我以为你在卧床休息，伊芙。他们说你不太舒服。

伊娃：我总得下来喝茶。科利要过来。

洛伊丝：[吓了一跳] 科利？

伊娃：要是他来了却见不到我，他会失望的。

阿兹利太太：你穿的是你最好的裙子。

伊娃：正适合这样的场合，不是吗？你们也知道，我和他订婚了。

艾索：伊芙，你胡说些什么？

伊娃：我这不是提前告诉你们，好让你们有准备吗？科利今天下午

346

就会来，和父亲商量这件事。他来之前你们可别说出去。

　　[众人陷入一阵尴尬的沉默。没有一个人知道该说什么或是做什么。

阿兹利太太：让我给你倒杯茶，宝贝儿。

伊娃：我不想喝茶，我心情太激动了。[她瞥见了洛伊丝扔在桌上的珠串] 这里为什么有一串珍珠？

洛伊丝：想要的话，就拿走吧。

阿兹利太太：洛伊丝？

洛伊丝：本来就是我的。

伊娃：我真的可以要吗？就当是订婚礼物好了。哎呀，洛伊丝，你真是太贴心了。[她走向洛伊丝，亲吻她，接着又站到镜子前，戴上项链] 科利总是说我的脖子很美呢。

　　[阿兹利先生和霍华德走了进来。

阿兹利：终于可以喝茶了。

霍华德：嗨，伊芙，你好些了吗？

伊娃：好了，我本来就没病。

阿兹利：我们开始吧。洛伊丝？

洛伊丝：父亲。

阿兹利：别掐着点儿出门。

霍华德：过几天我可能会去看你，洛伊丝。我要去坎特伯雷见个人谈生意。对了，艾索，当天晚上我可能赶不回来。

艾索：回不来吗？

霍华德：洛伊丝，我会开车去接你，然后我们可以去看场电影。

洛伊丝：[语带嘲讽] 挺好的主意。

阿兹利：好啦，不得不说，能坐在自家壁炉边，和全家人一起喝下午茶，可真是太惬意了。想想吧，我们都没有什么值得发愁的事，这就很难得。当然，我们也都没什么余钱，可是我们都有健康的身体，生活也都幸福。还有什么可抱怨的呢？这年头是不太景气，可是我相信整个世界很快就会走出低谷，让我们都有更加光明的未来。我们可爱的英国可没有完蛋。就我自己来说，我对它和它所代表的一切仍满怀信念。

[伊娃开始唱歌，声音尖利而嘶哑。

伊娃：上帝护佑国王！

愿他万寿无疆！

天佑吾王！

[其他人惊恐地望着她，不知道该怎么办。当她的歌声停下，洛伊丝低声哭了起来，匆匆走出房间。

全剧终

谢 佩

SHEPPEY

三幕剧

管舒宁 译

人物表

谢佩

厄内斯特·特纳

布拉德利

博尔顿先生

阿尔伯特

库珀

杰维斯大夫

两位顾客

一名记者

一位理发师

米勒太太

弗洛里

贝茜·勒格罗斯

格兰杰小姐

詹姆斯小姐

第一幕

场景：杰明街上的布拉德利美发沙龙。

后部是店堂，收款员坐在里头，开在街边的店门通往里面。此处挂有一道门帘，是为沙龙入口。这里有两排镜子和脸盆，每只脸盆前放着一张理发师的椅子。屋子中央是一张桌子，桌上放着报纸、杂志，有两三张供顾客等候的椅子，还有理发围布、帽钩、伞架。屋子一边的墙上开了一扇门，闲的时候店员们就坐在这个房间里。

门帘拉起来了，店员正在接待两位客人。其中一位刚由阿尔伯特理发，美甲师格兰杰小姐正给他修甲。另一位客人正由谢佩给他修面。谢佩是个胖乎乎的中年男子，红脸膛，亮闪闪的眼睛。优美的脑壳上是一头乌黑的鬈发。一副快快活活、营养很好的样子。他好歹是个人物，他知道。格兰杰小姐则是非常的优雅有礼。

阿尔伯特：头发上抹点什么吗，先生？
顾客：不油腻的就行。
阿尔伯特：来点"三号"吗，先生？
客人：好的。

  [阿尔伯特在客人头上洒了点洗发剂。他一边跟客人交谈，一边又是刷又是梳的。

阿尔伯特：今天需要点什么吗，先生？
客人：不要。
阿尔伯特：头发很干，先生。

客人：求之不得。

阿尔伯特：顶上有点稀，先生。

客人：大势所趋。

阿尔伯特：关乎品位啊，先生。我强烈推荐我们的"三号"，卖得可好了。

客人：别指望向我推销。

阿尔伯特：好极了，先生。我想说的无非是，它对头发是真的好。布拉德利先生亲手做的。用的是最好的原料。我打包票。

客人：闭嘴！

格兰杰小姐：您不想抛得太光，是吧？

客人：一般就行。

格兰杰小姐：要是您愿意，我可以把它们好好抛光一下。

客人：我不想在上面映出我的脸，你知道的。

格兰杰小姐：我见不得一位绅士的指甲抛得过分光亮。

客人：我想你是对的。

格兰杰小姐：我的意思是，我老觉得那让人看起来像个外国人。

客人：哦，你这么觉得？

格兰杰小姐：我确定。没有人希望自己看起来像个阿根廷人，对吧？

客人：他们看上去可有钱啦，要知道。

格兰杰小姐：只要您喜欢，上多少抛光剂都行，要知道。

客人：噢不，不用麻烦。

格兰杰小姐：哦，不麻烦的。我意思是，只要您开口。

客人：只要整洁、干净就行。

格兰杰小姐：我就一直这么说来着，整洁但不俗气。

谢佩：[对着他正在修面的客人] 剃刀还利索吧，先生？

第二位客人：是的。

谢佩：今天很暖和，先生。

第二位客人：是的。

谢佩：要是今晚下点雨倒也不奇怪，先生。

第二位客人：是吗？

谢佩：听说那匹法国马前三场都进了三甲。

第二位客人：是的。

谢佩：抹点什么吗，先生？

第二位客人：是的。

谢佩：祝您好运，先生。

第二位客人：是的。

谢佩：我把注下在"大学男孩"身上，先生。赌一先令进前三。

第二位客人：是吗？

谢佩：它有过一次极好的机会。

第二位客人：是的。

谢佩：要想每次都瞄准赢家，你得有点小聪明。

第二位客人：是的。

谢佩：赌马这种事吃力不讨好。

第二位客人：是的。

谢佩：这是我说的。人总得寻点乐子吧。帝王的娱乐，人们管它叫
　　这个。

第二位客人：是的。

谢佩：真遗憾那么多马主都放弃了。

第二位客人：是的。

谢佩：这年头大家都不容易。

第二位客人：是的。

　　　[博尔顿先生进来了。他是个长相精明的中年男子。老板布
　　拉德利穿过门帘在前引路。

布拉德利：这边请，先生。

博尔顿：我到得太晚了，是不是？

布拉德利：哪里，先生，我们七点才打烊呢。另一个女孩子我准许她先走，不过格兰杰小姐在。[喊道] 三号。

博尔顿：我等谢佩。

布拉德利：悉听尊便，先生。

谢佩：用不了两分钟，先生。

　　　　[三号进门。

布拉德利：好吧，维克托，博尔顿先生要等谢佩。

　　　　[三号点点头，又退了回去。

　　　　[接过博尔顿先生的帽子和手杖] 要晚报吗，先生？

博尔顿：下午好，格兰杰小姐。

格兰杰小姐：下午好，先生。好久不见。我这就好了。

博尔顿：我吃不准今天要不要修甲。

格兰杰小姐：您上次修甲差不多是两星期前了，博尔顿先生。

博尔顿：我只是想修个面。

格兰杰小姐：那我的时间可就宽裕多了。等谢佩完事了，我也就好了。

谢佩：不是在催我吧，格兰杰小姐。如果我愿意的话，我可以用四分半钟给客人修完脸。

博尔顿：你犯不着在我身上创造纪录，谢佩。

格兰杰小姐：我可没说，趁你给一位绅士修面的工夫，我可以干一件漂亮的活，但是把他的指甲弄得体面我还是做得到的。

布拉德利：没错，博尔顿先生。想当年我也处过不少女孩子，我就记不得有哪个有格兰杰小姐这样的麻利劲儿的。

格兰杰小姐：哎，熟能生巧而已，人们说。我喜欢一位绅士的手看起来就像一位绅士的手，我才不在乎别人知不知道呢。[对着她正在服务的客人] 瞧，先生，我想应该好了。

客人：好极了。

> [他起身。阿尔伯特取下他的围布，拿起一把刷子，上上下下地刷着。

阿尔伯特：请让我来，先生。

客人：哦，没关系。

格兰杰小姐：[老练地] 得把您漂漂亮亮、干干净净地送出门，您知道的。

客人：多少钱？

阿尔伯特：在前台付，先生。

> [客人从兜里掏出一先令，递给格兰杰小姐。

客人：给你。

格兰杰小姐：谢谢您，先生。

布拉德利：[帮他穿上外套] 请让我来，先生。

阿尔伯特：[拿出一瓶洗发剂] 这是我们的"三号"，先生。

客人：很漂亮。

布拉德利：这个东西我们卖得很好，先生。

客人：刚才给我理发的先生也是这么说的。搞得我哑口无言。

布拉德利：市面上没有一种制剂能与它媲美。倒不是因为它是我亲手做的我才这么说。

阿尔伯特：您会惊讶于它对您头发的改变，先生。

客人：我讨厌惊讶。[他点点头] 再见。

> [阿尔伯特领他出门。

谢佩：耳朵这里要刮掉一点吗，先生？

第二位客人：不用。

谢佩：好极了，先生。今天需要洗发剂之类的吗，先生？

第二位客人：不用。

谢佩：剃须刀片呢？

第二位客人：不用。

谢佩：刚上市一种新的安全剃刀。刀片做得很漂亮。我想您不愿意只是瞧一眼。

第二位客人：不用。

谢佩：好极了，先生。那就给您梳一下头好吗，先生？

第二位客人：不用。

谢佩：好极了，先生。那我想应该都好了，先生。［客人起身，谢佩给他取下围布。客人给了他小费］谢谢您，先生。［对着博尔顿］该您了，先生。

布拉德利：这就给您拿把刷子来，先生。

　　　　［博尔顿先生在谢佩的椅子里坐下，格兰杰小姐端来她的小凳子。谢佩去取干净的围布。这当儿，布拉德利为第二位客人刷了衣服，递上帽子。

格兰杰小姐：哎，让我来瞧瞧您的指甲，博尔顿先生。哦，博尔顿先生，我绝对相信，您对我不守信用。

博尔顿：你怎么会这么想，格兰杰小姐？

格兰杰小姐：喏，我半只眼睛都看得出来有人一直在糟蹋您的手。哦，博尔顿先生，这对您来说可太糟了。

博尔顿：我在乡下打高尔夫时弄断了指甲，我总得补救一下吧。

格兰杰小姐：得了，我很失望。我都想不出您竟会做那种事。要让您的指甲起死回生，我这工作可就没个完了。事实就是你不能信任这世界上的任何一个人。

博尔顿：我道歉，格兰杰小姐。

格兰杰小姐：哦，我不是指您，先生。您是位绅士，谁都不能否认。我指的是那个糟蹋了您的指甲的姑娘。好吧，我来问问你。

　　　　［谢佩拿着一条围布回来了，把它给博尔顿先生围好。

博尔顿：谢佩，我遗憾地告诉你，格兰杰小姐不高兴了。

格兰杰小姐：是的，我也不打算否认。

谢佩：怎么啦，出什么事了？

格兰杰小姐：博尔顿先生对我不忠。

谢佩：你知道男人都是什么东西，格兰杰小姐。人不在眼前就没法相信他们。

格兰杰小姐：没人比我更懂这个了，谢佩。

　　　　[谢佩开始往博尔顿先生脸上打皂沫。阿尔伯特又进来了。

博尔顿：看上去前面那位客人你伺候得不那么带劲啊，谢佩。

谢佩：不是那种所谓健谈的人，对吧？他一坐下来我就知道没戏。我只是问他今天需要点什么，免得他觉得受到了怠慢。

博尔顿：[对着阿尔伯特]你的"三号"也不走运，阿尔伯特。

阿尔伯特：您都看见了，先生。他就是那种软硬不吃、滴水不漏的人。

格兰杰小姐：我要替你说话，阿尔伯特。你竭尽全力了。

谢佩：我一直听着。你方法不对。

阿尔伯特：要是一位绅士说他就喜欢秃顶——得了，你倒说说。

格兰杰小姐：他恼了，我得说。他一句应万句。

谢佩：要是一位客人竭力要使自己显得很怪，倒好办了。

格兰杰小姐：得了，谢佩，我相信即便是你也说不动他买什么东西。

博尔顿：谢佩擅长推销吗？

格兰杰小姐：您问布拉德利先生。

布拉德利先生：我的手下中他是最佳。

博尔顿：你是怎么做的呢，谢佩？

谢佩：哦，技巧而已，先生。当然了，你得很有一套。

博尔顿：你不用避讳告诉我，要知道。就算你追到世界末日，也别想抓到我。你们那些个制剂。所有那些见鬼的胡说八道。送给我都不要。

[谢佩背着博尔顿，冲布拉德利和阿尔伯特挤了挤眼。

谢佩：我知道给我一百年我也无法向您推销任何东西，干我们这行，
就得有察言观色的本事，所以我知道怎么努力都是白搭。

博尔顿：感谢你的赞美之词。

谢佩：您瞧，我们就靠人类的虚荣心赚钱。我也不避讳告诉您，男
人虚荣起来一点不逊于女人。

格兰杰小姐：更虚荣，如果你问我的话。

谢佩：这一来，我想我这么说就更没错了，您的气质里没有一丝一
毫的虚荣。

博尔顿：我想你是对的。

谢佩：我知道我是对的。我的意思是，要是您虚荣，您就不愿意自
己看上去比您希望的要老，对吧？

博尔顿：我才刚过四十，要知道。

谢佩：事实如此吗，先生？当然，脑门上那些个灰发让您看上去可
不止这个岁数。

格兰杰小姐：哦，我就喜欢脑门上的那些灰发，谢佩。我一直觉得
那令一位绅士看上去如此高贵。

谢佩：我不是说那不显得高贵。我只是说那让人足足添了五岁。要
是没有那些灰发，博尔顿先生不会超过三十五岁，一天也不
会多。

格兰杰小姐：他看上去才不会那样呢，谢佩。

博尔顿：我不打算染发来取悦你。

谢佩：我不是责备您。我从不推荐一位绅士去染发。那看上去有点
不自然。

格兰杰小姐：我老觉得那让一张脸看起来很僵硬。

谢佩：我的意思是，我并不认为您会在意自己看上去像三十五岁还
是四十八岁。您为什么要在意呢？

博尔顿：我倒是不知道自己会愿意看起来老到像一只脚踏进坟墓似的，要知道。

谢佩：知道我在想什么吗，格兰杰小姐？

格兰杰小姐：那瓶德国货。

谢佩：听着，先生，我可没有试图向您推销它。

博尔顿：干得好，因为你不会得逞的。

谢佩：我只站国货。外国人外国货我都不支持。旅行推销员带着那玩意儿进来的时候，我本人是完全反对的，但他力劝布拉德利先生试一试。我们的销量会让您大吃一惊。

格兰杰小姐：特别是当您知道它的价格的时候。

谢佩：加上关税还有这个那个，我们每瓶售价不能低于二十五先令。

博尔顿：是什么东西，染发剂吗？

谢佩：是又不是。它只是让头发长成自然的颜色。效果是循序渐进的，以至于人们都很难察觉。我能告诉您的就是这个，假如您试一下，三周后您头上的灰发就不见了。

博尔顿：你不会真指望我信这些吧。

谢佩：说这些我能有何居心呢？我知道您是不会尝试的，先生。干吗要试？我知道您不是那种在意外表的人。

博尔顿：你不是在拿我开涮吧？

谢佩：此话怎讲，先生？

博尔顿：我觉得你挺能玩花招的。

谢佩：企图向您推销那玩意儿？才不会用这种方式呢。瞧，先生，我不介意告诉您秘密。要是您想向客人推销东西，您得始终目不转睛地盯着他。您得盯着他，就像场上的拳击手那样。那么，我刚才一直在看着您吗？

博尔顿：没注意。

谢佩：那好吧。话说有一天发生了件趣事。我想您认识特威肯汉侯爵吧，先生。

博尔顿：不，不认识。

谢佩：他是我们的一位客人，他弟弟约翰勋爵也是。他执意要试试
　　这种制剂。他的头发灰得厉害，搞得他很闹心。哎，一天早上，
　　一位绅士走进来坐在我的椅子上。早上好，约翰勋爵，我对他
　　说。他哈哈大笑。我不是约翰勋爵，他说，我是特威肯汉侯爵。
　　您信吗，我把他错认成他弟弟了。他脑袋上一根灰发也没有了。

格兰杰小姐：看到谢佩的脸，我都忍不住笑了。

谢佩：哎，他的爵位告诉我，两人差十五岁呢。

格兰杰小姐：简直是个奇迹，我管这个叫。

博尔顿：那玩意儿叫什么？

谢佩：去拿一瓶，阿尔伯特，让博尔顿先生瞧瞧。

博尔顿：别麻烦了。根本就没什么关系。

谢佩：［冲阿尔伯特使了个眼色］关系到好奇而已。今天下注了吗，
　　先生？

博尔顿：不，我没有。

谢佩：要是我也没下就好了。

　　　　　　［阿尔伯特走进店堂。

博尔顿：傻瓜的游戏，打赌。

格兰杰小姐：谢佩可不这么想。要是知道他赌谁赢，您会大吃一惊。

谢佩：当然了，每次我下注都不会超过一先令。要养家糊口的，由
　　不得我造次。可要我说小赌怡情不是。

博尔顿：要是你没有输多赢少，你一定非常聪明。

谢佩：哎，跟您讲，我挺走运。从来都是。

格兰杰小姐：都说生来好运胜过生来富有，是吧？

博尔顿：你买过"爱尔兰大彩"吗？

谢佩：买过，我无论如何也不会错过的。打他们一开始，我就一直

买的。

博尔顿：从来没中过，我猜？

谢佩：还没中过，但是我怀有希望。

博尔顿：昨天抽彩了，是吧？

谢佩：是的。今天抽安慰奖。我兴许能中一个。

格兰杰小姐：要是明天一早打开报纸，看见你的名字在上头，那是何等美妙啊。

谢佩：我是不会奇怪的。

　　　　〔阿尔伯特进来。

阿尔伯特：福蒂斯丘上尉的电话，谢佩。他想知道明天上午十一点半你是否有空。

谢佩：是的，我有空。跟他约一下，好吗？

阿尔伯特：好的。

　　　　〔他出去了。

格兰杰小姐：今天上午他就来了，谢佩。发现你不在，他还挺激动的。

谢佩：得了，这可不是我的错，对吧？

格兰杰小姐：走哪都是骂骂咧咧叽叽歪歪，他这个人。

谢佩：我知道。不过一个上尉，愣是把自己当成了一个上校。

　　　　〔阿尔伯特又进来。

阿尔伯特：他说他不会再容忍你该死的冒失了，要是十一点半你没有做好准备恭候他，后果自负。

谢佩：我想他们该不是一下子让他当上总司令了吧。

博尔顿：话说今天上午你怎么不在呢？我还以为你十四年来从没翘过班呢。

谢佩：除去两周的暑假，没有更多了。今天一上午都在兰贝斯的治安法庭。

博尔顿：酗酒还是闹事？

谢佩：才不是我呢。正餐来个半品脱苦啤酒，晚上下班后再来个半品脱，一天过我嘴的黄汤也就那么多了。

格兰杰小姐：他是一起案子的目击者。

谢佩：我瞅见一个小子正从医生车子里偷外套。车子停在我家隔壁的门口，说时迟那时快，我从前门跑了出去。

博尔顿：现在你都不能在车子里留东西了。都什么破事。你把他交给警察了？

谢佩：是的。事后我宁愿没这么做就好了。他没有工作。跟法官说他两天没吃饭了。你几乎要对他心怀内疚了。

格兰杰小姐：你就是心太软，谢佩。这些个失业的。我相信只要你真的想找工作，就总能找到的。

谢佩：要是你听了我一上午的经历，你就不会这么说了。轮到我的案子差不多快到最后了，我就坐在那里听着。搞得我很不舒服。

博尔顿：为什么？

谢佩：哎，您知道的呀，我吃饱喝足了出门，心情也不错。对我来说，偶尔一次不必上班倒也不失为一个小小的乐子。案子可多了去了。

博尔顿：有什么好玩的吗？

谢佩：哎，我不知道您是否会管那些叫"好玩的"。有个妇人，被人瞧见从酒吧里偷了点牛排。她一星期挣十八个先令来养活自己和三个孩子。看起来也是体体面面一个人。

博尔顿：当然了，这年头悲惨的事情多了去了，却束手无策。

格兰杰小姐：就是我说的，这世上总有穷人和富人，而且永远如此。

谢佩：一个国家有这么多人挨饿好像是应该的，这似乎很荒唐。

格兰杰小姐：要是你三餐不愁、上有片瓦，感恩吧，要我说，别操心别人了。

364

谢佩：哎，一般来说，我不操心。只是当你目睹了这一切，一下子有了切身的感受，就像今天上午，可把我小小地吓了一跳。他们站在被告席上。和其他人没什么两样。看上去就跟你我一样，要是你们明白我的意思的话。我忍不住对自己说，如果他们挣得和我一样多，没有人会站在那里。

博尔顿：你挣得多，是因为你稳重、勤劳。

谢佩：这我知道。但要是他们也有我这样幸运，也许会干得和我一样好。

格兰杰小姐：今天你不太对劲，谢佩。你好不了了。

博尔顿：好吧，刚七点。来杯啤酒，你感觉会好些的。

谢佩：也许吧。一般晚餐我会吃牛排配蔬菜，但今天我有点吃不下。

格兰杰小姐：跟那些脏兮兮、病恹恹的人坐在一起，但愿你没有传染上什么东西。

谢佩：要是你吃了上顿没下顿，哪还有心思把自己收拾干净，要是没有足够的营养保持身心合一，我想保持健康也是奢谈。

格兰杰小姐：哦，别这么唠唠叨叨的。你怎么听上去像个社会主义者。我一直以为你是个不折不扣的保守党呢。

谢佩：没错，我是保守党。我要告诉你什么呢，格兰杰小姐，哪天上午等咱们空了，让我带你到治安法庭走一趟，你自己亲眼瞧瞧。

格兰杰小姐：别带我。我可不想把自己搞得很丧。眼不见心不烦，要我说。不去操别人的心，我们自己的麻烦就够多的了。

博尔顿：看待这个问题，这是唯一明智的方式，谢佩。众所周知这个世界上还有不少穷人，却无能为力。在那些你不得不接受的事情里，这不过是其中的一件，好比得了流感，或是摸到一副臭牌。事实依然是这个国家没有人需要饿死。那些机构供他们吃、住。

格兰杰小姐：我认定，之所以有那么多人睡在泰晤士河河堤上，是因为这些人就喜欢睡在那。

博尔顿：你逮到的那家伙捞到了什么？

谢佩：拘留一星期，先生。

博尔顿：好吧，我倒是愿意打个赌，人们会发现，他犯下的事可不止这一桩。饿汉不行窃，行窃就是贼。

格兰杰小姐：再说了，要是他饿了，我倒认为关在牢里比待在外面强。

博尔顿：庸人自扰非妙事。比你聪明的人已经在寻求出路，要是他们还没寻到，那你似乎也办不到。

格兰杰小姐：人各争先，落后遭殃，要我说。

谢佩：我是个无知小人，我知道。但一想到是我把那个遭殃的倒霉蛋交给了警察，还是让我很不舒服。

博尔顿：你做得很对。社会应当得到保护，维护法律是公民的职责。要是每个人都对自己的所作所为振振有词，那么事情可就一团糟了。

　　　　[阿尔伯特穿过门帘进来。

阿尔伯特：你的电话，谢佩。

谢佩：说我正忙，让他们留个口信。

阿尔伯特：是你太太，她说有急事。

谢佩：我才不管是谁呢。我太太很清楚，我不想她在我上班的时候打电话给我。

博尔顿：不用管我，谢佩。去接电话吧。我等等不要紧。

谢佩：不管它。您知道女人的，先生，得寸进尺。

格兰杰小姐：兴许是有要紧事呢，谢佩。打我到这里来，她就从没来过电话。

谢佩：应该没什么大不了的。在家里，我惟命是从，这是说得过去

366

的，你们懂的，但在店里，就她而言，我就是自己的主人。

[阿尔伯特又进来了。

阿尔伯特：她说她没法留口信，要你亲自去听。

谢佩：告诉她，就算英王从白金汉宫打电话来要授予我嘉德勋位，也不会打断我给客人修面的。

[阿尔伯特出去了。

博尔顿：你结婚多久了，谢佩？

谢佩：二十三年了，先生，用我们国家游吟诗人的诗句来说，"一天也不多"①。

博尔顿：[笑着] 得了，如果这是你太太第一次在你工作时间打电话来，问问她有什么事我想也不会有损你什么。

谢佩：假如您工作时间长得和我一样，您会明白婚姻生活里总有一件事万万做不得，那会开了先例。

格兰杰小姐：听听这调儿，谢佩。我还没见识过比米勒太太更好的女人。

博尔顿：米勒太太是谁？

谢佩：我家老太婆。我其实姓米勒。

博尔顿：是吗？我还不知道呢。

谢佩：他们管我叫谢佩，是因为我出生在那里。谢佩岛。在肯特郡，您知道的。他们同我开玩笑呢，说我满脑子想的都是谢佩。

格兰杰小姐：听他说，您会觉得没有什么地方比得上那里。

谢佩：再也没有那样的地方了。我总是到那里度假，等退休了，我打算到那里定居。

———————————

① 此句出自英国戏剧演员薛瓦利埃·阿尔伯特（1861—1923）1892 年出演的轻歌舞剧《我的老太婆》的唱词。原句为：We've been together now for forty years, /An' it don't seem a day too much.（我们在一起四十年了，一天也不多。）

格兰杰小姐：某次银行假日我去过。我不怎么惦念那里。

谢佩：它可是英格兰的花园。我连房子都看好了，等我发了财就买。占地两英亩。面朝大海。这就是我和我家老太婆要的地方。

[布拉德利进来，后面跟着阿尔伯特，还有那个扮演收款员的年轻女子詹姆斯小姐。

布拉德利：把剃刀放下，谢佩。

谢佩：为什么，出什么事了？

布拉德利：你中彩了。

谢佩：就这事吗？那也不至于中断工作。

[他欲拿着剃刀继续工作，被博尔顿先生拽住了胳膊。

博尔顿：你别这样。我可不想让人拉了喉咙。

谢佩：这等小事哪会让我手抖。您担心的是这个吗？哎哟，哪怕他们在圣詹姆斯宫扔炸弹，哪怕杰明街像一堆干草燃起熊熊大火，也误不了我给一位绅士修面。

博尔顿：老实说，我可不是那种绅士，到了那个节骨眼上还心心念念着修面。

布拉德利：我会亲自给博尔顿先生修完。把剃刀给我。

博尔顿：[摸了摸下巴] 不用了，这就可以了。修好了。

[布拉德利用海绵擦拭、拌净他的脸。

阿尔伯特：都柏林给你发来一封电报，他们已经通过《每日回声报》给你家打了电话。他们要你的工作地址。

布拉德利：彩票没丢吧，谢佩？

谢佩：才不会呢。这会儿就在身上。[他掏出钱包，拿出彩票]

格兰杰小姐：中了多少，布拉德利先生？

阿尔伯特：米勒太太没说。她高兴坏了。又哭又笑的。安慰奖是一百镑。

博尔顿：嘿，那也是笔大数目了。

谢佩：我承受得了。

格兰杰小姐：你看上去一点也不激动，谢佩。

谢佩：哎，老实说，我是有点惦记。我生来就走运嘛。

格兰杰小姐：要是我的话，我就在店里放轮转烟火。

谢佩：我想布拉德利先生不会喜欢那样子的，格兰杰小姐。再说了，
        没准还会给阿尔伯特一个印象，我不像一个结了婚的人，等等
        等等。

格兰杰小姐：哦，别这么粗俗，谢佩。你知道我不喜欢开这种玩笑。

        [博尔顿先生这会儿都好了，从椅子上起身。

博尔顿：你最好给《每日回声报》打个电话，问问中了多少。

布拉德利：一百镑。

博尔顿：十倍累计奖怎么样？你怎么知道中的不是那个奖呢？

谢佩：那个我想都没想过。

布拉德利：不太会。

阿尔伯特：会有个特别版。没准这会儿报纸已经出来了。

布拉德利：赶紧到街角去买一份，阿尔伯特，瞧瞧是不是。

阿尔伯特：好的，先生。

        [他出去了。

博尔顿：[给谢佩小费] 给你，谢佩，恭喜你。

谢佩：非常感谢，先生。

博尔顿：不管中了什么，都别不当回事。

谢佩：才不会呢，先生。这钱拿来做什么用我都盘算得清清楚楚了。

格兰杰小姐：连中了多少都不知道你就盘算好了？我意思是，要
        真是那个累计奖的话？[把博尔顿给的小费装进兜里] 谢谢您，
        先生。

谢佩：只要有三万镑，一切都妥妥的了。

博尔顿：告诉你我想做什么，谢佩：为了庆祝这一事件，我要买一

瓶你刚才说的那个德国货。

谢佩：好极了，先生。是我给您送去，还是您自己带走？

博尔顿：听着，我才不信这玩意儿呢，只是让你高兴一下我才试的。

谢佩：好吧，先生，我担保，您会大吃一惊的。

博尔顿：同样，我可以自己带走。

谢佩：请给博尔顿先生拿一瓶"灰发灵"，布拉德利先生。

布拉德利：这就给您拿来。请付现金。

博尔顿：再见。

众人：再见，先生。

> [博尔顿跟着詹姆斯小姐走出去。布拉德利为他打着门帘，跟了出去。

格兰杰小姐：你真好笑，谢佩。

谢佩：我有自知之明。我不信干这行的还有谁能向博尔顿先生兜售一瓶染发剂。他们爱怎么说就怎么说，也就那样了。要说就说有用的。

格兰杰小姐：哦，我想都没想到。

谢佩：没想到吗？不过我刚才耍他的方式真乃杰作。他刺激了我，说什么直到世界末日我也甭想卖他一件东西。他也不是傻瓜。不像那些年轻人，你说什么他们都信。你知道的，我倾听我说的每句话，我对自己说，你是个奇迹，谢佩，毫无疑问，你是个小小的奇迹。

格兰杰小姐：哦，你让我恶心，谢佩，就因为刚刚中了彩票，卖出去一罐还是一瓶修发剂就自吹自擂。

谢佩：[脱下白大褂] 好吧，我要跟你讲，格兰杰小姐，眼见为实。除非白底黑字，否则我什么都不信。

> [阿尔伯特进来。

阿尔伯特：报纸还没来。

格兰杰小姐：哦，讨厌。

布拉德利：[进来] 我已经叫詹姆斯小姐想办法去买一份《每日回声报》。才七点。把百叶窗放下来，阿尔伯特。

阿尔伯特：好的，先生。

布拉德利：希望你们一家人其乐融融，谢佩。

格兰杰小姐：米勒太太和你女儿要高兴坏了。

　　　　[门铃响，门开了。

布拉德利：喂，谁啊？

格兰杰小姐：要我说，这种人以为随时随地都可以进来。

布拉德利：哦，没错。阿尔伯特会说我们打烊了。

　　　　[阿尔伯特又进来了。

阿尔伯特：[低声道]《每日回声报》派来的家伙。找谢佩。

格兰杰小姐：[不知所措] 不会吧？

布拉德利：叫他进来。

格兰杰小姐：天哪！我这狼狈的。

　　　　[她取出粉饼，开始补妆。

谢佩：有你什么事？

格兰杰小姐：我不想给咱们店丢份儿。

阿尔伯特：[穿过门帘] 这边请，先生。

　　　　[一个带着相机、苍白脸儿的人走了进来。

记者：米勒先生吗？

谢佩：那是我的姓。叫我谢佩好了。

记者：[同他握了握手] 恭喜啊。

谢佩：不用客气。

记者：报社派我来做个简短的采访。

谢佩：您来得正是时候。再晚五分钟，您一个人也找不到了。

记者：感觉超爽，我想？

谢佩：还不坏。

记者：之前中过什么奖吗？

谢佩：从来没有。

记者：我猜您以前也买过彩票？

谢佩：自打开始就一次也没错过。

记者：哎，这是您破天荒第一次吧，您不介意我这么说吧。我的意思是，这样更有故事性。

谢佩：不，我不反对这么说。

布拉德利：在您上门这会儿，我们正想方设法找贵报核实一下呢。

记者：哦，核实什么？

格兰杰小姐：是中了一百镑的那种奖吗，我猜？

记者：这么说你们还不知道？是累计奖。八千五百镑。

谢佩：真的是那个奖吗？那可是十十足足的一笔钱。

　　　　[跟着记者进来的詹姆斯小姐冷不丁地哭了起来。

布拉德利：喂，你怎么啦，詹姆斯小姐？

詹姆斯小姐：[抽泣着] 我道歉。实在忍不住了。八千五百镑。这让我有点犯恶心。

格兰杰小姐：要是犯恶心，你最好去洗手间，我想。

詹姆斯小姐：哦，是的。我一激动就会那样。

谢佩：怪她的胃，可怜的姑娘。

记者：您打算用这笔钱做什么？我想您还来不及决定吧？

谢佩：您怎么把我想得那么傻呢？我买的时候就想好了。我打算还房贷。谢佩岛上有一小块地方我也看好了，占地两英亩，就是那种小小巧巧干干净净我梦寐以求顶适合我的。

格兰杰小姐：想象一下你拥有一块土地，谢佩。我们还不得管你叫地主了。

谢佩：接着我女儿就想结婚了。我要给她办个隆重的婚礼。香槟啊鱼子酱啊。我还要给我太太找个女孩子帮佣。老太婆再也不用累死累活了。

阿尔伯特：要是我，就买一辆奥斯汀宝贝 ①。

谢佩：谁说我不会买奥斯汀宝贝的？真要是在乡下购置了地产，有了这辆车可是能省下一大笔费用。

记者：那么您就不再工作了？

谢佩：我吗？我要是不工作了，还真不知道干什么好。我是那种你们也许可以称之为艺术家的人。对不对啊，老板？

布拉德利：我不能起誓你不是，在法庭上也不能。

谢佩：不，年轻人，我不是那种会辜负天赋才华的人。

记者：给您来一张工作照怎么样？我想报纸会喜欢的。很遗憾太晚了，没有客人了。

格兰杰小姐：布拉德利先生可以扮他的客人。

布拉德利：对啊。给我一条围布，阿尔伯特。

阿尔伯特：给您，老板。

布拉德利：把你的工作服穿上，谢佩。

谢佩：稍等。修面还是理发？

记者：修面吧，我想。看上去自然点。

布拉德利：我这就给我的脸打上皂沫。

格兰杰小姐：我去端我的小凳子，假装给您修指甲。

谢佩：嘿，这是给谁拍照呢，格兰杰小姐，你还是我？

格兰杰小姐：别占着茅坑不拉屎，谢佩。我不过是想拍一张出色的照片。

谢佩：交际花大概就是那副德性吧，喜欢那个样子展现自己。下一

---

① 英国汽车品牌，产于 1922 年至 1939 年间的一款经济型轿车，因设计极简紧凑，得"奥斯汀宝贝"这一昵称。

个就该阿尔伯特了。

记者：她说得没错。我喜欢那样。

　　　　[众人皆摆好姿势。记者在看镜头。

布拉德利：别那么站着，谢佩。除了我的腿，他们什么都看不见。

谢佩：他们想看我的脸，是不是？

记者：到他另一边去。

谢佩：那你就看不见我了。

记者：看得见的。这个姿势好。让我看见剃刀。

布拉德利：别凑得太近，谢佩。

记者：朝右边伸出。

　　　　[谢佩伸出胳膊。

记者：就这样。好极了。

布拉德利：[发现阿尔伯特潜进来了] 干吗呢你，阿尔伯特？待一边去，听见没？

阿尔伯特：[黑着脸] 好吧。人家还以为你从来没拍过照呢。大惊小怪的。

记者：好了，看我。高兴一点，哎。这不是葬礼。他刚中了"爱尔兰大彩"。笑一笑。对了。保持。谢谢。

　　　　[他们挂着僵硬的笑容，等他说了谢谢，才恢复常态。布拉德利擦去脸上的皂沫，从椅子上起身。格兰杰小姐收拾起她的小凳子和工具箱。

格兰杰小姐：明天会见报吗？

记者：应该会。

格兰杰小姐：真叫人激动。

谢佩：消息是登在今晚的报纸上吗？我是说抽奖的消息，还有名字什么的？

记者：是的。你还没看到报纸吗？我带了一张。为了找地址，你知

374

道的。

谢佩：劳驾让我看一眼好吗？要知道，我还从来没见过自己的名字
　　被印成铅字的模样。实际上，我要白底黑字，眼见为实。

记者：[从兜里掏出报纸] 给您。头版。

　　　　[谢佩接过报纸，看了起来。]

谢佩：没错。八千五百镑，谢佩岛。就是我。约瑟夫·米勒。S.E.17
　　坎伯韦尔穆尔街玫瑰园。好吧，好吧，好吧，早该想到的。[他
　　想也没想就扯掉了假发，露出一个光光的秃脑袋。他若有所思
　　地挠着头]

记者：[吃了一惊] 您戴的是假发？

谢佩：[如梦初醒] 我吗？是啊。工作时间不得不戴。客人们精得
　　很。要是你企图向他们推销养发灵，而你自己像我一样却是个
　　大秃子，他们会说好像这玩意儿对你不管用。

记者：您冷不丁地摘下来着实吓我一跳。

谢佩：嗯，您不打算就这事在报上嘀咕些什么吧？

记者：[笑着] 好像在请求什么。

谢佩：您不会那么做的。我意思是，这么说吧，您和我都是吃这碗
　　饭的。我意思是，得跟大众耍点花招，不是吗？您也知道大众
　　都是些什么，他们喜欢被人耍。

记者：[好脾气地] 好的。我会忘了这茬的。非常感谢。晚安。

布拉德利：晚安，先生。需要理发的话请顺道来坐坐。谢佩亲自为
　　您服务。

谢佩：非常乐意，先生，

记者：不过我要说的是，您甭想卖给我一瓶养发灵。

谢佩：这个我不敢肯定，先生。

记者：晚安。

众人：晚安，先生。

[他出去了。阿尔伯特把他送到门口，旋即返回。

格兰杰小姐：好吧，要我说这就是幸运。

谢佩：是的，我承认。

詹姆斯小姐：而你表现得那么镇定自若。换我可就绷不住了。

谢佩：哎，我习惯了，可以这么说。我一辈子都走运。

布拉德利：愿闻其详。

谢佩：我来告诉你。你一定得信。年轻那会儿，我可是万人迷。知道我一般怎么钓到她们的吗？吹牛啊。这就跟运气一样，你得靠吹嘘啊。

格兰杰小姐：[气咻咻地一甩头] 我倒是喜欢。谁也甭想靠吹牛把我弄到手。追我的人得有一份好工作，银行里也还有那么一点儿。

詹姆斯小姐：现在的男人可不是过去那样了。这是不容否认的。

谢佩：小心你那可怜的胃又要翻腾了，詹姆斯小姐。

布拉德利：好吧，我得走了。临时工，用他们的话来说。

谢佩：就一会儿，老板。你们都先得喝一杯祝我健康。我跟你们说，我这就去"一串钥匙"酒吧买一瓶香槟。

格兰杰小姐：哦，谢佩，假如有的话，我想要一杯气泡饮料。

谢佩：我用不了多久。

[他奔出去了。

格兰杰小姐：想想多滑稽啊；我兴奋得就像中奖的是我。

布拉德利：这说明你本性美好，格兰杰小姐。

格兰杰小姐：干这行的就得本性美好，要不听一整天那些绅士说的傻话哪受得了。

阿尔伯特：我从来都不在意。不过是一只耳进一只耳出罢了。

格兰杰小姐：对你来说很容易。绅士们期待的修甲师得既活泼又漂亮。听了他们那些傻笑话你得哈哈大笑，否则他们就说你没有幽默感。

376

布拉德利：这也是工作的一部分。

格兰杰小姐：我知道。我不是在抱怨。当然了，从中你得以偶尔吃个饭、看个戏。

阿尔伯特：更不要说在回家的出租车上亲个嘴、搂一搂了。

詹姆斯小姐：你这个下流坯，阿尔伯特。

格兰杰小姐：得了，要是吃了饭、看了戏，不拿一个香吻回报绅士，这姑娘未免太傻了，要我说。我意思是，当然了，她一定得会把握分寸。但要是一位淑女的话，就能始终让一位绅士规规矩矩的。

阿尔伯特：我猜他们带你去的是正厅前座区吧，是吗？

格兰杰小姐：哎，这得看了。如果是单身人士，没错。但如果是已婚人士，一般是包厢。他们并不觉得这有多阔气。

布拉德利：当然了，上我们店里来的好多都是有头有脸的人物，自然而然，他们得谨慎从事。

格兰杰小姐：哦，我倒不是在责怪他们。要是他们提这茬儿，我总是说我非常理解。位高责重，如果你懂我意思的话。

　　　　[谢佩拿着一瓶香槟回来的时候，众人正聚在店堂里。跟他一起来的是一个风韵犹存、浓妆艳抹的半老徐娘，打扮艳俗却衣着寒酸。此人是贝茜·勒格罗斯。

谢佩：我来了，香槟也来了。我买了最好的。十四先令九便士。

阿尔伯特：哇！从价钱上看应该是好货。

布拉德利：这位女士是谁，谢佩？

谢佩：我的一个朋友。哎，也不能说是朋友，但是我认识她，对吧？晚上收工后我总是去"一串钥匙"喝杯啤酒，她也总是在那个点喝上一杯。

布拉德利：[冲贝茜点点头] 见到你很高兴。

贝茜：我也是。

谢佩：我们都是话痨。所以刚才看见她，我就对她说，今天别喝啤酒了，小姐。跟我来喝杯带气泡的。

贝茜：我既没说好也没说不好。你们知道那首歌吧?

布拉德利：但你还是来了，我想。

贝茜：我不想来，说真的。我对米勒先生说：哦，他们不会喜欢我的，我只会碍手碍脚的。但是他说：去你的，你上次喝香槟已经是几个月前的事了，我打赌。他说得没错。

布拉德利：好吧，就我而言是欢迎你的，请客喝香槟的是谢佩嘛。

阿尔伯特：最好让我来打开它，谢佩。这个我比你在行。

谢佩：听听这话。好吧。只是要小心一点。那么，姑娘们，杯子在哪里?

詹姆斯小姐：我们会想办法的。

格兰杰小姐：洗手间里有一个杯子，维克托。

　　　　[维克托出去了。片刻后带着一个杯子回来了。詹姆斯小姐在店里走来走去，到处寻找能用来喝酒的东西。

贝茜：[对着布拉德利] 您这里很漂亮。

布拉德利：这年头不得不这样。竞争激烈啊，你知道的。

贝茜：事事如此。得有个法律来管管，我想。

布拉德利：你一定会吃惊，我们要维持多大一个摊子。过来看看我们的陈列柜。

　　　　[他们走进前店。

格兰杰小姐：过来一下，谢佩。我想跟你说句话。

谢佩：[朝她走去] 说什么?

格兰杰小姐：她是个妓女。

谢佩：我知道。

格兰杰小姐：你不该把她带到这儿来。

谢佩：为什么?

格兰杰小姐：你更应该尊重一下我和詹姆斯小姐。

谢佩：哎，听我说，亲爱的，不定哪天你也许会在一家女子发型屋
工作。要是你认为一家女士美发沙龙没有妓女也开得下去，你
可就太蠢了。

格兰杰小姐：我倒不是说不愿意为她们服务，但是和她们有社交往
来，我有抗拒感。

谢佩：哦，就是玩玩嘛，格兰杰小姐。毕竟人这一辈子不可能每天
都中到八千五百镑。给我个面子。

格兰杰小姐：得了，你也知道，我也不是那么介意。人们倒是这么
说的，在洁净的人，凡物都洁净。①

　　　［这会儿阿尔伯特打开了酒瓶，布拉德利和贝茜溜达着回
来了。

阿尔伯特：来吧，伙计们。先来先得。

　　　［他们围成一圈，把玻璃杯都斟满。

布拉德利：嘿，谢佩，祝你健康。就算我自己中不了奖，我也希望
除了你没人能中奖。

阿尔伯特：我们也是这么说。

众人：［干杯］我们也是这么说。为他是个大好人。为他是个大
好人。

谢佩：太感谢大家了，女士们先生们。这美好的愿望优美的祝福打
动了我的心底。女士们先生们，为你们的健康干杯。

格兰杰小姐：我得说，我爱这杯香槟。

贝茜：棒极了。就是这个味儿。

格兰杰小姐：请注意，我可不会每天来一杯。

贝茜：哦，不，我意思是如果你每天都喝上一杯就不足为奇了，

---

① 见《圣经·新约·提多书》第一章第十五节。

是吧？

阿尔伯特：哎，谢佩。它让我想起了我姐姐婚礼上的香槟。

谢佩：从价格上讲应该是上等品。他们有十二先令和六先令的，但是我说，不，今天这样的日子我就要最好的。

布拉德利：我说谢佩，可别仗着赢了一大笔奖金，就在那些个蠢事上挥霍无度。

谢佩：才不会呢。我还没有鬼迷心窍呢。

布拉德利：真高兴听你这么说。好啦，我该回家了，要不内人该寻思我搞什么花头去了。你的嘴该闭上了吧，谢佩？

谢佩：你要相信我。

阿尔伯特：我也要走了。我要带我女朋友去看电影。

　　　　[他和维克托走出去，脱下了白大褂。

格兰杰小姐：你打算走吗，詹姆斯小姐？

詹姆斯小姐：我早就准备好了。

布拉德利：晚安，伙计们。明天见。

众人：晚安，先生。

　　　　[布拉德利出去了。

格兰杰小姐：今晚有去处吗，亲爱的？

詹姆斯小姐：没有，我打算把昨天买的那块广东绉纱缝制一下。

　　　　[格兰杰小姐和詹姆斯小姐出去了。

贝茜：我也要走了。

谢佩：别急。瞧，瓶里还剩一点呢。浪费了多可惜。

贝茜：盛情难却。

　　　　[阿尔伯特和维克托打此经过。

阿尔伯特：晚安。

谢佩：晚安。

贝茜：祝你和女朋友玩得开心。

阿尔伯特：看我的。

    [阿尔伯特和维克托出去了，詹姆斯小姐和格兰杰小姐戴着帽子进来。

谢佩：你还不走吗？

格兰杰小姐：我没时间了。今天是桥牌俱乐部的队友晚会，我不想让他们等我。

谢佩：好吧，再见。

格兰杰小姐：再见，谢佩。[她朝贝茜生硬地欠了欠身] 再见。

贝茜：晚安，小姐。

    [两个姑娘出去了。

谢佩：我去把门别上。

    [他出去了。当只剩下贝茜一人，她萎靡不振地瘫倒在椅子上，她的脸扭曲着，痛苦让它变了形。她攥着拳头竭力控制自己的情绪，但泪水还是涌上来，她从包里掏出手帕。谢佩回来了。

谢佩：嘿，怎么哭了？

贝茜：我没哭。只不过是眼泪涌出来罢了。

谢佩：怎么啦？

贝茜：没什么。就因为这儿太舒适了。你们又都这么友好。我过会儿就好了。

谢佩：来，喝香槟。

贝茜：不，我不敢喝了。空腹不能喝。我想，就是这个让我不舒服的。

谢佩：没喝过茶吗？

贝茜：没，午饭也没吃。我正减肥呢。

谢佩：哎，这可是在做傻事。

贝茜：要是你没钱的话这事就不傻了。我只有十便士。花三便士搭巴士，要是今晚没能和谁成交，我还得留着三便士乘车回家。你来的时候。我正打算用那剩下的六便士买杯啤酒。

谢佩：那么，还好我救了你。

贝茜：我觉得我要是不喝上一杯的话，是没法长时间地到处乱走的。

谢佩：你一定饿坏了，是不是？

贝茜：哦，这个倒没什么。这会儿我也习惯了。我担心的是我的住处。还有三周就要交房租了，今晚我要是找不到活，她就要赶我出去。

谢佩：哦，啊呀。

贝茜：哦，好吧，夜未央。永不言败，这是我的座右铭。天气晴好，这很要紧，要是下雨我可倒霉了。

谢佩：我对美好生活的概念可不是这样，说真的。

贝茜：美好？信不信由你，对我来说，没有美好。

谢佩：要是你被赶出来了，你打算怎么办？

贝茜：我不知道。救世军庇护所。但在那里你必须唱赞美诗。要是不下雨，你可以睡在泰晤士河河堤上，他们告诉我，假如你突发奇想纵身一跃，河水幽幽，近在咫尺。

谢佩：你没有什么亲人吗？

贝茜：伦敦没有。他们以为我过得很好。我没脸见他们。

谢佩：我不想伤害你的感情，当然了，我也从不提及我们在"一串钥匙"聊天的时候，在我看来，你一直就是一个规规矩矩的女人，你说，哎，或许就像你说的，你是个站街的，我吃了一惊。

贝茜：哎，你是会那么想的。那是我难得清醒的时候，我可以告诉你。要是你一年半前告诉我说我会来这里，我会说，怎么，你在做梦哪。

谢佩：我知道我是对的。我们第一次聊天之后，我就对自己说，这是个层次很高的女人。我意思是，你不笨。你谈吐不俗。从狗、足球，一直到政治，都能聊。

贝茜：我不是笨蛋。我知道。

谢佩：你不得不做这一行，似乎有点荒唐，假如你明白我的意思的话。

贝茜：谁叫经济不景气呢。之前一切都还好好的。我在肯宁顿有过一间漂亮的小房子。我同三四位绅士交往。正经的生意人，你知道的，有家室，有一位还是太平绅士，都是上层人士。我一周挣七八镑。他们喜欢我，因为他们知道我值得信赖。假如你是位已婚人士，而且有头有脸，就得谨言慎行，对不对？

谢佩：是，我也这么想。要说我自己，打结婚那天起，我就从不东张西望。

贝茜：我不怪你。你只不过是没碰到过那么多而已。我的经验告诉我，大多数男人时不时地都想找点小乐子，还都是不想跟太太分享的。

谢佩：哎，那后来发生了什么？

贝茜：我倒了点小霉。我得了双侧肺炎，不得不离开一会儿。等我回来的时候，其中一位绅士被人出卖了，另一位说他再也负担不起这奢华的生活。我敢说我的容貌已大不如从前。好吧，长话短说，处境每况愈下，末了我不得不放下尊严走向西区。

谢佩：我说，你叫什么名字？你从来没告诉过我。

贝茜：贝茜·勒格罗斯。

谢佩：哦，法国姓。

贝茜：其实不是。但绅士们这样认为，他们问我名字，我说我叫贝茜·勒格罗斯，他们就很兴奋。巴黎啊之类的。这就是我叫这个名字的原因。我住在肯宁顿那间小公寓里的时候，我管自己叫格洛斯特太太，因为我来到伦敦后的第一份工作就在格洛斯特广场。她曾是位非常漂亮的女士，卓尔不群，我觉得对不起她。

谢佩：但是你给予了她赞美，你可以说。

贝茜：[起身] 得了，要想付房租，我就得继续工作。没工夫消沉。上帝啊，这就是生活。

谢佩：这是奴役，就是那样。

贝茜：就此而言，家政服务倒可以这么说。干我们这行的，好吧，是有一点风险的，你知道。

谢佩：倒是管用，当然了。

贝茜：要么成交，要么不成。你就这样一直过着。

谢佩：瞧。我一点都不喜欢你空着肚子到处走。对你身体不好。这是五先令。你拿去饱饱地吃一顿，还有多，以备不时之需。[他从兜里掏出两枚半克朗硬币递给她]

贝茜：我可不能拿。

谢佩：为什么？

贝茜：好吧，从一个朋友手里拿钱。我意思是，这跟从一位绅士那里拿钱不一样。只要我可以，我马上就还钱。我向你保证。我一直自食其力，除了房租，我从不欠人一个子儿。

谢佩：知道我推荐什么吗？一块上好的牛排配烘土豆。

贝茜：我就吃那个，米勒先生，谢谢你的推荐。

谢佩：我跟你一起出门。我想我家老太婆一定高兴坏了。又哭又笑的，他们说她刚才就是这个样子。善良的老阿达。[他起身。他把手放到额头上] 哦，我的脑袋。我感到不舒服。

贝茜：你不舒服吗，米勒先生？坐下来，坐下。

谢佩：整个儿晕晕乎乎的。

[他倒在椅子上，旋即又栽倒在地上。

贝茜：上帝啊！[她在边上跪下来，摇晃着他] 米勒先生。米勒先生。振作起来。别犯傻了。哦，上帝啊，我想他一定是晕过去

384

了。来吧。醒醒。哦亲爱的！哦亲爱的!

谢佩：[苏醒] 我透不过气来。

贝茜：稍等。我帮你把领子松开。要我说，这也太紧了吧。瞧瞧男
　　　人穿的这些。

谢佩：我在哪里？

谢佩：上帝啊，你可把我吓坏了。我还以为你死了呢，我不成了凶
　　　手了吗。感觉怎么样了?

谢佩：有点像鱼，摇摇晃晃。

贝茜：好吧，再躺一会儿。

谢佩：我应该是晕过去了。这辈子还没有过呢。

贝茜：我看更像是昏厥。

谢佩：我们家族里没人有这病。

贝茜：但愿是香槟的缘故。

谢佩：十四先令九便士一瓶呢。不大会。你亲眼看见我付钱的。

贝茜：你从来没有那么大方过。

谢佩：这会儿感觉好点了。我得坐一会儿。

贝茜：我来帮你。

　　　　[他起身，又坐到椅子里。

谢佩：我马上就会没事的。别为我担心了。我会照顾自己的。

贝茜：你怎么回家?

谢佩：在皮卡迪利广场搭巴士。

贝茜：你这模样可坐不了巴士。应该叫出租车。

谢佩：我家老太婆看见我乘出租车，会认为我发疯了。

贝茜：好了，你就乘出租车，宝贝。我还不放心你一个人走呢。要
　　　我陪你吗?

谢佩：我没事的。我不想你为了我耽误你自己的事。

贝茜：哦，那好吧。无论如何，这个时间生意总是清淡的，忙起来

之前我就赶回去。

谢佩：哎，不瞒你说，我好像是有点醉了。

贝茜：你越早回家越好。你的帽子呢？

谢佩：穿过那扇门，和我的外套在一起。[她出去了，很快又拿着他的衣帽回来了] 你真是太好了，我不得不说。

贝茜：我帮你穿上。[她帮他穿上外套] 有什么要关吗？

谢佩：只要把我们后面这扇大门关上就行。还有灯。

贝茜：我把它们都关上。[他们朝门口走去，谢佩靠在她胳膊上] 感觉好些了吗？

谢佩：感觉不错。心里也舒服了。很开心。

贝茜：这可好。世上没有那么多开心的事，我总是说。

谢佩：我希望每个人都开心。

贝茜：得了，哪能啊。何来那么多开心事。

谢佩：[指着] 这儿是开关。

贝茜：关哪个？全关掉吗？

谢佩：是的。

　　　[说着，她关掉了灯，两人穿过门帘，走进前店。

第一幕终

第二幕

　　场景：坎伯韦尔谢佩家的起居室。一套烟熏橡木家具还是很多年前分期付款购置的。屋里有一架破旧的立式小钢琴，琴键都泛黄了，一张老掉牙的大扶手椅上盖着斜纹织物。壁炉上方的架子上摆着瓷制装饰品。壁炉架中央最醒目处是一只旧式镀银鼻烟盒。长毛绒窗帘。墙上装饰着手绘餐盘、装在镀金相框里的照片印刷品，还有放大的全家福。屋子闷热，有些拥挤。

　　这会儿是星期六下午晚些时候。上一幕发生的事情刚刚过去一星期。

　　米勒太太正坐在椅子上补袜子，女儿弗洛里坐在餐桌旁，翻着一本法语语法书做练习。

　　米勒太太是个矮胖的中年妇女，心地善良，面容亲切。她眼神和蔼，微笑怡人。她生就干净利落，但嫁为人妻时日已久，也就懒得操心自己的外表了。弗洛里可是个美人儿。她穿一件打折时买的连衣裙，人造丝袜子，鞋跟老高。她烫一头短发。她漂亮，机灵，还自信。她在城里做打字员，自认无所不知。

米勒太太：我得想着再过一会儿就要做晚饭了。

弗洛里：哦，妈妈，要是你说个没完，我还怎么工作呀？

米勒太太：对不起。你星期六下午待在家里有点不同寻常。

弗洛里：厄尼 ① 得去做板球裁判。主力十一人正在科里考伍德比

———————————

① 厄内斯特的昵称。

赛呢。

米勒太太：一周都在郡立学校教书，连星期六下午也不属于他自己，好像有点丢人啊。

弗洛里：哦，别说了，妈妈。

米勒太太：对不起。长时间看书你会用眼过度的。

弗洛里：我没在看书。我在写东西。别再对厄尼说三道四了。

米勒太太：我怎么敢？我哪能跟月亮上的那个人比，你写的什么我一无所知。

弗洛里：在做习题。我在学法语。一个秘密而已。

米勒太太：你学法语究竟为了什么？我不相信学这个会有什么好处。

弗洛里：既然爸爸有了这笔钱，我和厄尼决定去巴黎度蜜月。

米勒太太：哦，你决定了吗？好吧，这还得你爸爸和我商量了再说。当然了，巴黎。新婚燕尔的绝佳去处。

弗洛里：[咧着嘴笑] 你的意思是对于年轻的未婚男女来说是个好去处。

米勒太太：别放肆，弗洛里。你知道我受不了任何放肆的事情。

弗洛里：你真是个老古董，妈妈。去巴黎是为了学习。你知道厄尼的求知欲有多强。

米勒太太：我知道他读过书。我意思是，要不是他读过书，他怎么能在郡立学校当老师呢。

弗洛里：瞧着吧，我要给他一个惊喜。要是你一个字也不会讲，那看起来得有多傻。要是我用法语同人闲聊，*蓝孩，给我来杯牛奶咖啡，活车几点要开，是啊是啊*，①想想他的表情吧。

米勒太太：奇迹无处不在。

弗洛里：我有语言天分。我知道。还记得去年夏天码头上的那个吉

---

① 弗洛里自学的法语，其中还有拼错的词。

388

卜赛人吗？她讲的那堆话里就有一句，说我有语言天分。

米勒太太：我倒没那么想。让我觉得好笑的是，你一个老是去电影院，总是把鼻子贴在橱窗上，满脑子想的就是衣服的人居然在看厄尼的书，还要学法语，我都不知说什么好了。

弗洛里：好吧，这不是很自然吗？我可不想让厄尼觉得我是一个白痴。

米勒太太：一个什么？

弗洛里：一个白痴。他说他知道我脑瓜聪明，但我没能像他那样有机会深造；他说他倾向于这样认为。

米勒太太：没错，他可真是个好人。我想，一个小伙子要是能找到一个姑娘，既会给自己做衣服，又会给他做饭，给她的钱还能算计着用，这小伙子可就是个幸运儿了。我知道，这是我们这代人的观念。

弗洛里：哦，得了，今非昔比啦。现如今，一个姑娘得和小伙子一样受教育。教育就是一切。我意思是，只有接受教育，才能把世界变成它应该有的样子。

米勒太太：谁来变？你和厄尼？

弗洛里：你瞧，我知道厄尼觉得同我结婚有那么一点点屈尊。当然了，他没这么说，但我知道他有这个感觉，爸爸不过是个理发师，连自己的美发沙龙都没有。是给人打工的。

米勒太太：你爸爸挣得比那些自己当老板的人还多呢，还不用担风险。

弗洛里：不是钱的问题。是地位的问题。厄尼的爸爸在伦敦城里做职员。据说是位十足的绅士，自然，这对厄尼意义重大。妈妈，你是不会承认在嫁给爸爸之前，自己曾经做过用人的，对不对？

米勒太太：我并不为此感到羞耻。要是厄尼以为我是学着给他们做他顶爱吃的肉饼，而不知道我就是专业厨师出身，那他可比我想得还要傻。

弗洛里：他从来都不注意他吃的东西。我意思是，他吃得出好味道，但他满脑子在想自己的事。你不明白，他有个超级脑瓜。

米勒太太：[一脸溺爱的笑容] 也许是不明白。但我明明白白的是，和你之前的伴儿比起来，你对他用情最深。

弗洛里：[做可爱状] 我知道，妈妈，我情不自禁嘛，他让我犯傻了。

米勒太太：我不是怪你，我的孩子。像这样的爱，人一辈子只遭遇一次。我敢说他人不错。你对他一往情深。你是我的好女儿，也是你爸爸的好女儿。我希望你们在一起，能像我和你爸爸一样幸福，我能说的也只有这个了。

弗洛里：亲爱的老妈。

　　　　[有人敲门。

米勒太太：是厄尼，我希望。

弗洛里：[起身，走到窗边] 不，不是。那么多人里，我听得出他的敲门声。这声音横多了。[朝外看] 是位先生。坐车过来的。

米勒太太：去看看是谁。

弗洛里：好的。

　　　　[她出去了。米勒太太走到窗边朝外看。弗洛里又进来了。

弗洛里：是布拉德利先生，妈妈。他来找爸爸。他好像很奇怪爸爸居然不在家。

米勒太太：请他进来。

　　　　[弗洛里走过去把门打开，说道。

弗洛里：请进来吧，先生。

　　　　[布拉德利先生进门。

布拉德利：我叫布拉德利。我过来是想看看您丈夫的情况，米勒太太。

米勒太太：您干吗不坐下呢，先生？

布拉德利：客气了。

米勒太太：这会儿他出去了。

布拉德利：看样子出去很久了。

米勒太太：我请了大夫，大夫说他应该卧床。我努力劝他，但他听我的吗？好像就不能安安静静地坐着。出去一天了。

布拉德利：他上哪儿了？

米勒太太：哎，我还真不知道。他自己也没个准。

布拉德利：要是他身体好到已经可以到处溜达了，我料想他也上得动班了。

米勒太太：大夫劝他不要上班。他身体还没恢复呢。星期五，不是这周五，上个星期五。就是我们得知中奖那天，他乘出租车回来的。他说自己在店里晕过去了。

布拉德利：我知道。星期六一早他来上班时告诉我了。

米勒太太：那天早上我叫他不要上班的。可他执意要去。说是跟总司令约好了。

布拉德利：［笑着］没错。是福蒂斯丘上尉。谢佩那么叫他，是因为他老爱摆谱。

米勒太太：哎，到了星期六下午，吃过饭，我看出他不太舒服，突然就吐了。他像块石头一样倒了下来。哎呦，吓死我了。还好弗洛里在。

布拉德利：是您女儿吧，我猜。

弗洛里：是的。

布拉德利：见到你很高兴。

米勒太太：她打电话叫大夫。大夫说，就他而言，更像是中风而不是晕倒。

布拉德利：要真是那样，万幸没有偏瘫。

米勒太太：考虑到休克，中大奖引起的兴奋，还有谢佩的高血压，等等的一切，他确信店里那次不是一般的昏厥，也是有点中风的意思。

布拉德利：您焦虑是很自然的，要是他中风过两次。都说三次才是致命的。

米勒太太：大夫说不要担心。只要他把血压降下来，再活上个二十年不成问题。

布拉德利：大夫也不是万宝全书。

米勒太太：星期一一早又上班去了。

布拉德利：哦，是吗？我正是为这事想来找他的。

米勒太太：要是不能工作了，他得多伤心呢。他为他的工作感到骄傲。

布拉德利：[他机敏地看了她一眼] 昨晚他给我写了封信。

米勒太太：是吗？他没告诉过我。

布拉德利：他一定是自己送来的。上面没贴邮票。

弗洛里：他说了什么？

布拉德利：我不知道我是否有权泄露内容，也许我应该先跟他就这事谈一谈。

米勒太太：他应该快回来了。他知道我们晚饭吃得早，因为弗洛里约了男朋友去看电影。

布拉德利：[对着弗洛里说] 哦，是的。谢佩告诉过我，你好事将近。大喜的日子定在什么时候呀，我可以问问吗？

弗洛里：[变得越发优雅起来] 七月。我的未婚夫是做老师的，我们自然得等到孩子们放暑假了。

布拉德利：知道自己中奖后，谢佩说的第一句话差不多就是我可以给女儿办一场隆重的婚礼了。

弗洛里：我未婚夫的父亲在股票交易所工作，您知道的，有时我未婚夫会说，他没有到伦敦城工作是不是个错误，指的是收入，您知道的，但是我对他说，钱不代表一切，要是你在学校里教书，你就会有像样的假期。

米勒太太：[对着布拉德利说] 那些假期，您知道的。好吧，要不是你爸爸买彩票中了奖，我真不知你何时才能结婚。那些郡立学校的收入可是微薄得很呢。

布拉德利：哦？他是公立学校的老师？

弗洛里：当然了，要是你当老师，就不能期望像生意人那样挣钱。

米勒太太：叫人如何指望一个男人靠那点钱养活老婆还有两三个孩子，我搞不懂，尤其是当你考虑到他们还要维持体面。

　　　　　[传来哒——哒——哒的敲门声。]

弗洛里：是厄尼。

　　　　　[她嗖一下跑出了屋子。]

布拉德利：谢佩中了大奖，可真是走运啊，米勒太太。

米勒太太：我知道。弗洛里想结婚都想疯了。她以前在伦敦城里，您知道的，做打字员，没多久就辞职了，实不相瞒。

布拉德利：这笔钱也关系到您。

米勒太太：但愿如此。要说使唤一个丫头为我干些粗活我也不会有什么过意不去的。多可笑啊，您知道，我从来都不喜欢洗洗涮涮，上帝知道我干够了这些。但要是您住在我这样的房子里，却老有个女仆在干活，对您来说这像话吗，没人会否认这一点。

　　　　　[弗洛里和厄尼·特纳一起进来。他非常年轻，二十二三的样子，相当英俊，还带着点罗曼蒂克的气息，一头拳曲的长发，完全是电影明星般的相貌。他穿一条灰色法兰绒长裤，一件棕色花呢外套，宽松，随意，有些破旧，因为他素喜不修边幅示人。他机敏灵动，活力四射，用他们的话来说，就是讨喜迷人。

厄尼：你好，米勒太太。

米勒太太：进来吧，厄尼。这位是布拉德利先生，孩子她爸的老板。

厄尼：[和他热情地握了握手] 见到您很高兴。

布拉德利：我也是。听说你已经跟这位年轻女士订婚了，恭喜啊。

厄尼：我们已经订婚两年了。您该恭喜我就要娶她做新娘了。

布拉德利：要请我喝喜酒哦，我要带上新婚礼物出席。

米勒太太：必当盛情相邀，布拉德利先生。您肯赏光我们不胜荣幸。

布拉德利：说起来谢佩在我手下都做了十五年了，我拿他当朋友看待。真的。您知道我们在店里都管他叫谢佩吗？

厄尼：是的，我知道。我也叫他谢佩。好像他就该叫谢佩似的。

米勒太太：现在就连我也习惯了。

布拉德利：他可是顶受客人们欢迎的。好多人只选他，而不让别人动他们，要是他忙，他们宁可等着，要么改天再来。

米勒太太：我还没顾得上招呼您喝杯茶呢，布拉德利先生。

布拉德利：不，客气了。我不麻烦您了。

米勒太太：不麻烦。我这就去厨房弄晚饭呢。

弗洛里：要是您想让我妈妈高兴，您不妨请她展示一下厨艺。她可是引以为豪的。

米勒太太：有年我过生日，谢佩送了我一台鹰牌电炉。您简直不能想象它有多神奇。

布拉德利：我听说过。他在店里说起过。我倒是想见识见识，说老实话。要是我眼见为实，恐怕也会动心思买一台的。

米勒太太：非常乐意为您露一手。

布拉德利：[对着弗洛里] 请原谅，失陪了。

    [他们出去了。弗洛里转身面对厄尼，笑意盈盈。

厄尼：你好大的胆，就那样把他哄走了。

弗洛里：我一眼就看出他是那种人，对新奇的玩意儿充满好奇。

厄尼：你有一双识人慧眼。

[他走过去，将脸凑近她。她的脸也凑了上来，他们慢慢吻上了。他搂住了她，一记长长的吻。她叹了口气，挣脱开来。

弗洛里：哦！我感觉好多了。

厄尼：我也觉得这对我没坏处。

弗洛里：比赛赢了吗？

厄尼：你说呢？在我的裁判下。说实话，我和他们的裁判吵架了。我不想我的学生被那帮科里考伍德小子打败。你不能怪我。

弗洛里：我不怪。你会为你的学生做任何事情，对不对？

厄尼：嘿，我喜欢他们，我不能否认，他们也喜欢我。他们正在签一份协议，每人一便士，为我的婚礼凑份子。

弗洛里：他们真是太可爱了。

厄尼：当然了，这是自愿的，但我也不愿意去想那些没有签名的男孩。教学，是件大事情，在那些年轻脑瓜上找到漏洞，训练他们。我意思是，当一个人理解了人们尊敬他的方式，这对于他来说是颇有意义的。

弗洛里：要是他们不尊敬你，我倒要奇怪死了。

厄尼：也许吧，但这的确给了我一种责任感。毕竟，他们是未来的公民。他们成为什么样的公民取决于我。不妨可以说，我今天考虑的这些，是坎伯韦尔明天要考虑的。

弗洛里：是一种责任，我明白。

厄尼：吻我。

[他们又吻了起来。

弗洛里：哦，厄尼，我真的好爱你。

厄尼：我不会责备你这么做的。

弗洛里：我希望你爱我同我爱你的一样多。

厄尼：我比世界上的任何一个人都爱你。我能说的只有这个了。但是你可别忘了，爱情是男人生命里的一部分，却是女人存在的全部意义。

弗洛里：你雄心勃勃。

厄尼：怎么，你不希望我这样吗？

弗洛里：我不会拖你后腿的，厄尼。我知道你想有所作为。

厄尼：我可以说，我不这么做是毫无理由的。我意思是，想想我已经得到的这些机会。还有此刻你就要得到的那笔钱。那会是很有意义的。我不明白为什么我不应该去竞选议员？

弗洛里：哦，厄尼，那会是非常美妙的。

厄尼：那可是人生的一次机遇。老一代结束了。如今就看年轻一代了。世界一片混乱，谁来将它整顿？年轻人。如果不想让文明在我们脚下瓦解，就得靠你我这样的人行动起来。人们需要的是一个领袖。

弗洛里：你一下子还成不了领袖，厄尼。

厄尼：也许是成不了，但是我要告诉你一个史实，皮特① 当上首相是二十四岁。你不会介意住在唐宁街的吧，会吗？就在附近，你知道的。

弗洛里：厄尼。

厄尼：怎么，为什么不呢？看看斯诺登和拉姆齐·麦克唐纳②。他们行，为什么我就不行？我的脑子配上你的美貌，我们无所不能。

弗洛里：有榜样在先，你是不会误判自己的，厄尼。

厄尼：相貌对男人不重要。男人需要的是个性。这就是我想要去巴黎度蜜月的原因之一。人要去发展他的个性。

弗洛里：刚才我对妈妈说了。她不是很赞成这个主意。我想爸爸会

---

① 指 18 世纪英国辉格党政治家、首相老威廉·皮特（1708—1778）。

② 拉姆齐·麦克唐纳（1866—1937）是英国历史上首位工党籍首相，菲利普·斯诺登（1864—1937）是其财政大臣，两人都出身平凡。

给我们一百镑，我想不通为什么我们不能按我们喜欢的去做呢。

厄尼：那样的话我们可以去瑞士。

弗洛里：哦，厄尼，我就爱爬勃朗峰。

厄尼：我无所谓。对于男老师来说，八月的瑞士似乎不失为一个好去处。我们会在那里碰到许多同事的。

弗洛里：还有美丽的卢塞恩 ① 呢。

厄尼：就有一个问题；都花你的钱好像太过分了。

弗洛里：别傻了。那不是我的钱，那将是我们的钱。

厄尼：当然了，这其实是一种投资。我们可不仅仅是去享受的，我们要去开阔眼界。人们能从只有英国人了解的英国这里了解到什么呢？

弗洛里：没错。

厄尼：我们要自我提高，才能在机遇降临时把握住它。我们不愿为自己而活。我们要为他人而活。服务的一生，这是我所期望的。

弗洛里：好吧，我会尽我所能，厄尼。

厄尼：我知道你会的。但眼下，我想，千里之行始于足下。我想起个事，等我们发迹了，你还叫我厄尼我还叫你弗洛里，听上去可太傻了。我想，这会儿我们就应该改口了，别等我们叫习惯了改不过来了。

弗洛里：你究竟什么意思啊，厄尼？

厄尼：好吧，我想我应该叫你弗洛伦丝，你应该叫我厄内斯特。

弗洛里：我会笑死的。

厄尼：哎，试一试嘛。答应我。你总不能管一个首相叫厄尼吧。人们不会对这个名字有敬意的。

弗洛里：那好吧。我不介意试一下。但得等到蜜月之后。只要在蜜

———————————

① 卢塞恩是瑞士琉森州首府，一座美丽的旅游城市。

月里，我就希望你还是做你的厄尼。

厄尼：你看着办吧。

弗洛里：生活不美好吗？

厄尼：当然美好。我是个乐观主义者，没错。我意思是，悲观主义有什么好呢？我知道这个世界不完美。你无法一下子得到所有。我相信生活，我相信我的同胞。你必须相信。

弗洛里：吻我。

　　　　[他正欲吻她，布拉德利进来了。

布拉德利：你妈妈要你去一下，弗洛里小姐。

弗洛里：哦，是吗？那好吧。

　　　　[她出去了。

布拉德利：好吧，你不打算说声谢谢吗？

厄尼：谢什么？

布拉德利：把你单独和你的心上人留在一起。我看出来你一时半会儿赶不走我。我也曾经是个年轻小伙，要知道。

厄尼：看得出您很识趣。

布拉德利：干我们这行的需要如此。一个理发师要是不会察言观色，比一只不会唱歌的金丝雀强不了多少。我只是想跟你聊两句。

厄尼：请便。

布拉德利：鄙人自认为看人很有一套，在我看见你的那一刻，我告诉自己，这位年轻人脑子不简单。

厄尼：精明机灵，假如您是这个意思的话。

布拉德利：你永远都猜不到我今天上这儿来的目的。既然谢佩发了这笔财，那么他再给人打工可就是个错误了。[语气感人] 今天我上这儿来，是想请他做我的合伙人。

厄尼：您还没决定吧？

布拉德利：决定了。不瞒你说，这是个好买卖。利益清晰可见，想看的人都看得见。我会给他这笔钱的百分之十再加收益分成。

厄尼：对我来说这听上去不错。

布拉德利：我希望他会欣然接受，但他是个有趣的家伙，谢佩；他可能对责任感这种理念不甚感冒。我希望你能助我一臂之力。

厄尼：我当然愿意。我想没人会叫我势利小人，但有个当理发师的岳父，和有个在杰明街开高级美发沙龙的岳父还是不同的。

布拉德利：世界上的所有差别正在于此。那就成了。但我还有话要跟你说。

厄尼：什么？

布拉德利：谢佩昨晚上西伦敦 ① 了。在店里给我留了封信。对过有个酒吧，叫"一串钥匙"。他一直在那里吃饭。

厄尼：我知道。一块带骨腿肉，蔬菜，半品脱苦啤酒。天天如此，像时钟一样规律刻板。

布拉德利：每天晚上店里打烊之后，他就跑到那里再喝半品脱。一种习惯性动物，他就是这样。绝对靠谱。好吧，我也是偶然听说他昨晚在那里。

厄尼：那有什么奇怪的。

布拉德利：是没什么奇怪的。他在那里认识了一个妓女。得知中奖的那天晚上，他还把她带到我店里喝了一杯。好吧，长话短说，他昨晚是同她出去了。

厄尼：您不是存心要告诉我这事吧。

布拉德利：这当然不关我事。我的意思无非是，要是他打算同我合伙，他就不能和什么妓女有来往，对不对？就因为发了点财就做出越轨之事未免太遗憾了。

---

① 伦敦市中心，戏院、商店、旅馆聚集区。

厄尼：您实在是惊到我了。我以为他是最不会做这种事情的人。

布拉德利：你知道这些女人都是什么货色。

厄尼：他那么稳重一个人。

布拉德利：我知道他的为人。跟你说吧，我倒不是指责他。我只是觉得这事似乎有些蹊跷。

厄尼：您希望我怎么做？

布拉德利：我琢磨着要是你给你的这位小姐一点暗示——这年头姑娘们都懂——她会明白的，如果她暗示她妈妈留个心眼……不可小觑良家妇女的作用，我的经验是，做妻子的一旦起了疑心，男人就得动足脑筋博取她的信任。

　　[谢佩进来了。他两颊绯红，双目有神，除此之外同我们最后一次见到他没什么两样。当然了，他没有穿上班时的那身工作服。

谢佩：晚上好，先生们。

布拉德利：你来了。

谢佩：米勒太太告诉我您在这儿，先生。真抱歉叫您久等了。

布拉德利：没关系。你看上去容光焕发，真叫人高兴。

谢佩：我很好。大夫说我恢复得好极了。

厄尼：最好不要让大夫知道您在外头四处溜达，他是叫您卧床静养的。

布拉德利：好了，年轻人，要是你不介意，我想跟谢佩谈一会儿。

厄尼：我这就走开。回头见。

　　[他出去了。

布拉德利：收到你的信我一点都不吃惊，谢佩。

谢佩：您不坐下吗，先生？

布拉德利：不，我就站着，你不介意的话。你坐下。

谢佩：我想我会坐的。我有点累了。今天干了好多事。

布拉德利：你说你打算离开，我自然还是有点震惊的。十五年了。从某种意义上说，也在我意料之中。我马上对自己说，现在谢佩发财了，不想再给人打工了。我意思是，这是人之常情。

谢佩：跟您在一起我一直很快乐，先生。您是个好老板。同样，我知道，我自己也是尽心尽力的。

布拉德利：你是我有史以来最好的助手，谢佩，我不管人家知不知道。你的待客之道无人可及。他们都喜欢你。你有幽默感。

谢佩：我想我是有的。有时候我说的那些都能把自个儿逗乐。

布拉德利：我寻思给你加薪也没用吧？

谢佩：不，先生，不是。我写信提出辞呈并非想加薪。我向来知足常乐。

布拉德利：拐弯抹角没意思。光明正大才是我的信条。我这就摊牌。我不想失去你，谢佩。

谢佩：有道是天下没有不散的筵席。

布拉德利：我知道你想要什么，谢佩，我已经准备好给你了。

谢佩：此话怎讲，先生？

布拉德利：哦，继续。我不傻。听着，你不必再叫我先生了。从今往后，我就是你的吉姆。我读到你信的那一刻，我就知道该玩什么了。哦，好吧，我同意。

谢佩：听我一句，我不明白您在说什么。

布拉德利：哦，是的，你明白。我完全同意。我要你入伙。当然，咱们得商量一下形式。我们得保留原名。人们熟悉它了，它也值一些东西。

谢佩：您不是在邀我做布拉德利美发店的合伙人吧。

布拉德利：正是。

　　　　[谢佩有些惊讶地看了他一眼，踌躇片刻，用低沉、刺耳的声音说道。

谢佩：退到我的身后去，撒旦。①

布拉德利：[吃了一惊] 谢佩，你什么意思？

谢佩：您知道的，除了当布拉德利的合伙人我别无他求。这是我毕生的雄心。每晚打烊之前，一晚不落，我都要对自己说，我要发奋图强，成为吉姆·布拉德利的合伙人。

布拉德利：好了，现在你可以了。

谢佩：不，我不可以。这事来得太迟了。我还有别的事情要做。

布拉德利：你不会是另谋高就了吧？谢佩，你总不至于招呼都不打一声，就跟我玩这种鬼把戏吧？这可不像十五年的交情。听着，谢佩，我告诉你我的打算。我会让你的名字紧跟在我的后面，就叫"布拉德利—米勒"。你觉得怎么样？当你在橱窗上方看到这个店招，那一刻对你来说真是妙不可言。

谢佩：不是这个问题，布拉德利。我要退出美发业。

布拉德利：你不会是要过一种邪恶的生活吧，谢佩？

谢佩：[笑了] 我希望不是。即便是也为时已晚。

布拉德利：都说老来荒唐无法可想。你现在是发财了，我知道。但好花不常开。声色犬马灯红酒绿的日子，很快就会让你挥霍一空。

谢佩：我打算用来投资。

布拉德利：上哪儿去找我这么好的投资业。

谢佩：见仁见智吧。

布拉德利：一个美发业的真正的人才。我意思是，实在是浪费啊。你打算拿你的钱干什么？

谢佩：[字斟句酌地] 要在天上积蓄财宝。②

---

① 见《圣经·新约·路加福音》第四章第八节。

② 见《圣经·新约·马太福音》第六章第二十节。

布拉德利：好啦，老伙计，你不会是搞上了什么非法勾当吧。同你太太商量商量。她是个理智的女人。我知道我的这个邀请来得太突然。我也没打算当下就得到回音。你好好考虑一下。

谢佩：谢谢。但我决心已定。

布拉德利：我的经验是，没有一个已婚男人能够不经枕边风就拿主意的。我会告诉你我打算怎么做。这会儿我要告辞了。下周你会来上班的吧，我想？

谢佩：是的。我要抵偿我的提前离职。

布拉德利：给你一星期的时间好好考虑一下。代我向米勒太太道个别，好吗？

谢佩：好的。我送您到门口。

布拉德利：我认路的。不劳大驾了。

谢佩：好吧。再见，先生。感谢您的造访。

　　　　[布拉德利出去了。谢佩踱到窗边，看向大街。米勒太太、弗洛里和厄尼进来了。

厄尼：我们听见他走了。

谢佩：好漂亮的车啊。哎呀，老板得多自豪啊。

弗洛里：现在你也可以有一辆好车了，爸爸。

米勒太太：厄尼告诉我们了，孩她爸。

谢佩：告诉你们什么？

弗洛里：哦，爸爸，别搞得神秘兮兮的了。

米勒太太：我太为你高兴了，亲爱的。我知道除此之外你别无他求。我都要哭出来了。

谢佩：嘿，你们都在说什么呀？

厄尼：这么说吧，谢佩，布拉德利给了我暗示。他滔滔不绝给我讲了那么多，说白了就是他打算邀你做合伙人。

谢佩：哦，是吗？

弗洛里：别装得跟没事人似的，爸爸。你不激动吗？

米勒太太：当我走在杰明街上，看见你巨大的名字紧挨在布拉德利先生边上，那可真是个辉煌的日子啊。

弗洛里：哇哦，亲爱的。

米勒太太：当然了，还有我们的身份。现在我得使唤一个丫头干粗活。

弗洛里：你不需要丫头。你得请个将军和一个打杂女工一周来两次擦擦洗洗的。

米勒太太：[幸福地咧开嘴轻轻一笑] 在我有生之年，应该过把贵妇人的瘾。

厄尼：为什么不呢？

谢佩：[平静地] 告诉你为什么不行。因为我婉拒了老板的邀请。

弗洛里：爸爸。

米勒太太：到底为了什么？你打心眼里这么想吗？

谢佩：我知道。

厄尼：你没把话说死吧？

谢佩：说了。

厄尼：他自然不会直截了当地把底牌亮出来。他跟我说合伙的形式可以商量。

米勒太太：你担心的不是责任吧，谢佩？

谢佩：不是。

厄尼：这可是千载难逢的机会。

弗洛里：要是你能对人发号施令，你就一定不会愿意受人摆布了。

谢佩：昨晚我交了辞职信。当然了，我还要上一星期班。之后就到此结束了。

米勒太太：你意思是连工作都不要了？你要是没事情做的话就没有幸福可言了，孩她爸。

厄尼：这笔钱年息不会超过百分之三点五，要知道。扣除收入税还有这个那个，到头来你会发现自己根本没那么多钱。我的意思是，要想收支平衡就得精打细算。

弗洛里：更何况我和厄尼就要结婚了。我们还指望你首先考虑帮我们一点呢。

谢佩：我没打算指着那百分之三点五的利息过活。我也压根没打算靠这个投资来得到回报。

厄尼：什么意思呢？

谢佩：哎，你们知道的，近来我很忧虑。你们知道那天我被迫到治安法庭去了一趟。那些犯人，要知道，就跟你我没什么区别，我意思是，要是你在大街上碰到他们，你会觉得他们完完全全跟其他人没什么两样，你们知道他们中的四分之三是因为什么站在被告席上的？就是因为他们吃不饱。这着实惊到了我。

厄尼：责任在政府。

米勒太太：安静点，厄尼。

谢佩：也就在那天晚上，我碰上了之前我在西区认识的那个女人，无意间发现她二十四个钟头里没吃过东西。

厄尼：世道艰难，当然了。

谢佩：现在，我有了这笔钱。当然，我是可以拿它来做点事，但我其实不需要这些钱，相比之下是不需要，我意思是，比起那些挨饿受冻的人。

厄尼：也许是不需要。但是你得到了，而他们没有。这就是游戏里的运气问题。你生来幸运。我听说你总是把这句话挂在嘴边。

谢佩：我知道。也许，发生在我身上最幸运的事，是现在我所拥有的机会。

米勒太太：你究竟打的什么主意，孩她爸？

谢佩：哎，拿着这笔钱我于心不安。

弗洛里：那就把它给我和厄尼。我们很高兴接受。

谢佩：[笑着] 你也不会想要的。

厄尼：那么你打算干什么呢?

谢佩：读过《福音书》吗，厄尼?

厄尼：当然读过。警言金句俯拾皆是，文风也很优美。当然，现在是不需要那么写了。

谢佩：上星期我一直在读它，读了好多。上不了班嘛，你知道的。但我不像你有文化，我是当故事书来读的。

厄尼：它可是个好故事。我想谁也不能否认。

谢佩：偶然读到一点就被吓了一大跳。就好像是写给我的。

厄尼：是什么呢?

谢佩：去变卖你所有的，分给穷人，就必有财宝在天上并且来跟从我。

厄尼：我知道。接下去是：骆驼穿过针眼比财主进天国还容易呢。富人在过去两千年里一直在努力解决这个问题。

谢佩：它就像一道伟大的圣灵亮光。我看见了我前方那条清晰无误的道路。我要把我拥有的这笔钱给他们，他们比我更需要。

　　　　[众人如遭五雷轰顶，七嘴八舌道。

米勒太太：谢佩，你这是什么意思?

厄尼：你疯啦。你不能做那样的事。

弗洛里：我料想妈妈对此有话要说。

米勒太太：你不是那个意思对吗，孩她爸?

谢佩：是那个意思。

厄尼：荒唐。

弗洛里：是罪过，要我说。

厄尼：毕竟，八千镑算得了什么?沧海一粟。你也可以把这钱扔进排水管，让它们物尽其用。

米勒太太：可是，谢佩，你做不了这种事啊。让西伦敦那些富人做倒是顶合适的。

谢佩：他们才做不了。他们入不敷出。

厄尼：闻所未闻。

谢佩：这就是我要告诉你们的原因。现在我知道自己想讲什么了。我们在布拉德利店里打交道的都是有头有脸的客人，有些还是这个国家的重要人物。呃，就在几天前，我接待了一位先生，他说假如事情没有好转，他就不得不放弃他的游艇或是赛马饲养场。

厄尼：不见得有人强迫他开赛马饲养场的吧？

谢佩：他开这个不是为了他自己。他跟我讲过好多次。是为了国家的利益。

厄尼：你信？

谢佩：他是一位绅士。他没必要跟我撒谎对不对？你不会相信养一群猎狗有多费钱。上星期有一天我在给梅雷斯顿勋爵修面，他对我说，谢佩，他说，你不会相信生活有多昂贵，我女儿第一次入社交界，我要举办一场舞会，七百个人，十八先令一瓶的香槟。我儿子为了笼络选民，一年就花了我一千五百镑，雪上加霜的是，谢佩，他说，为了我们的银婚纪念，我还不得不拿出几千镑给我妻子买一条钻石手链。我跟你讲，谢佩，他说，如果事情没有转机的话，很快，我就连面也修不起了，就得他妈的自己刮脸了。富人们入不敷出。我知道这是确实的。除此之外，他们还不了解穷人。

厄尼：他们会了解的，不是吗？他们可以读报纸啊。

谢佩：哎，等他们读了法律和社会新闻，离婚和体育新闻，脑子里已经装得满满的了。他们不想被不愉快的东西搞得沮丧。你都没法怪他们。穷人得靠穷人帮忙。

厄尼：他们的确这么做了，是不是？众所周知，穷人抱团取暖。为他们发声的人都这么说。但既然该说的说了该做的做了，家里倒开始搞起慈善了。

弗洛里：没错。我意思是，人应该首先考虑最近、最亲的人。

厄尼：请注意，我不否认丹麦国恐有些不可告人的坏事。① 但这不关个人的事。这是一个问题，一个重大的问题，但，是这个社会的问题。这个社会正在解决。我没说过慈善事业不需要组织、有序。它需要。但有一件事我非常肯定，搞不分青红皂白的私人、个体的慈善，弊大于利。事实一次次地证明过。我意思是，在英国，没有一家慈善机构不会告诉你，给大街上的乞丐一个便士是犯罪。②

谢佩：也许你是对的。但是，当你看见一个只有一条腿的老家伙在寒冬里卖火柴，不给他一个钢镚儿于心何忍。

厄尼：得了，大可不必。这只不过是在纵容他们。人的眼界要开阔一些。生活的法则就像 ABC 一样简单。要么出人头地，要么销声匿迹。如果一个人无法谋生，无论是对国家还是对其他人，他就是没用的，必须要被淘汰。这是自然选择。如果你纵容这些无能的人，只能使我们余下的人更艰难。

谢佩：我没读过书，但我脑袋上长着两只眼睛。我见不得有能力的人和没能力的人之间有这样悬殊的差别。在我看来仿佛好与坏几近相似。我想这就像你抛硬币一样。还记得那个故事吧，撒

---

① 源出莎士比亚《哈姆雷特》：意为情况有些不对头。

② 狄更斯在他的鸿篇巨制《小杜丽》中，曾借巴纳克尔勋爵这个反角之口，讽刺了当时英国政府对待慈善、民生问题的态度和立场，可与厄尼这段对白对应比照："我要坚信一条，对于这个自由国家的大臣来说，他应该去限制其国民的慈善事业，阻止他们的施舍之举，束缚他们的热心公益之精神，压抑他们的奋发创业之精神，控制他们的自立自强之精神。"

在石头地上的种子和撒在沃土上的种子。

厄尼：你全都搞错了，谢佩。那颗种子没有任何用处，因为它无法适应环境。物竞天择适者生存。我说的都是证明过的。

谢佩：我理解得不一样。我想，如果给它浇一点水，给它一点荫蔽，它也许就没事了。你瞧，那些个机构是很好，但还是程序繁琐官气十足，你知道的，他们没有意识到许多人有自尊心，不喜欢求人，他们中的一些脸皮又薄，还有好些明摆着就是戆大，你不能否认这一点。

厄尼：好吧，那你又能怎么样？

谢佩：我来告诉你。我会四处留心，会与人们交谈，这儿给个半克朗，那儿给个五先令。诚心诚意地，你知道的，为人雪中送炭，给光脚的孩子买双靴子。

厄尼：你当然知道会有各种堕落的人、寄生虫跟着你。那些个半克郎、五先令上哪儿了？喝掉啦。

谢佩：我恐怕自己有时是会犯错误。但我想那不要紧。何况一个穷困潦倒的家伙要是认为花半克朗买醉比吃饭、住宿更值，那是他的事。

厄尼：那你指望从中让自己得到些什么？

谢佩：哦，我不知道。心灵的宁静。天堂，也许吧。

厄尼：那么结果会是什么？一年或者两年后你的钱用完了。你认为事情会有什么不同吗？

谢佩：这个永远没法说。也许会有人过来取代我的位置。我是不是能够仅仅让人明白我的意图。我也许是别人的榜样。已经有人开始做这样的事情了。

厄尼：你认为起头的是一个理发师，这合适吗？

谢佩：我不懂为什么不合适。耶稣也只不过是个木匠，对不对？

弗洛里：我觉得把自己和耶稣相提并论实在是可怕，爸爸。我纳闷你居然不怕遭雷劈。

厄尼：[绷着脸] 好吧，反正这不是我的钱，你爱怎么处理与我无关，但如果你听我一句呢，三思后行。

谢佩：[目光炯炯] 我总是乐于听取年轻后生的建议。

弗洛里：那我和厄尼的婚事怎么办？我们一直在等候时机，既然你中了奖，现在这事也就该办了。我都跟公司知会过了，一切一切都讲了。

谢佩：为什么不应该结婚呢，我看不出任何理由。我同你妈结婚时有的东西你们一样都不会少。

弗洛里：今非昔比啦。再说了，你不讲身份，厄尼总得要面子吧。我们公寓的房租还指着你呢。

谢佩：你们可以住在这里。

弗洛里：可以吗？我结婚了就得有个自己的家。说话呀，妈妈，说呀。你不能由着他那样戏弄我们的钱。

米勒太太：我都头重脚轻云里雾里了。

厄尼：[怒气冲冲地] 好吧，一个男人热爱人类而让自己家人挨饿也不是什么新鲜事了。

弗洛里：别怪我，厄尼。

谢佩：我知道这对你们来说是一种失望。

厄尼：你错就错在，谢佩，把事情想得太实在了。《新约全书》是一定要当成小说来看的，如果你喜欢的话它就是一部美丽的小说，但也就是一部小说而已。没读过书的人以为《福音书》里的故事确有其事。实际上，有好些人相信耶稣根本就没存在过。

谢佩：我不知道那有什么要紧。

厄尼：就刚才，我问你指望从中让自己得到什么，你说是天堂。

谢佩：我是这么说的。但有时我想，天堂在我自己的心里。

弗洛里：说什么疯话呢。

谢佩：[微笑]因为我想活得和耶稣一样？

弗洛里：得了，这年头还听见谁说想活得和耶稣一样？我觉得这就是亵渎。

厄尼：还有件事你得记住。众所周知《福音书》是没文化的人写的。我意思是他们就是普通的劳动者。那些寓言故事，所有那些对你们这类人的说教，每个星期六晚上在伍尔沃思商店里兴许都能见到。

谢佩：好吧，难怪这一切在我看来是那么亲切，敢情是因为我自己就是个没文化的劳动者。

厄尼：是啊，你不明白吗，这些东西都是需要阐释的。你怎么不想想为什么会有神学教授、神学博士？这些人就是向人们解释耶稣所言并非其字面意思，其蕴意往往截然不同。

谢佩：当然了，你也许是对的。但是我不明白为何他不应当如此。

厄尼：书，执着于讲道理。那些箴言戒规、山上宝训还有所有的一切，也许非常适用于小型的农业社会，可是在我们现代世界大型的国家里就不管用了。它们是不切实际的。

谢佩：这些东西我懂得不多。就我个人而言，我不知道有谁已经把它们付诸实际。

弗洛里：嘿，这不证明了它们是不切实际的吗，爸爸。我意思是，只有牧师啊、教士啊之类的，才会去做。

谢佩：也许他们自己并不相信。

弗洛里：我不明白他们怎么就不应该那么做。我相信他们。但是，对一件事情的相信，与一件你相信的事情，两者是截然不同的……

厄尼：从理论上讲，她意思是。

弗洛里：是的。相信它，你才能照着做。我意思是，如果你相信一匹马不会输，这跟你相信自己在雨天出去会淋湿不是一码事。

厄尼：［对着谢佩］我明白你的意思，当然。那是一种理想。可是，你永远得记着，理想是你的目标；一旦达到了，它就不再是一个理想了。

谢佩：对我来说，它似乎不像一个理想。对我来说，它就像是简单明白的判断力。

厄尼：得了，我认为这是我所听闻的最最白痴的胡说八道。

谢佩：我不是很能肯定你的想法也是《福音书》里讲的道理。

弗洛里：厄尼是受过教育的人，爸爸，你可不是。

　　　　　［响起敲门声。

米勒太太：去看看是谁，弗洛里。这个点还会有谁上门？

　　　　　［弗洛里走到窗边。

弗洛里：哦，妈妈，是一位女士。穿着丝绸裙子，她的鞋可一点也不好。

谢佩：我知道是谁。我等的就是这个人。我走了。

　　　　　［他出去了。

弗洛里：你知道是怎么回事吗，妈妈？

米勒太太：我一无所知。实在是太奇怪了。

厄尼：［对着弗洛里］你猜对了，弗洛里。你说中要害了。

弗洛里：你这话什么意思？

厄尼：他疯了。

米勒太太：哦，厄尼，这么说太可怕了。

厄尼：我不是说会一直这样下去。但他就是疯了。我意思是，明摆着。听我说，找个大夫看看，你意下如何？

弗洛里：这是个好主意，厄尼。

米勒太太：我没什么好说的。我意思是这也太不像他了。

弗洛里：走吧，厄尼。这是我的钥匙。

厄尼：［接过钥匙］我没时间了。

[他出去了。

米勒太太：何况他一直都是那么通情达理。从来都不小气，他天生
　　就不吝啬，可他也从来不乱花钱呀。

弗洛里：厄尼心都乱了。

米勒太太：我不明白他有什么好心烦的。

弗洛里：哦，你不明白吗？妈妈，得阻止这事。我不想失去厄尼。
　　我不想。

米勒太太：哦，别犯傻了，弗洛里。你怎么就会失去厄尼？

弗洛里：你不像我这么了解男人。

米勒太太：这话说的。想必你出生之前我是不了解男人的。

弗洛里：一个女人结婚一两年之后就会忘记的。我看得出来，厄尼
　　心很乱。

　　　　[谢佩同贝茜·勒格罗斯一起进来。

谢佩：进来吧，亲爱的。孩她妈，我给你带来了一位朋友。这是我
　　太太，那是我女儿弗洛里。

米勒太太：哦，谢佩，我都没换身衣服，什么都没弄。［对着贝茜］
　　晚上好。请坐吧。

贝茜：见到您很高兴。［朝弗洛里笑笑］晚上好。

弗洛里：晚上好。［她上下打量着贝茜，带着伦敦东区人的尖刻估摸
　　着她，一边噘起了嘴］

谢佩：她要留下来同我们共进晚餐。

米勒太太：哦，孩她爸，你应该事先打个招呼。

谢佩：你不介意有啥吃啥吧？

贝茜：我吗？我肯定非常愿意。

谢佩：晚餐总是很丰盛，我太太厨艺了得。她做的菜有多美味你想
　　都想不到。

弗洛里：［对着贝茜］你认识爸爸很久了吗？

贝茜：哎，可以说认识很久了，也可以说认识没多久。

谢佩：一开始是对她有印象。店里打烊后我到"一串钥匙"酒吧喝杯啤酒，那个点她总是坐在那里。于是我们就聊了起来，明白了吗？上个星期我昏过去的时候，承蒙她照顾，陪我坐出租车一直到家门口。

贝茜：我想着他一个人坐出租车不太好。

米勒太太：你真是太好了，我得说。尝尝我的手艺吧。我非常高兴谢佩请你来做客。

弗洛里：[怀疑地] 可我还以为你是在店里打烊之后昏倒的呢。

谢佩：是的。我们正举杯庆祝那件事呢，其他人都走了。

弗洛里：[刻薄地] 哦，我明白了。

谢佩：现在，听我说，弗洛里，我希望你和她成为朋友。希望你和她结为姐妹。希望孩她妈也成为她的母亲。

弗洛里：才认识多久啊，这未免快了点吧？

谢佩：她碰上麻烦了，孩她妈，我希望你能帮帮她。那晚我昏过去的时候，她一整天都没吃过东西，今天，我也不相信她吃过什么。今晚她没地方睡，于是我说可以上我家借宿。

米勒太太：谢佩，我们家没有地方。

谢佩：我们有地方呀。不是还有阁楼吗，把你打算卖掉的那张旧床搭起来。

米勒太太：我可不喜欢有人睡在那里。

贝茜：我不是跟你讲过吗？我就知道人们是不会愿意的。没关系。我再想办法。

谢佩：[对着他太太] 帮我个忙吧，亲爱的。要是你不同意，她就得睡到泰晤士河河堤上，要么睡到大街上去了。

弗洛里：嘿，她在那里更自在对不对？

谢佩：要你说话的时候你再说，弗洛里。[对着他妻子] 她是个优

414

雅、善良的女人。你骗不了我。我求你的时候不多。

米勒太太：[让步了] 我很乐意你在这里过夜，小姐。

贝茜：您真是太好了。这对我是一种宽慰。不瞒您说，我走投无
路了。

[厄尼进来了。他朝弗洛里微微点了点头，暗示他已经执行
了他的任务。

谢佩：哦，厄尼，刚才去哪儿了？

厄尼：出去买了包烟。

谢佩：鼻烟盒里还有一些。

厄尼：我还以为那些就是摆设呢。[看见贝茜] 有客人？

谢佩：这是厄尼，确切地说是弗洛里的厄尼。这位是贝茜。

厄尼：贝茜什么？

贝茜：勒格罗斯。

谢佩：她其实不是法国人。

贝茜：不是法国人，这个姓是工作上派派用场。

弗洛里：爸爸在"一串钥匙"酒吧认识她的。

厄尼：[想起布拉德利对他说的话] 哦，是吗？我明白了。

米勒太太：哎，我去看看晚饭准备得怎么样了。

[她出去了。

弗洛里：我去摆餐桌。

贝茜：需要帮忙的话，我很愿意，真的。

弗洛里：[略带轻蔑地] 不劳大驾了。

谢佩：[对着贝茜] 给你看看我的鼻烟盒。[他走到壁炉架拿起鼻烟
盒] 我的一位客人在遗嘱中留给我的。一位非常好的绅士。他
去世还是我给刮的脸。

贝茜：有意思。

谢佩：他说这是乔治四世国王送给他祖父的。

贝茜：一定值好多钱呢。

谢佩：无价之宝。那是感情。我意思是，把它留给我，明白吗？出
　　一千镑我也不会卖它。

弗洛里：[把桌布抖得哗哗响] 我想你没有再请别的什么人来做客
　　吧，爸爸？

谢佩：哎，既然你提到了，那我的确还请了人。

弗洛里：哦，你没请，对不对，爸爸？

谢佩：哦，你知道那个被我瞧见偷医生外套的家伙吧。我也请他过
　　来坐坐了。

厄尼：他不是在蹲大牢吗？

谢佩：没有，执法官说这次再给他一次机会。他失业很久了，两天
　　没吃过东西。

厄尼：可是警察告诉你，他之前就被抓进去两三回了。

谢佩：是的，他运气不好。那是没错。他实际上从来就没得到过
　　机会。

弗洛里：哦，那你准备给他一次？

谢佩：正有此意。

　　　　　[门开了。医生进来了。这个中年人脸色红润，神采奕奕。

医生：我可以进来吗？

谢佩：为什么不进来呢，大夫，您这是打哪儿来？

医生：我正好路过，寻思着应该探望你一下，看看恢复得怎么样了。

谢佩：这辈子从来没有这么好过。下星期一就回去上班。

医生：你可不要太卖力了。他们什么时候给你兑现奖金？

谢佩：一两个星期吧，我相信。

医生：你为什么不上谢佩岛住一阵子，再去看看你曾经相中的那栋
　　小别墅？

谢佩：这会儿不动那心思了。

医生：哦，为什么？我还以为你已经盘算好了呢。

谢佩：[叹了口气] 我知道。我不能买。现在不是时候。否则我片刻
都不得安宁。

医生：那你得把钱投在一个安全靠谱的东西上。切勿孤注一掷，仅
此而已。

谢佩：我刚才还和家里人讨论这个事来着。要是您能告诉他们我神
志清醒，我将感激不尽。

医生：此话怎讲？怎么回事？

谢佩：哎，听我说，这是我的钱，对不对？我就不明白我怎么就不
能按照自己的意愿来处理呢？

医生：你想用这些钱做什么？

谢佩：救助那些衣不蔽体的人、贫病交加的人、饥寒交迫的人。

医生：好一项值得称颂的事业，从情理上讲。你是怎么起这个念
头的？

谢佩：它就这么来了。像一道闪亮的圣光。

医生：哦，是的，我明白了。的确是一件值得三思的事情。要想大
干一番，先得把你的身体养好。到了你这个年纪，可不能随意
糟蹋身体。我得告诉你，我可见不得你这么高的血压。这经常
会引发不适。你看得见东西吗？

谢佩：我能看见您。

医生：是的，那当然。我是说，你能看见其他人看不见的东西吗？

谢佩：我看见罪恶和堕落正在用它们的羽翼肆虐着大地。

　　　　[医生若有所思地看着他，琢磨着接下来该问他什么，这当
儿，米勒太太进来了。

米勒太太：谢佩，门口有个男人说是你叫他来的。

谢佩：没错。

　　　　[库珀在门口出现。他衣衫褴褛，戴着帽子，围着围巾。

417

谢佩：进来吧，老伙计。见到你真高兴。好找吗？

库珀：我有理由记得起来。

谢佩：留下来吃晚饭好吗？

库珀：我不介意留下来。

米勒太太：他是谁，孩她爸？

谢佩：他是你的兄弟。

米勒太太：什么！我哪来的兄弟。我没有兄弟这你比谁都知道。

谢佩：他是你兄弟也是我兄弟。

米勒太太：我只有过一个兄弟。名字叫珀西，七岁时候死于脑膜炎。
　　　［对着库珀］你叫什么名字？

库珀：库珀，妈妈，吉姆·库珀。

米勒太太：我从来不认识什么库珀。［对着谢佩］你要和他干什么？

谢佩：他饿着肚子，我给他吃的。他无家可归，我打算给他找个
　　　住处。

米勒太太：住处？哪儿啊？

谢佩：这儿。住我的家。睡我的床。

米勒太太：睡我的床？那我睡在哪里？

谢佩：你可以和弗洛里一起睡。

弗洛里：我可以告诉你他是谁，妈妈。他就是偷医生外套被爸爸逮
　　　住的那个家伙，进出牢房好多次了。他是个贼。

库珀：听着，你说谁是贼呢？

弗洛里：嘿，你呀，你不是吗？

库珀：也许吧。你要是男人，我倒乐意你这么说。

弗洛里：［对着贝茜］还有你。你是个妓女。

贝茜：你爱怎么叫我就怎么叫我，当年我在肯宁顿有间小公寓的时
　　　候，我还说自己是个演员呢。

米勒太太：晚饭好了。如果你不想把桌布弄坏的话，最好不要铺个

　　　　　　418

没完了。

[弗洛里瘫倒在椅子里，呜咽起来。

弗洛里：太丢人了！这是我们这个阶层的奇耻大辱！

米勒太太：我原以为彩票大奖会给我们带来安宁和幸福。可眼下，全然不是那么回子事了。

谢佩：安宁和幸福，正是我们每个人都在找寻的，可是，在哪里能找到呢？

第二幕终

第三幕

场景同前一幕。

弗洛里站在窗边，望着窗外。贝茜进来了，手里拿着一本练习册。

贝茜：你妈妈说，这东西放在厨房里干吗？差点把它扔了。

弗洛里：就算她扔了，我也不会在乎。这是我的练习册。现在我有了去法国的大好机会。

贝茜：车到山前必有路。

弗洛里：几点了？［她又朝窗外张望］

贝茜：快六点了。在等人吗？

弗洛里：是也不是。

贝茜：这是一条死气沉沉的马路。看不见任何人的走动。

弗洛里：这是一条很有档次的马路，原因在此。

贝茜：我没说不是。

弗洛里：你还准备在这里待多久？

贝茜：这取决于你爸爸。我意思是，就我而言，我肯定不愿待在一个不受人欢迎的地方。你不喜欢我，是不是？

弗洛里：哦，我并不在乎你。最初的震惊之后。我是说，你，一个荡妇，我，一个淑女，我却看不出你和其他人有什么不一样。

贝茜：我没感觉到不一样。

弗洛里：当然，起初我还以为你想纠缠我爸爸。

贝茜：我？我把你爸爸当作朋友。仅此而已。

弗洛里：厄尼说，要是这件事没有持续这么久，他也不会惊讶的。

贝茜：他都不知道自己在说什么。

弗洛里：厄尼是个非常高尚的人。人品非常高尚的人才一直会相信
那些最卑劣的人。

贝茜：你是不是担心他？

弗洛里：哎，这整件事搞得他心烦。

贝茜：我非常理解。男人不喜欢出乎意料。他们希望事情永远循规
蹈矩。他们不像女人，女人喜欢有点变化。男人非常的保守，
你懂的。

弗洛里：要知道，我们打算下个月结婚，可现在遥遥无期了。

贝茜：哦，我说，当你一切准备就绪却节外生枝，我知道那是什么
感觉。

弗洛里：他想拗断。

贝茜：他没这么说吧。

弗洛里：没有。但是我知道他有这念头。只要他动用自尊去思考这
事，他就会找到一个理由。妈妈说要是他同我拗断，就说明他
并不是真正爱我。但是她不像我这么了解男人。

贝茜：他们需要了解。这是毫无疑问的。

弗洛里：但愿你能给我点建议。你应该比大多数人更了解男人。

贝茜：好吧，听我一句。他们吝啬，要是能弄出响声来，他们是愿
意花钱的，但他们要是觉得无人在意，就会低贱得跟猫肉一样。
他们胆怯，要知道，在人前大闹一场，他们就会土崩瓦解。有
些男人见不得女人哭。但你得留神，别哭得太多，否则会把他
们吓跑，我的经验是，男人一旦走了，是不会吃回头草的。同
那些不喜欢溜须奉承男人打交道就比较难了。马屁不能拍过
头，亲爱的，他们总是听不够的。对他们来说。奉迎就像酒肉，

他们可以一连享用几个小时。你累了倦了，他们还在那里，精神抖擞的，大快朵颐着。

弗洛里：对你来说很容易。我这么爱厄尼。无论如何我都会原谅他的。

贝茜：要是你陷入了这样的状态可就糟了。这会让你感到无助。

弗洛里：要是你爱上了一个男人，就像我和厄尼一样，他就会加剧你的这种感觉。

贝茜：我知道。如此看来他们似乎并不通情达理。

弗洛里：不知什么原因，厄尼热衷于政治。

贝茜：你得容忍男人的想法。我的经验是，他们其实并不能怎么样，但是你千万不能流露出那种念头。

　　　　[有人敲门。]

弗洛里：是他在敲门。哦，我的心。它跳得这么厉害，我都快受不了了。

贝茜：我去开门。你待着好了。

弗洛里：谢了。我的膝盖直打颤，怕是走不到门那儿。

贝茜：镇定一下，亲爱的。要是让一个男人觉出他是你的全部，他会让你受尽折磨。

　　　　[她出去了。片刻后厄尼进来了，手里拿着一份晚报。]

弗洛里：[欢快而热切地] 厄尼！我没听出你的敲门声。好意外。

厄尼：[笃笃定定地] 我告诉过你这会儿我要来的。

弗洛里：我不知道会这么晚。人忙着的时候时间总是过得飞快。

厄尼：我看见那个女人还在这里。那家伙呢？

弗洛里：库珀吗？哦，他在这里。好奇怪到这会儿了我们还没被害死在床上。

厄尼：你爸爸呢？

弗洛里：在外头什么地方吧。我不知道。[她再也憋不住了] 你没忘了什么事吗，厄尼？

厄尼：我？

弗洛里：你还没吻我呢。

厄尼：对不起。[他朝她走去]

弗洛里：要是你不想的话就不必了。

厄尼：别犯傻了。[他吻了她]

弗洛里：[靠着他] 哦，厄尼，我难受极了。

厄尼：你担忧是理所当然的。不过是人之常情。有谁会愿意眼睁睁
地看着自己的父亲犯傻呢。

弗洛里：真希望他没有中那笔该死的奖金。我们会和过去一样幸福。

厄尼：我应该想到让你妈妈出面做点什么。

弗洛里：我跟她讲过。她说他不听。

厄尼：你把工作辞了可真叫人遗憾。

弗洛里：[飞快地看了他一眼] 我想我最好还是再去找份工作吧。

厄尼：人最好还是实事求是。但是我不知道这会儿该如何谈论我们
的婚事，弗洛里。

弗洛里：你这么说是理所当然的。

厄尼：自然这很叫人失望。但我们之前就在等待，那么我想现如今
我们也可以等待。

弗洛里：[可怜地紧紧绞着手] 要是你想悔婚，直接说出来好了。

厄尼：我？你脑子里怎么会有这样的想法？

弗洛里：这是你脑子里的念头。

厄尼：我不会叫你失望的。不会因为任何原因。

弗洛里：如果事情没有转机的话，婚约没有多大好处。

厄尼：谁说事情没有转机？

弗洛里：你不像一个月前那么爱我了。

厄尼：瞎扯。

弗洛里：听着，厄尼。我那么爱你，我横竖是感觉得出来的。这种无常不定正在吞噬我。

厄尼：亲爱的，你要理智一点。我们不是决定了吗，等我出人头地了、养得起你了，就娶你。我不想你再出去做工。照料家庭就够你忙活了。你还会有一两个小孩呢。

弗洛里：哦，别，厄尼，你那么说让我觉得好可怕。

厄尼：你也要设身处地替我想一想。

弗洛里：此话怎讲？

厄尼：哎，我有雄心抱负。我知道自己富有才干。我头脑聪慧。

弗洛里：没有人否认过这些，厄尼。

厄尼：假如我才能超群，我就应当发挥它们。我不愿墨守成规。都说好人是压制不了的，给他脖子上挂个磨盘也无济于事。

弗洛里：是说我吗？

厄尼：当然不是。我并没有联想到你。我对你的爱永无止境，弗洛里。除了你，我还没有遇见过一个能与之谈婚论嫁的姑娘，我信念坚定，至死不渝。

弗洛里：你这么说不是为了取悦我？

厄尼：不，我发誓不是。我这会儿要说的并不意味着我不再像过去那样爱着你了，你可不能这么认为。如果事情有了好转，我们明天就可以结婚，伦敦城里也找不到一个比我更幸福的人了。

弗洛里：那么，这就是你要说的？

厄尼：我要说的是：你父亲的做法是他自己的事，他自己的钱他爱怎么用就怎么用。但是，我不想变成任何人眼里的一个傻瓜。

弗洛里：什么东西使得你看上去像个傻瓜？

厄尼：如果我有一个以耶稣自居的岳父，我看上去就像个傻瓜。你怎么指望我在学生面前保持威信，要是他们得知我的岳父是个滑稽的老头子，整日价和贱得不能再贱的人厮混在一起，大散

424

其财？他们会毁了我的生活。

弗洛里：对妈妈和我而言，这可不太妙。

厄尼：我想这对你母亲来说未免太可怕了。当然了，要是你在城里有工作，对于你来说还不至于太糟，自然，那些人也根本不会知道这事。

弗洛里：话虽如此，我还是不知道该如何忍受这种羞耻感。

厄尼：瞧，我就说嘛。好了，设身处地替我想想。

弗洛里：你有什么建议？

厄尼：哎，我倒是宁可你自己拿主意。

弗洛里：我懂了。

　　　　　　[米勒太太进来了。

弗洛里：妈妈来了。

厄尼：哦，晚上好。

米勒太太：哎呀，厄尼，稀客呀。

厄尼：昨天和前天学校里事情特多。

米勒太太：贝茜和那个库珀来了之后，这儿就变得乱七八糟。

厄尼：可耻，要我说。

米勒太太：这多出来的事搅得我都无暇思考，可真是了不得。

弗洛里：这里不再有家的样子了。倒成了站街女和流浪汉的避难所。

厄尼：这会儿谢佩上哪儿去了？

米勒太太：他约好了四点去看医生。奇怪这会儿还没回来。六点都过了。

弗洛里：你没跟我讲过他要去看医生，妈妈。

米勒太太：我寻思最好别提这事。不是什么好事。

弗洛里：为什么，怎么回事？

米勒太太：还是不提为好。

弗洛里：哦，说吧，妈妈。迟早我们都要知道的。

米勒太太：哎，事情是这样，杰维斯大夫在给他做精神鉴定。我本人不赞成这个主意，但是他说他认为有必要。说起来也是偷偷摸摸的。

厄尼：此话怎讲？

米勒太太：哎，杰维斯大夫把谢佩叫过去，假装要对他的心脏做个彻底检查。说是就在他的诊疗室里做为好，那里设备齐全，比哪儿都好。

厄尼：好吧，谢佩有高血压，我们都知道，我意思是说他心脏有毛病倒也不奇怪。

米勒太太：杰维斯大夫有个朋友会过来。好像是个专家，他过来是看在杰维斯大夫的面子上。他是伯利恒①的一个头头。

厄尼：疯人院！

[弗洛里十指紧扣，嘴唇动了动，无声地说了什么。

米勒太太：他打算装作路过进来喝杯茶，随后杰维斯大夫就邀请谢佩留下来一起喝茶。他们会同他交谈。杰维斯大夫说大概需要一个来小时得出结论。跟你们讲吧，我受不了这事。让我可怜的老头子步入这样的陷阱我受不了。

厄尼：这不是为了他好吗？

米勒太太：[注意到弗洛里] 弗洛里，你这是在干吗？

弗洛里：向上帝祈祷。

米勒太太：不可以在起居室里，弗洛里。这绝对不合适。

弗洛里：哦上帝啊，让他们说他疯了。哦上帝啊，让他们说他疯了。哦上帝啊，让他们说他疯了。

米勒太太：哦，弗洛里，怎么可以叫上帝做这种事情？

---

① 伯利恒疯人院始建于十三世纪，是英国最古老也是臭名昭著的收容疯癫患者的专业机构。

弗洛里：要是上帝让他们说他疯了，他就会被关起来。那么他就不会散财，不会出洋相了。[继续咕哝着]哦上帝啊，让他们说他疯了。

米勒太太：他们不会把他关起来的。我不能允许他们那样做。哦，停下来，弗洛里。

弗洛里：我不会停下来的。于我而言，它意味着生活和幸福。哦上帝啊，让他们说他疯了，大斋节我不会往茶里放糖了。

米勒太太：这点放弃算得了什么。你不吃糖是因为你认为它会让你发胖。

弗洛里：嘿，我可是忍痛割爱对不对？哦上帝啊，让他们说他疯了，我发誓下个月绝不上电影院。[她继续十指紧扣口中念念有词，眼睛看向天花板]

米勒太太：要是我没有让杰维斯大夫劝说我自己就好了。我根本没想到他们可能会把他关起来。

厄尼：很明显，他无法掌控自己的行为。

米勒太太：这从何说起？

厄尼：嘿，再明显不过了，不是吗？自己的钱都不要了。

弗洛里：[中断了片刻]还往家里塞满垃圾。哦上帝啊，让他们说他……[她的声音消失了，可嘴唇还在动]

厄尼：神志正常的人做不出这等举动。谁也不能否认。

米勒太太：你怎么知道他不正常，而不是我们其余的人都疯了？

厄尼：荒唐。神志正常意味着行众人所行，想众人所想。这是民主的全部基石。若是个人不想顺势而为，那他唯一的去处就是疯人院。

弗洛里：别和她争执，厄尼。哦上帝啊，让他们说……

米勒太太：耶稣就没有人云亦云。

弗洛里：哦，妈妈，别讨论耶稣。这可是渎神，真的。没看见我在祈祷吗?

厄尼: 这些都是古调了。事随境迁,我和谢佩交谈可是才几天的事。如今我们都是文明人。何况——请注意,我不想出言不逊,"各行其是,互不相扰"是我的座右铭,我完全赞成信仰自由——另一方面,公正地面对这些事实,我不禁意识到有许多话要说,如果我处在彼拉多的位置,我敢说我也会像他那么做的。①

米勒太太: 我的成长环境和你们不一样。生活在乡下之类的,从来没有机会接受现在的女孩子所受的教育。十五岁我就独立谋生了。

弗洛里: [尖锐地] 妈妈。我们不想听什么陈年往事。[她嘴唇翕动,一遍又一遍地重复着祈祷]

米勒太太: 可我们是按时做礼拜的教徒,我过去还上主日学校呢。谢佩说的对于我而言也不是什么新鲜事,你们或许会说。

弗洛里: [惊呆了] 你说这话究竟是什么意思,妈妈?

米勒太太: 哎,我全都知道,我意思是。还是个姑娘的时候,这些话我就听了不知多少遍了。当然了,我从来都不当回事,可是当谢佩又提起来的时候,我全都回想起来了。

厄尼: 也许是我愚笨,但我真心不敢苟同。

米勒太太: 关于耶稣的话谢佩是对的。什么施舍穷人啊。什么像爱自己一样爱邻人啊。这些我都记得。

厄尼: 我敢说你都记得。但是你从未听说有人是那样做的,对不对?

米勒太太: 老家上主日学校的都是年轻娘们,但要是有谁照着做了,我想她们是不会喜欢的。她们会觉得太冒失了。

---

① 犹太总督彼拉多在犹太省冷酷地贯彻罗马法律,授权将耶稣钉死在十字架上。

428

厄尼：所以啊，这就是甘冒不韪。认为自己比他人优秀就是甘冒不韪。

米勒太太：我确信谢佩不会是这个意思。自己的事情只有自己最清楚。哎呀，他这话我听得不下二十次了：和别人一样，我也喜欢开玩笑，但比起客人怠慢我，我决不会对任何一位客人放肆。

弗洛里：[几乎恼羞成怒] 你不是打算站在爸爸这边吧？你不能那么做，妈妈。我意思是，为我和厄尼想想。

米勒太太：这不是站边的问题。我想的是每个人的利益。但事情会是这样，假如大夫说他脑子不正常，好吧，那事情就结了。但要是他们说他正常，再阻止他去做他认为是对的事情我觉得就不公正了。

弗洛里：妈妈。妈妈。我觉得这太可怕了。[几乎要哭出来了] 哦上帝啊，让他们说他疯了。哦上帝啊，让他们说他疯了。

米勒太太：我不是说我认为这个主意很古怪。我知道换作我们当中任何一个都不会高兴的。但是，我怎么知道他不是对的呢？

厄尼：我还以为你的常识会告诉你。

米勒太太：我不像你那么聪明，厄尼。我觉得有许多话我不便说出来。我内心有个声音在说，亲爱的老谢佩，他一直就是个怪人。

厄尼：你意思是说你就打算坐在那里，摆弄着大拇指，眼睁睁地看着他把所有的钱都糟蹋掉？

米勒太太：我当然不想那样。我意思是，我原本是希望拥有这栋房子，要一个丫头来帮忙干粗活。但我的内心有个声音在说，所有这一切其实都不重要，假如谢佩想照着耶稣的话去做——哎，你还是个小姑娘的时候，人们不是就这样教你的吗？

弗洛里：当你没有钱了你会怎么办？你可不希望出了那么大洋相之后，店里的人把他给辞了吧？

厄尼：这年头工作可不好找啊。尤其是谢佩这个岁数。

米勒太太：哎，对我他一直是个好丈夫。从来没有恶声恶气的。我们老夫老妻相伴多年。我能自力更生，他也能。

厄尼：说的比做的容易。

米勒太太：像我这么好的厨子，人又老实，不愁找不到饭碗。哎哟，那些个姑娘可没有一个比得上我的。不是自夸，上帝作证，我知道自己的斤两。给我一个像样的炉灶，给我食材，就算英格兰女王也变不出比我更好的大餐来。好了，这会儿，我的女儿，你最好去把土豆给削了。

弗洛里：好吧，妈妈。一起来吗，厄尼？

厄尼：好，我马上来。我就扫一眼报纸。

　　　　[弗洛里飞快地咬住手指，忍住就要夺眶而出的眼泪。两个女人出去了。厄尼打开报纸，却并没有读，绷着脸看着前方。贝茜进来了。他瞅了她一眼，没吭声。他开始看起报纸来。

贝茜：有什么新鲜事吗？

厄尼：没有。

贝茜：那你在看什么？

厄尼：新闻。

贝茜：赛马？

厄尼：不，政治。

贝茜：弗洛里告诉我你要参选议员。

厄尼：现在希望渺茫了。

贝茜：我猜你原指望谢佩助你一臂之力。

厄尼：换作你，不会这样吗？

贝茜：哎，不管发生什么，好在你还有弗洛里。她是个漂亮的姑娘。凭长相她可不愁嫁。

厄尼：我想你的意思是她屈尊了？

贝茜：人各有所好。像她这样在城里工作的姑娘，我好奇怎么那么久都没有一个有钱人追她呢。

厄尼：我可得感谢你没给弗洛里灌迷魂汤。她婚约在身，要是我听
说有人对她穷追不舍，我可是要还以颜色的。

　　　[贝茜兀自无声地笑了笑。门轻轻地开了，库珀鬼鬼祟祟地
进来了。

库珀：大家下午好。

贝茜：你好。你怎么进来的？我都没听见你敲门。

库珀：门锁只上了一道保险。对我来说，这种情形不用劳驾人给我
开门。

贝茜：这倒是个好新闻，我得说。

库珀：有烟吗？

贝茜：我没有。

库珀：看来得抽我自己的。

　　　[他从兜里摸出一包，点了一支。

贝茜：我说，不打算给我一支吗？

库珀：不，我不赞成女士抽烟。

厄尼：[拿出一包递给贝茜]需要的话拿一支吧。

贝茜：谢谢。

库珀：三点半那场赢了多少？

厄尼：我没看。

库珀：那你买报纸做什么？奢侈浪费，要我说。

厄尼：要是你俩打算聊会儿天，恕不奉陪了。

贝茜：[装腔作势地]不用客气。

　　　[厄尼出去了。

库珀：十足的绅士，嗯？

贝茜：他人不错。只不过乳臭未干。做学生的时候乘法表背得烂熟，
既不会飞黄腾达也不至于一败涂地。就是那种放不开手脚的人。

库珀：谢佩呢？

贝茜：出去了吧。

库珀：他图什么？我搞不懂他。

贝茜：在我看来也是个怪人。

库珀：支持他的，我猜想，是信仰。

贝茜：我不是很确定。对于宗教信仰我多少了解一点。还住在肯宁顿我自己的小公寓那会儿，我的一位老主顾就是个教徒。他是个成功的布商，一位知名的浸礼会教友。每个礼拜二和礼拜五过来。玩乐一阵子后，他非常喜欢就宗教信仰发一通议论。但他不怎么捐献。他常说，在南伦敦，没有一个布商能比他从一卷棉花里榨出更多的利来。

库珀：如今这世道就得尔虞我诈见风使舵。

贝茜：这是干你那行的心得？

库珀：顶部总是有空间的。

贝茜：吹牛。

库珀：何况，我干的是哪行？

贝茜：小偷小摸，没错吧？

库珀：哦，你以为你是谁？你可没理由看不起我。

贝茜：我不是看不起你，我不认为这么做是值得的，仅此而已。我意思是，无论是被关进去还是放出来，这都不是什么令人高兴的事。

库珀：好吧，我跟你讲，就是刺激。还有，你得手后，该有多兴奋呢，懂我的意思不？当你发觉自己贼聪明，你会忍不住哈哈大笑。但首要的还是刺激。

贝茜：我理解。经历我的一番遭遇之后你就会思考，被人从自己的屋子里赶出来，还有所有的一切，现在我睡得好、吃得饱，我应该知足了。但假如只有在这个时候——在我打扮得漂漂亮亮前往西区的时候——懂得真理，哦，我只觉得可怕。

库珀：你当真吗？

贝茜：知道我昨晚干吗了吗？我穿上裙子，往老脸上涂脂抹粉，我就这样站在屋子里，想象着自己正在杰明街上游荡着。

库珀：你为什么没去呢？

贝茜：哦，好吧，兴许是念及可怜的老谢佩吧，我猜想。

库珀：看样子见不着他了。

贝茜：你找他干吗？

库珀：好吧，要是你真想知道的话。话说只要酒吧开着，我就有些烦躁不安。我可以花五便士买杯啤酒。

贝茜：哦，得了，我不会责怪你的。

库珀：[要走] 要是他问起我，就说我上街了。一会儿就回来。

　　　　[贝茜飞快地扫了一下四周，发现鼻烟盒不见了。她挡在门和库珀之间。

贝茜：鼻烟盒呢？

库珀：什么鼻烟盒？

贝茜：你知道的。谢佩留给自己的那个。

库珀：我怎么知道？

贝茜：谢佩当宝贝珍藏的。不可能弄丢的。

库珀：可能是你来的时候那个老太婆拿走了。想着那样保险一点。

贝茜：刚才还在的。我看见的。

库珀：那我没辙了。我都不知道你在说什么。

贝茜：你清楚着呢。现在就把它交出来。

库珀：嘿，你这是在跟谁说话呢？

贝茜：我就想嘛，你怎么突然间就慌慌张张地要出去呢。

库珀：听着，宝贝儿。管好你自己吧，否则吃不了兜着走。

贝茜：我可不怕你这肮脏的小杂种。

库珀：别挡道。你以为我会跟一个臭婊子一般见识吗？

贝茜：把鼻烟盒交出来。

库珀：跟你说，我没拿。

贝茜：不，你拿了。就在你兜里。哎哟，我都看见了。

库珀：[下意识地摸了摸屁股兜] 瞎说。

贝茜：[得意地发出沙哑的笑声] 哈。抓到你了。就知道是你拿的。

库珀：[试图推开她] 哦，闭上你的臭嘴。

贝茜：你别想出这个屋子，除非把东西交出来。

库珀：这到底跟你有什么关系？

贝茜：他或许是个老傻瓜，可他是出于好心，我不能眼睁睁地看着
　　　你顺走他的零星物件却袖手旁观。

库珀：跟你讲，我要去喝一杯。

贝茜：你出去干什么同我没关系。但在这里不能乱来。

库珀：要是再不让开，小心我的拳头。

贝茜：[盯着他的脸] 你敢打我。你这个卑鄙的小毛贼。你这个流
　　　鼻涕的小杂种。你这个不要脸的野孩子…… [说时迟，那时快，
　　　她企图一把把鼻烟盒从他兜里抢过来]

库珀：不，休想。

贝茜：你敢。

　　　　[两人撕扯在一起，谢佩就恰巧进来了。

谢佩：你们好。这是怎么了？

　　　　[两人分开了。都有点喘不上气来。

贝茜：他拿了你的鼻烟盒。

谢佩：你拿那个做什么用，吉姆？

库珀：真他妈瞎扯。

谢佩：它不在原来的地方了嘛。

库珀：要是有人拿了那也就是她拿了。你知道这些娘们的。还想栽
　　　赃给我。

434

贝茜：你搜搜他的屁股兜。

谢佩：把兜掏空，老伙计。

库珀：我不。我不会让任何人这样对待我。就因为我是客人你就觉得你有权利侮辱我吗？

贝茜：哦，亲爱的，听听。

谢佩：这没用，老伙计，我想你最好还是自己把兜掏空吧。

库珀：谁说的？

谢佩：我，需要的话，我可以让你这么做。

库珀：我受够了。我走了。

    [他试图从谢佩身边走过去，不料，谢佩以迅雷不及掩耳之势一把将他拽住并将他摔倒，膝盖压着他的胸膛不让他起身，鼻烟盒从他兜里掉了出来。

谢佩：起来吧。为什么不乖乖交出来？

库珀：啊哟，你都快把我的胳膊弄断了。

贝茜：嘿，谢佩，你惊着我了。没想到你身手这么敏捷？

谢佩：我年轻时候学过点摔跤。

贝茜：要叫警察吗？

库珀：[跳了起来] 你不会告我吧，先生？我并不想拿的。一时鬼迷心窍。我都不知道自己在做什么。

贝茜：酒。去啊。去喝酒啊。

谢佩：不，我不会去告发你。法官说了，要是你再让他看到，他会判你最高刑期。

贝茜：你不会就这么让他走吧？你这么做都是为了他。

谢佩：我没有为他做任何事。我做的都是为了我自己。很抱歉，如果我伤害了你，老伙计。我比你们想象的要厉害得多，比起我应做的，有时候我在一件事情上倾注更多。

库珀：谁也没有权利随随便便把这样的东西搁在那里。

435

谢佩：又不是金的，要知道，镀银的而已。我珍视它，其实它不值钱，它是个信物。是一位绅士留给我的，我服务他好多年了，他病重期间都会叫我每天上门给他修面。临终前一天他对他女儿说，要是我在上帝面前显得像位绅士，那要归功于谢佩。拿去吧。[他把鼻烟盒递给库珀]

库珀：你什么意思？

谢佩：我把它给你。

库珀：为什么？

谢佩：你喜欢它，是不是？

库珀：不。

谢佩：那你干吗要偷它？

库珀：这完全是另一码事。我也不在乎偷不偷。我也不打算作为礼物收下。顺走它不过是因为我想要几个钱换杯酒喝。我会把票据带给你的。如实上报，我会的。

谢佩：如果你需要一先令，为什么不开口呢？[他把手伸进兜里，掏出一先令]给你。

[库珀看看他手里的那个先令，又看看谢佩。一脸狐疑。

库珀：嘿，这是啥意思？

谢佩：要是一个家伙只能在酒杯里看见上帝，那么也许他根本看不见上帝。

库珀：不是圈套吧？

谢佩：别说傻话。

[库珀懵了，变得不自在起来。他看看那个先令，又看看谢佩。

库珀：我不喜欢这样。这事有点怪。你什么意思？我不明白。嘿，把你的钱收好。我才不要呢。这会让我倒霉的。我告辞了。这地方我待够了。我得知道自己同人们的处境。这儿让我瘆得慌。但愿我从来没有来过这里。

[他飞快地出去了。

贝茜：嘿，总算扫地出门了。

谢佩：谁会想到这样一来倒把他赶跑了？

贝茜：你怎么会想到把那个盒子送给他？

谢佩：哎，下意识的嘛。

贝茜：要知道，你还是谨慎一点为好。要是你继续对善恶一视同仁
　　　的话，总有一天要惹祸上身的。

谢佩：事实是，我看不出两者间有多大的取舍性。

贝茜：别胡说了，谢佩。哎呀，那个库珀，就是个不要脸的狗杂种嘛。

谢佩：我知道。但我不在意。

贝茜：事实是，谢佩，你没有道德感。

谢佩：我想是的。好在我生来幸运。

贝茜：你很可笑，没错了。

谢佩：他走了，好遗憾呀。我已经习惯看见他在这里进进出出了。

贝茜：我也要走了，谢佩。

谢佩：为什么？跟孩她妈和弗洛里处得不好吗？

贝茜：不是因为这个，我想回西区去。真高兴在这里待了一阵子。
　　　对我来说，这儿的好无穷无尽。我想念那些姑娘，想念那条街
　　　道。要是你习惯于见许多人，从某种程度上你就会依赖这种境
　　　况。再者，人不能未卜先知。倒不是我喜欢同男人谈情说爱，
　　　与他们交好罢了。我意思是，你忍不住会觉得，哎，那种事适
　　　合我。还有——哦，得了，我不知道，就这么多了。事情总有
　　　兴衰起伏。我不是说它没有，它令人兴奋，就算你没有离开，
　　　它也是令人兴奋的。这就是我想表达的，明白吗？

谢佩：我还以为你厌恶了这种生活。

贝茜：的确如此。我累了，也不开心。但现在情况有点不同了。我
　　　知道这对你来说很失望，我很抱歉。谢谢你为我做的一切。

437

谢佩：好吧。悉听尊便。需要的话，这里永远是你的家。

贝茜：这么说你还会带我回来?

谢佩：当然。我不会怪你。我只是希望人们能够幸福。

贝茜：我以为自己对男人略懂一二，但我要说，你令我刮目相看。好了，再见。

谢佩：现在就要走吗?

贝茜：是的。我一刻也待不住了。我这就去穿戴好，然后悄悄地离去，不辞而别。

谢佩：好吧。别忘了，想回来的时候，随时欢迎。

贝茜：这是一个奇异的世界，毫无疑问。

[她出去了。过了一会儿，米勒太太进来了。

米勒太太：我听见你回来了。我在厨房走不开。我刚给罗宾森太太做了美味的牛蹄冻。

谢佩：太好了，亲爱的。她会喜欢的。

米勒太太：跟你讲过吗，他们是双胞胎。

谢佩：讲过。

米勒太太：大夫怎么说你?

谢佩：哦，我们吵了一架，真少见。他有个朋友在那，也是个医生。名叫埃尼斯穆尔，看起来是个有头有脸的人物，杰维斯大夫说，既然他来了，不妨趁这个机会给我做个检查。

米勒太太：我明白了。

谢佩：他是一位非常优雅的绅士。聪明。对我的计划很感兴趣。他让我把想法一五一十地都说出来。哎呀，还问了我一些很滑稽的问题。我都忍不住笑了。问我是不是看过我父亲洗澡。是的，我说，每个星期六晚上。他常常叫我给他搓背。

米勒太太：你走了有一段时间了。

谢佩：我知道。我们大概聊了有两个小时。我先走了。杰维斯大夫说他们还要再聊一会儿，回头他会上这儿来。[前门响起敲门声] 可能他来了。

米勒太太：哦。我实在是讨厌当医生的。

谢佩：为什么？你又不焦虑。

米勒太太：焦虑。

谢佩：别傻了。我一点事都没有。这辈子从来没这么好过。

　　　　[弗洛里推开门。

弗洛里：妈妈，过来下好吗？

谢佩：是大夫来了吗？[他走到门边] 进来吧，大夫。

　　　　[杰维斯大夫进来了，后面跟着厄尼。

杰维斯大夫：下午好，米勒太太。

米勒太太：下午好，先生。

杰维斯大夫：你先生同你讲起过吗？谢佩来的时候，我的一位朋友，也是西区的一位专家恰好也在。

谢佩：我正说起他呢。他给我留下了深刻的印象。

杰维斯大夫：我们聊了聊你。心脏有点虚弱，你知道的。我们认为休息一段时间对你有好处。

谢佩：我吗？

杰维斯大夫：我们希望你到疗养所住一阵，在那里你会受到悉心照料，感觉会舒服一些。

　　　　[米勒太太、弗洛里和厄尼马上就反应过来是怎么回事。米勒太太难以掩饰地震惊。

谢佩：我不去什么疗养所。抽不出时间。我是个大忙人。

米勒太太：我们不能在家里照料他吗？

杰维斯大夫：这可不一样。我的这位医生朋友是一家一流医院的头头。你会接受他的直接治疗。我不是说你病得很重，但你病了，必须要引起重视。

谢佩：你知道的，医生并非百事通。

杰维斯大夫：他们不会作假。

弗洛里：这么说可是够傻的，爸爸。要是杰维斯大夫说你病了，你就是病了。

谢佩：我比他更清楚自己的健康状况。

杰维斯大夫：这从何讲起？我就从不假装自己比你更懂头发的护理。

谢佩：坐下，让我瞧瞧你的头发。

杰维斯大夫：哦，我的头发好好的。

谢佩：人们都是这么说的。现如今伦敦满大街都是秃顶的男人，而他们只要及时听我一句，本可以拥有一头茂密浓发的。

杰维斯大夫：[迁就他] 好吧，那你就看看吧。

　　[他坐了下来，谢佩走上前。他从兜里掏出一面镜子，仔细查看起医生的头发。

谢佩：最近有点掉头发？

杰维斯大夫：有点。岁数上去了嘛。

谢佩：和我想的一样。要是你坐视不管，半年之后就跟我一样光溜溜了。

杰维斯大夫：哦，我才不信呢。

谢佩：没错。真遗憾啊。你的头发很漂亮。我意思是，一位绅士能有这样的发质是不多见的。

杰维斯大夫：你真是花言巧语。我太太总是夸我头发漂亮。

谢佩：用不了多久她就不会这么说了。

杰维斯大夫：好吧，我不知道该怎么做。

谢佩：我知道啊。如果你早晚用我们的"三号"按摩头皮五分钟，我保证，半年后，你这头秀发依旧，跟过去一样。

杰维斯大夫：指望我信你？

谢佩：不。

杰维斯大夫：[好声好气地] 好吧，告诉你我会怎么做：要是路过杰明街，我就登门亲自买一瓶。

谢佩：不用麻烦。我这里常备一点，以备朋友之需。我这就去拿，给你装上一点。少一点还是多一点？

杰维斯大夫：多一点吧。一不做二不休。

谢佩：你不会后悔。花不了我五分钟。

　　　　[他出去了。

杰维斯大夫：当然了，我是同他闹着玩的，你们知道。

米勒太太：哦，大夫，你的意思是？

杰维斯大夫：我的朋友埃尼斯穆尔大夫可是英国精神疾病领域屈指可数的人物，他对您丈夫做了彻底的检查。他确定不疑，谢佩得了急性躁狂症。

米勒太太：哦，天哪。

杰维斯大夫：我们希望您能劝劝他，就说去疗养所是为他自己好。明天我再跟他谈谈。要是他不同意，我们就准备出具精神病诊断书了。

米勒太太：真有那个必要吗？我意思是，一想到他要被送进精神病院，我就受不了。

杰维斯大夫：必须要告诉您，这类病例预后不佳。在他尚没有对己、对他人做出不良举动之前，对其进行监管是上上之策。

厄尼：我跟你讲过，这话不提也罢，事实依旧如此，我说过，他打一开始就疯了。

杰维斯大夫：毋庸置疑，心智健全之人是不会把自己的钱送给穷人的。心智健全之人挣穷人的钱。他可以经营连锁店，建立建屋互助会 ①，或者在政府部门任职。

---

①　用以接受会员存款并贷款给需要造屋、买屋的会员的金融机构。

米勒太太：谢佩对穷人一向乐善好施。我意思是，你们不是一直说他热爱同胞来着吗？

杰维斯大夫：要知道，这可不是一个健康的信号。正常人自私，贪婪，消极，虚荣，好色。一般所谓的道德系民众强加于其的。人对自然本能的被迫压抑无疑是众多神经错乱现象的元凶。埃尼斯穆尔大夫刚才对我说，他一点也不怀疑，一般说来慈善捐赠都可归因为被压抑的同性恋。

厄尼：真的吗？那可太有意思了。

杰维斯大夫：他持这样的观点，年轻人受了理性教育，慈善事业完全可以被这个国家所消灭。

厄尼：我应该会会他。像是一位明智之人。

杰维斯大夫：他问了谢佩几个非常具有调查性的问题，很容易看出，谢佩的问题，其根源似乎是一种明显的弑父情结。

厄尼：俄狄浦斯情结之类的。我懂。

杰维斯大夫：[对着米勒太太] 他问我你是什么时候第一次注意到不对劲的。

米勒太太：我从来没发现有什么不对劲的事情，直到他冷不丁地说起要像耶稣那样生活。

杰维斯大夫：他一直都信教吗？

米勒太太：不，才不是呢。我意思是，他从来不会去教堂之类的。星期天早上，他喜欢做一些小零小碎的家务事。如果他是个坏人，情况就不同了。一个好人变成一个教徒倒是很可笑。

杰维斯大夫：当你看见他读《圣经》的时候，就没觉得不对劲吗？

米勒太太：我一五一十地告诉你。他一直读《晨报》，关心一下社会新闻嘛。你懂的。要是他的客人想知道婚嫁迎娶之类的市井八卦，他也扯得上来。

杰维斯大夫：我明白。

米勒太太：哎，他生病那会儿，我出门给他买报纸。星期一早上我把报纸给他的时候，他说，孩她妈，家里有《圣经》吗？有啊，我说，就给了他。我没有恶意。很自然我想到大概是做字谜游戏要派用场。

杰维斯大夫：这便是精神病患显著的掩人耳目之处。实际上让他们说出你想让他们说的话绝非易事。现在我不知道您是否还记得，上周我问他是否能看见东西。他说他看见了罪孽和邪恶拍打着翅膀。当时我着实吃了一惊。所谓的拍打着翅膀——极具暗示意味。接着他又说到伟大的圣光。埃尼斯穆尔大夫坚信他出现了视觉幻象，可他会承认吗？他就是个老顽固嘛。

米勒太太：他从来不是这样的人。他过去可是个讲道理的人。

杰维斯大夫：他的总体状态非常典型。眼睛明亮，脸颊绯红。焦虑、失眠。埃尼斯穆尔为人谨慎，不会信口雌黄的。他说在他的行医史中，未曾见过比这更典型的宗教狂热病例了。

米勒太太：我从未听说他家族里有得精神病的。弄得我们大家好像很耻辱。

杰维斯大夫：快别那么想，米勒太太。照埃尼斯穆尔大夫的观点，每个人都是疯子。他说，否则我们无法在这个世界上立足。

　　[谢佩拿着一个用纸包裹着的瓶子进来了。

谢佩：给你，大夫。我给你装了一小瓶。

杰维斯大夫：给你现金吗？

谢佩：拿走就是，还跟我提钱。我们的"三号"我心里有数着呢。你一旦用上，就再也离不开它了。

杰维斯大夫：好吧，我肯定会有效果的。

谢佩：我送你出门。

杰维斯大夫：再见，米勒太太。[他朝其余的人点点头] 晚安。

米勒太太：再见，先生。

[杰维斯大夫由谢佩陪着出去了。

厄尼：我同情你，米勒太太。真的。但是你得说，对于大家而言，这是最好的结果。

弗洛里：把那一大笔钱扔掉才是耻辱呢。

厄尼：去看电影怎么样，弗洛里？早场的。

弗洛里：嘿，好啊！你不希望我去是吧，妈妈？

米勒太太：[有一点点犹疑] 不希望，亲爱的。

弗洛里：为什么，怎么啦？

米勒太太：哎，我没想到今天晚上你还想着去看电影，既然你可怜的老爸……

弗洛里：我待在家里对他有什么好处呢。接下来几天我想上哪儿就上哪儿，因为下个月我就哪儿也去不了了。

厄尼：为什么？

弗洛里：我跟上帝发过誓，要是他让大夫说可怜的爸爸疯了，我就哪也不去。

厄尼：你不是认真的吧？那不过是迷信。

弗洛里：我才不管那是什么呢。既然发过誓，我就要遵守诺言。这些天我可以祈求些别的，要是我不遵守的话，我又该到哪儿去呢？

厄尼：你不会希望这真的会灵验吧？

弗洛里：这谁也说不准，厄尼。我发过誓，要是上帝如我所愿，我就要为上帝做点事。好吧，他兑现了，我也要遵守我的诺言。

厄尼：哦，好吧，亲爱的，你爱怎么样就怎么样吧。

弗洛里：再说了，要筹备婚事，可怜的爸爸又在疯人院里，下个月还真没什么时间上电影院了。

厄尼：你真是个妙人儿，弗洛里。没有你，我都不知如何是好了。

弗洛里：你不会悔婚了吧，会吗？

厄尼：我？怎么会，压根就没动过这念头。

弗洛里：哦，动过。我不怪你。

厄尼：好吧，现在也不瞒你说了，我曾经在我的性格倾向和自我责任之间做过一些挣扎。我说我的自我责任，指的当然是我对社会的责任。

米勒太太：[宽容地叹了口气] 哦，随你们吧。毕竟，一辈子只年轻一次。

弗洛里：来吧，厄尼。可不要我们赶到那儿电影都放一半了。

　　　　[两人正出门，迎面谢佩进门。

谢佩：嘿，两位这是要去哪儿呀？

弗洛里：去电影院。回头见。

　　　　[两人出去了。

米勒太太：你看上去有点累，亲爱的。为什么不回咱们屋躺一会儿呢？

谢佩：不，我不爱躺着。我就在我的椅子上眯一会儿，兴许会打个瞌睡。我感觉不是很利索，说真的。今天太忙了。

米勒太太：不会再出去了吧？我来帮你把靴子脱掉。

　　　　[她弯下腰给他脱靴子。

谢佩：还是老婆最疼我，阿达。

米勒太太：哦，别发痴了。再这么说你就一准是病了，给我乖乖地捧个热水瓶子上床。

谢佩：你是这样的，你知道的。我想我是经常会恼火，也有些不讲道理。

米勒太太：哦，接着说。要是你想让我大哭一场，你就这么说好了。

谢佩：我寻思你会很失望的，我是说那笔钱的事。我知道你想还清房贷，还想雇个丫头干重活。

米勒太太：咱们别说这个了，谢佩。

谢佩：就得说，亲爱的。弗洛里会好起来的。她得到厄尼了。厄尼嘛，有些自负，但年轻人嘛。厄尼其实是个好孩子。弗洛里会

445

把他调教好的。她一根小指就能把他弄得滴溜溜转，就像你对我一样，亲爱的。

米勒太太：中听。

谢佩：但是对于你来说事情就不一样了。我明白。这就是为什么我希望你能像我一样看待这件事。人世间的疾苦触到我了。

米勒太太：哦，谢佩，这不过是因为你太累了不是?

谢佩：跟你讲，我这辈子身体从来就没这么好过。内心轻松，要不是这双沉甸甸的靴子，只怕我都要飘起来了。

米勒太太：像蝴蝶一样飞来飞去，这可得笑死人，谢佩。

谢佩：我就要进入一个大时代了，阿达。

米勒太太：是吗，亲爱的?

谢佩：不要以为我对你为我所做的一切无动于衷，阿达。也不要以为让你失望我没有感到内疚。但我不得不这么做。

米勒太太：我知道，你只做你认可的事情，谢佩。

谢佩：你不会阻拦我吧，亲爱的?

米勒太太：好像我什么时候阻拦过你似的，谢佩。倒是你有可能心烦。

谢佩：你吻我还是好久以前的事了，阿达。

米勒太太：瞧你说的。谁会喜欢我这样的老太婆去亲他们?

谢佩：我第一次吻你的时候，你可是结结实实给了我一巴掌。

米勒太太：我觉得你也太随意、太轻浮了。

谢佩：来吧，阿达。鸳梦重温。

　　　　[他俯过身，她抬起脸，两人轻轻地吻着对方的唇。

米勒太太：感觉好傻。

谢佩：今天晚饭准备了什么?

米勒太太：嘿，我做了乡村馅饼。

谢佩：知道我想吃什么吗?

米勒太太：不知道。

谢佩：我想吃腌鲑鱼。你知道我一向喜欢吃腌鲑鱼的。

米勒太太：我知道。跟你讲，我过一会儿就出去给你买。

谢佩：你当真不觉得麻烦吗？

米勒太太：一点也不麻烦。这会儿你就在你的椅子上坐定。看看能不能打个瞌睡。

谢佩：好吧。

米勒太太：晚饭之前我不想打扰你。等弗洛里和厄尼一回来我们就吃。

谢佩：我来把窗帘拉上。

　　[他走到窗边，拉上了窗帘。她出去了。谢佩坐进那张靠背扶手椅，看不见人了。舞台变暗，字幕显示几个小时之后。

　　[当舞台微微转亮，夜幕降临了。透过窗帘可以看见街上的弧光灯。谢佩小憩的那张椅子隐隐约约不甚清晰。有人敲门。谢佩没有反应，敲门声再次响起。

谢佩：进来。[门没有开] 进来。[他起身] 我想我是听到了敲门声。

　　[门无声无息地大开着；它敞开的样子，给人一种印象，仿佛不是被人推开的，而是自动打开的。贝茜站在门口。她披着一件长长的黑斗篷，没有戴帽子。

谢佩：哦，是你，对不对？我还以为我听见了敲门声。

贝茜：我没有敲门。

谢佩：没敲吗？我想我是睡着了。进来吧，亲爱的。

　　[她进来了，门在身后关上了。

谢佩：和谁一起来的吗？

贝茜：没有。

谢佩：那是谁把门关上的呢？这可奇了。我一定是半梦半醒的。[他走到门边，打开门，朝外看了看] 没人嘛。

447

贝茜：[闪过一丝笑] 没人。

谢佩：你没离开多久。

贝茜：一直在想我吗?

谢佩：还是算了，我想。好吧，我不能说我很抱歉。我点个灯。[他点亮落地灯。此刻屋内微微亮了一些。贝茜站在门边，面无表情] 你为什么那样站着? 进来呀。

贝茜：谢谢。

　　　　[她走进房间。她身上有一种让他觉得很奇怪的东西。具体是什么他也说不出。这隐隐让他有些不自在。

谢佩：是我家老婆子让你进来的吗?

贝茜：屋里没人。

谢佩：我想她是出去买腌鲑鱼了。我们没想到你会来吃晚饭。

贝茜：我一般说来就来。

谢佩：不，你不需要多想。我说过这里永远欢迎你，我就是这个意思。

贝茜：这次听到真高兴。

谢佩：我说，你说话怎么一下子变得怪怪的?

贝茜：我吗? 我也不知道。

　　　　[贝茜的伦敦腔消失了，此刻这个女人说的是平常的英语。

谢佩：非常时髦。[模仿她的口音] 屋里没人。这次听到真高兴。在我面前不用做完美女人，你知道的。

贝茜：只怕你把我当成我本人了。

谢佩：哦，接着说，自然点。喝过酒了? [她未答，他狐疑地瞥了她一眼] 你今晚是怎么了? 你不是贝茜·勒格罗斯吗? 你可真像她。[他朝她走去] 但又有些不一样。[迷惑，吃惊] 你不是贝茜·勒格罗斯。

女人：不是。

448

谢佩：你是谁？

女人：死神。

谢佩：[带着他一贯的友好与幽默] 嘿，真高兴你告诉我了。否则我还真不知道了。请坐？

死神：不。我不会坐的。

谢佩：很忙？

死神：我没工夫可耽误。

谢佩：你这是要去罗宾森太太家吗？今天下午我太太才给她送了牛蹄冻。要是那对双胞胎的话，我想他们也不至于太难过。他们已经有四个孩子了，罗宾森已经失业八个月了。

死神：是吗？我没想过要去那儿。

谢佩：你的事情你自己最清楚。

死神：我自会一时兴起和奇思异想。

谢佩：女人嘛。

死神：你很中意自己的小贫嘴，是不是？

谢佩：我一向这样。有幽默感是我的一个优点。常听见客人对老板说，不，我要等谢佩。他总是逗得我大笑。

死神：比起客人对我说的，这可强多了。

谢佩：[温柔地同她打趣] 我想总的来说，人们还是希望你走开。

死神：我常常是不受人欢迎的。但有时你也会想，他们很高兴见到我。

谢佩：哎，我不知道。在一位女士面前讲这种事可不太妙，但我觉得你的外貌有点同你作对。

死神：我感觉一定是有什么问题。

谢佩：把你看成贝茜·勒格罗斯实在是荒唐。这会儿我要跟你说，你一点也不像她。当然，她是人们嘴里所谓的娼妓，但有些东西你不能同她联系起来。[他捏捏自己的胳膊]

死神：你干吗这样？

谢佩：我不过是捏捏自己的胳膊。我想看看我是不是醒着。我做梦
　　　呢，但是我知道我在做梦。很有意思，对不对？

死神：你怎么就认为自己在做梦呢？

谢佩：哎，我知道。我其实是坐在我的椅子上打盹。我正在经历这
　　　些日子以来一个最最特别的梦。就在今天下午我把这些事讲给
　　　了大夫听。我的这位大夫认为我疯了。[很高兴] 我就结结实实
　　　回敬了他一下，卖给他一瓶我们的"三号"。

死神：真有你的。

谢佩：我知道。他还企图假装买下它就是为了寻我开心呢。瞎扯。
　　　他买了，是因为我给他催眠了。他白天黑夜都会用的，就像我
　　　告诉他的那样。只要我推销，没有人不会买我们的"三号"。要
　　　是我愿意的话，我也能叫你买一瓶。

死神：我想这东西对我没什么用。

谢佩：嘿，别这么说。一旦有人这么说，我就技痒难忍了。这就让
　　　我看看你的头发吧。

死神：我没那工夫。

谢佩：我倒不是说你没有一头好发，但是你怎么知道如何保养呢？
　　　喂，那是谁啊？

　　　　　[门开了，库珀鬼鬼祟祟地进来了。

库珀：是我，先生。

谢佩：你又回来了？

库珀：一直等在马路对过，直到平安无事了。他们都出去了。

谢佩：是的，我知道他们都出去了。

库珀：我在外面的时候听到他们讲话了。我就躲在厨房外头，他们
　　　讲的我听得一字不落。他们要把你关起来，先生。

谢佩：我？为什么？

库珀：因为你疯了呗。

谢佩：别犯傻了。

库珀：千真万确，先生。我发誓。弗洛里和她的那个家伙。他们要把你关起来好得到你的钱。你老婆跟他们是一伙的。

谢佩：你也太搞笑了。哎呀，我的老太婆不会让他们动我一根毫毛的。

库珀：他们准备试一试，把你太太平平地送进疯人院，要是你不从，他们就要强迫你签字。

谢佩：哦，这是你想的吗？那你打算怎么做呢？

库珀：这不，我跑来跟你报信呀。

谢佩：你可真是个大好人，我相信。

库珀：我以为你神志正常，你却让我毛骨悚然，所以我才溜走了。现在我知道了，你是疯了——得了，这根本是另外一回事了。我熟悉这号人。我母亲的兄弟就是个疯子。过去跟我们住一起。以为自己是一大块糖。不洗澡，怕化了。

谢佩：这想法有趣。

库珀：你对我有恩。让我免于牢狱。人得知恩图报。这会儿家里没人，你就同我一起从这里逃走吧。我来照应你，明白吗？别担心钱。

谢佩：[朝着女人] 你觉得这主意如何？我知道他并不比任何人坏，真的。

库珀：[惊呆了] 你在同谁说话？

谢佩：那位女士啊。

库珀：哪儿？我没看见什么女士。

谢佩：再看看。

库珀：那儿没人呀。

谢佩：好端端一个人。正盯着你看，却说没看见人。

死神：我一点都不吃惊。

谢佩：[对着库珀] 听见了吗?

库珀：什么?

谢佩：她说她一点都不吃惊。

库珀：除了你和我，没有人在说话。

谢佩：看来他也听不见。

死神：他何必听见? 我还没有要同他讲。

谢佩：你进来的时候，我正要向她推销我们的"三号"呢。女人们
        自以为很精明，其实跟男人一样简单。

库珀：瞧，先生，要是想逃走，你就得利索点。过一会儿他们可就
        回来了。

谢佩：我不逃。我怎么会相信自己会跟着一个和蝙蝠一样瞎、和柱
        子一样聋的人走呢。

库珀：不是告诉你了吗，再不走，他们就要把你关起来。

谢佩：或许你是出于好意，或许不是。没准是个乔装打扮的恶魔呢。
        我是有尊严的社会一员，不会做冒失之举。

库珀：不要说吉卜赛人从没警告过你。

谢佩：没什么。我正跟这位女士聊在兴头上呢。不希望有人打搅。

库珀：哦，好吧，你好自为之。

   [他飞快地离开了屋子。谢佩微笑着朝死神转过身。

谢佩：好奇怪，这会儿我又看不见你了。

死神：套在他颈上的麻绳还没缠好呢。

谢佩：对任何人来讲这都不是件好事。

死神：结局都是一样的，要知道。

谢佩：但我说，要是你真的不存在，我又怎么会看见你呢?

死神：你不会猜吗?

谢佩：[闪过一丝惊愕] 听着，你不是为了我而来的吧?

死神：是为了你。

谢佩：你在开玩笑吧。我还以为你是来聊聊天的呢。抱歉，亲爱的，今天不行。你改天再来吧。

死神：我很忙。

谢佩：我想这对我不公。进门的时候那么友好、那么愉快。早知道你的目的，刚才库珀提议的时候，我就跟着他一起跑了。

死神：那也无济于事。

谢佩：但愿这会儿我已经到了谢佩岛，大夫就是这么建议的。你想不到会上那儿去找我。

死神：巴格达有个商人，派仆人到市场买粮食，不一会儿，仆人返回，脸色苍白，浑身发抖，说，主人，刚才在市场上我被人堆里的一个女人推搡，我转身发现推我的是死神。她看着我，做了一个威胁的手势；请马上把您的马借给我，我这就去撒马拉，死神就找不到我了。商人把马借给他，仆人骑上就走，一路快马加鞭。随后商人来到市场，看见我站在人群里，走上前问我，今天早上你看见我仆人的时候，为什么冲他做了个威胁的手势？那不是威胁的手势，我说，我只是吃了一惊。我惊讶于怎么会在巴格达看到他，因为我今晚跟他在撒马拉有约。①

谢佩：［微微有些发抖］你的意思是无人能逃脱你？

死神：无人。

谢佩：［试图哄哄她］要我离开这个世界，我可不开心。我了解我自己，我在这里很自在。到了我这个年纪还做这般徒劳无功的事情似乎很可笑。

死神：你怕吗？

谢佩：怕什么？怕审判日？［微微一笑］不，并不怕。听着，这事我

---

① 毛姆曾将这个宿命故事写成故事《撒马拉相会》。

是这么看的：我手下有好些个徒弟，他们总是笨手笨脚，漫不经心，还毛手毛脚的，毛头小子，你懂的，贪玩；哎，当然了，我会责备他们，但我从不跟他们对着干。我是不会信仰一个没有七情六欲、幽默感及不上我的上帝的。

死神： 那你准备好了吗？

谢佩： 准备什么？

死神： 上路。

谢佩： 现在？此时此刻？我倒不知道你是这个意思。为什么如此匆忙？我得先跟我太太商量一下。我做事从来都是和她商量的。

死神： 这会儿她帮不上你了。

谢佩： 还有呢，她去给我买晚餐吃的腌鲑鱼了。要是她辛辛苦苦买回来我却吃不上了，她得有多难过呀。

死神： 别人会替你吃的。

谢佩： 老实说，这会儿我乏极了。今晚不想上路。

死神： 很轻松的。

谢佩： 还有件事。我敢说你不读报纸，还没听说这事。我在爱尔兰大彩票里中了八千镑，就在我打算为这个世界行一点善的时候我却突然死了，这岂不荒唐。

死神： 天有不测风云。离了你地球照样转。你们这些人，很难看穿这一点。

　　　[传来关门声，是朝街上开的那扇门关上了。

谢佩： 是我太太回来了。我叫她一声，可以吗？

死神： 你叫她也听不见。

谢佩： 要知道，我们成家后就从没分开过。要是她不在我身边我就这么去了，她是不愿意的。

死神： 这段旅程她不能与你同行了。

谢佩： 我不再需要她的照顾了，她在这屋里该有多么失落啊。当然

454

我想，某种角度上讲，这对于她也是一种解脱。操心我的衣食。让余生变得轻松一点不会是一种伤害。只是一开始感觉会有些异样而已。

死神：人们会习惯的，要知道。

谢佩：特别是寡妇，我注意到过。把阿达当做一个寡妇来谈论好像很可笑。她会很难很难的，要知道。

死神：她迟早会迈过这道坎的。

谢佩：对我来说这也谈不上有多少安慰。听着，我告诉你我会怎么做，我要从我的彩票奖金里拿出一千镑给你，你哪里来就哪里去吧。

死神：钱对我没用。

谢佩：要知道，我现在感觉很不好。我想我该去看医生了。

死神：你很快就会解脱的。

谢佩：你似乎总能兵来将挡水来土掩。好遗憾啊，当你想到自己再也不能做自己一心想做的事情。当然，他们一直说我这么做得不偿失。另一件事情他是怎么说的？愿你的旨意行在地上。[^①] [叹了口气] 实际上，我累极了，我似乎再也不会在意了。

死神：我知道。我一直都奇怪。人们事先是那么害怕，岁数越大越害怕，但真的事到临头了，他们倒不怎么在意了。

谢佩：上路之前我还有件事要问你。那边到底怎么样？

死神：我一直想知道呢。

谢佩：这么说你也不知道？[她摇摇头] 你是打算告诉我，你到处带人走，一个接一个的，年轻的年老的，不管他们愿不愿意，而你其实并不知道他们要去哪里？

死神：这不关我的事。

[^①] 见《圣经·新约·马太福音》第六章第十节。

谢佩：我认为你一点儿也不公正。我的意思是，你没有权利承担这样的责任。

死神：坦白跟你说，有时候我也想知道这究竟是不是一个可怕的误会。

谢佩：[愤怒地] 那好吧。我这就走，亲自去看一看。打哪儿走？

死神：出门。

谢佩：这么平淡无奇啊。我还以为我们要从窗户飞出去，或是从烟囱里蹦出去呢。总之，得有点不同寻常，你懂的。

死神：不。

谢佩：哎，那我得穿上我的靴子。[他四下里找靴子] 瞧我那个有心的老太婆，担心我出门，把鞋给藏起来了。

死神：你得光着脚上路了。

谢佩：不穿靴子走路我看上去会很怪的。

死神：没人会注意的。

谢佩：我把灯关掉。让电费账单上的数字涨起来可不好。

　　　　[他在门边关了灯。门开了，他们走出去。空荡荡的房间里听得见啰音，垂死的啰音。像是从谢佩坐在上面睡着的那张椅子上传来的。

　　　　[门又开了，弗洛里和厄尼走进来。厄尼打开灯，转身同过道里的米勒太太说话。

厄尼：不，他不在这儿。

弗洛里：大概出去了。

米勒太太：[站在门口] 没有。他的帽子还在门厅里呢。但愿他是在我们屋里躺下了。晚饭好了再叫他。你来铺桌子，弗洛里。

弗洛里：好吧，妈妈。

　　　　[米勒太太出去了。弗洛里铺上桌布，从餐具柜里取出刀叉。厄尼帮着摆桌子。

厄尼：看样子今晚不会有房客了。

弗洛里：谢天谢地。

厄尼：他们怎么了？

弗洛里：我不知道，我也不在乎。尽管我其实并不介意贝茜。

厄尼：真抱歉，我还没同她说过话呢。有道是人类最古老的职业。
　阐明我对这个话题的观点会是十分有意思的。

　　　[米勒太太端着托盘进来了，上面放着玻璃杯、一条面包，
　还有一罐子水。

米勒太太：电影怎么样？

弗洛里：棒极了。

厄尼：有点过于伤感，对我来说。我讨厌这些个多愁善感。

弗洛里：我看见你哭了，没错吧。

厄尼：瞎说。

米勒太太：这有什么好害羞的。我就想痛痛快快哭一场呢。

　　　[她出去了。

厄尼：那匪徒可真是个大帅哥，不得不承认。

弗洛里：没你帅。

厄尼：你胡说，弗洛里。

弗洛里：就是嘛。

厄尼：哦，真的吗？

　　　[两人挨着留声机站在一起。他搂住她，吻她。两人的唇久
　久不曾分开。

弗洛里：爱我吗，厄尼？

厄尼：没法像爱你这般爱别人。

　　　[他用空着的那只手打开留声机。两人脸贴脸跳起舞来。

弗洛里：妈妈今天有点低落。

厄尼：担心你爸爸呗，我猜。

弗洛里：她自然是很焦虑的。那天大夫告诉她随时都要把他关进去。

厄尼：你可别不信。他们要在精神病院永远生活下去。他再活上个二十年不成问题。

弗洛里：想想一切都在变好难道不开心吗？

厄尼：你非说不可吗？

　　　　[两人跳着跳着，他又吻上了她的唇。米勒太太端着托盘又进来了。托盘里有一个乡村馅饼，盘子里是给谢佩的两条腌鲑鱼。

米勒太太：太不成体统了，你们俩。你们就是这么铺桌子的？

　　　　[他们停了下来，厄尼关掉了音乐。

厄尼：这个女人诱惑我，我沦陷了。

弗洛里：没错，怪我。

厄尼：我不知道那是什么，但她身上有一种让我禁不住喜欢的东西。

米勒太太：哦，亲爱的，别傻了。你们俩半斤八两。以为别人都没恋爱过吗？快去，告诉你爸，晚饭好了，我的女儿。

　　　　[厄尼的目光落在大扶手椅上。

厄尼：用不着了。他不是好好地坐在这等着吗？

　　　　[他晃了一下椅子，于是人们看见一条胳膊连着一只手从椅子扶手上垂了下来。

弗洛里：哎呀，他睡着了。

　　　　[米勒太太上前一步，猛地停住了。

米勒太太：不是睡着了。[她注视片刻]他一直说他天生幸运。他走得也很幸运。

全剧终

458

高贵的西班牙人
THE NOBLE SPANIARD

管舒宁　译

人物表

普劳德福特太太

普劳德福特先生

玛丽昂

露西

玛丽·简

查尔福德上尉

莫雷特伯爵

莫雷特伯爵夫人

赫曼诺斯公爵

第一幕

场景: 1850 年的布洛涅 ①, 普劳德福特家别墅的餐厅。早晨。

舞台中上区是一扇豪华的双开门（仅为追求华丽的演员登场效果），舞台右侧是一只富丽堂皇的壁炉，左侧，落地窗敞开，外面是花园露台，与房屋的其他部分相连。窗户与舞台中央之间是一张宽大的圆形折叠桌，桌边围着四把椅子（均朝向观众席）。壁炉前是一张沙发（面前一张便桌），沙发脚下，即舞台右下，是一张低矮的扶手椅，正对着舞台左上角。另有几样怡人的家具摆件，当然，少不了大捧的鲜花。

幕启，普劳德福特坐在早餐桌桌首，右边是普劳德福特太太，左边是玛丽昂，顺着餐桌，再次是露西。

普劳德福特五十五岁，浮华自负，但性情温厚，是一名法官，性喜玩笑。他全套打扮，没有着夹克，穿了件晨袍。妻子小他十岁，身材矮胖，妆容、服饰明显讲究得过了头。玛丽昂年轻守寡，丰姿迷人。露西年方十八。

普劳德福特太太：[举起杯子] 再加点糖好吗?

普劳德福特：[目光越过报纸] 你都加了三块了，玛蒂尔达。

普劳德福特太太：我想加四块，塞巴斯蒂安。

玛丽昂：[又往杯子里丢了块糖] 普劳德福特太太喜欢咖啡甜一点。

普劳德福特太太：谢谢。我一直如此——打小就这样。

普劳德福特：不言而喻，傻瓜都知道你不再是个小孩了。

463

普劳德福特太太：［动气了］我的口味没有变过，塞巴斯蒂安。

普劳德福特：你的身材变了，亲爱的。

露西：法律啊！你居然嘲笑你的妻子，法官。

普劳德福特：［拿起杯子］这是催她上进。

玛丽昂：［笑着］我想你是个可怕的丈夫。真高兴没有嫁给你。

普劳德福特太太：［深情地］我才不在乎他的话呢，亲爱的。［对着普劳德福特］是不是，我最最亲爱的？［友好地，却是狠狠地拍了他一下］

　　　　［普劳德福特刚把杯子端到嘴边，杯里的东西溅出来了。

普劳德福特：瞧瞧，把我的咖啡都洒出来了，玛蒂尔达。就算没有溅我一身，我也一点都不喜欢这种外国早餐。

普劳德福特太太：［起身，用餐巾轻轻擦拭］我给你擦擦，亲爱的。

普劳德福特：［一手拿着杯子，一手拿着报纸，不知如何是好］别给我添乱，玛蒂尔达。我不喜欢。

　　　　［露西起身相帮。

玛丽昂：有个这么宠你的妻子，你可真是个幸运儿。

普劳德福特太太：［正了正他的领带］我就像他的妈。

普劳德福特：我还老是奇怪我怎么没有被错认成你的儿子，玛蒂尔达。

普劳德福特太太：［隔了一段距离端详她的作品］你这个年龄还让人家认错不大可能了。

普劳德福特：这倒是稀奇了。让我想想；你生于哪一年来着……

普劳德福特太太：［坐下来，厉声道］我可受不了你兴致勃勃地巴不得让每个人都知道我有多老。实事求是地讲，女人有多老，只

---

① 法国港口城市，位于加来海峡省英吉利海峡沿岸。城内多古建筑和海滨浴场。18、19世纪之交，法国处于旅游业萌芽及海水浴兴起之际，布洛涅这样的港口兼具游客出入的交通门户功能。

取决于她的外貌。

普劳德福特：［看着他妻子］我倒不晓得外貌一直是个优势。

普劳德福特太太：塞巴斯蒂安，我要哭了。

普劳德福特：别介，玛蒂尔达。

普劳德福特太太：那就亲我一下。

普劳德福特：这些小玩笑总是让我自作自受。［吻了吻她的手］好啦，这样成不？

普劳德福特太太：刚结婚那会儿，你可不是这么亲我的。还记得吗，塞巴斯蒂安，你是怎么把我紧紧搂在怀里的？

普劳德福特：玛蒂尔达，别丢人现眼了。［起身，转而飞快地对露西说］给我们唱支小曲好吗，露西，亲爱的？

露西：［笑了笑］我们已经去海边尽过兴了。［移步到沙发旁的便桌，拿起手织花毯］

普劳德福特：没错，亲爱的。没错。年轻人就该有点事做。

　　　　　［露西坐在舞台右下角的沙发上，编织了起来。

玛丽昂：［微微一笑］那可是让无所事事的中年人倍感愉快。

　　　　　［普劳德福特走到右侧的壁炉前。

普劳德福特太太：［兀自继续用早餐］吃完了吗，亲爱的？

普劳德福特：不妨说吃完了。我吃了两个面包卷，喝了三杯咖啡，最后那一杯被你猝不及防洒到了我的晨袍上。暂且平息了饥饿感。好啦，让我们聊点开心事吧。［对着玛丽昂］我想对你和露西而言，在这里同我们一起消夏可是个绝妙的主意。

玛丽昂：［移步到右侧的沙发］感谢你们的招待。要我们俩自己上这儿来可是绝无可能的。

普劳德福特太太：［从椅子里直起身来］亲爱的，你一个寡妇，来与妹妹做伴，可不是天经地义的嘛。

玛丽昂：［坐在沙发上］你想想，一个年轻寡妇，坐拥一大笔财产，难道是件相当安全的事吗？

露西：要是不安全，你怎么不再婚呢？

普劳德福特：这姑娘有法律头脑。要说我能爬到现在这个令我满意的位置，我亲爱的玛蒂尔达，比起性格特点，倒是善于准确无误地抓住事物的要害来得更为重要。[对着玛丽昂] 你为什么不再婚？

玛丽昂：要是你知道同前夫生活的日子我是多么苦不堪言，你还会这么问我吗？

普劳德福特：奈恩固然有错，可是婚后不到两年就抹了脖子，给你留下一大笔可观的赡养费，也算是折罪抵偿了。

普劳德福特太太：他是座冰山。毫无热情可言。

普劳德福特：亲爱的，我反对你倾向于用一种文雅人绝口不提的字眼。

玛丽昂：要不是他嗜杜松子酒如命，我就不会在意他不那么爱我。

普劳德福特太太：你应该嫁一个像塞巴斯蒂安这样的人。一个热情似火的男人。

普劳德福特：玛蒂尔达，我不得不请求你务必对一名王座法庭的法官保持尊重。

露西：我早该想到，要是你想梅开二度，不幸福的第一段婚姻，这个理由足够堂皇。

普劳德福特太太：我肯定自己离开男人就活不了。是不是，塞巴斯蒂安？

普劳德福特：我不知道，亲爱的。没必要去想这种事。

玛丽昂：当寡妇好处多多。你爱做什么就做什么，想见谁就见谁，爱上哪就上哪。我上这儿来就为了让自己高兴。拜托不要提醒我曾经有个丈夫。

露西：我不知道你为什么这么固执。你年轻，迷人，优雅。要是你不打算让别人也幸福要这些有什么用呢?

普劳德福特太太:我要是守了寡,一刻也等不及。

普劳德福特:我不得不恳请你记住,我还活着,玛蒂尔达。你对我病痛的各种异想天开我统统不喜欢。我还以为你会削发出家呢。我还得提醒一句,尽管我给你留下了可观的赡养费,但那仅适用于你独身贞居——在你守寡期间——[*停顿*]品行贞洁。

露西:哎,玛丽昂呢?

玛丽昂:你这个鬼丫头,一刻也不为我着想。你希望我结婚的唯一理由就是你和查尔福德上尉订婚了。两者间何来逻辑关系。

露西:哦,玛丽昂,你怎么这么说?

普劳德福特:天哪,你脸红了,露西。

露西:去你的!

普劳德福特:这会儿你艳若牡丹呢。

露西:十足的促狭鬼,我讨厌你。

普劳德福特太太:亲爱的,这有什么好难为情的。当然了,你在恋爱,爱情是世上最美妙的东西。是世上唯一值得让你活下去的东西。而查尔福德上尉呢,还拥有一副顶顶叫人羡慕的美髯。

普劳德福特:我不会再带你去法国海滨胜地了,玛蒂尔达。它给你造成了令人惊恐的影响。

普劳德福特太太:你很喜欢上尉吗?

露西:我为他神魂颠倒……他呢,只不过有些宠我罢了。

普劳德福特:亲爱的,你是怎么知道的?

露西:他成日价这么对我说呢。

普劳德福特太太:幸运的孩子! 活脱脱是我十八岁时的模样。

普劳德福特:你变了,玛蒂尔达。就算是最不带偏见的旁观者也忍不住会说你变了。

    [*舞台后部的门开了,女仆玛丽·简上。*]

玛丽：太太，查尔福德上尉到了。

　　　　[查尔福德上。他英姿勃勃，很有军人气概。玛丽·简从他身后关上门。

查尔福德：[上前，鞠躬] 诸位女士，这厢有礼了；普劳德福特法官先生，您忠实的仆人向您问候。

普劳德福特：很高兴见到你。

露西：你这么早就到了真好。

普劳德福特：太早了。要是再早那么一点，你会发现我们还躺在床上。

查尔福德：我也不知道这会儿是几点了。我只知道对于露西，一日不见如隔三秋。

玛丽昂：用点早餐怎么样？

查尔福德：不，谢谢，我吃过了。

普劳德福特太太：再说了，恋爱中的人食不知味。

普劳德福特：玛蒂尔达，当年我们约会的时候你胃口惊人，我记忆犹新。

普劳德福特太太：哦，塞巴斯蒂安，你一点都不懂浪漫。

查尔福德：我想问问诸位今天是否愿意野餐？

普劳德福特太太：[终于将餐巾叠好] 我顶喜欢野餐了。

普劳德福特：既然上苍已经赋予我们能力造出桌椅这些文明的财富，我看不出在草地上吃饭有什么乐趣可言，兴许还潮乎乎的。

　　　　[玛丽·简进门票报。

玛丽：对不起，太太，莫雷特伯爵夫妇来了。

　　　　[查尔福德上尉移至右侧，站到沙发背后。莫雷特伯爵夫妇上。玛丽·简下，掩门。

玛丽昂：[起身，上前] 你们好。

　　　　[礼节性地问候。

468

好早啊。

伯爵：[舞台中央] 我要赶驿车。帮我太太买东西。

伯爵夫人：只有叫他去帮我买东西，才能把他从牌桌上拉走。

      [伯爵夫人与普劳德福特太太双双站在左侧的餐桌旁。

露西：我不知道你上哪儿，但都得给我带些巧克力。

伯爵：义不容辞。[对着玛丽昂，殷勤地] 你需要带点什么，美人?

玛丽昂：什么都不要，多谢。

伯爵：[神气地捋了捋胡子] 真希望能为你做点什么。什么都行。老
    天作证。千真万确。

玛丽昂：[快活地对着伯爵夫人] 凯特，我相信你丈夫是在向我求
    欢呢。

伯爵夫人：恭喜你。他可从来没有对我这样。

普劳德福特太太：跟塞巴斯蒂安一样。

      [众人大笑。

伯爵：亲爱的凯特。我向你保证……

伯爵夫人：哦，别道歉，亲爱的。首先，我压根就不喜欢你向我求
    欢，其次，我压根就不吃醋。

玛丽昂：对一个帅气的丈夫可不能过于小心了。

普劳德福特太太：英雄所见略同。

伯爵：你太优秀了，夫人。太优秀了。

伯爵夫人：同我丈夫在一起，我备感安全。

露西：[向沙发那儿的查尔福德走去] 我会嫉妒死的。要是你同别人
    调情什么的……

查尔福德：[绕过沙发走到露西身边] 说得跟真的似的，露西。

普劳德福特太太：瞧，塞巴斯蒂安，这儿有你的榜样。

普劳德福特：上尉打了二十七年光棍了。

伯爵夫人：[对着伯爵] 这会儿你该走了，要是误了驿车，你可就回

不来了。

伯爵：瞧瞧做妻子的是怎样把丈夫从自己身边赶走的。告辞了，那么，就等着礼物吧，女士们。

露西：仔细别错过了今晚的舞会。

普劳德福特：今晚有舞会吗？

露西：你没忘吧，忘了吗？

　　　　　　［伯爵欠身，离去，门敞着。

玛丽昂：这会儿，我想着你们最好都去捉点虾，茶点时吃。

普劳德福特：能给我解释一下吗，亲爱的玛丽昂，为什么人要费老劲地去捉活虾，而不是去店里买现成可吃的？

普劳德福特太太：我喜欢戏水。那么有法国情调。

普劳德福特：［移步至舞台中央，对着他妻子］我不认可你这种热情，玛蒂尔达，在外国佬的虎视眈眈之下展现你的下肢。

玛丽昂：普劳德福特太太拥有一对漂亮的脚踝，当然要展现一下。

普劳德福特：也许你不知道实情，玛丽昂，我倒是自信无需为我所继承的爹妈的遗产感到羞愧。

玛丽昂：那你也一定会去捉虾了。

露西：你去吗，阿道弗斯？［拉着他的手］

查尔福德：跟着你，去哪里都行。

普劳德福特太太：天啊！十足的绅士。你去吗，塞巴斯蒂安？

普劳德福特：听凭发落，玛蒂尔达。［拉着她的手］

　　　　　　［普劳德福特领一众人叽叽喳喳地出去了。门关上了。只剩下玛丽昂和伯爵夫人。

玛丽昂：［坐在沙发上］他们劝我再婚。

伯爵夫人：［舞台中央］为什么不呢？媚独寡居岂不无聊？

玛丽昂：同杰克那样的生活我不想再过第二遍。

伯爵夫人：头婚不走运固然是事实，但没有理由认为二婚也应当不

470

幸啊。

玛丽昂：我不想冒险。啊，亲爱的，如果我们婚前就知道婚后知道的那些……

伯爵夫人：[打断她] 我们应该比当下更加果断地去结婚。亲爱的，你胡说些什么呢。你当然必须再婚。

玛丽昂：那就给我找个真正的好人，有副好心肠，体贴识趣，会逗人，和蔼，包容……

伯爵夫人：[一屁股坐在沙发扶手上，看着左侧的窗户] 你要的可真不少。

玛丽昂：我要的是这样一个男人，当我无聊的时候会逗我开心，当我烦心的时候晓得让我独处冷静，当我生气的时候永远不会发脾气。

伯爵夫人：你会嫁给他？

玛丽昂：要是你能明确无误地向我保证，他婚前看似具有的美好品质能够保持到婚后。

伯爵夫人：真高兴你没有规定他不得念叨他的陈情旧爱，因为那些事，亲爱的，你永远都不会知道。[朝窗户走去] 那家伙到底是谁，看上去就像在屋子跟前巡逻放哨似的？

玛丽昂：[头也不抬] 皮肤黑黑的一个人吗？

伯爵夫人：是的，一个皮肤黑黑的人。

玛丽昂：是不是抬头看着窗子？

伯爵夫人：目不转睛呢。

玛丽昂：是那个高贵的西班牙人。

伯爵夫人：敢问尊姓大名？

玛丽昂：看在上帝分上，别瞧了。他会以为那是我。

伯爵夫人：[回过身] 你这是闹哪出啊？

玛丽昂：就跟在海滨胜地追逐女色、寻求艳遇的那号人一样。你以前没见过他吗？

伯爵夫人：从没见过。

玛丽昂：我到这里三星期了，这位高贵的陌生人如影随形；当然了，低调不失分寸，却又寸步不离；是那样的坚定不移，亲爱的。

伯爵夫人：显然是个品行高尚之人。

玛丽昂：我在家的时候，他就像太阳一样绕着这房子转啊转。像潮汐一样准时，比讨债人还来得执拗。

伯爵夫人：要我说，这可真是无比的荣幸。他从来没跟你讲过话吗？

玛丽昂：当然没有。可是他看着我——仿佛我是这世上最令他迷醉的人。

伯爵夫人：［飞快走到窗前］太浪漫了！我应该送他一个飞吻。他是那么英俊。

玛丽昂：［起身］看在上帝分上，别往窗外看了。他会以为我们在说他呢。

伯爵夫人：我把百叶窗放下来好吗？

玛丽昂：别。他会以为我怕他呢。

伯爵夫人：嘿，再清楚不过了，他奋不顾身地爱上了你。听说过他的什么情况吗？

玛丽昂：无意中听说过——［伯爵夫人将信将疑地笑了笑，转身朝玛丽昂走来］完全是无意中，他是个西班牙贵族；极有钱，极尊贵。长着一双怕是你见到过的最为迷人的蓝眼睛。

伯爵夫人：要我说，假如一个男人一声不吭地追了我三个星期，我怎么着都会——动心的。

玛丽昂：可你结婚了。

伯爵夫人：哦，亲爱的，难道你以为一个人因为结婚了，就辨不出美丑分不清好歹了吗？

玛丽昂：我相信你这就要数落我了，因为我没有爱上他。

伯爵夫人：[再次回到窗口，如痴如醉] 嘿，显而易见，你把他迷得神魂颠倒。

玛丽昂：可别指望谁爱上我，我就会看上谁。

伯爵夫人：摆什么架子！他走了。

玛丽昂：还会回来的。

伯爵夫人：哦！[从窗口看见西班牙人走进了这座房子，她快活地冲玛丽昂笑了笑] 哎，失陪了。还有好多事要做呢。再见。

玛丽昂：怎么这么着急？

伯爵夫人：再见了。过会儿我再来，到时你得一五一十向我坦白。

玛丽昂：[莫名其妙] 坦白什么？

　　　　[伯爵夫人打开门，笑着离开了。就在这时，响起西班牙人的声音。

公爵：[从远处] 我要见奈恩太太。

玛丽昂：到底是谁啊？

　　　　[西班牙人进来了，后面跟着玛丽·简。

玛丽：怎么称呼，先生？我不知道您是否能见到她。

玛丽昂：[站在壁炉旁] 天哪，是那个高贵的西班牙人。

公爵：除非我的眼睛在骗我，她就站在我跟前。

玛丽昂：我不见客，玛丽·简。

公爵：[温文尔雅地向前走来] 谢谢你，这样可就方便多了。

玛丽昂：我的意思是我的吩咐也针对你，先生。

公爵：[镇定地] 那么你至少晚了三秒发出这个指令。

玛丽昂：你似乎都不想掩饰一下。

公爵：我的出身让我来不了虚文缛节那一套。

玛丽昂：[忍住不笑] 面对你的厚颜鲁莽，我几乎就要缴械投降了。

公爵：从来没有人指责我是个懦夫，美丽的女士。

玛丽昂：请问有何贵干？

公爵：[冷傲地] 不能让你的女仆先退下去吗？

玛丽昂：[无可奈何地] 你可以走了，玛丽·简。

　　　　　[玛丽·简一边走一边死盯着看，直到门关上。]

公爵：谢谢。

玛丽昂：恐怕先解释一下为好。

公爵：夫人，你的见识与你的外貌一样令人仰慕，[挥了下手] 请坐下。

玛丽昂：[不知所措地] 谢谢。[不失端庄地坐在沙发上]

公爵：首先，请允许我做下自我介绍。

玛丽昂：我还以为完全没有必要呢。

公爵：在下堂费迪南德·弗朗西斯科·玛利亚·德洛马斯·奥利亚，赫曼诺斯公爵，阿尔卡拉侯爵，特里亚纳伯爵，金羊毛骑士①，西班牙大公，有权在国王陛下前不脱帽。[戴上帽子] 但既然国王凑巧不在此地，在我倾慕的女王面前我要摘下帽。[将帽子扔在舞台右下的椅子上]

玛丽昂：[欠了欠身] 先生，你彻底把我弄糊涂了。

公爵：夫人，有三个星期了，生活对我毫无意义。除了思念你，我寝食难安，一事无成，完完全全一事无成。

玛丽昂：很遗憾我应该不是有意搅扰你，恕我冒昧，改换一下气氛对于你错乱的情绪是上上之策。

公爵：夫人，要是说我爱你，完全不足以表达事实。我敬慕你足下的大地。我崇拜你呼吸的空气。

玛丽昂：你根本不必费劲跑来告诉我这些。

公爵：为什么？

———————————

① 西班牙最高勋位。

玛丽昂：因为我脚下的大地和我呼吸的空气同你的并无二致。

公爵：假以时日，亲爱的夫人，你会深深爱上我。

玛丽昂：我看不出有丝毫理由要如此这般想象。

公爵：对此我毫不怀疑。我总是正确的。

玛丽昂：这就是你非要一吐为快的事情吗？

公爵：并非如此。在这种情况下，你应当认识了解我，这显然是必不可少的。让我们泛泛地聊聊这个世界，具体地聊聊我们自己。

玛丽昂：听着怪美的，可我还有好多要紧的事要做呢。

公爵：你就忍心把一个因为你而寝食难安了三个星期的人赶走吗？

玛丽昂：要不要来点咖啡？怕是凉了，不过小圆面包还不错。

公爵：我内心渴求的不是美味的小圆面包，夫人——而是，爱情。

玛丽昂：这个嘛，我当然给不了你……毕竟，这也太荒唐了。我不知道你是谁，也不晓得你打哪儿来。

公爵：我想我已经告诉过你了。在下堂费迪南德·弗朗西斯科·玛利亚·德洛马斯·奥利亚。

玛丽昂：赫曼诺斯公爵，阿尔卡拉侯爵。我记得清清楚楚。

公爵：有权在国王陛下前不脱帽。

玛丽昂：正如你刚才提到的，国王恰好不在此地。但这并不意味着你就应该跑来向我告白你永恒不渝的爱慕之情。这世界将变得多么叨扰，要是谁都可以登门入户，说道："我爱你。你愿意嫁给我吗？"你可千万别以为我会扑到你怀里，答曰："当然愿意。"

公爵：我是这么想的，真是这么想的。

玛丽昂：好吧，那你可就错了，到此为止吧。现在，我必须请你离开了。

公爵：我不走。我再也不走了。在我同你说上话之前，我爱你爱得几乎要发狂，此刻听见了你美妙的声音，那就不再是虚幻的爱了——它令人销魂、充满激情、使人迷醉。

玛丽昂：好极了，要是你拒绝离开，那我不得不告辞了。[起身，屈膝，朝舞台中上区的门走去]

公爵：[随着玛丽昂移步，转身向门] 再好不过了。对于一位敏感的女士来讲，看见一具死尸自然是不太愉快的。

玛丽昂：[在门边停住] 请问你说的死尸是谁？

公爵：我自己。

玛丽昂：[不安地向舞台中央走来] 你在说什么？

公爵：我意思是，既然无法在你身边，则生不如死。永别了，夫人，请原谅我的离去。

玛丽昂：要是你能长话短说，请给我一个解释好吗？

公爵：五分钟后你可以回来收尸，他临死前还念叨着你的名字……

玛丽昂：这么说你是要自杀？无论如何我是不会接受的。

公爵：[欣喜地] 上帝保佑，你可以让我起死回生。

玛丽昂：哪的事。我让你恢复理智。你就像个帽商一样疯狂。

公爵：什么帽商？

玛丽昂：在英国，帽商啊，三月兔①啊，特指那些要发疯的人。好了，看在上帝分上，理智一点吧。答应我不要有鲁莽之举——无论如何，不能在此地。要知道，我们只是到这个别墅来消夏的。主人会不高兴的。

公爵：我会宽恕自己，只有一个条件。

玛丽昂：什么条件？

公爵：你不会因为我强行示爱而生气。

玛丽昂：不，我不会生气。

公爵：那么，我们就成了最好的朋友了，不是吗？

---

① 三月是兔子交尾期，此时的兔子性行疯野。

476

玛丽昂：我不知道我们已经发展到那一步了。

公爵：你会允许我再来看你？

玛丽昂：哦不，我也许不能那么做。

公爵：那么偶尔呢？你的牙齿好美啊。该多笑笑才是。

玛丽昂：偶尔也不行。

公爵：那么每天？好一双纤纤玉手，就像春天里娇美的花朵。

玛丽昂：[飞快地走到一边] 究竟怎样才能赶走这个家伙？[有了主意] 哦！恐怕我不能再请你上这儿来了。瞧，这事——我做不了主。

公爵：你说什么？

玛丽昂：得顾及我丈夫呢。

公爵：[惊呆了] 你丈夫？你没透露过你结婚了呀？

玛丽昂：当然了。

公爵：你确定？

玛丽昂：这不像是有人会搞错的事吧。

公爵：他们告诉我你守寡。

玛丽昂：太奇怪了……怎么可能！

　　　　[公爵激动地走来走去，她笑着注视着他。

公爵：[突然果断地止步] 好吧，我不介意——无论你管它叫什么——该死的……

玛丽昂：[露出极度惊愕的表情] 你说什么？

公爵：[跪下] 妻子也好，寡妇也罢，你一样令人仰慕。我仰慕你。

玛丽昂：[庄严地向后退去] 你一定是疯了。

公爵：爱情凌驾于这些陈规陋俗之上。我情之切、爱之贞不信打动不了你。

玛丽昂：可还是要顾及我的丈夫！

公爵：[起身] 我们可以瞒着他。

玛丽昂：休想！玛丽昂·奈恩永远不会做出令她的外祖母蒙羞之事。

公爵：你不了解我。我热情似火。

玛丽昂：我贤良淑德。

公爵：爱情净化一切——哪怕是贤良淑德——玛丽昂——玛丽昂。

玛丽昂：你知道我的名字？

公爵：我当然知道你的名字。我每天对自己千万次地念叨这个名字。我把它刻在附近的每一棵树上。

玛丽昂：我看你也太过放肆了。

公爵：看看你路经的第一棵栎树，你会看到上面我们俩的名字，玛丽昂和费迪南德，永结同心，真爱永存。玛丽昂，我爱你。

玛丽昂：一派胡言！要是你爱我，你会更为我着想，把自己放在其次。我丈夫是个醋缸，要是他发现你在这里——他会把我们俩都杀了。

公爵：我不怕死。

玛丽昂：是的，但我怕。

公爵：亲爱的，我不会让你有一丝一毫的不快。

玛丽昂：[递给他帽子] 那么。看在上帝分上，离开吧。

公爵：我好不容易才来到这里。[往沙发上一坐] 我要待一会儿。

玛丽昂：你倒是不拘礼节。[突然有了主意] 啊，有了！[走到窗边扯开嗓子] 天哪！我该怎么办！

公爵：[跳起来] 怎么了？

玛丽昂：[悲惨地] 我的丈夫！苍天在上，走，走，走！

公爵：西班牙人永不离开。我就待着。[在沙发上晃着腿]

玛丽昂：那——那我就跳下去。

公爵：[害怕了，起身] 玛丽昂，别！

玛丽昂：[软下来] 我不堪受辱。

公爵：玛丽昂，那我走。可是我更加爱你了。

玛丽昂：[移步至舞台中央] 只要你赶紧走，我就什么也不计较了。别让我再看到你这张脸。

公爵：把别在你裙子上的那朵花送给我。

玛丽昂：不行。

公爵：让我吻一下你可爱的指尖好吗？

玛丽昂：[把手递给他] 趁人之危是无礼的。

公爵：哎，把那朵花给我吧。

玛丽昂：[把花给他] 走，走，走！

公爵：我要把它永远放在胸口。再见！① [风度翩翩地从左侧落地窗下]

玛丽昂：[笑了一声] 谢天谢地！我还以为赶不走他呢。既然他认为我有家室，料想他会让我太太平平了。[走到窗边] 人倒是不丑。走路的样子也叫人喜欢。[舞台后方的门开了，露西和查尔福德上。露西扶着查尔福德] 天哪，这是怎么啦？

露西：快，玛丽昂！拿把椅子来！椅子！

[查尔福德倒在沙发上。露西走到沙发边上，弯下身。

玛丽昂：哦，他昏过去了。怎么办？我的嗅盐在哪里？

露西：哦，得快点。

玛丽昂：[从壁炉架上拿来一个小瓶子] 啊，在这儿。[跪在他面前，把瓶子凑向他] 深呼吸。

查尔福德：谢谢。现在好多了。

玛丽昂：[着急地] 你这是怎么啦？

查尔福德：[缓过来] 我没事。是露西。

露西：我好傻。我在岩石上滑了一跤，把可怜的上尉给吓着了，我只好把他送回来了。

————————————

① 原文为西班牙语。

查尔福德：比起当年我在伊洛瓦底江江边单手击退十六个敌人，这事可让我着急多了。

露西：谁不知道你是个勇士，阿道弗斯。

查尔福德：哦，露西，但愿你没受伤。

露西：一点都没事。小腿蹭破了点皮而已。

查尔福德：你确定不会留疤吗？露西，不管发生什么，都不会改变我对你的感情。

露西：阿道弗斯！

查尔福德：露西！

玛丽昂：[对着露西] 你还是回屋去看看吧？

露西：我这就去——　[她从舞台中上区下]

查尔福德：回头我斗胆去问候一下我的露西是否安康。但这会儿我得去值班了。[查尔福德从舞台中上区下]

玛丽昂：好极了。就这样。幸亏在他们回来前把那个西班牙人赶走了。真幸运，我再也不想见到他了。

　　　　[转身发现自己与公爵面对面——他是从左侧的落地窗回来的。

公爵：您恭顺的仆人在此，夫人。

玛丽昂：[大叫一声] 哦，你吓着我了！

公爵：实在没想到会有这样的结果。

玛丽昂：我顶讨厌有人冷不丁地跳出来，跟玩偶匣似的。再说了，要是知道我丈夫回来了，你又该如何脱身呢？

公爵：求之不得。我一直在思索。当我以为你独身寡居时我爱你。但此刻我知道你有家室，却使我爱你愈加发狂。我告诉过你我内心似火。你认为我会在意那些微不足道的来自婚姻的障碍吗？

玛丽昂：但愿你知道自己在说什么。

公爵：你有丈夫？好极了。他回来了。上尉。请他赏脸见我一下。

玛丽昂：我可怜的朋友，你一定是个十足的怪人。

公爵：哪里，我根本就是个疯子。

玛丽昂：你为什么要见我的丈夫？

公爵：显然，只能是二者选其一。他爱你，或者他不爱你。若是他不爱，他就会轻松地放弃权利。

玛丽昂：他可宠我了。

公爵：我很遗憾。但真是那样的话，他自然会明白一山不容二虎。

玛丽昂：你不会打算要了我那合法丈夫的命吧。

公爵：我为这种迫不得已感到遗憾，但我想不出其他理由……我从没有，从没有像爱你这样爱过一个女人；我永远不会，永远不会允许与人分享你的爱。

玛丽昂：说得头头是道，听得我天旋地转。

公爵：我请求你即刻传唤你的丈夫。

玛丽昂：但，毫无疑问，在这件事中，我的地位不应该举足轻重吗？

公爵：女士，我敬慕你足下的这片大地。

玛丽昂：我跟你清清楚楚地讲过，你脚下的大地很不幸与我的并无二致。

公爵：你还没有爱上我；但，你会的，会的，会的。

玛丽昂：但我要告诉你，我不会，不会，不会。

公爵：夫人，把这个胆敢插足我们的男人叫出来。

玛丽昂：别犯傻了。我才不会做这种事呢。

公爵：那就得我亲自动手了。

玛丽昂：[拉了拉壁炉旁的铃绳]我不想和你再有任何关系。你也太荒唐了。

公爵：可是，我最亲爱的……

[玛丽·简上。

玛丽昂： 把这位先生带出去。[朝公爵欠了欠身] 先生，祝愿你今早愉快。[从左侧窗户退下]

公爵： 不见到他，我寸步不挪！

女仆： 请吧，先生。

公爵： 哦，这位女仆。亲爱的，你知道爱为何物？

玛丽： [客气地] 我住在一个顶顶好的家庭里，大人。

公爵： 你是个好姑娘。我想请你为我做件事，我想一个金路易应该够意思了吧？

玛丽： 您费心了。我可不是那种人。要是您对自己的行为并不在意，我就去通报主人。[她朝舞台中上区的门走去]

公爵： 嘿，你说到点子上了。你家主人在哪？

玛丽： 您最好悠着点。[转身看见普劳德福特走来] 他来了。

公爵： 总算来了！

　　　[普劳德福特从舞台中上区上，手里拿着捕虾网，裤子卷起，赤足，拎着靴子。

普劳德福特： [把网递给她] 把这玩意儿拿走，玛丽·简。

玛丽： 好的，先生。这儿有位绅士找您，先生。

普劳德福特： 好极了。你可以退下了。

　　　[玛丽退下。

公爵： [看着普劳德福特] 这位就是丈夫了！

普劳德福特： [示意他坐到椅子上] 请坐。请问阁下有何贵干？

公爵： [夸耀状] 在下堂费迪南德·弗朗西斯科·玛利亚·德洛马斯·奥利亚，赫曼诺斯公爵，阿尔卡拉侯爵，特里亚纳伯爵，金羊毛骑士，西班牙大公，有权在国王陛下前不脱帽。[戴上帽子]

普劳德福特： [吃了一惊，戴上帽子] 失敬，失敬。

公爵：但既然国王凑巧不在此地…… ［摘下帽子］

普劳德福特：［把帽子放到一边］真是个怪人。我倒要领教领教。

公爵：先生，我们无需客套，拐弯抹角的。

普劳德福特：请允许我穿上靴子。

公爵：请便。我想，要是你穿着得体，就会更加庄严地正视这种形势。

普劳德福特：［坐在沙发上］说得是。请继续，先生！我忍不住要想，捕虾实在是个被高估的娱乐活动。

公爵：［至舞台中央］要是你穿对脚的话，应该很容易就把靴子穿上了。

普劳德福特：不好意思。疏忽了。

公爵：无需道歉。你的靴子穿在哪只脚上与我无关。

普劳德福特：对了，你是不是恰好在找一个好鞋匠？

公爵：没有。

普劳德福特：我可以向你推荐一个，价格公道，活又好。

公爵：先生，我还是开门见山吧。我们生活的这个世界很小。我很遗憾地告诉你，一山不容二虎。

普劳德福特：［靴子举在半空，目瞪口呆］请再说一遍？

公爵：我很确定。你是聪明人，知道我们俩谁是多余的？

普劳德福特：我猜想你指的不会是我吧，先生？

公爵：［不动声色地］那是谁呢，亲爱的朋友？那是谁呢？

普劳德福特：这简直太意外了。为什么这个世界不需要我了？

公爵：［动情地］因为我和你爱上了同一个女人。

普劳德福特：什么女人？

公爵：你妻子。

普劳德福特：［惊呆了］我妻子？你不会是爱上了我妻子吧？

公爵：热烈地爱上了。

普劳德福特：[神色庄严地起身，鞋穿了一半] 如果这是个玩笑，先生，我认为它趣味恶俗。

公爵：我从不拿爱情开玩笑。

普劳德福特：那么，请原谅我的坦诚——你一准是疯了。

公爵：我生命中带着无比热情的疯狂。

普劳德福特：你见过我妻子吗？

公爵：五十次。

普劳德福特：兴许你近视。

公爵：一点都不。我的视力甚至异乎寻常地好。

普劳德福特：那么你一定是病入膏肓了。你确定无疑是爱上了我妻子？

公爵：我满怀无比的热情告诉她的。

普劳德福特：你把对一位女士说的话又向我重复，那么我只能把你看成不知羞耻了。

公爵：先生，我们不要扯些没用的了。我爱你的妻子。清楚了吗？

普劳德福特：这话很清楚，几近粗俗了。

公爵：我不得不见见你，无非是想知道她应当绝无可能爱上你。你的相貌过于平平。

普劳德福特：原谅我完全不同意你的说法。我一直被告知我的个人魅力无可抵挡。

公爵：我很抱歉，你彻彻底底被骗了。

普劳德福特：行行好告诉我你想要什么。

公爵：我要你的妻子。

普劳德福特：[以为自己听错了] 请再说一遍。

公爵：我爱她，我起过誓，她将属于我。

普劳德福特：我不想对你有所误判，但我忍不住要认为这件事是不道德的。

公爵：请问你愿意放弃对你妻子的权利吗?

普劳德福特：这怎么可以。更何况她有三万镑的嫁妆呢。

公爵：你认为我会稀罕那几个臭钱么。朋友，钱，留着，妻子，给我。

普劳德福特：可是，我亲爱的先生，英国人不做这种事。欧洲大陆误以为我们给自己老婆的头颈套上绞索送到史密斯菲尔德①，把她们卖给出价最高的人。我们倒是常常巴不得如此，却做不得。再者，我也不想和我的妻子分开。

公爵：很遗憾我们不能友好解决这件事情。你是坚持要靠武力来解决了。

普劳德福特：你是说动武吗?

公爵：[温和地] 我建议如此，本着友好的精神。

普劳德福特：可以啊。但，无论如何，你是在发起一场——一场与一个和平之士的决斗。

公爵：跟一个死人的决斗，先生。

普劳德福特：这全然毁了我的三观。我一向听说并相信决斗是件非常痛苦的事情——对那些碰巧就被杀死的人来说。

公爵：我可以理解为你这是在拒绝吗?

普劳德福特：我凡事都讲原则。

公爵：这就是那个她犹犹豫豫要为之牺牲的男人。一个拒绝为了她而死的男人。

普劳德福特：但，我拒绝去死不是为了她；完全是为了我自己。我上海滨来，是奔着疗养、美食、休息而来的，要是女士们坚持，也可以去捕虾。老实说，我何曾愿意冒险被一个暴躁的外国人杀死呢。我连你是谁都不知道。

---

① 伦敦最大的肉市，有 800 多年历史。

公爵：［摘帽］我想我告诉过你了。在下堂费迪南德·弗朗西斯科·玛利亚·德洛马斯·奥利亚。

普劳德福特：我们还不曾被得体地介绍过。

公爵：一句话，你拒绝应战。

普劳德福特：一句话，是的。

公爵：给你两分钟仔细考虑一下。

普劳德福特：就算给我一个世纪，我依然会予以拒绝。

公爵：我感觉，这是非得我不客气了。［用手套轻轻地击他］就现在怎么样？

普劳德福特：［被激怒了］我想你也太放肆了。太放肆了。我讨厌大陆人这副亲热随便的德性。

公爵：用剑还是手枪？

普劳德福特：还好我有极强的自控力，要不，我想我极有可能应该揍你一顿。

公爵：请回答我的问题。

普劳德福特：很高兴没人看见你。谢天谢地，先生。要我说你原本无意这般唐突无礼，但你的一腔热情当然容易被人误解。

公爵：你听见我刚才说的话了吗？

普劳德福特：就算我没听见。我认为你正处于兴奋与不安之中。我根本不认识你，也不打算了解你。我认为你的行为毫无道德可言。

公爵：一个女人怎会在意一个如此不在意她的男人？要是你妻子了解你的品行，她会毫不犹豫回应我的热情。我走了，我要去找她。

普劳德福特：你还是见鬼去吧。［公爵从落地窗阔步走了出去］［移步至壁炉］我一点也不喜欢这个人。如果他是个英国人，我会把他想成他在——哎，扇我耳光。

[普劳德福特太太从舞台中上区上场，挽着裙子，提着鞋袜。衣服上泥点斑斑，还沾着海草。

普劳德福特太太：[生气地] 你也太不绅士了，塞巴斯蒂安。眼睁睁地看着我在水坑里滑倒却见死不救。

普劳德福特：[转身] 别跟我说话，夫人。我全知道了！

普劳德福特太太：什么意思，塞巴斯蒂安？

普劳德福特：无耻的女人，我不再是你的塞巴斯蒂安了。

普劳德福特太太：哦！哦！[丢下手中衣物]

普劳德福特：真是一团糟，玛蒂尔达！

普劳德福特太太：劳驾解释一下，先生！

普劳德福特：闭嘴，女人！我本以为你会羞于展露你的身体，那是上帝通过建议人类发明鞋袜，而明确表示需要遮掩的地方。

普劳德福特太太：可是，亲爱的，那属于你。

普劳德福特：那就请将这些展品保存到夫妻闺阁吧。

普劳德福特太太：[开心地] 塞巴斯蒂安，我宣布，你吃醋了。

普劳德福特：我没有吃醋。至少，我希望这种事情不要再发生了。事实证明这些外国人如此风流多情，所以我命令你，玛蒂尔达，统统遮盖起来。

普劳德福特太太：[做害羞状] 你不会是说有人被这些端庄妩媚的身体给迷住了？

普劳德福特：惊讶吗？我也惊到了。惊得我目瞪口呆。但事实就是你的艺术与优雅，连同你荒唐的幻想，让一个年轻人五迷三道了。

普劳德福特太太：[嬉皮笑脸地] 哦，塞巴斯蒂安，你准是在开玩笑。

普劳德福特：我倒巴不得这是在开玩笑。不幸的是，我能证明我的话。他冒冒失失地跑来告诉了我。

普劳德福特太太：[倍感荣幸] 我倒真是忍不住会想人们会不会瞅我一眼呢。你应该感到高兴。

普劳德福特：拉倒吧。

普劳德福特太太：他年轻吗？

普劳德福特：别装模作样了，玛蒂尔达。你很清楚我在说谁。

普劳德福特太太：我哪里知道。我倒但愿我知道。

普劳德福特：无论如何，你要知道，现在我不会再容忍你们无耻的私情。我不多说了，玛蒂尔达。

普劳德福特太太：告诉我他叫什么，塞巴斯蒂安。

普劳德福特：他是个混蛋，玛蒂尔达。我不想谈他。正经穿好衣服，请离开这里。

普劳德福特太太：[倒抽一口气] 哦，塞巴斯蒂安，你疑心我不贞。啊，现在我全明白了。不幸的玛蒂尔达。哦，不公的塞巴斯蒂安。你怎么能这样！你怎么能这样！[抽泣] 我是清白的，塞巴斯蒂安。我向你发誓，我是清白的。[跪在他脚边，闭上了眼睛]

普劳德福特：我敢保证高贵的西班牙人从没见过她哭的样子。

普劳德福特太太：你知道我只爱你一个人。别人怎么想我又有什么关系呢，只要我心属于你。

普劳德福特：玛蒂尔达，你能发誓再也不搔首弄姿、卖弄风情吗？

普劳德福特太太：只要你不怀疑我，我什么都答应。

普劳德福特：那你可以吻我了。

普劳德福特太太：[起身，扑到他怀里] 你知道我不可能爱上别人的。

普劳德福特：[越过她的肩膀] 但愿我知道那个西班牙人看中了她什么！

[公爵从窗口现身。

公爵：我相信，我没有打扰你们吧？

普劳德福特：[把普劳德福特太太推到一边] 你到底想干吗，先生？

公爵：[认出了他] 天哪！这个伪君子！这下，我要定他妻子了！

[做了个胜利的手势，转身离开了]

第一幕终

第二幕

场景：同第一幕。同一天的下午。

早餐已撤去，桌子的前折板放下；前面摆放着一把椅子。普劳德福特太太坐在椅子上，扯着雏菊的花瓣。舞台后部的门开着。

普劳德福特太太：他爱我。他不爱我。他爱我……哦，但愿我知道他的名字！他爱我——他不爱我——他爱我——

　　　　[玛丽昂与伯爵夫人从露台进。

玛丽昂：做什么呢，普劳德福特太太？

普劳德福特太太：[扭扭捏捏地起身，把叶柄插进花瓶] 我吗？正深深陷入沉思呢。[叹气]

伯爵夫人：[微笑] 为何如此深深叹息？想必不是在害相思病吧？

普劳德福特太太：[对着玛丽昂] 哦，亲爱的，别再结婚了。男人是怪物。是醋精。[她浮夸地走向壁炉]

伯爵夫人：此话怎讲？

普劳德福特太太：[惨兮兮地] 我丈夫全知道。

玛丽昂：[移步至舞台中央偏左] 全知道什么？

普劳德福特太太：没什么。没什么可知道的。惨就惨在这里。我是个不幸的女人。哦，要是你们见过他。都是他一手造成的。

玛丽昂：[怀疑地] 法官？

普劳德福特太太：哦，亲爱的，我将矢志难忘。我太不走运了，在一个不幸的年轻人心里激起了不灭的热情。

玛丽昂：不可能！

普劳德福特太太：[转身，发窘] 没什么。我总是摊上这种事。这方面我天资过人。塞巴斯蒂安酸得跟只老虎似的。

玛丽昂：可法官是怎么知道的？

普劳德福特太太：哦，亲爱的，那个冒失的年轻人亲口对塞巴斯蒂安说的。向你们发誓我是清白的。若不是，我承担一切后果。

伯爵夫人：[移步至舞台中央左侧] 这可怎么办？

普劳德福特太太：[绞着双手] 他爱我。他崇拜我。塞巴斯蒂安知道真相，铁了心要杀了他。

玛丽昂：跟我们从实道来吧。

普劳德福特太太：听好了。[倒进沙发] 我捕虾回来，浑身湿透。但愿我的裙子再也不要那副鬼样了。

玛丽昂与伯爵夫人：[不耐烦地] 那是，那是。

普劳德福特太太：塞巴斯蒂安猛地跳起来，像个疯子一样冲我大吼大叫。他的脸像死人一样惨白，气得都变了形。他捏紧拳头看着我，咬牙切齿地，声音又沙又哑。

伯爵夫人：上帝啊！他的样子一定很吓人。

普劳德福特太太：[起身]"女人！"他喊道，"你欺骗了我。我早就怀疑你了，总算让我抓到实锤了。"

玛丽昂：你怎么说？

普劳德福特太太：我昂首挺胸，镇定地答道："塞巴斯蒂安，我是清白的。"

玛丽昂：要是我在场就好了。

普劳德福特太太：[移步至舞台左下] 最后他慢慢平静下来。可那只是假象，是风暴来临前的平静。塞巴斯蒂安像是中了邪，我们的幸福这辈子到头了。[转身走向舞台中央的玛丽昂] 哦，亲爱的，救救我。别让我丈夫伤害我。别让我伤害自己；但，首先，别让那个放肆的浑小子伤害我。

伯爵夫人：他是谁呢？

普劳德福特太太：[转身面对观众，立于玛丽昂和伯爵夫人之间] 真是恼人：我就是不知道他是谁。他在远处叹息，他在遥远的地方思慕我……小心，塞巴斯蒂安来了。我们装装样子。

> [她们走向右边的壁炉。接下来的三段对话同时发生，而且说得飞快。普劳德福特从舞台中上部的门上场，一声不响地注视着她们，令人感觉不祥。

玛丽昂：大好的天气待在家里简直是罪过。我们其实应该出去。我保证不会出去太久。

伯爵夫人：那件袍子好漂亮啊。你在哪儿买的？你的衣着一直那么靓丽。真嫉妒你有个好裁缝。

普劳德福特太太：你们不认为塞巴斯蒂安是王座法庭最帅的法官吗？囚犯们都说被他审判是莫大的享受。

普劳德福特：[脸色严峻地快步走到舞台中央] 玛蒂尔达！

普劳德福特太太：[飞快脱身，双臂环住他的脖子] 亲爱的，要知道我属于你。

普劳德福特：[推开] 我讨厌你这种公开秀爱的行为，玛蒂尔达。

普劳德福特太太：[低下头] 你好冷，塞巴斯蒂安，好冷，好冷。

普劳德福特：阴凉处怕有八十五度①吧？

普劳德福特太太：[挥手向玛丽昂求助] 听听这闹心的刻薄话？

玛丽昂：我想你对待你太太可太不友好了，要知道她有多崇拜你。

普劳德福特太太：要是他这会儿不知道，那永远都不可能知道了。

普劳德福特：安静，女人！你已经失去了崇拜我的权利。

普劳德福特太太：不想到海滩上走走吗，塞巴斯蒂安？

---

① 85 华氏度，相当于 29 摄氏度。

普劳德福特：你这是想跟谁巧遇吗？我不舒服，玛蒂尔达。听懂了吗？我不舒服。今天我不想再出去了。

普劳德福特太太：［无比忠诚地］那我就坐在你身边，坐一个下午。

普劳德福特：［忧郁地］想想吧，我上这儿来是为了放松，为了无忧无虑的娱乐。异教徒土耳其人有多幸福呀，可以把他的切尔斯克①新娘锁在家里。［郁闷而去］

普劳德福特太太：哎，你们亲眼见到了吧。哦，我们生活在一个危险的时代。你们听到他管我叫切尔斯克新娘了吗？［无比激动］要是他把我缝进袋子里扔到博斯普鲁斯海峡，我也不会奇怪的。［兴高采烈地退下。

伯爵夫人：［坐在沙发上］毋庸置疑，这破事可真是疯狂。

玛丽昂：这到底是怎么回事？

伯爵夫人：天知道。但是，有人会爱上普劳德福特太太也是够奇怪的。

玛丽昂：说起崇拜者，我得跟你讲讲我的遭遇。

伯爵夫人：你的艳遇可就多了去了。你是要说我丈夫吗？

玛丽昂：你拿他来开我的玩笑未免太不近人情了。我说的是那个高贵的西班牙人。

伯爵夫人：哦！

玛丽昂：你可够狠心的，一走了之，把我丢下，任他折磨。

伯爵夫人：我喜欢他义无反顾地寻上门来。我敢肯定，他又勇又邪。

玛丽昂：我怎么也赶不走这家伙，末了，只得撒个小谎。我说自己已经结婚了。看样子只能靠这个伎俩来获得安宁。

伯爵夫人：想必把他赶跑了？

---

① 西亚民族，有族群居于土耳其。该族妇女地位低下，过去常有年轻女性自愿被土耳其人贩卖，售予中东君王为后宫嫔妃。

玛丽昂：是的，可——又跑回来了，要求认识一下我丈夫。

伯爵夫人：我猜想他非常渴望与他成为知交。

玛丽昂：哪里。他就想杀了他，我就好自由了。

伯爵夫人：听上去再合情合理不过了。我喜欢你的西班牙人，有胆量，还淘气。

玛丽昂：我假装要从窗子跳下去，才把他赶走了。

伯爵夫人：要是他够聪明，就知道你是不会伤害自己的。他是不是跟我们远远望过去一样漂亮？

玛丽昂：只怕是更漂亮。

伯爵夫人：我真想知道他是不是真的爱你。

玛丽昂：〔抬头愤愤地〕他当然是爱我了。这是毋庸置疑的。

伯爵夫人：那你还忍心伤他的心？

玛丽昂：〔耸耸肩〕受伤的心不会败坏男人的好胃口。

伯爵夫人：不管怎么说，我完全相信我丈夫是你最危险的仰慕者。

玛丽昂：亲爱的，瞎说！

伯爵夫人：跟你发誓我不会在意的。自从嫁给一个法国人之后，我就坚定决心决不吃醋。天底下就数他最风流多情，要是哪位女士把他的甜言蜜语当了真，还有谁比他更难堪？

〔查尔福德从左边落地窗上。

玛丽昂：啊，上尉来了。

查尔福德：〔现身〕有什么消息吗，亲爱的女士们？我的露西怎么样了？

伯爵夫人：露西病了？

查尔福德：〔悲伤地〕别费劲同我兜圈子了。马上告诉我最坏的消息。

玛丽昂：别犯傻了。她什么事也没有。蹭破了点皮而已。

〔露西从门口进，披着披巾。

得了，你亲眼瞧瞧吧。[坐进舞台右下的扶手椅]

露西：我不知道这儿有人。

查尔福德：我过来问候你的玉体安康。

露西：[走近舞台中央的他] 我很好，谢谢。

查尔福地：[退后一步] 为了我，露西，你要多加小心才是；你敢肯定不会留下疤痕吗？

露西：非常肯定。

查尔福德：[重又靠近她] 就算留下疤痕，要知道我对你的爱也不会减一分。

露西：行了，把我的手织花毯拿来。我打算拿到花园里去织，你呢，先生，可以坐在我身边，帮我拿着毛线。

查尔福德：迷人的小甜心。[从沙发旁的餐桌上拿起花毯]

露西：哦，玛丽昂，刚才我看见那个高贵的西班牙人绕着这栋房子走来走去。

查尔福德：[停住] 什么西班牙人？

露西：你谁也不认识，包打听先生。

伯爵夫人：查上尉认为自己有权利打听。

玛丽昂：得了，露西，别那么促狭。

露西：[行屈膝礼] 是一个高贵的西班牙人，我在户外散步时看到的。

玛丽昂：你犯不着在街上对路过的人都瞅上一眼。

查尔福德：[气呼呼地] 还好我不是个醋罐子。

露西：要不是每次我看向窗外时那人都在，我哪里会忍不住打量他呢。

伯爵夫人：你犯不着老是往窗外看。

玛丽昂：家教良好的小姐们应该严格管住自己的眼睛。

露西：装腔作势。

伯爵夫人：傲慢自大！

查尔福德：我得说能给我解释一下吗？

玛丽昂：我亲爱的朋友，这纯粹是露西在胡说八道。你看不出来她是在挖苦你吗？

露西：你生气的模样真叫人害怕。

查尔福德：我的外表由不得我，露西。蒙索尔家的贵妇不挑人的刺。

玛丽昂：别犯傻了。你这是在浪费时间，有这工夫你本可以对另一个人说些好听的。

查尔福德：是啊；千真万确。

露西：你醋罐子翻了！到花园去！

查尔福德：你还爱我吗？

露西：无可奉告。

　　　　[出去。查尔福德跟从，玛丽·简由门口入。

玛丽：那位西班牙绅士又出现了，太太。

查尔福德：[停住] 什么！

露西：[再度出现] 你不走吗，阿道弗斯？

查尔福德：走的，亲爱的……西班牙人！我想知道是怎么回事。

露西：[大笑] 你个醋精。

　　　　[查尔福德跟随露西离场。

伯爵夫人：告诉那个家伙你结婚了，这没什么意义。

玛丽昂：[起身] 说我约了人？

玛丽：好极了，太太。

伯爵夫人：不，不——去见见他！

玛丽昂：我说什么都不会去的。

伯爵夫人：求你了。真想知道你近距离见他的时候他是什么模样。

玛丽昂：就是想同我上床呗。

伯爵夫人：哦，亲爱的，让他去呀。等你五十五岁了，谁还想要你啊。

[玛丽·简走到门边，公爵入。玛丽·简下，掩上门。

公爵：你有客人。

玛丽昂：[对着伯爵夫人] 莫雷特伯爵夫人。赫曼诺斯公爵。

公爵：[鞠躬] 阿尔卡拉侯爵，特里亚纳伯爵。

玛丽昂：[飞快地] 当然，我怎么忘了。西班牙大公，有权在国王面前不摘帽。但既然国王恰好不在……

公爵：别再说我的帽子了。

玛丽昂：有什么能为你效劳的？

公爵：有千言万语想对你说，但最重要的是——

伯爵夫人：[起身] 我要告辞了。[向公爵鞠躬] 先生。[从落地窗退下]

玛丽昂：请你马上一股脑儿把你想说的都说出来好吗。这是你今天第三次逼我听你讲话了。我希望这是最后一次。

公爵：哪里。

玛丽昂：你耗尽了我的耐心。

公爵：我有新闻要告诉你。

玛丽昂：我没那么多工夫跟你耗。

公爵：我见过你丈夫了。

玛丽昂：谁？

公爵：奈恩先生。我跟他聊过了。既然我们无法取得共识，我给了他一巴掌。

玛丽昂：不可能。

公爵：我一般不轻易动粗。还没完呢。

玛丽昂：[极力忍住不笑] 还有什么？

公爵：我有件顶顶玄妙的事情要透露给你。

玛丽昂：编的！

公爵：要是能安慰你就好了。但我这辈子的幸福就靠它了。你丈夫配不上你。他另有所爱。

玛丽昂：别这么说！

公爵：可怜的人！你还当他爱你。可怜啊，可怜的玛丽昂。我夺走了你的错觉，可这是必须的。我灭了你心中的爱，可是会有另一个爱来取而代之——对我的爱。

玛丽昂：我一点都不怀疑你这会儿就该被关在疯人院里。

公爵：倘若你所赠之花令我丧失了理智，或者，你玫瑰色的手指让我神魂颠倒，这都不足为奇。

玛丽昂：拜托你记得这朵花可是硬生生地被你抢去的，你不过是吻了下我的手指，而且是趁人之危。

公爵：玛丽昂。[吻她]

玛丽昂：[惊跳，微笑，给了他一个坏笑——喘气] 这也太荒唐了，做出这等亲昵之举——同一个有夫之妇。

公爵：梦想过在西班牙拥有一座城堡吗？我给你一座城堡，披甲戴盔的王公贵族、穿金戴银的公主嫔妃在那里笙歌狂欢。雄鹰在塔楼上空翱翔，四周有皑皑雪山守护。

玛丽昂：我在西班牙的城堡近旁有河水淙淙，树木成荫。

公爵：我的城堡环绕着潺潺溪水，夏日的风在栗树林间浅吟低唱。

玛丽昂：一星期后你兴许就会讨厌我。

公爵：我用珠宝首饰装扮城堡里的女神，你将戴金饰银。不计其数的来自东方织机上的丝绸已经在我的宝库里躺了一百年。

玛丽昂：我想知道你为什么爱我？

公爵：玛丽昂！[搂住她的腰]

玛丽昂：你一定缠绵又勾人。

公爵：今晚天一黑，我就带着驿马在别墅后面等你。我们远走高飞。

玛丽昂：你忘了我还有丈夫。

公爵：我都把真相告诉你了，你还念及他？

玛丽昂：[夸张地] 你并没有告诉我所谓我过去不知道的事情呀。

公爵：你知道你丈夫另有所爱？

玛丽昂：唉，先生，我们掌控不了我们的感情。

公爵：可是我碰见了他，而他不打算应战。

玛丽昂：我爱他。

公爵：怎么可能。你爱的是我，我，为了得到你，愿意迎战全世界——给欧洲每个男人都来上一巴掌，我告诉你的那件事打击了你，眼下你正为此难过呢。要是你独处一会儿，相信你的情绪肯定会平复。这会儿我该走了，去雇驿马，回头我再来。

玛丽昂：别扯了。我坚定着呢。

公爵：你选择跟我走吗？

玛丽昂：不。

公爵：当然了，你是对的，你总是对的。你自然不能同我一起离开这所房子。好极了，今晚八点，我就在别墅后头等着。

玛丽昂：别胡来。

公爵：[语速飞快，不容她打断] 是时间不方便吗？九点，或者十点，十一点，十二点，一点，两点，三点，随你说。无论如何，只要你给我句话……但不要写信。我们决不能冒险。啊，有了。最简单的总是最好的。我送给你一束花，要是你准备好了，就把它从窗户扔下。我会等待，我会冲你飞奔而来。明白了吗？花束从窗口飞落，我就飞奔至你脚下。

玛丽昂：[终于忍不住] 看在上帝分上，听我说。

公爵：心心相印难道不胜过千言万语？我的天使，再会。我马上就把花送来。玛丽昂——玛丽昂！[他拥她入怀，吻她，接着——出去，舞台中上区的门敞开着]

玛丽昂：你敢！你敢！你敢！

[伯爵夫人从窗户回场。

伯爵夫人：他彻底走了吗？

玛丽昂：恨死你了，让我见到他。你不知道他都胡言乱语了些什么。

伯爵夫人：[走到舞台中央] 真的吗？

玛丽昂：他要我同他私奔，他打算整宿带着驿马守在门外。

伯爵夫人：这将是对他感情最好的考验。

玛丽昂：怎么讲？

伯爵夫人：因为这花费巨大。测试一个男人的爱情，最好的办法就
　　　　是看他是否愿意为你花钱。

玛丽昂：你知道吗，他还企图强吻我。但是，当然，我立马向他摆
　　　　出姿态，我可不是那种随随便便的女人。

伯爵夫人：你怎么做？

玛丽昂：我狠狠瞪了他一眼。

伯爵夫人：[嘿嘿一笑] 要知道，我没走远，什么都没逃过我的
　　　　耳朵。

玛丽昂：凯特！

伯爵夫人：如果不是我完全误解了你的话，你的冷淡并不十分奏效。

玛丽昂：我一点都不明白你的意思！

伯爵夫人：意思就是他只不过吻了你，不是一次，而是两次，据我
　　　　判断，你愤怒的火候掌握得很好。

玛丽昂：你不是在怀疑我由着自己被一个完全陌生的家伙亲吻吧？

伯爵夫人：亲爱的宝贝，明智一点。因为第一个丈夫不在乎你，你
　　　　和他过得不幸福。那就试试这个崇拜你的男人。

玛丽昂：但是我受不了他那套说辞！

伯爵夫人：这我倒不是很了解。

玛丽昂：[拉铃绳] 那好，我证明给你看。

伯爵夫人：怎么证明？

玛丽昂：我请法官和我一起去。他是这家里唯一的男人，也是我唯一可以求助的男人。

玛丽：[上场] 有何吩咐，太太？

玛丽昂：请塞巴斯蒂安先生过来一下。

玛丽：遵命，太太。[退下]

玛丽昂：[走向舞台中央的伯爵夫人] 这事已经不是在开玩笑了，我得把它了结掉。我盘算着得把他彻彻底底地赶走。

伯爵夫人：最好的办法是嫁给他。

玛丽昂：他没有吻我，凯特。

伯爵夫人：[朝左边移开一小步] 好吧，我们各自保留对这件事的看法。

　　　　[普劳德福特上。

普劳德福特：是你找我吗，亲爱的玛丽昂？

玛丽昂：[向舞台中央的他走去] 我想请你帮我个大忙。

普劳德福特：亲爱的宝贝，要知道不管什么事情我都随时听你的差遣。

玛丽昂：我知道你靠得住。

普劳德福特：哎，什么事呢？

玛丽昂：回头有个西班牙人上这儿来，就叫他赫曼诺斯公爵吧，假如你把他踢下楼梯，我将感激不尽。

普劳德福特：什么！！！

玛丽昂：或者，要是你愿意，也可以把他从窗子扔下去。

普劳德福特：可是，亲爱的玛丽昂……

玛丽昂：[朝正走出左侧窗外的伯爵夫人走去] 瞧着吧。[走出窗外，伯爵夫人跟在后面]

普劳德福特：[走向壁炉] 把他踢下楼！玛蒂尔达！玛蒂尔达！

　　　　[普劳德福特太太从舞台中上区上。

普劳德福特太太：你叫我吗？

普劳德福特：女人，把帽子戴上。

普劳德福特太太：我们出去吗？

普劳德福特：叫你戴上帽子会待在家里吗？

普劳德福特太太：去哪儿？

普劳德福特：女人，把帽子戴上。

普劳德福特太太：我披上披肩好吗？

普劳德福特：要什么鬼披肩，夫人！

普劳德福特太太：什么意思，塞巴斯蒂安？你这是要带我去哪……博斯普鲁斯海峡吗！！［惊恐］

普劳德福特：瞎扯什么呢，玛蒂尔达？

普劳德福特太太：塞巴斯蒂安！

普劳德福特：我的帽子呢？

普劳德福特太太：哦，你还是怀疑我。

普劳德福特：我的帽子呢？

普劳德福特太太：可我是清白的，塞巴斯蒂安。跟初生的羊羔一样清白。

普劳德福特：我的帽子呢？

普劳德福特太太：我是有点魅力，但我从不放纵自己。除了你。没有别人碰过哪怕是我的额头。

普劳德福特：［出去］我的帽子呢？［穿过舞台中上区的门下场，右拐，离去］

普劳德福特太太：但愿我知道他叫什么！

　　　　［玛丽·简从左侧穿过舞台中上区的门上场，手捧一束花。

玛丽：太太。

普劳德福特太太：哦！是给我的吗？

玛丽：一位绅士送来的，让我交给女主人。

普劳德福特太太：[非常不安] 哦，给我，给我！

　　　　[玛丽·简下，普劳德福特太太走向右侧的壁炉。

　　不知道里面会不会有信。他一定同这花儿一样漂亮。

　　　　[普劳德福特戴着帽子上。

普劳德福特：好了，玛蒂尔达。

普劳德福特太太：[把花束掩在胸前] 天哪！[又藏到身后]

普劳德福特：手里拿的什么，玛蒂尔达？

普劳德福特太太：没什么。

普劳德福特：你为什么一直挠你的背？

普劳德福特太太：我不会做这种不雅之举，塞巴斯蒂安。

普劳德福特：转过身，夫人。

普劳德福特太太：[像一片发颤的树叶] 塞巴斯蒂安！

普劳德福特：[扭过她的身体] 一束花！[一把拿走]

普劳德福特太太：[跪下，双手握起] 我是清白的，塞巴斯蒂安。

普劳德福特：够了。我离开去取帽子这会子工夫，回来就发现你有
　　了一束花。

普劳德福特太太：[抓住普劳德福特的膝盖] 别匆匆下结论。我可以
　　向你全部解释。

普劳德福特：起来，放荡的女人。这挨千刀的是打哪来的？

普劳德福特太太：[撑着普劳德福特起身] 我不知道。

普劳德福特：你不知道？你又不会变戏法。

普劳德福特太太：[无助地] 是啊，我哪变得出。

普劳德福特：总不会是一下子从你空空的两手中长出来的吧。这是
　　我的帽子——从里面给我变出个小白兔或者一盆天竺葵来。

普劳德福特太太：我知道我有口难辩，可我是清白的。

普劳德福特：这花哪来的？

普劳德福特太太：就刚才送来给我的。但我向你发誓，以我死去母

亲的名义，我不知道这花是谁送的。[她试图抽泣几声]

普劳德福特：别忘了我是个法官，一直同犯罪事件打交道，内疚印在你脸上呢。

普劳德福特太太：哦，活该我活着看到这一天！

普劳德福特：我取帽子那工夫有人来过这间屋子？

普劳德福特太太：[软绵绵地倒在沙发里] 我——我记不得了。

普劳德福特：你的焦虑出卖了你。这些证据，绞死一个男人绰绰有余了，玛蒂尔达。

普劳德福特太太：哦，要是我当初听从萨拉姨妈的建议就好了，她跪下来求我不要嫁给一个粗俗的律师。

普劳德福特：别试图用不相干的言论来转移我的注意力。你不得不面对一个盘问的高手。

普劳德福特太太：你怎么可以跟我这么说话，要知道我的亲爹可是第一个找你打官司的人。我原本可以嫁给我的表兄，五十二团的金德斯利上校。

普劳德福特：够了，女人！这就是你情人礼物的下场。[大步走向舞台左侧，将花束扔下窗]

普劳德福特太太：[绞着双手] 要是我不在了，你会后悔死的。

普劳德福特：[回到舞台中央] 哈！

　　　　[公爵拿着花出现在窗口。

公爵：请问，是谁把花扔出窗外的？

普劳德福特：我扔的。

公爵：你找死吗？

普劳德福特：我不会让你送花给我的妻子。

普劳德福特太太：[透过臂弯] 就是他！

公爵：只要我愿意，爱送多少花给你妻子就送多少。[把花束投进左侧餐桌上的花瓶里] 瞧。要是你敢碰它们一下，走着瞧。我不

废话——走着瞧。[大步走出落地窗，恐吓状]

普劳德福特太太：[从另一条胳膊下面偷看] 好一个贵族！

普劳德福特：[激昂地] 我要杀了他。我是和平之士，可我的忍耐是有限度的。我会证明给你看，玛蒂尔达，你的表兄，五十二团的金德斯利上校，不见得比我更勇敢。我要杀了他，我说。我要杀了他！

普劳德福特太太：[伸直胳膊] 亲爱的，你打算怎么干？

普劳德福特：我要他血流成河，玛蒂尔达。

普劳德福特太太：哦，好浪漫。

普劳德福特：[张牙舞爪] 杀人！杀人！

普劳德福特太太：[起身，移到壁炉前] 因为他爱我你就想杀了他？

普劳德福特：杀人！杀人！

普劳德福特太太：[转身] 他是爱到深处难自抑。话说回来，这也不奇怪。

普劳德福特：在我面前你还替他说话？羞耻，我说，羞耻！来啊，我要杀了他。[普劳德福特太太向落地窗走去] 别往那走，玛蒂尔达。你会碰上那个西班牙人的。

普劳德福特太太：[在舞台左侧止步] 西班牙人！哦，拜伦，拜伦。唐璜的父母住在河边。一条高贵的河流啊，名唤瓜达尔基维尔。①

普劳德福特：看着我，玛蒂尔达。侧脸。[停了片刻] 我不懂就她这副德性，是怎么把他迷住的。

普劳德福特太太：干吗这么深沉，我的塞巴斯蒂安？

普劳德福特：跟我来，耶洗别②。

_____

① 普劳德福特太太一听到西班牙人就想到拜伦笔下的西班牙贵族唐璜。瓜达尔基维尔河是西班牙安达卢西亚自治区境内第一长河。

② 《圣经》十大恶人之一。指代放荡又恶毒的女人。

505

　　　　[普劳德福特从舞台中上区的门下。普劳德福特太太拿起

　　花，忘情地闻着。露西从左侧落地窗进。

露西：哦，好漂亮的花!

普劳德福特：[冲着一边] 耶洗别。

　　　　[普劳德福特太太将花抛给露西，神情恍惚。

露西：[惊讶地] 是给我的吗!

普劳德福特太太：好生照看。

露西：亲爱的，亲爱阿道弗斯。

　　　　[普劳德福特出现在门口。

普劳德福特：女人!! [再次消失]

普劳德福特太太："太阳灼烧他的脸颊，他的额头高而苍白；狂野奢

　　侈的面纱下黑色的鬈发。"①

普劳德福特：耶洗别，戴上你的帽子! [退下]

普劳德福特太太：我来了——我来了。[转身向门口走去] 露西，我

　　走之前，必须告诉你一件事。假如我在博斯普鲁斯海峡底下被

　　人发现了，我不会是自愿到那里去的。[退下]

露西：普劳德福特太太!

普劳德福特太太：[返身] 永别了，我无话可说了，永别了。[退下]

　　　　[露西取出一两枝花别在裙上。查尔福德从舞台中上区上。

　　她转身看见他。

查尔福德：天哪，如此美丽的玫瑰。

露西：美极了。

查尔福德：那么，冒昧问一下，是谁送给你的?

露西：我也不知道。

查尔福德：此话怎讲?

---

① 这是拜伦长诗《海盗》里的诗句。

露西：我一点一滴、一丝一毫都不知道。

查尔福德：亲爱的露西，求你了，快告诉我。

露西：[嘲讽] 一位绅士送我的。

查尔福德：一位上了年纪的绅士?

露西：一位年轻的绅士，非常英俊，还爱我。

查尔福德：不及我那么爱你，我猜。

露西：非常非常爱我。

查尔福德：敢问他尊姓大名?

露西：我想你知道的，傻瓜。

查尔福德：我这么问，显然是不知道喽。我还是想知道这花是谁送你的。

露西：[认真地] 不是你吗?

查尔福德：你肯定知道不是我。

露西：那我也没主意了。

查尔福德：可是你收下了它，还别在裙子上。我进门的时候你告诉我是我送的。好啦，好啦，露西。求求你，别开玩笑了。拜托原原本本告诉我真相。我有权利知道。

露西：什么?

查尔福德：我不是你的未婚夫吗?

露西：我们还没结婚，你说话的口气让我有权利拒绝回答。

查尔福德：这可真是个逃避解释的好办法。

露西：请告诉我你说这话是什么意思，查尔福德上尉?

查尔福德：没什么意思，露西小姐，我向你保证。

露西：我以为花是你送的，我才这么坦然地告诉你。

查尔福德：你之所以告诉我，是因为我很惊讶你正在闻它。

露西：请行行好解释一下这话什么意思，先生?

查尔福德：我没什么要解释的，女士。

露西：不过我还是明白了。要是你不再在乎我了，最好直说，而不是这样没意思地吵架。

查尔福德：那么你，女士，要是真的爱我，就会明明白白告诉我这花是谁送的。

露西：但是告诉你，我不知道，而且，我一点也不在乎它……［快步走到窗边，将花扔了出去］瞧！

查尔福德：露西！

露西：我永远都不会原谅你。永别了。

查尔福德：露西！

　　　　［露西快步从舞台中上区走出，查尔福德紧随其后，公爵手拿鲜花出现在左侧窗口。

公爵：这回应该不会搞错了。

查尔福德：［在门口止步］见鬼你想干吗？

公爵：我不知道这与你何干，但事实上，我想要的是对这束花的回音。

查尔福德：这么说，送花的是你？

公爵：是的。

查尔福德：那么，请问，这是为什么呢，先生？

公爵：别无他意，用以证明我无与伦比的热情。

查尔福德：［走向舞台中央，靠近公爵］你真是厚颜无耻。

公爵：家族特征。

查尔福德：你就不怕你那无与伦比的热情被打回来吗？

公爵：这束花就是信号。

查尔福德：你意思是这就是爱的告白？

公爵：不仅仅是。它是一个信号。

查尔福德：不忠的人。

公爵：她扔下来的时候你在场吗？

查尔福德：我就在场，先生。

公爵：那就真的没搞错了。我这就去准备驿马。

查尔福德：[拦住他] 留步，先生。

公爵：请问什么事？

查尔福德：因为我们爱上了同一个女人。但她在乎的是我——而不是你。

公爵：你搞错了，我的朋友。

查尔福德：她跟我山盟海誓过。

公爵：她移情别恋了。我没日没夜地追了她三个星期。如此的忠贞不渝应该不会不触动她。

查尔福德：她一定发现你的行为令人无比厌烦。

公爵：无论如何，若是你质疑我的权利，我愿意给你一个满意的答复。

查尔福德：闻听此言欣喜有加。一场决斗会让我今晚胃口大开。

公爵：我的手下败将越多，她就会越发尊重我。

查尔福德：重骑兵上尉查尔福德听候调遣。

公爵：在下赫曼诺斯公爵。我唯一的请求是我们速战速决。我时间很紧。

查尔福德：求之不得。从此刻算起，两小时后在城外海滩上见。

公爵：先生，悉听尊便。

查尔福德：我这就离开这所房子再不回头。不忠的人。[从落地窗退下]

公爵：骂了我五次，对手。胡子佬。

　　　　[玛丽昂从舞台中上区门进。

玛丽昂：赖这不走了吗，先生？

公爵：[跪下，献上花束] 你把花扔出窗外，我就来了。

玛丽昂：[拒绝] 我？

公爵：我有新消息要告诉你。

玛丽昂：留着给自己吧。我厌倦了你的荒唐。

公爵：两个小时之后，你爱的那个人就要死去。

玛丽昂：你在说什么？

公爵：现在，我明白了，你为什么对我的热情不屑一顾。并非因为你爱你的丈夫，而是因为你另有所爱。

玛丽昂：［啼笑皆非］这么说，他你也看到了？

公爵：［起身］但愿两小时后我能一剑结果了他。

玛丽昂：［目瞪口呆］你准备同我爱的人决斗？那么他——他——他究竟是谁？

公爵：胡子佬。

玛丽昂：很高兴我不认识他。

公爵：重骑兵查尔福德上尉。

玛丽昂：查尔福德上尉？

公爵：是的，夫人。

玛丽昂：你意思是上尉爱着我？

公爵：他爱你爱得发狂。他爱你爱得神魂颠倒。

玛丽昂：你是怎么知道的？

公爵：他就是这么对我说的。不过没关系，两个小时之后，他就一动不动了。我把他的那副美髯放在战马上给你带回来。［诗意地将花束抛回餐桌，快步走向左侧落地窗外］

第二幕终

第三幕

场景：同第二幕。同一天夜里晚些时候。

台灯点亮了，餐桌上的瓶里插着那束鲜花。露西手拿书，独自立于左侧的窗边。门开着，玛丽·简上，伯爵夫人随后。

玛丽：德·莫雷特伯爵夫人到了。[退下，随门敞着]

伯爵夫人：[于门口] 怎么？

      [露西深深叹口气。

      [扫了一眼舞台中央] 哦，亲爱的，叹什么气啊。

露西：这会儿除了叹气我什么也做不了。

伯爵夫人：[坐在沙发上] 太糟糕了。他们说这会让人发胖。

露西：我才不在乎发不发胖呢；我的生活就要完蛋了。

伯爵夫人：于是你就穿上了你的新礼服？

露西：我总不能穿得破破烂烂去舞会吧。

伯爵夫人：哦！你打算今晚去舞会？

露西：不过是做给阿道弗斯看看，我并不在乎。

伯爵夫人：明白了。

露西：我打定主意不结婚了。

伯爵夫人：[一本正经地] 我认为你非常明智。婚姻就是冒险。

露西：[举起书] 瞧，我已经开始改善我的情绪了。

伯爵夫人：你在读什么？

露西：塔珀先生 ① 的诗。写得多美啊。我想我要用心去读它们。

伯爵夫人：是我送给上尉的。

露西：[轻轻叫了一声] 哦！

伯爵夫人：我确信这里面肯定有误会。我相信他对你的爱一如既往。

露西：[庄严地走上前，把书放在桌上] 我不想听到他的名字被人提起。他是个无赖、骗子。

伯爵夫人：希望他十分钟后能到这儿来，给我们一个解释。

露西：这儿？

      [普劳德福特与普劳德福特太太——后者脸色苍白、衣衫不整——由玛丽·简扶着——从舞台中上区门进。

伯爵夫人：[起身] 哎呀！

普劳德福特：我感觉很不舒服。

普劳德福特太太：为什么地面不是静止的，塞巴斯蒂安？

露西：出什么事了？

普劳德福特太太：[朝右边的伯爵夫人走去] 我们出海去了，像拜伦爵士那样。

普劳德福特：我讨厌这些诗。

伯爵夫人：[对玛丽] 把白兰地拿来。

      [玛丽·简退下。

普劳德福特太太：[坐在沙发上] 我们到了海上。看起来多么浪漫——从海滩上看。那船就像这样晃过来又晃过去。

普劳德福特：别再晃了，耶洗别！

普劳德福特太太：但愿我已经躺在博斯普鲁斯海峡底下。

伯爵夫人：之所以嫁给一个法国人，就是因为我晕船。我丈夫一求婚，我就答应了，总好过再次渡过海峡。

---

① 指 19 世纪英国诗人马丁·法夸尔·塔珀（1810—1889）。

普劳德福特：[走到左侧便桌旁的椅子前坐下] 可还有人赞美这惊涛骇浪上的生活呢。

伯爵夫人：我注意到他们一般在陆地上生活得好好的。

　　　　[玛丽·简上。]

玛丽：[拿着白兰地] 取来了，太太。

普劳德福特太太：谢谢。[普劳德福特饮白兰地] 我想我是要死了，塞巴斯蒂安。哦，拜伦，这些你都逃不了干系。

　　　　[玛丽·简端着杯子出去。]

普劳德福特：要是那个高贵的西班牙人看见她这副尊容就好了。

露西：哦，普劳德福特太太，你为什么不读读塔珀先生呢，可是温柔得多了。

普劳德福特太太：[突然间] 扶我一把。[由露西扶着，机敏地离开了]

普劳德福特：我感觉好多了。玛蒂尔达回想起晕船的痛苦不堪，对我倒不失为一剂解药。

伯爵夫人：晚餐你一定好胃口，我敢保证。

普劳德福特：希望面对慷慨的上帝赐予的每一顿饭食我都能胃口大开。可是伯爵呢，您丈夫，不和我们一起吃吗?

伯爵夫人：可怜的人还没回来呢。我也不知道他碰上什么事了。

　　　　[玛丽·简再上。]

玛丽：[对着普劳德福特] 那位西班牙绅士问候您，还有话同您说，先生。

伯爵夫人：他还能怎么样? [起身] 我这就告辞了，好吗?

普劳德福特：[起身] 有目击证人在场，我倒巴不得快点见到他。

伯爵夫人：哦不，我敢肯定他只想见你一人。[从左侧退下]

普劳德福特：告诉公爵，说我正忙——而且——而且人也不舒服。

　　　　[公爵持剑和带枪套的手枪从舞台中上区上。]

公爵：真走运。[对玛丽·简] 你可以走了。

玛丽：是，先生。[退下，关上门]

公爵：[热情地走上前来] 正是我要见的人。

普劳德福特：我相信这种愉快是相互的。[指着那两件武器] 我看见你购置了几样东西。

公爵：是的。[将"购置的东西"放在桌上]

普劳德福特：[紧张地] 请问你拿这些可爱的玩具做什么用？

公爵：打算杀了你妻子的情人。

普劳德福特：[大吃一惊] 请再说一遍。你是说我妻子有个情人？

公爵：是的。

普劳德福特：何以见得？

公爵：亲眼所见。

普劳德福特：[怀疑地] 我不明白……这么说爱上我妻子的不是你喽？

公爵：是我。爱上你妻子的有两个。或许还有，据我所知。

普劳德福特：不可能。不可能再有第二个了。

公爵：你没有反驳我不失为明智之举。告诉你，至少有两个。

普劳德福特：贝德福德广场 ① 的人会怎么评说？

公爵：刚才我们聊了聊。

普劳德福特：你和我妻子？

公爵：我和她的情人。从此刻算起一小时后，我们将在城外的海滩上见。

普劳德福特：我会很高兴听到你把这位绅士打了个半死。

公爵：怕什么。一小时后他就差不多了。

普劳德福特：亲爱的公爵，我将感激不尽。

公爵：怎讲？

---

① 伦敦卡姆登区一个花园广场，中上阶层居住区，有许多名人居住于此。

514

普劳德福特：你自己除掉了一个对手，无疑就是替我除掉了一个。

公爵：[非常彬彬有礼地] 请允许我提醒阁下，这世界容不下你。

普劳德福特：容不下我？

公爵：显而易见。首先是情人，其次是丈夫。我是来向你报喜的。

普劳德福特：你的周到细心令人感激不尽。

公爵：甭客气。但你可将我把你置于次位看作对你莫大的尊重。

普劳德福特：实不相瞒，在下未能领会你的意思。

公爵：[从桌上拿起剑] 我已有些时日没同人决斗了。我需要活动活
　　动练练手腕。用不了几下就能结果你。

普劳德福特：我一下子看不出这有什么好沾沾自喜的。

公爵：当然，要是你希望我先拿你练手……

普劳德福特：我一点都不想打乱你的安排。

公爵：我们何苦要浪费这大好时光？时不我待。

普劳德福特：我发誓我并不着急。倘若我们的相识稍纵即逝，我当
　　视其为永恒的遗憾。

公爵：[作弓箭步刺] 我的手腕又似从前那般灵活了。拿着剑，亲爱
　　的朋友。相信我们棋逢对手。[将剑递给普劳德福特，后者哆哆
　　嗦嗦地接过]

普劳德福特：[对着旁边] 我只有一个愿望；玛蒂尔达。

公爵：顺便问一句，你立遗嘱了吗？

普劳德福特：天哪！我忘了这茬。请给我几分钟好吗？

公爵：非常愿意，亲爱的先生，非常愿意。你不必为你寡妻的日后
　　忧心。她会过得丰饶优越。

普劳德福特：我还有个穷外甥。

公爵：把你的东西都留给他。

普劳德福特：你真是大善人。请坐。

公爵：我很高兴你决定成为首席。

普劳德福特：赐我机会实乃好人。

公爵：亲爱的朋友，倘若我未能尽我所能礼待我妻子的首任丈夫，我的自责将永无休止。

普劳德福特：你的无微不至令人心生崇敬。［从舞台中上区退下］

公爵：［宽厚地］可爱的家伙。丈夫和情人。我会像斩阉鸡一样劈了他们，那么她定不会疑心我的爱了。

　　　［普劳德福特太太上，裹着披巾，神色警觉夸张。接下来的场景伴随大量旁白。

普劳德福特太太：哎呀，贵客，哎呀。

公爵：见鬼这是谁？

普劳德福特太太：我都知道。都知道！我知道你想杀了他。

公爵：［对着一边］一定是那个年轻人的母亲。［停顿一会儿］镇定一下，夫人，请你镇定一下。

普劳德福特太太：跟我发誓你不会进行这场决斗。

公爵：唉！恐怕为时已晚。

普劳德福特太太：不，不，不可能。我知道你善良。于是我梦想你如唐璜一般英俊潇洒，似劳拉 ① 那般不顾一切。不要夺走我的幻想。我们可怜的女人除了幻想和爱情，还靠什么活着呢？

公爵：老母亲的绝望向来都令人称奇！你认识我爱的人，却还要我止步？

普劳德福特太太：啊，但是以那种爱的名义，那种鬼神不知的，我在你心头唤起的……

公爵：［目瞪口呆］你说什么？

普劳德福特太太：以那种神圣的、我乞求你克制的爱的名义。还有，相信我，我不会不知好歹。

---

① 拜伦长诗《唐璜》主人公唐璜的一个恋人。

公爵：恐怕我还是不明白。

普劳德福特太太：我得把话挑明了。你或许已经原谅我了。我固然要对我丈夫矢志不渝，但这不妨碍我们姐弟相称啊。

公爵：夫人，就算那样也阻止不了我。

普劳德福特太太：假如印在你额头纯洁的一吻可以平息这些邪恶的热情，贞洁的拥抱……

公爵：可怜、可怜的人。儿子危在旦夕让她精神错乱了。

普劳德福特太太：别忘了这些个麻烦都是你一手造成的。

公爵：怎讲，亲爱的夫人？

普劳德福特太太：我不会责备你，因为你是西班牙人，不懂英国人的做派；但，真的，你真的不应该把你的狂热倾注在我丈夫身上。

公爵：谁？

普劳德福特太太：要是在英国，我们就能把这些事安排得妥妥的。做丈夫的总是最后一个知道真相。

公爵：你一直在说你的丈夫。可我并不认识他。

普劳德福特太太：可是你却想杀了他。

公爵：没有的事！那是你儿子。

普劳德福特太太：可是，据我所知，我并没有儿子。

公爵：我的对手不是你儿子？

普劳德福特太太：你的对手？

公爵：她的情夫？

普劳德福特太太：[庄重无比地]听着，先生，玛蒂尔达·普劳德福特从来没有过情夫。

公爵：我得声明，我对普劳德福特一家的私情不感兴趣！

普劳德福特太太：还有。你说你爱我？

公爵：这辈子不可能。

普劳德福特太太：你就是这么对我丈夫讲的。

公爵：［震惊］我？

普劳德福特太太：他在这里亲耳听到你对送我花这一疯狂之举供认不讳。

公爵：哪个神经病会想出那些花是送给你的？

普劳德福特太太：这些花是送给你意中人的？

公爵：是的。

普劳德福特太太：我就是那个不幸的人。

公爵：你！你！

普劳德福特太太：［挺起胸］阁下。

公爵：你怎么会如此异想天开？

普劳德福特太太：异想天开指的是什么？

公爵：夫人，奇迹年代已经过去了。

普劳德福特太太：我不懂你在说什么，先生？

公爵：我心仪之人是奈恩夫人。

普劳德福特太太：玛丽昂？哦！那你招惹塞巴斯蒂安干吗？

公爵：见鬼他又是谁？

普劳德福特太太：刚才和你在一起的那个帅气英武的男人。

公爵：他不是她丈夫？

普劳德福特太太：当然不是，他是我的。

公爵：那就留着他，夫人；不管怎样，我已经找到我的玛丽昂的情人了。等我结果了他，就去找她的丈夫——［拿起他的武器，阔步从左侧离开］

> ［普劳德福特战战兢兢上。

普劳德福特：你摆平他了吗？

普劳德福特太太：塞巴斯蒂安，准备好跟他单挑吧！

普劳德福特：和西班牙人？

普劳德福特太太：塞巴斯蒂安，我活不过今天了。

普劳德福特：玛蒂尔达!

普劳德福特太太：他蹂躏了我——［倒进沙发］

普劳德福特：玛蒂尔达!

普劳德福特太太：最最脆弱的内心。

普劳德福特：这话什么意思?

普劳德福特太太：糟透了，真的糟透了。玛蒂尔达·普劳德福特要
  完蛋了。

普劳德福特：魔鬼!

普劳德福特太太：他爱的是玛丽昂。

普劳德福特：［长舒了口气］玛丽昂! 现在我全都明白了。他不知道
  玛丽昂守寡，把我当成了她丈夫。

普劳德福特太太：啊，别浪费时间了。这会儿他一定在城外的海滩
  上了。快赶到那个要命的地方去替我报仇。

普劳德福特：玛蒂尔达，我听不懂你什么意思。

普劳德福特太太：当然了，我不会允许他冒犯我，但他对我的侮辱
  我不能忍气吞声。你妻子可是被人糟蹋了。

普劳德福特：我妻子，如同恺撒之妻，无可怀疑。①

普劳德福特太太：之前还没有哪个男人玩弄过我的感情呢。

普劳德福特：亲爱的，别激动。

普劳德福特太太：塞巴斯蒂安，替我杀了他。

普劳德福特：亲爱的，就像之前对我说的，你要他的血何用?

普劳德福特太太：吞了它。［她坐在垫子上，做痛饮状］

普劳德福特：我是和平人士，玛蒂尔达。跟人决斗这种事万万使不
  得。［移步左侧的餐桌］

---

① 史传古罗马大帝恺撒之妻庞培亚被疑出轨克劳狄乌斯，恺撒虽为妻子辩护相
  信其清白，但最后还是以离婚告终。

普劳德福特太太：你不愿意还我清白？

普劳德福特：[转身] 玛蒂尔达，这整个事情让我很不痛快。休要再提这事了。

普劳德福特太太：杀了他！塞巴斯蒂安！杀了他！

普劳德福特：安静，女人！我告诉你，我不会跟这个外国人打交道的。

普劳德福特太太：懦夫！早知今日，当初我就该归顺于他的胡搅蛮缠。

普劳德福特：玛蒂尔达，你怎么可以这样！怎么可以这样！

　　　　[查尔福德上尉持着剑和带枪套的手枪从舞台中上区的门上场。

查尔福德：打扰两位了吗？

普劳德福特：哪里。正相反，我们很高兴见到你。

查尔福德：[走到左侧桌边，放下武器] 伯爵夫人叫我到这里来。

普劳德福特：我去告诉她你到了。

查尔福德：谢谢。不过您走之前，是否能请您在一场因我引起的小小决斗中做我的助手呢？

普劳德福特太太：你不会是要去决斗吧？

查尔福德：毫无疑问。

普劳德福特太太：这才是我要的男人。

普劳德福特：这是同谁狭路相逢？

查尔福德：瞧瞧我这智商，我居然不认识那个人。他自称是赫曼诺斯公爵。

普劳德福特太太：你准备杀了那个西班牙人？

普劳德福特：[对着妻子] 把上尉当成你的情人，如同把我当作玛丽昂的丈夫。

　　　　[玛丽昂上。

普劳德福特：[对着玛丽昂] 啊，你来得正是时候。

玛丽昂：[从舞台中央走向上厨] 我对你很生气，朋友。你这么对待露西可真是太不像话了。

查尔福德：天哪，我都不知道我做了什么。

普劳德福特：听着，年轻人。为什么你同露西订了婚，却还爱着她姐姐玛丽昂？

查尔福德：[惊愕] 我？

玛丽昂：看样子你被这个问题惊到了，那么，要我说，不必这么拐弯抹角了。[转身，向右边的普劳德福特太太走去]

普劳德福特太太：如今的年轻人似乎搞不清自己爱的是谁。

查尔福德：我以我的名誉发誓，除了露西，我不曾爱过任何人。今生今世我也不会另有所爱。

普劳德福特太太：要是能嫁一个这样的男人就好了！

　　　　[露西上。

查尔福德：露西！

露西：[朝舞台中央走来] 残忍的、残忍的阿道弗斯。

查尔福德：你怎么就会想到我爱的是别人而不是你？

玛丽昂：好了，到花园去，相互发誓不再犯傻了。

露西：我们吗？[她朝左侧的查尔福德走去]

　　　　[玛丽·简上。

玛丽：那位西班牙绅士又来了，太太。

普劳德福特：把他扔出窗外。一点都不要同情他。

查尔福德：我去把他的脖子给你们拧下来怎么样？

玛丽昂：正相反，让我们见见他，然后彻彻底底把他赶走。

　　　　[玛丽·简由舞台中上区下，露西和查尔福德从左侧下。

普劳德福特：[坐在左侧] 那个西班牙人就是个傻瓜，亲爱的。你信吗，他把我当成了你丈夫。

玛丽昂：[坐在舞台右下的扶手椅上] 这么说来是你挨了他一耳光？

普劳德福特：哦，这不过是一种讲话的技巧。我根本不在意。

普劳德福特太太：你是说他竟然敢碰你，塞巴斯蒂安？

普劳德福特：我自信我占了大便宜，我假装不在意罢了。

普劳德福特太太：[对着玛丽昂] 我们告辞了。[起身] 我再也不想见到他了。塞巴斯蒂安！

玛丽昂：我想塞巴斯蒂安先生最好还是留下。

普劳德福特：[犹豫] 你确定非要这样吗？

玛丽昂：[微笑] 我不会让他伤害你的。

普劳德福特：别以为我怕他。

普劳德福特太太：别冒无用之险。

普劳德福特：别管我们，没用的女人。

普劳德福特太太：[对着玛丽昂] 照顾好他。他勇敢着呢。要是惹急了，他可是不管不顾的。[她裹上披巾，从左侧落地窗下。普劳德福特移步到右侧壁炉，公爵携武器上]

公爵：打扰了。我要见查尔福德上尉。

玛丽昂：查尔福德上尉，先生，正和我妹妹，也就是他的未婚妻在一起呢。

公爵：这么说他爱的不是你？

玛丽昂：不，不是。

公爵：天哪！① [再次拿起桌上的武器]

普劳德福特：[对旁边的玛丽昂] 别刺激他。

玛丽昂：[指着普劳德福特] 也许你同样有兴趣知道，这位绅士也不是我的丈夫。

普劳德福特：[献殷勤] 没这个福分。

公爵：这个我已经知道了。

---

① 原文为西班牙语。

玛丽昂：那么你或许可以行行好不要再给我们添乱了！

公爵：你是希望我走吗？

普劳德福特：听起来好奇怪。

公爵：不行。我好不容易才来到这里。不见到你丈夫我就不走。

普劳德福特：可是，这位女士的丈夫……

玛丽昂：［对着一旁的普劳德福特］嘘！［向舞台中央的公爵走去］
　　你一定坚持要见我的丈夫？

公爵：一定。

玛丽昂：那——你可以等他。

公爵：他在哪里？

玛丽昂：旅行去了。

公爵：什么时候回来？

玛丽昂：我不知道。

公爵：那我当然要等他。

玛丽昂：或许要等上一阵子，要知道。

公爵：我有的是时间，谢谢。

玛丽昂：我想我应该告诉你，那是一段漫长的旅行。

公爵：旅行总有终点。

普劳德福特：［对着一边］不是那样的旅行。

玛丽昂：随你吧，［行屈膝礼］先生。我总算是领教过什么是死心
　　眼了。

　　　　　［普劳德福特从左侧下。玛丽昂驻足片刻看了一眼公爵，丢
　　落手绢。

公爵：你的手绢掉了。

玛丽昂：是的。［离场］

公爵：要是我等上十年，我就能见到她的丈夫了。

　　　　　［伯爵从舞台中上区上。

伯爵：我是最后一个到。[看见公爵] 嘿!

公爵：见鬼这又是谁?

伯爵：[将包裹置于长沙发上] 不好意思我搅局了。恐怕是来晚了。这一路可是够远的。

公爵：不知道这是不是就是那位丈夫，说不定呢。[在伯爵面前踱步，看着他] 真的吗?

伯爵：这人神气活现地在我面前转来转去是什么意思?

公爵：这回可得小心点。一朝被蛇咬，十年怕井绳!

伯爵：我身上怕是有什么不对劲的地方。对不起，是我鼻子上有脏东西吗?

公爵：这么说你一直在路上!

伯爵：[越发奇怪] 是啊。

公爵：哈哈! 有点意思了。路远吗?

伯爵：别提了!

公爵：我就要得手了。你出了趟门?

伯爵：差不多是到了世界尽头。

公爵：我要炸了! 一定是要炸了! 这些包裹是给谁的?

伯爵：不过是买回来给我妻子的。

公爵：既然提到了你妻子，那么你一定是结婚了。

伯爵：是啊；可我实在不明白这与你何干?

公爵：[热情地握了握手] 亲爱的朋友，很高兴见到你!

伯爵：很高兴听到你这么说。

公爵：我等了你一整天了。

伯爵：我这是荣幸地在同谁说话呀?

公爵：堂费迪南德·弗朗西斯科·玛利亚·德洛马斯·奥利亚，赫曼诺斯公爵。

伯爵：有什么可以为您效劳的?

公爵：我不喜欢你的长相。

伯爵：我也不是很喜欢。

公爵：我有理由相信你的外祖母长得也不尽人意。

伯爵：我也总是这么猜想来着。告诉我，这是马车夫还是舞蹈老师？

公爵：你的马甲俗艳不堪。

伯爵：你过分了，先生。你可以对我的长相评头论足，可以对我的外祖母说三道四，但是我不能容忍你对我的衣品有所质疑。

公爵：我声明，我重申，我非常讨厌你的马甲，非得要你把它脱掉不可。

伯爵：知道吗，先生，男人不会为了这种事去死。

公爵：事实上，我到这里来，就是为了同你决一死战。

伯爵：你为什么不早点说。我乐见其成。城外的海滩你意下如何？

公爵：好极了。你对武器有什么讲究？我带来了剑和手枪。

伯爵：都留着给你自己吧。

公爵：我建议你刻不容缓赶紧把灵魂托付给上帝。我的枪法和剑术可是享誉欧洲的。

伯爵：看好你的枪，先生，我的灵魂交付给我自己。

公爵：〔鞠躬〕先生。

伯爵：〔鞠躬〕先生。只是出于好奇，能否告诉我你为什么跑来与我决斗？我完全相信你之前没有见过我的马甲。

公爵：在西班牙，要是我们爱上一个女人，就会与全世界决斗只为赢得美人归。我爱你的妻子。

伯爵：办不到。

公爵：我发过誓，她将属于我。

伯爵：亲爱的朋友，众里寻你千百度，可把你找来了。

公爵：我？

伯爵：把她带走，亲爱的小伙子。我不会拦着你。为这事还要干一架真是没有必要。收回你对我马甲的冒犯与厌恶，她是你的了。

公爵：我的理解是你愿意放弃她。

伯爵：一股脑儿，统统给你。她爱你吗？

公爵：爱得心神不宁。

伯爵：如此一来天遂人意，但事不宜迟，女人善变，指不定会变卦。

公爵：驿马就在街角等着呢。

伯爵：你要发誓让她幸福。

公爵：我会让她幸福到天荒地老。

伯爵：你我素昧平生，但你是个善良的朋友；我不会忘记你的恩情。

公爵：坦白说，你如此迫不及待地要摆脱你的妻子倒是令我有点奇怪。

伯爵：她是世界上顶好的女人；她善良，美丽，贞洁；别犹豫了快
带她走。这是个千载难逢的机会，既然驿马都备好了，还不赶
着点。

公爵：你妻子总需要时间打点行李吧。

伯爵：我去帮她，我是打包好手。

公爵：还用说。

　　　　[伯爵夫人在一旁听到了谈话。

伯爵：她来了，赶紧跟她报个喜。

　　　　[伯爵夫人从左侧落地窗上场。

伯爵夫人：[对着公爵] 你又来了。

伯爵：千万别动摇，我的天使。这位先生已经告诉了我你的秘密。
　　我平生唯一所愿就是让你幸福。他爱你，你爱他，我靠边。

伯爵夫人：你在胡说八道些什么？

公爵：这是你太太？

伯爵：千真万确。

公爵：那么说来，她不是我打算与之一起走的那位女士。

伯爵：别开玩笑了。你爱上了我的妻子，这不是你说的吗？

公爵：是的。

伯爵：你难道没说过你不顾一切地要得到她?

公爵：我说过。

伯爵：那好，她来了，把她带走。

公爵：我不会带走她。

伯爵：你要把她带走；我不允许有人肆意玩弄我妻子的感情。

公爵：但是我指的不是这位妻子。

伯爵：我只有一个妻子。

公爵：这我也无能为力，我可没有什么风流韵事。

伯爵：我不喜欢你的长相，先生。

公爵：我也是。

伯爵：你的外祖母恐怕长得也不尽人意。

公爵：可是她嫁给了国王。

伯爵：我也不喜欢你的马甲。

公爵：那么我只能对你的品味深表遗憾。我的衣品欧洲最佳，先生。祝你今天愉快。

伯爵：除非你踏着我的尸体走出这间屋子。

公爵：听着，这不是我说的那位妻子。

伯爵：行了，行了，先生，这是无稽之谈。你是准备履行义务呢，还是我不得不用剑迫使你做一名绅士?

公爵：我会如你所愿，地点、时间随你选，但我不会带一个素不相识的人私奔。

伯爵夫人：只要二位容我插一句，我想我可以解释这个误会。

伯爵：我可没兴趣听什么解释。这家伙不要脸地这样侮辱了你，我理应为你出这口气。

伯爵夫人：等一下。我想我知道该怎么做了。[*快速从舞台中上区退下*]

公爵：我平生第一次乐于承认我犯了个错误。

伯爵：你当然是犯了个错误，要是你认为自己可以挑衅一个法国贵族的名誉。

公爵：你是法国贵族？

伯爵：在下德·莫雷特伯爵。并非不配做你的对手，我自信。

公爵：我错把你当成奈恩先生了。

伯爵：我不在乎你把我错当成谁。除非你一刻钟之内把我的妻子带走，否则我坚持决斗。

公爵：先生，鄙人身为西班牙大公，拥有在国王面前不脱帽之权利，对人不会有冒犯之意。一小时后，我在海滩恭候大驾。

伯爵：我不会让你从我眼皮底下溜走。我没忘记你已经在街角备好了驿马。

公爵：你是在怀疑我企图逃避这场交战吗？

伯爵：是的，先生。我想你是个懦夫，否则你不会害怕同我妻子远走高飞的。

公爵：太过分了。[从舞台中上区跳上左侧的桌子] 武器都在这儿了。你要剑还是枪？[挥舞着手枪]

伯爵：枪太闹了。剑与绅士最配。

公爵：我就欣赏你这种人。见到你的那一刻我就喜欢上你了。

伯爵：不要以为我讨厌你，我何曾会希望我妻子的继任是一个更快乐的家伙。

公爵：你自己选择吧。[举起剑]

    [玛丽昂、伯爵夫人、普劳德福特太太和普劳德福特从舞台中上区上场。

玛丽昂：住手！

    [普劳德福特太太尖叫着晕倒在普劳德福特怀里。玛丽昂向舞台中央的公爵走去。

公爵：玛丽昂。

玛丽昂：这是要干吗？

公爵：我以为这位先生是你的丈夫，准备除掉他。现在得知不是那么回事，但他依然希望我可以干掉他。

玛丽昂：一派胡言。

公爵：他不依不饶。

伯爵：[立于壁炉边慷慨陈词] 他侮辱了我妻子，不肯带她远走高飞。

普劳德福特：这就是到大陆来消夏的结果。[普劳德福特太太恢复了神志，他把她带到沙发上。查尔福德和露西在左侧窗户出现]

伯爵夫人：[走向舞台右下的伯爵] 很抱歉让你失望了，亲爱的，公爵要带走的不是我，而是玛丽昂。

伯爵：[激动地叫嚷] 为什么这家伙早点不说？真的，先生，你的行为是不可原谅的。

公爵：[从房间那头回敬道] 老实说，我也没打算原谅。

玛丽昂：安静！

公爵：[与玛丽昂站在舞台中央] 你的丈夫呢？

玛丽昂：我的丈夫死了。

公爵：死了！见鬼！

玛丽昂：我倒希望他没死，这样最后你就可以见到他了。

公爵：但是，既然你守寡，那么还有什么拦着你嫁给我呢？

玛丽昂：没有，据我所知。

公爵：那么你愿意嫁给我？

玛丽昂：不！

公爵：不？不？从来没有人拒绝过我。

玛丽昂：从来没有？

公爵：从来没有！

玛丽昂：那么我只有一句话好说了。

公爵：什么？

　　[玛丽昂拿起桌上的花束扔出窗外。查尔福德和露西闪避。

对了！

　　[众人嘀咕。

　　啊，夫人，你同我闹着玩呢。我一定得等着你的丈夫。人道我失意，但我一向得意。

伯爵：这么说没必要决斗了？

普劳德福特：根本没必要。

查尔福德：真没劲。

公爵：我打一开始就喜欢你；我们命中注定要做连襟。

查尔福德：当真！

玛丽昂：这位是普劳德福特太太。

　　[普劳德福特太太屈身。

公爵：对你一见钟情是何等幸运。

玛丽昂：这位是塞巴斯蒂安·普劳德福特爵士。

公爵：我应该对您的早逝表示莫大的遗憾。

　　[普劳德福特鞠躬。玛丽·简上。

玛丽：晚餐准备好了，太太。

　　[众人自然地两两为伴，快活地交谈着——普劳德福特太太与伯爵，普劳德福特与伯爵夫人，查尔福德与露西，肩并肩，手牵手。玛丽昂朝左侧窗户走去，与公爵留下。

玛丽昂：[在月光下] 先生，挽着我好吗？

　　[公爵走向玛丽昂，吻她。玛丽·简掩门，一边笑一边嘀咕着。

全剧终